于卓 著

搬迁

海峡出版发行集团
海峡文艺出版社

图书在版编目（CIP）数据

搬迁 / 于卓著．—福州：海峡文艺出版社，2012.6
ISBN 978-7-80719-789-8

Ⅰ．①搬⋯ Ⅱ．①于⋯ Ⅲ．①长篇小说－中国－当代 Ⅳ．① I247.5

中国版本图书馆 CIP 数据核字（2012）第 126038 号

搬　迁

作　　者	于　卓
责任编辑	李锦良
特约编辑	宗珊珊　张桂珍
出版发行	海峡出版发行集团
	海峡文艺出版社
经　　销	福建新华发行（集团）有限责任公司
社　　址	福州市东水路 76 号 14 层　　邮编 350001
网　　址	www.hk-read.com
发 行 部	0591-87536797
印　　刷	三河市华润印刷有限公司　　邮编 065299
开　　本	710×1000 毫米　　1/16
字　　数	300 千字
印　　张	20
版　　次	2012 年 7 月第 1 版
印　　次	2012 年 7 月第 1 次印刷
书　　号	ISBN 978-7-80719-789-8
定　　价	35.00 元

如发现印装质量问题，请寄承印厂调换

目 录

第一章··················1

　　老到沉稳、处惊不变的官场中人，做任何事都不会封顶，不会灌满，如此蓄意保留，多为提防遭遇麻烦或不测时，前能留出周旋空间，后能闪出回旋余地。

第二章··················11

　　隐形的尾巴，才是可靠的尾巴。就像自己当初跟在副部长苏南身后那样，领导不用你这条尾巴时，你千万不能摇来晃去地显摆，当需要你这条尾巴在什么事上找一找平衡，或是掸一掸某个地方的浮尘时，你又千万不能闪躲，而且动作迟缓了也是严重失职。

第三章··················16

　　官场从上往下办事容易，俗话说官大一级压死人嘛；但是从下往上过五关斩六将，就没那么容易了，若干钉子碰下来，弄个麻子脸还算好的，万一搞乱了神经大脑，整个人那是说崩溃就崩溃。丛德成这会儿还没趴在搬迁上龇牙咧嘴，说明他躲闪周旋的功夫还没有给人废了。

第四章··················24

　　洼地里的喜怒哀乐，就这么轮转着，当灾难彻底压弯了老百姓的腰，老百姓的神经也就麻木了，不想再把腰直起来了，直起来了也还是那么两下子，费那事干啥？听天由命，顺其自然吧。

第五章···29
　　丛德成撅着嘴，搓着自己的身子，说，江湖险恶，官场多变，走仕途做官，得后台硬，前台稳，中场擅周旋。老兄现已成一方诸侯，重兵在手，我此时讲这些是诸葛亮面前摇羽毛扇，卖弄！

第六章···41
　　画面上，金色的油条，全都用白色避孕套套着，一排排参差着码开，大概能有一千多根，营造出来的气势，不是冲击人的视觉，用朱团团后来的话说，那简直是轰炸人的眼球！

第七章···47
　　所谓利弊，没有套用公式，看在什么事情上权衡，水依日后美梦不成，大面上就怪不到自己头上，这就叫胯下政治，取小辱，避大祸，挡开东北安装公司，对自己和能源总局这艘大船来说，就是躲开了一座漂移的冰山。

第八章···56
　　朱团团再次来到朱桃桃的墓穴前，拔下泡沫灭火器的安全栓子，对着地上的蚂蚁喷起来。膨胀的白色泡沫，转眼工夫就把墓穴吞噬了。
　　驼背男人站在几米外的地方，眼神迷惑地看着。朱团团刚才去取灭火器时，就已经发现了驼背男人在盯梢，但她没工夫顾及他。

第九章···62
　　某些玩笑，是官场中人在利益互换、信息交换、权钱置换过程中规避风险、模糊意图却又不失主题的一种软默契手段，万一玩笑对接不上实质内容，把意图弄飞了，彼此也没什么难堪和损失。玩笑嘛，一旦回归到玩笑上，就是玩玩笑笑，玩玩笑笑哪能当真？

第十章···77
　　在生意场上，往往就是这样，能碰的东西，你可以去抓去捏甚至去抢，可是不能触及的东西,你非但不能伸手,甚至有时连看一眼,都是不明白事儿!

第十一章 ·· 90

齐头平脸的官员,最忌讳事事都往前挤,因为这些人有数,在有些来路不明或是暂无定论的事情上,袒露越快,暴露越多,受伤的可能性就越大,一不留神就成了身后猎食者的挡箭牌。

第十二章 ·· 98

刚才那个电话,不是谁谁,或是谁谁谁打进来的,而是他在鲁培明和白石光到来之前就设定好的节目,一到预定时间就响铃。这个手机泡人功能是温朴最近才琢磨出来的,预定好时间,脱身很方便,撵人很委婉,谁都没脾气,他用了几次,感觉不错。

第十三章 ·· 107

女人说,整个东升市里,这个款式的保时捷,就这么一辆,它要是在路上放个屁,交警都会捧起来闻闻。我的意思是说,我不管你今天是劫财还是劫色,你都打错了算盘,你真是胆大包天。好在你还没有伤着我,咱们恩怨两不找,你现在要是下车,我就当什么也没发生。

第十四章 ·· 113

宽大明亮的房子,名利场上的权贵女人,生意场上的靠山,这些东西自己拼命追求了那么多年,血汗流了多少无法记得,可到头来还是两手空空,连个边儿都没沾上,可是现在怎么稍一流氓加性力量,就全都得到了呢?

第十五章 ·· 120

归根结底,出手必算得失、利弊这两笔账,但得与失、利与弊的平衡点,往往是在一个度字上显灵,因此把握好脑、眼、耳、嘴、心、意的合力功能尺度,才有可能求得上佳的结果。

第十六章·····················128

　　男女催乳师相比，最大的不同在于男催乳师更容易被人歧视和误解。男催乳师没有乳房，所以必须学会用心去理解乳房，用温善去点化手感。其实有些职业，就夹在邪恶与诚善之间，稍往这边偏一点儿就邪恶了，而稍往那边靠一点儿就诚善了，总之恶与善不在脚上手上，全看心怎么动作！

第十七章·····················143

　　酒刚落肚，丛德成就开始琢磨了，自己正在鼓捣的那份搬迁市场调研报告，难道说到时真会像一家家期待的那么有推力？试想就算往江苏这边倾斜倾斜，又能给江苏带来多大的胜算助力呢？报告不过就是纸上谈兵，这些人看不透这一层岂不成了笑话？

第十八章·····················154

　　至于说第二个注意事项，郑然菲说都安排好了，到时几家媒体会联合采访他，她让他面对镜头时不要东张西望，说话不要跟强拆人家房子似的急赤白赖，要面带微笑，和蔼可亲，多说些公益事业人人有责、回报社会是不容拒之的义务、关爱残疾儿童从我做起之类的光彩话。

第十九章·····················167

　　妹妹最不待见姐姐的地方就是她的得瑟，妹妹又开始往姐姐头上泼冷水，说，姐我说你多少回了？怎么就一点儿也不听呢？俗话说富不露金、穷不露骨。你可好，你看看你耳朵上、脖子上、手指上、手腕上，还有脚脖子上，除了金就是宝石，你怎么不把存折股票也挂出来呢？

第二十章·····················177

　　咦？候好刚迈出一步就停了下来，原因是烂喜鹊窝里射出了耀眼的亮光，引发了他的好奇心。他靠过来，用脚轻轻一拨，找到了发亮光的东西。候好弯腰捡起来一看，心顿时狂跳起来。钻……戒！他嘴里哆嗦出两个字。

第二十一章·····················184

　　她大惊小怪时，要是松开抓着候好裤腿的两手，似乎可以避免意外，她却是越惊慌手抓得越紧，已经给蚂蚁分散了精力的候好，身子瞬间失去平衡，摇晃中弄掉了手中的竿子，吓得爱人再次拼命抓他两个裤腿，结果候好就彻底失去了平衡，脚底下一丢根，两脚就踩跎了，身子往窗户这边一倒，整个人就下去了，爱人身子一软，在惊叫中松开了双手。

第二十二章·····················193

　　敏尚都长出一口气，换只手来推拿朱团团的右乳，手法如钳，由下钳住乳根，掌心下抵，五指渐渐加力，朱团团的右乳刹那间收缩，乳头绷起来，亮幽幽犹如一只兔眼，她竭力控制着……

第二十三章·····················200

　　男人的暴力，通常情况下可以摧毁一个女人的肉体和意志，但偶尔也会出现歪打正着的意外结果，瞬间使女人释放出积压在潜能里的另类需求，甚至是某种久未满足的渴求，就像现在的朱团团，她已经让姐夫的暴力穿过了她的肉体，她不觉得这是伤害，她想自己受击的脸颊，现在有机会通过他那只粗鲁的手，唤醒他内心深处暗藏的细腻。

第二十四章·····················206

　　温朴应该说是幸运的，昔日副部长苏南那一对肩膀的高度，确实让他受益匪浅，拓宽了他看事情与处理问题的视野，最关键的是那个高度给他提供了全方位审视官场的空间，让他懂得了事事环绕事外事，事外事往往才是真的事，这就是他亲自送报告来的原因，他要看看水依在处理完报告事宜后，还会不会跟自己讨论东北安装公司整体搬迁的事情。

第二十五章·····················218

　　劳家奇意识到水依正在想什么心事，就阴阳怪气地乐起来，之后像是感慨自己的人生，也像是在玩味别人的得失，拿捏着腔调说，女人的伎俩一旦被男人肉体支撑，倒下的男人就是她的战利品了；男人的欲望一旦被女人身体包容，倒下的女人就是他的棺材了。

第二十六章·····················233

白石光脑子里一闪，突然明白了，原来这两个精明的女人背着自己，拿冉顺水做圈来套鲁培明。进而一想，这个兜圈子引出冉顺水的主意，有可能是两人五五对半出的，或是四六开三七开，总之他就是觉得郑然菲在这件事上占主导的面更大一些，她比较擅长借风烧火、阴阳套用，或是拐弯抹角、移花接木什么的。

第二十七章·····················247

这种借舆论影响力抗衡、造势、护家的做法，着实让政府为难、开发商头疼，不好放开手脚去突破底线做事。

第二十八章·····················255

院子里，大小权贵和商人老板们三五一堆、四六一伙地聊着，在这个丧事平台上，人们进行的话题大多与丧事无关。

第二十九章·····················263

人在官场，命运一旦被阴谋，其思想、灵魂、感情、意志什么的就全都大撒把交出去了，犹如坐上一辆他人控制的过山车，看着宽敞、风光、气派，但没有调整车速的自由，至于说刹车的权力那就更甭想了，何时停下来操纵者说了算。

第三十章·······················275

失望的人，总会找不幸的人来表达自己残缺的善心，掩饰自己对丢失东西的所谓不在乎，进而满足落难者在精神上对人格的乞讨！换个角度讲，就是用扯淡的态度，面对操蛋的人生！

第三十一章······285

　　鲁培明意识到自己让丛德成放心了，这个话题得掐断，再说下去有可能呛水，于是就想避实就虚，再说说闲话，而且这闲话还得让丛德成感兴趣，不然这气氛就干燥了。

第三十二章······296

　　若是个权重资深的人物，在会前或是会后完全可以旁若无人，不出会场就唧唧喳喳，说说笑笑，爱谁谁谁，这就是牛气人物出彩放亮的噱头，随时玩谱、摆架、拿派！

第一章

1

我不爱你，但总是想把最好的给你！

朱团团这句没头没脑的纠结的话，时常从温朴的记忆里闪出来，弄得他非常茫然。

温朴把持政治问题有心得，揣摩女人就不上路了，像朱团团那天说的这句话里到底有没有玄机，他每次开动脑子琢磨，每次都不得要领，琢磨来琢磨去，就把这句话琢磨没影了，然后鬼使神差地往魔咒、巫术、玄幻、灵异、附体上想。

感觉这东西不可控制，忽然有一天，温朴隐隐意识到，自己始终放不下小姨子的那句话，问题大概是出在时间与环境上。

朱团团说这句话那天，正是温朴亡妻朱桃桃的周年祭日，他和小姨子去了墓园。

去年，朱桃桃死于一场疑点很多的车祸，同车那具至今身份不明的男尸，朱团团当时在殡仪馆里就认为有问题，她说姐姐跟这个面目全非的家伙，肯定有着非同寻常的关系，姐姐十有八九是在出轨途中命丧黄泉的。

但在朱桃桃周年祭日那天，温朴与朱团团谁都没有提及去年那场车祸，以及那个身份神秘的男人。

墓园是死者去往天国的驿站，那天温朴与朱团团没有过多打扰刚在这里睡了一整年的朱桃桃，两人完成祭扫程序后，紧绷着面部肌肉，彼此看了一眼，弯下腰，象征性地整理了一下靠在汉白玉碑身上的鲜花，之后就离开了墓地。

难言的压抑心情，让他们很长时间无语，只有碎步起落的声音，在冷色调的青石板小径上相互碰撞、缠绕，这样一直到了墓园门外停车场，两个人的脸色才算缓过来。

朱团团把悬挂在领口处的墨镜摘下来，举过头顶，隔着普洱茶色的镜片，看了看晴得清澈的天空，然后把墨镜戴上。

朱团团侧了一下头，口吻寒凉地说，这里既是死人安息的天堂，也是活人谋利的舞台。

温朴甩了甩手，轻叹一口气，不知小姨子这句话是打哪儿来的感慨。

朱团团悠着胳膊，侧着身子又说，刚才在墓园里，我想起了一个人，我大学时的一个很不起眼的女同学。有一次，我听人说，这个女同学现在人前显贵了，当上了副局长，就比姐夫你现在的官职低那么小半格。这女同学，玩仕途和巴结上司的手段总能推陈出新，而且极富想象力和创造力，甚至都敢在她老母亲的墓碑上做手脚。

话题陌生，温朴听得心不在焉，但脸上丝毫没有流露出厌烦来。

朱团团只顾往下讲，据说，女同学当科长的第二年，正赶上她上司的母亲病逝，她在上司操办母亲丧事过程中，前后左右忙碌，上上下下招呼，处处往外使着一家人的劲儿，弄得上司的老婆都产生了错觉，认为她跟上司才是两口子。转年祭日，上司及家人来到墓园祭扫时，惊讶地发现一大堆洁白的祭扫鲜花，几乎覆盖了母亲的墓穴。吃惊过后，上司爱人问这是怎么回事，上司本能地四处瞧瞧，摇着手里的鲜花，没有任何合理的解释，弄得他爱人脸色吃紧，惊虚虚地嘀咕了一句，你说这……这不会是……闹什么鬼吧？就在上司锁着的眉头还没有打开时，一身素装的女同学出现了，虔诚地给上司的母亲鞠了三个躬，然后对上司说他母亲与她母亲有姐妹冥缘。上司老婆不领情，眼睛往一边看去。上司呵呵了两声，试探性地问了一下，女同学解释说，她母亲是在半年前从承德老家迁到这里来的，老家的祖坟地被房地产商开发了。上司听开窍了，带着感动说，看来姐妹俩是有冥缘，离世的日子居然巧到了同一天。

朱团团背着手说，能人啊，心思都动到了死人身上，丫老母在九泉下，不定怎么诅咒丫呢！

听到这里，温朴像是受到了什么启发，颇有同感地说，大千世界，无奇不有，现在挖空心思钻营的人多了。有一次在饭桌上，外地来的一个经理讲，他们公司的组织部长好吃会吃，尤其是在吃鸡上，除了散养的柴鸡，其他鸡一概不上口。部长手下一个等待提拔的干部，天天想走运，但又舍不得花钱铺路，绞尽脑汁终于找到了一个花小钱办大事的突破口，抽空去集市上弄来几只柴鸡崽，像人家遛宠物狗那样，每天早晚带着几只小鸡在小区里遛，弄得小区里的一些人哭笑不得。养鸡人倒是不觉得自己遛鸡有什么新鲜的，每每得了空闲，还到处捉蚂蚱虫子什么的，坚持无公害喂养。有苗不愁长，到了初秋时节，昔日的小鸡苗都变成了大公鸡，养鸡人意识到是时候了，就低三下四请他们部长周末到家里坐坐，品尝一下他亲手喂养起来的柴公鸡。

养鸡人早已成了小区和单位里的另类名人，部长自然知道他养的鸡是什么鸡，那可都是吃虫吃粮喝露水的纯柴鸡，早馋嘴了，就等着有这么一天呢，现在这一天就在眼前了，部长乐呵呵说不好意思，不好意思，到时我提瓶茅台，咱俩好好喝喝。岂知老天不开眼，星期五早上养鸡人遛鸡时，一个没留神，一只鸡就挣脱绳子跑掉了，养鸡人傻眼了，等回过神后赶紧去追，追到西12号楼那儿，嘭地给一辆白色的英菲尼迪撞飞了，还牵在手里的两只柴公鸡也给他拽上了天，拍打着翅膀惊叫，当时看见这一幕的人都吓呆了。后来养鸡人被送进医院抢救，昏迷三天后，生命就支撑不住，交待出去了……

正说得绘声绘色的温朴，忽然意识到朱团团两束幽幽的目光一直休长假似的在他脸上徘徊，心里禁不住一阵颤悠，始终顺畅的嗓子眼，这时也不由自主地紧缩了一下。

朱团团看出温朴的失常，但她就是不往回收目光。

自觉有些六神无主的温朴忙闪开目光，想接着往下说，却不知刚才断在嘴边上的话该往哪件事上对接了，脸色越发不自在。

温朴的失态并没有换来朱团团的怜惜，她似乎就想让温朴这样面对她。

朱团团耸了耸肩，一脸玩世不恭地说，悲剧人生，启迪的是别人，毁掉的是自己。现在的人，都是越活越找不到尊严，越活越没有耐性，姐夫，你说是不是这么回事？

朱团团的秉性，温朴心里横竖有谱，如果顺着她的话题一味跟腔牢骚下去，那她这脸玩世不恭的表情，怕是又要愈演愈烈了，等到她嘴上开了锅，荤的素的一起咕嘟炖，自己只能是像过去很多时候一样，瞪着双眼，没法儿招架。

2

朱团团是个有过离婚史的自由女人，自打那年辞职后，就没出去工作过，靠离婚得来的房产、金银珠宝、证券存折，以及父母留下的家产（当时姐姐朱桃桃主动放弃了应得的那一份），在京城里活得很滋润，很小资。

六个月前，朱团团的一个女友请她出山，帮忙打理公司日常业务。女友近来迷上了一个大她十几岁的韩国整容师，三天两头去韩国找热乎，晒情感，献身子，已经五迷三道了，暂时无心顾及公司的业务。

女友操持的是一家专做国内初中生与高中生出国求学的中介公司，小有背景，生源一直不错，就算女友这会儿无心恋事了也有老本可吃。然而，商人毕竟是商人，情恋之事再鬼迷心窍也不可能一天二十四小时陷在里面，等脑子稍一冷静下来，女友自然又会想到收入与支出的问题，家底不盘算不知薄厚，利润不打滚不成活钱，坐吃山空的结果，只能是稀里哗啦地破产。

然而招呼什么样的人来当帮手这很关键，来人的素养气质、业务能力、判断水准、社交技巧、涉外常识，以及亲和力、拓展力等都得像回事儿才行，不小心弄个二五眼来干瞎了，经济上的损失是个事，最要命的是砸牌子，断后路。

朱团团在女友眼里，是那种见过世面、反应机敏、悟性灵透，社交场上游刃有余，独立意识特别强的都市闲女，当然了，女友偶尔也还会说朱团团是个怪话连篇的超级怨妇。

但女友要的是朱团团的能耐，朱团团的看家特长英语，那不是一般意义上的过硬，想当年在单位里人称超级外语妹，译文对话都跟玩汉语似的。

稍让女友心里不落稳的是朱团团身上的那股任性劲，看上你了，怎么都行，看不上你，对不起，扯不着，玩蛋去！曾在一次杂七杂八的饭局上，一家上市公司的董事长，一看就是个贪色的伪君子，装腔作势大谈女人身体哲学，再往深处说就是不同女人的不同身体哲学，一副体验多多心得满满的样子，听得在座的多数人都回到了中小学时代，真是大开眼界，由衷佩服，觉得这个老男人不仅身家数亿，研究女人身体上的学问，那也是一桶一桶地往外倾倒。那天女友崇拜加眩晕，找不着北了，差一点儿没认了这个董事长当干爹。只有朱团团和那个搞文化产业的中年男人不怎么把董事长的女人身体哲学当回事，朱团团懒散地靠在椅背上放松筋骨，搞文化产业的中年男人的心思则一直不在现场，低着头，不停地接发短信息，想必是正在下工夫钓哪条小金鱼呢。

但凡懂女人的男人，一般都是只干不说，这位自觉高手的董事长，在朱团团看来就是那种擅长在嘴上玩大满贯的主儿，下半身击倒率高不到哪去，没多大实力。再说，朱团团这时也实在是听烦了，没心情陪他玩了，于是突然切话进来，直冲董事长发难，脸色尽管咄咄逼人，嘴上却是不紧不慢地说，对你们这些在社会上有头有脸的大佬来说，女人身体哲学，不外乎就是你们在老婆以外的女人下半身，用你们那根不过零点几排量的小管道，吭哧吭哧超标排放尾气，我这样打比方还算通俗易懂吧？不会招您老啐吧？董事长在饭桌上大概从没见过这么生猛的硬茬儿，立马收口，满脸通红，晕头晕脑扫了大家一眼后，就再也没有开口，直到饭局收场，董事长也没精神过来。

那天在回家的路上，女友就像是刚打了鸡血，兴奋地说，姐们儿你话如刀，句句切人，过瘾过瘾！不过刚才你要是把超标排放尾气说成超标劲射尾气，我想就更震撼了，丫董事长不晕倒才怪了呢！

不过女友心里有数，朱团团在酒桌上放电收拾男人最狠的一次，并不是整董事长这一次。传说朱团团收拾高干子弟那次，够狠，够辣，够刺激，那次女友没在场，一些绝妙的折人细节，女友在事后找朱团团回放了一遍。

那次高干子弟也是拿自己太当官几代了，牛哄哄随便放话圈城占地，发改委、中组部、商务部、住建部里的大事小情，似乎都在他的屁兜里揣着。那天一些人心里尽管不大得劲儿，但脸上也得哄着那家伙，此类人虽说不可依靠，但也没必要随便得罪，万一日后他哪泡尿浇到你头上，就算你不会伤风感冒，起码也得弄一身臊气吧，所以说，这会儿拿嘴捧个高，让人家往上蹿蹿就是了，不损失什么，无非是破费点儿时间，最不济就当看了场杂耍。坐在高干子弟对面的朱团团，当然也不买他的忽悠账。京城里这种半人半仙，吞什么都没够的家伙，过去她没少打交道，你抬他们，他们是爷，你摔他们，他们就嘴啃地，能出干货的主儿极少。

  这年头，但凡背景强硬的人物，谁会跑到你面前蹭吃蹭喝蹭面子？有钱有势的，都在法律真空地带逍遥呢，平时你连那些人的一个屁味也闻不着。但那天朱团团也不知怎么的心气格外不顺，就没有像其他人那样，逢场作戏哄高干子弟玩，她瞅准一个机会，脸色诡秘地从手机里调出一个段子，拿起桌上高干子弟那会儿给的名片，输了高干子弟的手机号，把段子发了出去。

  高干子弟的手机就在酒桌上，一响他就拿起来了。看过进来的信息，高干子弟像是有第六感一样，瞟了朱团团一眼，朱团团顺眼一迎，给了高干子弟一个轻微的点头，高干子弟就心领神会了。工夫不大，朱团团的手机就出声了。不多时，高干子弟的手机又响了……一来二去，两部手机的游戏引起了酒桌上一些人的注意，目光纷纷去朱团团与高干子弟脸上找破绽，直到高干子弟紧拧眉头，脸色异常难看了，桌子上的人自然也就明白了，朱团团肯定是用短信息把高干子弟怎么着了。

  朱团团发给高干子弟的段子是———高干子弟，见到一个与自己长相几乎一模一样的人，沉吟良久问，你母亲以前是不是在干休所工作？答：没有，但我父亲给首长当过秘书。高干子弟来信问，这段子牛吗？朱团团回复，猛牛，再好好看看。高干子弟回信道，猛牛？朱团团回复，三遍不识，就没什么好玩的了。高干子弟回信道，小婊子！朱团团回复，别稀松，不用你立牌坊。高干子弟回信道，靠，没这么玩人的，能把人玩休克了。朱团团回复，没那么血腥，大不了玩你个阳痿。高干子弟回信道，姐，你狠到家了；姐，你太上劲了；姐，我现在想干你！朱团团回复，家伙够长你就伸过来。高干子弟回信道，操，折你手里了，姐，下来给你电话，请你吃饭，认你这姐了！朱团团回复，听话，姐不会亏待你。高干子弟回信道，磕头了，姐！

女友得知朱团团那天死磕高干子弟的内情后，情绪一下子就亢奋了，伸出大拇指说，你丫太帅，把丫磕残废了，团团我跟你讲，等哪天我发大发了，就在两片嘴唇上镶满钻石，给你来个史无前例的钻石吻。

女友看准了朱团团，她身上的那点儿小毛病，不妨碍她施展大本事，况且她看出来朱团团每次修理男人时，还是很讲究拿捏分寸的，痛中有痒，嘴狠心不硬，一般情况下是不会一棍子把人打死。玩出滋味，玩出感觉，就算是品尝到了玩一玩的快感，或是娱乐的刺激。

朱团团不白给，女友想这样的姐妹不能让她游手好闲，得让她转动起来，有乐同乐，有财同发！

朱团团一开始溜边，她不想出来做事，怎奈女友死活盯上了她，请吃饭，请K歌，请美容，请养生，请旅游，软磨硬泡，愣是把这辈子就想玩清闲、玩自由的朱团团拽进了她的公司，做了主事的经理，年薪二十万。

3

温朴转开眼前的话题问，你现在给人家干的活儿，能对得起人家给你的年薪吧？

朱团团毫不含糊地说，功劳苦劳都有，到时二十万怕是打不住。

温朴道，这就好，干点儿什么总比闲待着强。

朱团团说，我说你这阵子怎么样？当家长吆喝事，扛旗引路你也有一段时间了，一方诸侯的感觉可受用？

温朴道，我那里的事，不用你操心，还是多关心关心你自己的事。

朱团团笑眯眯地说，我虽一江湖妇道人家，不识你们官场上的春夏与秋冬，但我还是想使出吃奶的劲，提醒一下你这个空头姐夫，官道通天堂，也能达地狱。老到沉稳、处惊不变的官场中人，做任何事都不会封顶，不会灌满，如此蓄意保留，多为提防遭遇麻烦或不测时，前能留出周旋空间，后能闪出回旋余地。我曾在一位作家的博客上，看到一段话，说得挺给劲：不论官场、商场，还是情场，妥协往往是最大的获利手段。

温朴在有些时候和有些问题上，还是不小看朱团团的人生阅历与经历的，有时她的某些有针对性的观点或是见解，总是能够戳到事情的要害部位，过去她对官场上一些问题的剖析，曾让自己都觉得耳目一新，在时评深度这一点上，朱桃桃活着的时候，明显逊色于妹妹。但是此时他不想跟她多谈政治话题，一是地方不对，二是心情错位，毕竟是来看长埋在地下的前妻，不能太随意太离谱了。

就在温朴合计着如何抽身回东升的时候，能源总局办公室秘书二科科长候好拨通了他的手机，说是东升市政府下午两点钟召开城市十年发展战略定位项目分析会议，省政府一个分管城建工作的副省长到会，市里请他到会。

好好睡吧，姐，我们回去了。朱团团摘下墨镜说，眼圈有点儿潮湿。

温朴收好手机，目光悲凉地望了一眼墓园，轻轻拍打着朱团团的肩头说，一会儿路上，开车小心点儿。

朱团团一转身，开口道，要是换个地界儿，你这么不轻不重地拍打你小姨子，你说你小姨子我要是没点儿那个感觉的话，是不是就显得不够懂事儿呀，我说姐夫？

这就是朱团团，刚才还湿着眼圈，眨眼工夫，催湿眼圈的那股情绪就不见了，两眼里魔术般地流露出温朴熟悉，但压根儿就不敢正视的真真假假。

朱团团戴上墨镜，从包里掏出车钥匙，摇晃着说，记得我曾跟你说过，你日后找什么样的女人我无权干涉，但我是你小姨子这个称号必须保留。现在我不再这么要求了，从今天起给你松绑、解套，未来你可以甩下包袱轻装上阵，找个德艺双馨的女人做你老婆。我保证，你下一个大婚之日，就是我跟你解除空头小姨子关系之时。

温朴一脸无可奈何地说，你是不是又要发神经呀？还是那句老话，十年八年里，我不打算再婚。我不懂女人，我惹不起躲得起！你也是三十好几的人了，管管自己吧，抽空找个能疼你的人，好好把你下半辈子疼疼，这比什么都强，只要你再婚，社会肯定比现在稳定。

呵！朱团团摘下墨镜，上下打量温朴，挑衅道，拿维稳逗你小姨子玩？我可提示你温朴，温局长，像我这样的女人，一旦掌握了取悦目标的本领，就不愁销售不了自己，你要多加小心哟！

温朴挥挥手道，好了好了，你别闹了，局里有事，我得往回赶了。

朱团团撇着嘴角说，别这么不耐烦。一个哲人曾说过：冷漠扼杀亲人，也能毁掉自己。

温朴岔开眼前这个说不清理还乱的话题，问道，我那房子，你有多久没过去照看了？都长草了吧？

温朴说的是他在北京的家，先前他与朱桃桃共有的那个家。现在他人在东升做官，北京的空家不常回去，他给了朱团团一把钥匙，让她没事时过去照看一下，给花浇浇水什么的。

朱团团哼了一声，反问，你有多长时间没回去了？

温朴皱了一下眉，一时想不起最近一次回去的时间了。

朱团团一脸得意，吻一下手里的车钥匙，丢下想事的温朴，大摇大摆地朝自己那辆两厢沃尔沃走去。

温朴今天也是自己开车来的，他的奥迪停在东头。

温朴抹了一眼朱团团的背影。没办法，他最受不了的就是她这一身说浪不浪、说媚不媚、说臊不臊、说妖不妖，放开了愚弄人的劲儿，过去因她这样窝火时，他总想扇她几个大嘴巴子，甚至有一次他都想掐死她。

现在温朴就想追上去，照她甩嗒甩嗒的屁股上踢几脚。

意大利诗人帕说过，爱，只能受用，不可回味，因为人一回味爱的滋味，就会本能地变得贪婪，或是绝望！朱团团用流利的英语大声朗诵。

温朴嘟哝道，国产怨妇！

朱团团又用母语道，著名企业高管培训专家，我们朱氏家族里的荣誉人物朱俐安女士曾说过：不要使别人变成自己所想的所希望的，那是不可能的。因为我们就是因为不同才相遇，才走近彼此。接受比改造艰难。大部分夫妻，都试图通过改造另一方来证明爱，那实际上是自掘坟墓。

超级怨妇！温朴嘀咕了一句，冲扶着车门，正在朝他招手的朱团团挥了挥手。

我不爱你，但总是想把最好的给你……说罢，朱团团关上了车门。

温朴正在闹心，没用脑子去过滤朱团团的这句话，顺口来了一句，谢天谢地你不爱我！

至于说后来在重温这一段时，温朴对朱团团的这句话感到不轻松，甚至产生种种压迫神经的感觉，那是因为他真的是不懂女人心！

第 二 章

1

温朴赶回东升时,已经过了中午十二点。按路程来计算,温朴在十一点半左右就能到达,没想到路上遇到了车祸,等放行耽误了时间。

进了机关大楼,温朴匆匆上楼,他的办公室在二楼。没碰上几个人,温朴招呼几声就到了办公室。他平静了一下,刚把包放到办公桌上,候好就在他身后叫了一声,温局长,您回来了?

温朴转过身问,还没回去?

温朴的这句话,问得有点儿凉意,但这不是他一时马虎失嘴,而是他为了某种效果故意所为。一来他没有在电话里要候好等他,候好此时出现显然唐突;二来在使用秘书上,他一直小心翼翼,掂量行事。

掌管总局以来,局办里的秘书,温朴差不多都使用过,至今还没有给人留下他亲谁远谁的明朗态度,在机关大楼里的人看来,他温朴在使用秘书这件事上,目前是一碗水端平。

秘书出身的温朴,自然深谙秘书这个行当里的沟沟坎坎、明明暗暗、恩恩怨怨、轻轻重重。通常情况下,领导把一个秘书用勤了,用熟了,这个秘书不知不觉就成了那个领导身后的一条尾巴,领导控制不好,这条尾巴极有可能会让领导稳当走路的时候,突然失去平衡,把领导正在观察判断某些问题的透视点,一下子搞错位,搞重叠,搞虚幻,从而干扰了领导决策与拍板的准确度。再往糟糕上扯,这条尾巴哪天万一失控了,势必会在领导毫无知觉的情况下,把领导周围的什么人扫倒,到时就算领导大度,把倒地的人扶起来,亲亲热热地拍打净人家身上的灰尘,再来几句宽慰话什么的,但那倒地人身上的某种疼痛,领导似乎就没有办法收过来扔掉。一句话，在官场上，隐形的尾巴，才是可靠的尾巴。就像自己当初跟在副部长苏南身后那样，领导不用你这条尾巴时，你千万不能摇来晃去地显摆，当需要你这条尾巴在什么事上找一找平衡，或是掸一掸某个地方的浮尘时，你又千万不能闪躲，而且动作迟缓了也是严重失职。

秘书其实就是领导身上的狗皮膏药，类似这样的话，温朴在当秘书和做领导后都听到过。

在温朴眼里，一个不能全方位诠释秘书角色的秘书，干着干着，真就容易干成了领导身上的一块狗皮膏药。相反，能悟出依附在秘书一职里的那些隐形权力内涵的秘书，正是那些懂得如何自我升降，以及随时调整命运走向的秘书。明明白白讲，就是不管到了什么时候，秘书，尤其是高级领导的随行秘书，最好不要把自己全部交到领导手上，你得动用智慧让领导把他对你这个秘书的信任，至少交出百分之九十到你手中，甚至更多！

看遍身边形形色色的秘书，温朴眼里不揉沙子，他能体会到那些秘书们都在围着自己暗中较劲，都希望能够尽快贴上来，把总局的制高点抢占到，握住属于秘书的那些神秘莫测的无形权力，进而去消费这些无形的权力。

当然了，在那些努力抓机遇的秘书里，候好似乎格外卖力，他在同行堆里看温朴时，脖子总想比其他秘书的脖子抻得长一寸半寸，这一点温朴凭直觉是能够感受到的。

一个人在某一个时期里，不论追求什么，一旦过分痴迷，那这个人就很难在一些本该严谨的场合，把自己的言语、眼色、体态和神情等把持好，候好的现状似乎就是这样。

候好稳了稳情绪道，温局长，我跟咱机关小食堂打好招呼了，您看现在是不是过去吃饭？市里的那个会下午两点半开，您这会儿吃了，还有时间休息。

温朴一听这番话，心里的滋味有点儿怪，像是重温到了自己做秘书时，处理此类事情的那种感觉。

温朴克制了一下说，那咱们这就吃饭去吧。

候好的脸色一下子松弛下来，闪身让出门口。

温朴拿起办公桌的包，转身刚走了两三步，门口就传来了局办主任沈来仁的声音，噢，候科长呀，怎么，你在这里有事吗？

候好谨慎地道，我等温局长去小食堂吃饭，沈主任。

沈来仁皱了一下眉头说，啊，那就不用了，有安排。

那……候好卡住了。

温朴一听主任跟科长的对话不和谐，步子的节奏一变，人就慢了下来。

尽管温朴知道，脚下的步子再慢也慢不到哪去，顶多也就是门口那两个人，在他走到门口之前，再对上一两句话。

然而，温朴要的就是这点儿时间差，这样可以错过候好失望的目光，等沈来仁把事情处理到位以后，自己再出去。记忆提示他，在他的秘书生涯里，他有过此类失望，夹在大领导小领导中间为难时，多么巴望大领导能同情一下无助的自己，那种尴尬的渴求，温朴什么时候想来心里都是酸溜溜的。

候好低声问，沈主任，那小食堂……

沈来仁打断候好的话，这你还不会处理吗？好了好了，你快去处理吧，温局长下午还要去市里呢。

候好说，那好吧，沈主任。我这就去小食堂说一声。

沈来仁迈进办公室时，温朴刚好走到门口，他听到候好皮鞋的落地声在走廊里越来越弱。

沈来仁看着温朴，笑呵呵地说，啊，温局长，市府杜秘书长在那边等您呢。

温朴问，这不会是会议上安排的节目吧，我说沈主任？中午热闹了，下午的会，还能找到主题吗？

沈来仁嘿嘿一笑，做着阻挡的手势说，说好了工作餐，工作餐，温局长。

沈来仁跟杜秘书长的关系，一直维系得不错，平时两人办公事有一套话，聊私情又有一套嗑，明里暗里彼此搭把手助力的事常有，用机关里某些人的话来形容，他沈来仁就是架在局市之间的一座独木桥。

这个会不是安排在下星期四开吗，怎么突然挪到今天下午了？温朴问。

沈来仁道，听杜秘书长说，来了个副省长，想指导一下工作。

温朴若有所思，点了几下头。

2

候好走出机关大楼，心头的失落感导致他脸色阴沉。他慢下步子，使劲咳了几下，吐出一口痰，怨恨地骂道，沈来仁，你他妈王八蛋！话音一落地，候好就激灵了一下，像是一脚踩到了地雷上。

惊魂未定的候好，虚着眼睛往四周看了看。

候好这是意识到了刚才骂沈来仁出气，骂得声大了点，担心给什么人听到。

一个千载难逢的大好机会，生是让不知打哪儿冒出来的沈来仁给毁掉了，候好没理由不骂沈来仁。他想，刚才在楼里，沈来仁肯定也像自己一样，躲在办公室里等温朴。

候好实在是太想为温朴服务了，哪怕为温朴做些不起眼的琐碎事，也能让他获得一定的心理满足。

候好时常想，看看人家温局长，刚四十来岁，就坐上了一家大国企的头把交椅，吆喝十几万人上下班，这个出息样，可不是一般人能整出来的。如果跟上了温局长，自己就有可能从他身上取到真经，运气好被他赏识了，那未来就不愁没路可走，三两年内弄个处级，说来就不是个异想天开的梦。

眼睁睁看着一个手拿把抓的好机会给姓沈的撞飞了，候好越倒后账越沮丧，就又小声骂了沈来仁几句，之后从裤兜里掏出一个白色小药瓶，拧开盖子，看也不看就甩了起来。

没见有药片之类的东西给甩出来，候好像是在甩一个空瓶。他磨着牙，把瓶子举到眼下，发现里面还有一只蚂蚁在爬，又气呼呼地抡胳膊甩起来。

为了贴上温朴，候好确实动了不少脑子，甚至是歪脑子。就说蚂蚁吧，这是他为了达到某种预想目的而精心设计的道具。上个月，他去北京部里参加文秘培训班，无意中听部里人说起一个温朴当秘书时害怕蚂蚁的笑话，他当时就往心里去了，意识到等回东升后，自己可以利用蚂蚁做点儿接近温朴的文章。

候好打算接近温朴的那篇文章，计划这样写：想办法创造条件，制造出一个合适的表现场景，把事先装在药瓶里的蚂蚁，神不知鬼不觉放到温朴能注意到的某个地方，如果说方案实施后，温朴没有及时发现他的蚂蚁，那他就准备开口提醒一下温朴，等温朴脸上一有不适反应，他会马上过去把蚂蚁处理掉。

其实候好也明白，自己挖空心思导演这样一个小把戏，对自己靠近温朴，似乎产生不了多大的助推力，往亮处讲也就是给温朴留下一个与蚂蚁有关的印象。

不过候好仔细想想后认为，眼下对两手空空、没着没落的自己来说，这样一个不大提气的印象也是值得要的，在温朴面前动作一下，总比在远离他的地方干等机会要好。

况且，有时人算不如天算，歪打正着的话，没准哪只蚂蚁就能让自己撞上大运呢，这都是不好预测的事情！

唉，再找机会吧。

候好静下了躁动的心，明白此时再怎么灰心也没用，人在不如意时，自己拆自己的台是一种愚蠢的行为，自己不能冒那样的傻气。

候好瞅一眼右手里的药瓶，再瞧一眼左手里的瓶盖，动作缓慢地将这两样东西合成一体。

第 三 章

1

市政府的杜秘书长没在午饭这件事上设埋伏,省领导和几家中直国企负责人都在市政府大院里吃工作餐。

温朴了解到,副省长今天不是专门来开会的,而是路过东升市,顺便指导一下工作。

吃饭时,温朴与副省长、市委书记潘左一、市长劳家奇、纪委书记兼公安局局长柴益发,还有杜秘书长等人坐在一张大桌子上,边吃边聊。

副省长高个子,圆脸,有点儿兜齿,岁数奔六十的样子,听说是两个月前从邻省置换过来的。

劳市长把温朴介绍给副省长时,故弄玄虚地说,温局长是我们东升市的纳税大户,未来十年发展的钢铁支柱。

副省长说,是啊,你们东升市里,要是能再有一两家像能源总局这样的大型国企撑腰,那东升的振兴速度,可就不是现在这个速度了,劳市长。

劳市长斜眼瞅着温朴说,东升市十年发展战略规划里,将有能源总局精彩一笔,一个二三十亿的大项目。

潘书记帮腔,话里加温道,能源总局今后在我们开发区还准备搞几个大动作呢,是吧,温局长?

温朴已经习惯了在这种场合被地方政府官员戴高帽,谁让你能源总局财大气粗呢,人家不忽悠你忽悠谁?唐僧肉,不挨刀叉还叫什么唐僧肉?

温朴放下筷子道,我这里虽说摊子大,可供养的人口多,闪失一下,就是折筋断骨的伤残事，好在这些年在大事小情上，还多亏政府给兜托着呢。

副省长一脸感触说，中石油中石化，平分南北天下。温局长，你们能源总局的日子，到什么时候都比地方政府好过。略作停顿，副省长接着说，劳市长、潘书记，虽说背靠大树好乘凉，但作为一级政府，平时你们要在一些政策的落实上、优惠项目的幅度上，多关照一下能源局的实际情况。常言道，家大业大麻烦大，今后能源总局的事，能走绿色通道办理的，一定要畅通无阻，如果操作过程中遇到政策法规上的阻碍，省里可以想办法为你们解决。

劳市长认真地说，一个锅里吃，一张床上睡，东升市跟能源总局的关系，一直是鱼水情的关系。

副省长说，相互体谅，共识双赢，荣辱一体。

潘书记频频点头，续话道，温局长，下午开会，你可得为东升市的十年发展战略规划献计献策。省领导今天来，可以说是在百忙之中抽空关心我们东升市，省里对东升市的发展战略思路特别重视。

温朴避重就轻地说，东升市这几年的发展确实了不起，今后东升市的迈步变成了跑步，那我们能源总局可就要被落下了。

劳市长一指温朴，呵呵地笑起来，副省长和潘书记相互看了一眼，脸色说不上是愉快还是郁闷。

饭桌无酒话乏味，工作餐很快就打发了大家的肚子。

下午两点半开会，还有一段时间休息，潘书记自作主张，临时安排了两项活动，洗浴、喝茶，请诸位任选其一。几张嘴吵吵了一会儿，人员去向分明了，潘书记陪副省长等去洗浴解乏，温朴等随劳市长去喝茶养神。

洗浴和喝茶的地方都不远，出了市政府大门，三两分钟的脚路就齐活了。茶楼叫雅茗阁，是市领导们时常光顾的待客场所，温朴先前来过几次。

喝茶时，劳市长对温朴说，新的历史、新的机遇、新的合作，我们现在的互利空间不小啊，温局长。

温朴能听出来，劳市长如此出语，显然是话里有话。想想也是，现在的能源总局,已经不是李汉一和袁坤那个时代的能源局了,他们已被历史定格成了过去的领导、曾经的当家人,而东升市的父母官也换了一茬又一茬。如今市局两家新的掌门人坐在一起,自然要说些新的话题。

劳市长打个哈欠,问正在走神的温朴,东北安装公司的搬迁地点部里到底什么时候能够敲定?他这里有多大胜算?

劳市长说,温局长,我还是那句老话,还是初见你们水总时的那个承诺,到时东升的地皮,你温局长踩哪块是哪块,要多少割多少。温局长,你可以放心大胆跟你们部领导讲,你温局长在东升人脉一流,有着别人可望而不可即的天时、地利、人和!我再掏个底跟你说吧,温局长,实在不行,我就把老火车站西货场给你腾出来。那块地皮的肥瘦你知道,那可是一块京津和本土大小开发商都想咬到嘴里的肥肉!

温朴说,东升的地理位置和环境是不错,吸引人,可是另外两个地点,也都有可取之处,部领导至今还在权衡之中。当然了劳市长,有你的大力支持,日后我在这件事上,就更能放开手脚去争取了。

劳市长点了一根烟说,真人面前不说假话,温局长,我这个一市之长,确实很关心你们东北安装公司搬迁这件事,这关系到东升市未来提升经济实力与扩大内需等一系列配套定位措施的制定。温局长,我不是没考虑过,你们部里的另外两个备选地点,一个在山东,一个在江苏,你们能源总局跟那两家比较,长短一目了然,竞争优势很容易显示出来。一是你这里离北京近,就那么一截路,今后你们部领导来来往往省时间省体力。二是动迁的人,基本上都是北方人吧?我想北方人,更适合咱们这里的水土、风俗。这三呢,就是我们东升市地皮便宜,物价稳定,城市发展空间诱人,是座可以进一步打造的宜居城市。

劳市长死盯着搬迁这件事,心思用得不比自己少,这个温朴能理解。如今一座地级市的活力,不是靠文化、文明、精神等来推动的,而是靠经济项目和钱来拉动。到时几十个亿的安置重建资金一旦砸进东升市,带动与激活的相关产业可想而知。

劳市长拿起小茶杯,闻了闻,思忖着说,看来温局长在这件事上的积极性,还真是没有我高呀!

温朴笑道,你头疼我吃药,那是咱俩瞎胡闹!劳市长,利益大,这风险也同样大，我怎么也得考虑一下你抵抗风险能力的系数呀，让你背黑锅的事，我是不能干的。你们前任常务副市长的命运，可就是败在了亿元的投资项目上。

温朴提及的那个前任常务副市长，落马后自知罪重，于"双规"期间自杀。昔日常务副市长在招商引资上有功绩，千万左右的项目引进不少，过亿元的也有几家，最大的亮点业绩是他拉到了北京一家集团公司过四个亿的电子元件项目到开发区落户。一时间这个常务副市长人气飙升，电视上报纸上，老百姓口头上，折腾得比市委书记和市长都风光了，甚至一度有传言说，常务副市长用不了多久，就能一步跨到省里去任要职，也有可能到某某市当市长……要想人不知，除非己莫为，这纸还真的是包不住火，上升势头旺盛的常务副市长，说倒霉也是一夜之间的事，他栽在了那四个亿的大项目上，事后人们传说他受贿过千万。

按说被"双规"的人，是很难成功自杀的，"双规"地点的监控体系周密到位。只能说常务副市长不是一般人，他在自杀上也显露出了异样才华。他在卫生间里把一颗能装卸的假牙研究透了，先是用其他牙把钢丝挂钩咬直，找到钢丝挂钩磨损面，尽管那个磨损面极其窄，但仍有锋刃，就看从哪个角度打量了，粗心大意的人几乎看不出来。假牙变成了自杀工具，那几乎不被人眼识得的锋刃，还是割开了他手腕上的动脉血管。见血后，他为了保证自杀的成功率，他又割了两处，挑了一处，刹那间血管泄压，鲜血喷射，监护人员一冲进卫生间就变成了血人。后来在送往医院途中，常务副市长丧命，成功制造了一起令人匪夷所思的假牙死。

劳市长瞅着温朴，一本正经地说，是啊，腐败毁官员，贪婪害商人，贫穷苦百姓，你们能源总局还叫能源一局和能源二局的时候，一局的雷书记，不也是因为受贿养小蜜进了监狱吗。不过我倒是不怎么担心你温局长的防腐抗震能力，你给大领导做过贴身秘书，见多识广，步子扎实，功底在那摆着呢。说完，给温朴续上茶水。

温朴看一眼手表道，还喝呀，劳市长？

劳市长直起身子，伸着懒腰说，好啊，回府，准备听温局长的精彩报告。

温朴问,你想让我说什么?

劳市长道,有影没影,你温局长都要说说你们东北安装公司整体拆迁这个事,我们这个省领导刚来不长时间,很多情况都需要从头了解,尤其是你们这些中直单位领导所提供的信息,对省领导全盘考虑我们东升未来发展至关重要。

温朴推开茶杯,屁股离开椅子说,企业再大也是个井,政府再小也是个天,你劳市长的嘴一张开,就能放射出早晨八九点钟的阳光呀!

劳市长说,所以说呢,这希望还是在你们国企身上。

温朴旁敲侧击道,劳市长,凡事能想到的都不是最精彩的,凡事能做到的都不是最完美的!

劳家奇回过头,抬起眼皮看着温朴。

劳市长、温局长——门外传来杜秘书长的叫声。

劳市长抽出一支烟,冲着门说,你给书记打个电话,看看他那边怎么样了?

温朴站起来说,我把丑话说在前面,劳市长,等一会儿我要是把话说大了,日后万一不是那么回事儿,让你在省领导那儿坐蜡了,到时你可别怪我温朴嘴上没把门的。

劳市长道,您是谁呀,我的温大局长,十几万人的家长!您这双手不动是不动,动了好歹使点儿劲儿,就能推动我们东升市。

温朴笑道,劳市长,怎么你嘴上也有泡沫!

劳市长说,情乱心,酒乱性,谎言乱社会!搬迁只要不是无中生有,一切就皆有可能。

温朴耸了一下肩头。

劳市长让开路,故作谦卑说,请请,中直单位领导先走。

2

部直属的东北安装公司整体搬迁一事,在部里已经是板上钉钉的事了,安装公司到时落到哪个局,就交给哪个局管理,不再部直属了。搬迁所需资金,部里全额支付,到时得照着几十亿往里投。东北安装公司虽说是个处级单位,却是一直端着比部直属外那些处级单位高出半格的架子,党政一把手都享受副局级待遇。

搬迁事宜前阵子运作不见起色,问题出在部领导这个层面上。部党组会上敲定的三个备选地点的背后,都有部领导的影子晃动,甭管怎么开会协商,那些铁定倾向某一地的影子,绞到一起后就撕扯不开了。

这期间,较劲的部领导们,不光光是在北京发力,还在外围周旋,执意主张东北安装公司落户东升的部资深总工程师水依,先后两次到能源总局来检查工作,就东北安装公司整体搬迁这件事跟温朴交换意见。

水依这个部级,虽说是享受副部级待遇的准部级,但他在部里是个重量级人物,他在一些场合释放出来的能量,是那些排名靠后的副部长们所不能攀比的,话语权随时套得住部里的大事小情。水依跟温朴交换意见很见底,主要从两方面阐述观点,点化温朴,一是争取到安装公司,到时能源总局的账户上,就会冒出几十个亿资金,日后还不排除随时追加预算的可能;二是开导温朴眼光放远看事,适当时就得主动出击,去北京走动走动,向其他部领导表明一下能源总局领导班子积极配合这次搬迁工作的态度,新部长在最终决策前,有必要多听听来自各方的声音,尤其是京城外基层单位的声音,这样不管今后花落谁家,他温朴在这件事上的态度,怎么说都是一个端正的态度。有一次水依还让温朴请东升市领导来能源大饭店坐坐,那次潘书记没在家,劳市长带几个人过来了。不过那天水依在酒席上,并没有跟市里的领导交底,他把东北安装公司有可能落户东升这件事,说得模模糊糊,不过意向动作而已,后来有一搭无一搭问了问东升市房地产开发情况。当时温朴脑子一转圈,就在水依的话里咂出了味道。此次安装公司是整体搬迁,也就是说那边有多少房子,将来在东升就得起多少栋楼。

温朴做秘书时,曾陪副部长苏南去过东北安装公司,知道那边的办公楼、通讯楼、住宅楼、小学校、招待所、成品油库、器材库、卫生所、商店,以及其他配套建筑拢到一起,起码有四十多栋楼,平房之类的就忽略不计了。这样一个楼群数字,对任何一个房地产开发商和建筑公司来说,无疑都是一个超巨大的奶油蛋糕。其实,就在温朴嗅出水依话里含有肉香味的那一刻,劳市长也有所感觉,意识到水依问到房地产开发上了，这说明他们东北安装公司来东升落户这个事，并不像水总刚才形容的那样，就是个意向上的论证，那个安装公司到东升来，八成是有眉目的。接着劳市长就拿话试探水依说，水总，欢迎你们企业来东升发展，届时土地要多少提供多少，要哪里给哪里。水依没往套里钻，绕开了土地的话题。转天，劳市长给温朴打电话，说他对水依昨天说的那个意向话题感兴趣，询问温朴在这方面还有没有什么确切的信息，到时需要市里出什么力的话，各职能部门大力支持。

刚从某直辖市过来的新部长由于角色还没有转换过来，一时间也就不好站出来平定局势。搬迁的事儿乱堆在那里，谁说谁有理，谁提谁来气，新部长要是吃不准，一言定下乾坤，到时后患也够他收拾的了。但这事又不能老是我不闪，你不让，大家坐在一起没完没了地扯皮，于是，新部长就建议成立一个临时工作小组，专门就搬迁一事搞调研，搞协调，搞规划，最终要给部领导班子出一个最佳搬迁落地方案，为部领导们最后拍板提供可靠参考。

临时工作组组长一职，给部办公厅里最年轻的副厅长丛德成担上了，传说开始几天里，丛德成愁得脸上的肉都抽巴了。

某些部领导们意见不统一，这个组长就难干，受夹板气不说，稍有闪失，就会把某某某或是某某得罪了，而他丛德成的仕途与这些部级的某某某或是某某哪能没有牵连？那些人不待见你，你做某些事时，就得格外留神。相反他们罩着你，你抓机遇就方便多了。

温朴前几天听说，这会儿的丛德成，人尽管瘦了一圈，可也还在硬着头皮履职。

官场从上往下办事容易，俗话说官大一级压死人嘛；但是从下往上过五关斩六将，就没那么容易了，若干钉子碰下来，弄个麻子脸还算好的，万一搞乱了神经大脑，整个人那是说崩溃就崩溃。丛德成这会儿还没趴在搬迁上龇牙咧嘴，说明他躲闪周旋的功夫还没有给人废了。

丛德成这个人，温朴早在北京给副部长苏南当贴身秘书时，就没往小里看过他，这个人长相不错，大眼睛，周正脸庞，在办公厅里转着转着，就转到了副厅级，没点儿左右逢源、见风使舵、委曲求全、迎合媚俗之类的本事，以及化解危机的技能，他是混不到这个分儿上的。

官场变幻莫测，大多掌权者在处理某一利益交织的事件时，往往宁可伤害百八民众，也不肯轻易得罪一个上级领导，在官场上见人矮半头没亏吃，所谓屈辱得福、倔犟惹祸，就是这个道理。谁都知道，办公厅里的差事不好干，杂乱不说，点头哈腰的功夫得练到家，那些等着他们伺候的外来客人，甭管其貌如何，身份大都有来头，丛德成他们万不能拿僧人不当神仙，再就是部里的领导们也都各有秉性、嗜好，甚至是怪癖，有时你精心准备一套两套思路去应酬，结果都未必够用，往往是多几个心眼才有可能招架得住。也就是说平时除了眼观六路，耳听八方之外，还要留心领导们身后的七大姑八大姨是不是正在冲你招手，领导亲朋家眷的事，有时候比领导本人的事还是个事，你不当回事哪行？不当回事的结果，很有可能是你吃不了兜着走。

第 四 章

1

阴沉沉的天空,突然间就放晴了,潮湿的空气中,散发着沤水泥与朽木粪土的气味。

看得出来,前几天这里下过大雨,东北安装公司职工家属住宅区里的积水还没有退去,水深的地方,至今尚能把一个大活人从头量到脚。

西南方向,传来抽水泵的嘟嘟声。

浑浊的积水里,漂浮着死鱼、死猫、死狗、死鸟、死猪、死兔子,还有卫生巾、避孕套、塑料袋、烟盒、玩具、打印纸、烂木板、残枝叶、败花草、破衣物、旅游鞋、皮拖等杂物,仿佛这里荒凉已久,破败得让人心灰意冷。

这时,几条军用橡皮船从四号家属楼的楼头拐弯出来。打头的船上,站立着丛德成、温朴以及东北安装公司经理鲁培明、书记陈炎等人,大家身上都套着橘红色的救生衣。其间,闪出船队的那条船,想必是一条新闻采访船,船上扛摄像机的和举照相机的都在紧忙活。

这是部搬迁临时工作小组组织的一次实地勘察活动,相关人员都是丛德成张罗来的。按计划,原本是一个副部长带队,后来副部长临时参加一个节能减排会议,这样一来带队人与召集人丛德成就一肩挑了。

尽管来人不少,但主要角色不过三五人,明确一点儿讲,这次勘察活动,其实就是丛德成为未来都有可能接管安装公司的那三个局的当家人操持的,让他们三位实地感受一下大雨过后的现场气氛。

山东局长和江苏局长有点儿看傻了,来时他们想象过这里的情景,甚至没少往很差劲上想,可是此时一身临其境,他们才意识到,就算那会儿在飞机上随便乱想这里的差，怕也触及不到眼前这个场景。楼房高四层，上世纪七十年代末或是八十年代初那种老旧的式样，暗红色的砖已经给岁月磨去了棱角，风雨一过，不住往下掉粉渣。

雨水已经退到了一层住户的窗口上方。

咦，窗户呢？温朴眯缝着眼睛寻找，噢，原来如此！

温朴有些哭笑不得。家属住宅区里，每栋楼的一楼，都已被迫放弃了，且门窗都用砖头堵死，水泥抹面。无雨季节，二、三、四层的住户，正常走单元门洞上楼，可是现在就不行了，积水堵塞了门洞，想过去除非扎水里憋气游过去。现在人们上楼用一架大铁梯子，长度少说也有十五六米。铁梯子一头戳在路边树底下，一头搭在二楼走廊的窗台上，这栋楼的五个单元门洞，个个都是如此。

其他楼也都是这样吗？温朴指着大铁梯子问身边的人。

啊，温局长，陈炎说，雨季里，每个门洞都配一个铁梯子。

这安全吗？江苏局长插话问。

陈炎道，唉，一开始肯定都走不习惯，不过时间长了，就习惯了，我现在天天走上走下，没感觉到有啥不安全。

丛德成回过头道，陈书记，我怎么听说……你前天好像从梯子上掉下去了。

陈炎脸一红说，那是后面有人故意使坏，不乱踩我怎么会掉下去，丛厅长。

江苏局长笑起来，问，没淹着吧，陈书记？

不等陈炎答话，鲁培明开口了，其实那天陈书记也没喝多少浑水，陈书记平时喝啤酒，不过六七瓶的量，再多没地方盛了。

丛德成也抿嘴乐了，问鲁培明，那天是你在陈书记背后搞的鬼吧？

鲁培明冲丛德成竖起大拇指，整出一脸佩服的表情说，抗洪演习，不值一提呀，丛厅长。

陈炎苦笑道，灾难放大了博爱，也曝光了野蛮！

一阵风刮来，橡皮船摇晃了几下，船上的人都站不稳了，温朴更是脚下没根，重心忽右忽左，两只手在半空里动来动去，像要抓住什么，要不是鲁培明及时出手拉扶，说不定他就掉水里去了。

在另一条船上，山东局长保持着身子的平衡，抬手指道，像这种砖混房，在我们那里早就见不到了。

江苏局长打哈哈说，再过几年，这些红砖房子，就有古董的味道了。

撑船人闷闷不乐地说，三十年河东，三十年河西，想当年这里可是远近闻名的人间小天堂，那时甭说周边的乡镇县城了，就是再远点儿的城市里，怕也找不到几栋这样的四层楼群啊！

2

先生产后生活，这是计划经济时代，各大企业普遍运用的模式，当年在职工生活问题上，决策者要是能稍微考虑周全一点儿，目光放长远一点儿，那安装公司也就不必吃现在的苦头了。

安装公司安营扎寨的这块地是一块洼地，当初拿这块地时，安装公司分文未掏，地方政府追着屁股白送。

要说早年间的这块洼地，倒也没怎么显现淫威，雨季里雨水再泛滥，也制造不出多大的灾象，那时的雨水，似乎很守规则，来得快，走得急，洼地里基本上不怎么积水，赶上连雨天，或是大到暴雨的时候，职工家属们躲一躲，避一避，猫屋子里打打扑克，吹吹牛，或是喝点儿小酒，温温旧事旧人，就挨过去了。非要出门，顶多也就是多挽几圈裤腿的事儿，两脚不至于迈不出去，家门更不至于给雨水淹了。

然而，也不知打什么时候开始，这块守规则的洼地，像是一夜间就衰老了，病态了，丧失了吞吐雨水的能力，任由至此的雨水横冲直撞，一次次上演天灾人祸，曾先后有两个儿童和一个老妇人死于水患，至于说摔倒呛几口雨水，灌个大肚之类的人，那是年年都有，多了去了。雨水扰乱了人们的正常生活和生产秩序，逼得人们闹心、茫然、发愁、恐慌、胆战、叫骂，直至绝望！人定胜天这句话，拿这里的惨状一对照，你没法儿不承认那确实是一句不妥帖的话，雨季在洼地里制造出来的乱象，你想收拾但无力下手。

在接下来的混乱日子里，职工家属不再沉默和容忍了，纷纷以各种方式发泄内心的不满，众人齐声要求公司领导立马想办法，解决雨季给他们带来的生活不便与生存忧虑。曾有几个脾气暴躁的工人在家给洪水扫荡得惨不忍睹后,红着眼睛,骂着街,抡胳膊甩腿冲进公司办公楼(公司办公楼的地势比家属住宅区的地势要高),把领导们的办公室占过来当卧室用。一时间弄得办公楼里人心惶惶,乱七八糟,谁都没心思工作了。

人斗不过老天,疲惫不堪的领导们面对怒气冲冲的职工,来硬的不敢,来软的白搭,一个个除了头疼、无奈,也只能是继续头疼和无奈。那时的领导都还讲良心,讲公道,面对职工的疾苦,公司领导班子没有袖手旁观,领导们站在群众的立场上说话,数次变换口气给部里打灾情报告,主要领导还多次去北京,面对面跟部领导诉苦,建议公司整体搬出去,找个干爽的地方,让职工家属们过几天干爽的日子,再这么熬下去,活人都得发霉。原工会主席是个好动义气的领导,曾四次去北京反映洼地职工家属的生存状况,说到揪心处,一把鼻涕一把泪,却回回都没揣回来他想要的结果。

那年入夏前几天,郁闷的工会主席在一个公开场合针对部里干打雷不下雨的行为,说了一些过头的气话,会后鲁培明劝他注意言行,陈炎提醒他政治觉悟不能丢,然而工会主席犯拧,死活不买账,转天带着更大的怨气行使职权,召开了公司基层职工代表紧急会议,公开鼓动职工和家属联名往部里递状子,实在不行还可以结伴去北京讨要说法,并许诺届时路费等相关开支工会全都包了。还真有人去了北京,到部信访那儿露个脸后,就匆匆去探望在北京上学或是工作的子女、亲朋好友,也有人索性不到部里去露面,下了火车直接去观光购物。劲儿使出去了,到头来却没折腾出什么动静,工会主席窝囊坏了,不等部里把他怎么着,他就自己把自己一撸到底,辞职不干了。

要说部里这些年在相关文件与会议上,还是挺重视安装公司职工家属的生存状况,遗憾就遗憾在实际行动没能跟上去。不过为安抚安装公司受苦受难的职工和家属,部里每年拨下来的直属单位基建维修资金都是水涨船高,赶上哪年的雨水特别大了,灾情加重了,还会额外再下拨一笔特别救助金。不仅如此,有一年,部机关大楼里的人献爱心,给安装公司的特困户们捐了款。

洼地里的喜怒哀乐,就这么轮转着,当灾难彻底压弯了老百姓的腰,老百姓的神经也就麻木了，不想再把腰直起来了，直起来了也还是那么两下子，费那事干啥？听天由命，顺其自然吧。安装公司是个以工程施工为主的单位，平时公司里的男人差不多都在外地忙工程，不过年不过大节，不赶个急事儿啥的，男人们都很少回来，留下一堆空巢怨妇清冷度日，时间一长，渐渐就在洼地犄角旮旯里，弄出一些激情的男女花事来，什么乱搞不乱搞，什么越轨不越轨，谁弄舒服了谁痛快。据说还有人献身包了多个怨妇，忙得没黑没白，辛苦程度那就不用说了，有一天终于累过头了，差点儿给突发的心脏病要了命……

　　再后来，时兴工龄买断，一些守活寡的女人也不过多思量得失，争着抢着就买断了自己的工龄，带着存折去了外地儿女那里，或是在周边哪个城市再置办一套房子居住，然后把洼地上空出来的房子出租掉。

　　安装公司渐渐散了架，今非昔比。

　　久而久之，洼地里因增添了新功能，居然就出了名。周边好玩的大小老板、无业盲流，甚至还有在校大学生等都往洼地靠拢，据说洼地里滋生出来的快活，那是实打实地让人快活，而且收费还合理。

　　当然了，洼地变成灯红酒绿的开心世界，高兴的人是真乐呵，生气的人是真堵心，公司里一些走不出去且又不敢随便放开身子的女人，见了小姐就吐唾沫，还时常到公司领导那里抗议。三番五次闹不出名堂来，女人们就另想办法折腾，拢在一起凑词儿写控诉信、揭发信、检举信。女人们长了心眼，信不往部里寄了，而是往央视和各大报社寄，会上网的女人，更是注重门户网站论坛的力量，拼命上传洼地里内容不雅的图片，说明文字不绕不躲如实指证。于是就翻天了，洼地里的乌七八糟被疯狂点击、转载之后，纸媒体又一窝蜂扑来，跟进展开目击报道、现场报道、深度报道等，所发图片都具有相当的视觉冲击力，直至某一天引来了央视某栏目组的暗访。

　　洼地色情服务被曝光，部领导的面子受损不说，要命的是社会舆论扛不住，这才下决心跨省挪动安装公司，彻底铲除洼地毒瘤，还安装公司职工家属们一个舒适的生活环境。

　　可以说，打这以后，地球人就都有数了，安装公司早晚有一天要离开洼地！

第 五 章

1

首长驾到，姐妹报告，设备良好，运转高效！

厂价促销，能者多劳，半途而废，适当退税！

突然听到这些既嚣张又放荡的怪叫声、嘻嘻哈哈声，几条船上的领导们先是呆愣，待定神后，不约而同朝声音的源头望去。

我晕！江苏局长说。挺直身子，手搭凉棚，抬头往上望，动作有些舞台表演成分。

山东局长扭过头，不怀好意地拍了一下江苏局长的肩头，意味深长道，老兄晕船？

江苏局长咧咧嘴，挤挤眼，给出的形体语言，若转换成声音，不外乎就是这么一句话：我晕球！

温朴看见，对面四号楼三单元三楼一个阳台上，三个女子身挨身，趴在阳台护栏上，三个脑袋，三种颜色，从左至右依次是枣泥色、浅槟榔色、芒果黄色。她们都只露出上半身，这样她们的整体形条，水里的人就不大好估摸了。

浅槟榔色头手里舞动着什么东西，淡粉色，像吊带，也有可能是内裤，嘴里不停地呜嗷呜嗷呜嗷，站在她左右的枣泥色和芒果色，则随着呜嗷声的节奏，扭腰抡胯，甩头晃肩，双手要么在胸前抓摸揉搓，要么就一劲儿冲漂在浑水里的人抛飞吻，就像是在表演醉情艳舞。

丛德成目光生涩地瞧着鲁培明和陈炎。

新闻船上，扛机子的光头男人早把镜头推到楼上去了，拉近那几个女子，看得有滋有味。照相的人，啪啪紧按快门。

骚货！那边船上，一个女人小声地说。

鲁培明脸色灰不溜秋，躲开丛德成的目光，一扭头，跺脚冲右侧一条船喊，柳科长！

鲁培明这一脚，跺得超猛，橡皮船摇晃起来，丛德成一失重心，舞起来的左手，下意识抓住了也正在失去重心的温朴的肩膀，两人顺着摇晃的幅频贴到了一块儿，彼此借着力，这才勉强控制住失衡的身体。

山东局长伸着脖子，目光在阳台上定得很深，走神走得比较远，鲁培明那一脚下去时，他没有半点儿察觉，所以他弄出来的险情，着实把周围的人惊吓了，不知哪条船上的女人大叫了一声。

温朴往那边一看，就知道那个正在惊慌失措的小胖子，大概就是鲁培明要找的柳科长。

鲁培明左手叉腰，右手指着小胖子，没好气地说，什么乱七八糟的，不是说都清理干净了吗？瞎胡闹！

柳科长没敢搭腔，两手在胸前莫名其妙地比画了几下，然后从裤兜里拽出对讲机，一转身，背对鲁培明，压着声音说，2号，2号，目标四号楼，三单元301。

哎呀妈呀，来真的了！

至于吗？不过跟领导大哥开个玩笑，让领导大哥开开心嘛。

快别闹了，快撤吧，落柳科长手里，又得白挨他一顿……

阳台上的三颗彩色脑袋，忽闪中就没了影儿。

陈炎讪讪道，不好意思，各位领导，下来我们检讨，好好检讨。

丛德成笑笑道，这洼地里，大概住了多少此类人员？

鲁培明蠕动着嘴唇，看着陈炎不吱声。

陈炎酸溜溜地说，不多，不多，丛厅长。自从听到了咱们要搬迁的信儿，这镇子上的一些人，就开始明目张胆地祸害人了，不停地在洼地四周盖美容屋、洗浴岛、歌舞舱、按摩院、足疗嘉年华大世界什么的，一方面挣着现钱，另一方面等着将来沾搬迁的光。这帮人黑着哪，丛厅长。镇上县上市里都有后台，我们喂了他们这么多年，都喂不熟他们。

丛德成掏出打火机，边玩边把话题扯回眼前，问道，三楼上那些人进出，也都是通过铁梯子吧？水火不留情，掉下去一个，捞不上来的话，可就麻烦了。

鲁培明和陈炎脸上红一阵白一阵，谁都接不上话了。

温朴意识到这个话题再说下去，鲁培明和陈炎就得跳到浑水里藏身了。他看了看手表说，丛厅长，我看这时间差不多了。

稍后是一个汇报会，由安装公司负责人向各路领导汇报安装公司的现状。

丛德成瞅着涌动的积水说，噢，那咱们抓紧回去开会吧，温局长。

喝凉水塞牙缝，放屁砸脚后跟，这都是说人走背运时的情形。今天安装公司头头脑脑差不多就是这么倒霉，接连在各路领导面前出丑或是掉链子。这不，行走得好好的橡皮船，忽然就开始发软了，倾斜了，一串串大气泡，咕咚咕咚地从船底翻上来，船上的人再次紧张起来。

船底给什么东西刮破了，鲁经理。撑船人不安地说。

见此情景，其他船上的人大呼小叫，都往这边靠拢，水面上有点儿乱。

这里的水能有多深？丛德成问撑船人。

嗯……撑船人道，这里不深，顶多到腰那儿，丛厅长。

丛德成抖了抖身上的救生衣说，要是这样，等船沉下去，咱们走出去吧。

鲁培明沉不住气了，说，丛厅长……关外的秋天，不比关内的秋天，水已经很凉了，下去受不了。

丛德成摆摆手，接着一指三号楼那边一个正在蹚水的妇女说，我再怎么也不能比那位女士娇气吧。

陈炎往远处看看，不经意就把目光投向了刚才出热闹的四号楼，一团芒果色，刺了他眼一下就不见了，他倒吸了一口凉气。

鲁培明还想开口，可一看脚下的橡皮船，顿时泄了气，橡皮船已经不吐气泡了，变成了橡皮毯子，正在快速下沉，浑水正在顺着人们的腿往上涨。

陈炎怕丛德成有什么闪失，就伸来一只手，抓住丛德成的左胳膊。

新闻船上的人这时又开始忙碌了，大小镜头都对准落入水中的领导。

水刚没到人们肚脐下，体重明显超标的陈炎，这时的步子迈得已经十分吃力了，气喘吁吁，偶尔停下来抹抹额头上的汗水。

鲁培明满眼都是需要伺候的领导，他已经照看不过来了。

陈炎这时想到了什么，急忙掏出手机，打到办公室主任那里，悄声吩咐他赶紧打电话联系人，弄十几套内衣外衣、毛毯子之类的保暖物品，领导们已经下水了。

柳科长会来事，会捧场，一看领导们都下水了，就也从船上跳下来，左右拧着身子，哗哗啦啦往领导这边赶来。

水确实够凉的，温朴哆嗦了一下，身上没沾水的部位，腾地起了鸡皮疙瘩。

水面上杂七杂八的漂浮物忽多忽少，腐烂的气味也忽轻忽重，温朴时不时就要躲闪肮脏的漂浮物。

你去前面给领导带路！鲁培明一推刚才撑船的人。

鲁培明心里窝火，这一推的力度就没掌握好，身子往前栽了一下，找稳时，就觉得脚底下踩到了什么圆东西。然而，不等鲁培明感知出脚底下是什么，整个人就滑落到了浑水里，他身后的人急忙上前拉扯。

几只手合作，把鲁培明拖出水面，鲁培明呼呼大喘，拼命甩脑袋。

你没事吧，鲁经理？柳科长问，脸都吓白了。

丛德成刚想开口，却给鲁培明后脖颈儿上一样东西分了神。他看明白那是什么东西了。与此同时，柳科长、陈炎等人也都发现了那个卫生巾，一时间这些人的表情都很尴尬，想必是不知道该如何提醒鲁培明。

丛德成伸手要来柳科长手里的对讲机，扶住鲁培明的一个肩头说，别动。

落汤鸡似的鲁培明正在整理头发，就下意识问，咋了丛厅长？是不是我身上有啥？

丛德成用对讲机天线一挑，就把那片卫生巾挑到了浑水里。

鲁培明回过头，讨好道，到底啥呀，丛厅长？

丛德成绷着脸说，鞋垫！

柳科长想乐，但又不敢，只好往回憋笑，弄得满脸通红。而其他人这时也不好张口把鞋垫再换成卫生巾，只能东看看西瞅瞅，选择回避。

鲁培明低头往浑水里看着，隐隐约约发现前面一片什么东西，正在缓慢地随流往下沉去。

我说……是鞋垫吗？鲁培明有些疑神疑鬼地问。

丛德成把对讲机还给柳科长，说，鞋垫，还是海绵的。

陈炎终于憋不住了，放声大笑起来。

丛德成导演的这出恶作剧，按说到这里就该收场了，大家都从卫生巾和鞋垫上找到了乐子。

然而温朴的一个新发现，却是又让大家在丛德成身上找到了升级版的乐子。

温朴一指丛德成后腰说，丛厅长，你这是带的什么佩饰？

柳科长往丛德成后腰上一看，脸色立刻变了。

丛德成本能地转过头来，但是他没办法看到自己的后腰。

鲁培明绕到丛德成背后，目光往他腰上一落，惊讶道，温局长，这哪是饰物呀，这是安全套！

温朴能觉察出来，鲁培明这是在揣着糊涂装明白，故意拿聪明找傻给大家看。

温朴对鲁培明说，那你还不赶紧帮丛厅长取下来。

丛德成直视着温朴，拿自己找乐的口气说，靠，我这是跳进洼地洗不清了呀！

柳科长把手里的对讲机递给鲁培明，鲁培明接过来，刚要用天线去挑还贴在丛德成后腰上的安全套，安全套摇摆着就脱离了丛德成的后腰，随一股水流急速漂走。

丛德成看着往远处去的安全套，点了点头，嘴里哼哼几声。

鲁培明眨着眼，疑神疑鬼地嘟囔，不会是海肠子吧？

丛德成见鲁培明没完了，这是要逮着蛤蟆攥出尿呀，就不屑地哼了一声，拉下脸来说，是吗，鲁经理？那你还不去捞回来，晚上炒了吃？

鲁培明刚才那句逗话，本是想拿玩笑话铺个台阶，让丛德成走下来，没想到人家不领情不说，还拿操蛋话编派自己，这让鲁培明胀气，恨不能这就扑过去，把姓丛的脑袋按到水里，呛他个水饱。

陈炎用眼角余光扫了一下鲁培明。

鲁培明蠕动了几下嘴唇，看看大家，皮笑肉不笑地说，海肠子炒韭菜好吃，下晚看看能不能让人弄点儿海肠子来。

鲁培明还在往自己身上找臊气，他认为只有这样才能让丛德成顺气。然而到了这一步，已经没有人再来配合他了，弄得他一脸窘态。

温朴刚才不过就是想玩笑一下，松动松动气氛，这么泡在浑水里毕竟不是乐趣。然而他没想到自己的玩笑让鲁培明弄了个灰头土脸，有些过意不去，就拿话拔丛德成的高，丛厅长，大家的脚，可都是跟着你的步子呢，你就不能带领让我们早点儿上岸，喝口热茶什么的？

丛德成哪能不知温朴这是在拿软当硬，顶自己的后腰呢，于是调整了一下情绪，找热乎的口气说，温局长的要求，就是我们的追求，我说大家都别走慢三也别抡探戈了，上快四步出去！

鲁培明哆嗦着手，接过柳科长替他点着的香烟。

2

某官员对老婆说，吃饭，睡觉；对小姨子说，吃个饭，睡个觉；对美女说，吃吃饭，睡睡觉；对小蜜说，吃饭饭，睡觉觉；对老百姓说，吃什么饭！睡什么觉！

看完朱团团发来的这个段子，温朴禁不住地笑了。

平时温朴不玩手机段子，给他发段子的人很少，不过朱团团除外。朱团团给他发段子，一向没有时间概念，想什么时候发就什么时候发，大半夜里弄响他手机也是常有的事。

不玩是不玩，但温朴不反感，他觉得有些段子，编得确实精妙传神，幽默辛辣，尤其是一些拿敏感话题编出来的段子，有时都能狠到令人惊恐的分儿上。年初朱团团发来的一个段子，他看后不说心惊肉跳，起码也是心提到了嗓子眼，待稍一平静下来，就给朱团团打了电话，提醒她不要再玩这类段子了，马上把刚才发的那个段子从手机上删除，不能再往外转发。

夜已深，室内温度大概也就是十度左右的样子，温朴把手机放到枕边，手还不等缩进被窝，就接连打了几个喷嚏。下午在洼地里蹚水，他多少有些着凉，上床前他怕夜里出麻烦，就冲了一包板蓝根喝下去。

隔壁的呼噜声又开始山响了，一脸疲倦的温朴，使劲叹了一口粗气。不过他倒是能理解住在隔壁的山东局长，那家伙比较胖，晚上又拼了一场大酒，倒下来不打呼噜就不正常了。

晚饭本打算在洼地里吃，公司食堂都准备好了，不料想，当地县长带着一干人杀进洼地，死活请北京来的大领导到县上去坐坐，还说市委书记这会儿也正往县上赶呢。

鲁培明和陈炎从丛德成脸上领到了无声的吩咐，于是站出来救驾，说领导们今天一到洼地，歇都没歇就下去视察工作了，现在领导都很累，晚上在洼地随便吃点儿就休息了，明天的活动，排得也是满满的，建议另找时间交流。

女县长听完，根本不打退堂鼓，笑吟吟左一声大哥鲁培明，右一句老兄陈炎，三两个回合就把鲁培明和陈炎搞蔫巴了。

安装公司的领导，哪能跟这些地方上的父母官不熟悉呢？平时彼此间有过酸脸，有过冷场，有过拆台，有过搭桥，有过抬轿，有过穿一条连裆裤还嫌不亲密的时候，这些都很正常，哪儿的中直单位跟地方政府都是有恩有怨有合作。

不过今天这出戏，事先鲁培明与陈炎没有参与编排，地方政府这是堵住门，打了他们一个措手不及。不过鲁培明和陈炎也并不介意，去了听地方领导说来说去，不去听丛德成等人讲来讲去，所以说去留无所谓，反正都是提着耳朵听的事儿。

女县长已是人到中年，身材细高，眼睛不大，表情丰富，话能拐弯绕道，缠上谁，就不给谁留出脱身的缝隙，非把你拿下不可，搞得玩场面应酬玩得几近炉火纯青的丛德成，那一刻也没能把女县长玩转，临了只得硬着见了汗气的头皮，应下女县长的请。

从招待酒店到参加人员，这顿宴请县里显然是精心策划过，桌上桌下的细节都关照考虑到了，就说清一色的女服务员吧，甭管长相气质如何，人数让你咋舌，几乎是一个服务员包一个客人，眼睛盯着你伺候，让你感觉组织这个酒场的人，以及在这个场上服务的人，实诚得就差把心窝子撕开给你看了。

丛德成和温朴没动白酒，都只是喝了点儿红酒。

要说还是山东局长不怯场,坐上桌没多长时间,就跟地方领导硬碰硬了,尤其是爱跟女县长叫板,话投机了走一个,话不投机照样走一个,有一次连着跟女县长整下去三大杯,一杯就是二两。夹在两帮人中间的鲁培明和陈炎话没少说,酒也没少往下灌,哪头喝出疙瘩事儿来,两人都要端着酒杯去化解,稍不留神偏向了哪头,八成要给没被偏向的那头罚酒,弄得鲁培明和陈炎到处求爷爷告奶奶,时常分不清谁是自己人谁是外人了。

市委书记年龄偏大,又刚刚做了心脏搭桥手术,在酒上很容易就被大家同情过去了。两帮人之所以都愿意放市委书记一马,还在于他的酒德不错,并没有倚老卖老,或是拿病身子说事儿,自己不喝一劲儿去灌别人酒。

市委书记一直在主动接触丛德成,话题很广泛,从中央到地方,从社会到单位,从物价波动到食品安全,从领导干部财产申报到配偶经商,偶尔会提提安装公司整体搬迁这件事。比如,讲到时处理洼地上的动产和不动产等事宜,书记说你们部里如果需要市委市政府出面协调,或是出台一些相关的优惠政策等,那他到时一定举全市之力,送方便上门,毫无保留地配合国企的搬迁工作。市委书记这番话,把他的意思说得很含蓄,这要是让管洼地的镇长给归纳一下,市委书记的意思就没遮没掩了——镇长曾跟鲁培明和陈炎说过,等你们搬走后,留下的这堆破烂,我们辛苦辛苦,帮你们处理吧,至于说帮工费搬运费什么的,就不跟你算了,毕竟相处了这么多年,大家还是有感情基础的嘛。

有关安装公司搬迁的善后事宜,部领导们曾在会议上讨论过,认为洼地当初是白拿来的,不用了就得还给人家,想发地产财那是没门的事,地方政府一百个不会干。再说洼地上的房子,如今给雨水沤得差不多都成了危房,早已不值得再投钱维修和加固了,这一点部领导相信地方政府官员比他们更有数,到时人家不让你们安装公司自己动手拆除,自己清理建筑垃圾,把洼地弄干净交出来,就已经是在感情上办事了。洼地里真的没多少值钱的东西可以带走,在洼地里瘦死的骆驼还真不比马大。这样一来,部领导在洼地善后这件事上,没费什么周折便达成了共识,就是到时让鲁培明牵头处理,给出的底线是能送的都送,能赠的都赠,只要安装公司能顺利抽身就好。然而地方政府看搬迁的角度，就不是部领导的那个角度了，地方政府会秉持破家值万贯的理念行事，卖破烂卖好了也能发大财。

一个胡子拉碴的副县长喝哭了，被几个人架了出去。

这之后不久，市委书记就以东道主的身份收了酒场。女县长喝了多少白酒红酒，怕是没人能给出个准数来。不过从状态上看，女县长是喝到了她酒量的上限，再来几两，她就有可能喝多了。

散席时，红光满面的女县长张罗请客，让大家换个地方再活动活动，说尽管这里是乡下，百八十年也不会赶上北京，可是乡下有乡下节目，土气有土气的乐趣。

带队的丛德成肯定不会把人再放出去，出来吃喝，就已经很给面子了。

后来女县长又说洼地里的住宿条件不如县委招待所，劝丛德成等人过来住。

丛德成这会儿和女县长周旋就不那么费事了，几句客气话就把女县长的挽留绕过去了。

3

山东局长的呼噜再一次打到高潮，温朴觉得墙体都颤动了，这家伙的呼噜声太有冲击力了，今后若是再一块儿出来，说什么也要离他远一点儿，至少隔上三五间房子才有可能睡安稳了。

温朴侧过身子，右耳朵贴枕头，单让朝上的左耳朵受罪。

没办法入睡，温朴只能想心事。

丛德成率队此行的真实目的，他到现在还没有搞清楚。下午回来在职工浴池里冲澡，他和丛德成不知是有意还是凑巧，总之是落在了大家后面，于是他就跟丛德成近距离交流了一下，问丛德成他的葫芦里到底卖的什么药。

丛德成说，没什么，就是请大家出来散散心。

温朴用一根手指头在他肚皮上旋着说，都光屁眼了，还跟我扯淡，是不？

温朴可以跟丛德成来素的，也可以跟他来荤的，毕竟温朴给苏南当过贴身秘书，在部机关里晃动的年头不比丛德成少，过去就算彼此没在什么大事上相互帮衬过，可弄点儿小来小去的暗示、拐弯抹角的点拨，互通一些带有保密色彩的信息，核实一些敏感人物背景等小动作还是免不了的。这些是彼此在部里时的摸摸索索，后来温朴仕途见亮，离京到东升任新组合的能源总局常务副局长，空手里一下子就有了实权，再回部里走动，丛德成等人不得不另眼相看。

实权是什么？实权就是获取利益的工具！

温朴在东升干常务副局长时期，先后给丛德成办了几件事，像什么提拔提拔他的亲朋好友，关照一下跟他不是一般关系的某某工程承包商，把他的一个其貌不扬的大舅哥塞进能源总局驻京办事处……

丛德成说，你们三位是棋盘上的棋子，下棋的人是那三位部领导。其实不用问你也知道，温局长，你对搬迁这件事，始终不怎么感兴趣，似乎也没去部里帮水总吆喝吆喝，不像那两个局长，他俩现在已经把自己捆绑到力主安装公司去他们那里落户的部领导身上了。

温朴道，丛老弟，水总的工作，我可是一向支持，你是搬迁临时工作小组长，这一碗水你可得端平了，不然有些话传到水总那里，我可是吃不消呀！

丛德成会意一笑道，水总对你不错，不然干吗非要把安装公司整到东升去？

温朴的嘴贴到他耳边上说，老弟的意思莫非是说水总所做的这一切，都是在为我谋福利？

丛德成嗯了一声，就没有了下文。

温朴至今对安装公司能否落户东升一直顾虑重重，几十亿的搬迁资金搁在那儿，确实叫人眼红，可职工家属万把号人的后续安置工作，细想也不是一件省心的事，尤其是那些戴着乌纱帽的人，别看这会儿一个个都不显山不露水，上级领导咋说他们咋哼哼，一旦他们已有的切身利益不保，他们可不会发发牢骚就完事，伺机闹起来，这些人的破坏能量，一个人能顶百八十个群众的威力，撕扯出来的矛盾、怨恨、冲突，堆起来就是一座火山，到时不把你烤化，也得把你烤焦了。

温朴在这件事上的谨慎，还与他做一把手时间不长有关，能源总局里的一些历史遗留问题，他眼下还处理不过来呢，再收编万把号职工家属，这无疑是眼大肚子小，贪多嚼不烂，自己给自己挖葬身的坑。

总而言之，温朴认为在自己还没有全方位主宰能源总局的情况下，多一事就不如少一事，尤其是摆弄人的事。可是在大面上，他又不能跟水总唱反调，甚至在某些场合里，他还得特意显示一下跟进水总的步伐。水总是专家型领导，每年能源总局的一些项目和工程预算都得过水总这张嘴。曾有京外局长感叹说，水总的嘴，就是验钞机，过你事时不能半道停下来，停下来你就没好日子过了。所以说温朴现在的难，是一家之主担心未来身上肉多肉少的那种难。

浴池里的水蒸气，不像刚才人多时那么浓了。

丛德成见温朴沉默起来没完了，就有些疑虑刚才他是不是在自己的哪句话上多心了。于是他欹歔了一下说，不瞒你说老兄，这次下来走走，就是山东局长建议的，当然了，他的这个建议，十有八九是他身后那位部领导的意思。至于他们此举的具体意图，眼下我也不大清楚，反正是挺耐人寻味的。家家有本难念的经，人人都有说不出的苦。温局长，你看看我吧，整天揽在这样一个看似平静其实暗流涌动的旋涡里，你说我容易吗？

温朴自然不会把丛德成的这些话一味当成好朋友的私心话受用，他会从不同视角去过滤丛德成的这些话。

温朴说，没有私心的人，当不了领导；私心过重的人，当不好领导，你说是不是这样，丛厅长？

丛德成撅着嘴，搓着自己的身子，说，江湖险恶，官场多变，走仕途做官，得后台硬，前台稳，中场擅周旋。老兄现已成一方诸侯，重兵在手，我此时讲这些是诸葛亮面前摇羽毛扇，卖弄！

温朴侧着脑袋，往外甩着灌进右耳朵眼里的水，道，深刻，接着说。

丛德成在防守应变中流露出来的敏捷与老到以及他出语的柔韧力度，都是温朴平时轻易触摸不到的，今天他算是真实领教了这家伙把玩场面的太极功夫。

温朴发觉人扯闲篇时,戒备心理确实容易松懈,尤其是像今天这样扯淡,稍一纵深,就更容易暴露出平时掩藏很深的本性。

丛厅长、温局长,你们还在洗吧?鲁培明在门外问。

快没热水了,我说二位领导,别磨蹭了!这是江苏局长的声音。

第 六 章

1

　　星期日下午,朱团团给一哥们儿哄到宋庄去看一个食品安全危机与对策摄影作品展,这个摄影展是她哥们儿的铁哥们儿操办的,说白了都是卖人情捧场的事儿。

　　朱团团对摄影一向提不起兴趣,以往出去游玩,顶多拿个傻瓜机随便拍拍。可是宋庄这个摄影展,彻底颠覆了她过去对摄影的一些陈旧看法,她没想到摄影这东西还是蛮厉害的,摄出来的艺术能把人震撼傻了。

　　在参展作品里,一幅名为绿色环保无公害食品的巨大黑白照片,让朱团团看得惊心动魄。

　　画面上,金色的油条,全都用白色避孕套套着,一排排参差着码开,大概能有一千多根,营造出来的气势,不是冲击人的视觉,用朱团团后来的话说,那简直是轰炸人的眼球!

　　朱团团对那哥们儿说,上劲,太潮人了,怎么琢磨出来的?我就是一牛人,天天站到天安门城楼上,怕也想不到如此制作绿色环保无公害食品!有才,这个是真有才!

　　那哥们儿油腔滑调地对朱团团说,以后我要是再吃油条,我就是你生的。

　　朱团团眯缝着眼睛说,哎哎哎,你丫说什么哪?让你老爸占我便宜是不?我说你这孩子够孝顺啊,叫老娘!

　　哥们儿躲开朱团团的巴掌,挤眉弄眼地说,跟你说件事儿,不是段子,是真事儿。有一回,我一哥们儿当众贬我,说我这人特节俭,特会过,一个避孕套反复使用多次,问我是不是这么回事儿,你猜我怎么回答?

我跟丫说，这你老婆也跟你说了呀？对不住哥们儿！丫一听立马晕菜。

朱团团捂着嘴，咯咯咯笑弯了腰。

返回城里，天已经黑透了，朱团团的哥们儿张罗了几个男女，在国贸附近一家云南菜馆尽情吃喝了一顿。

朱团团开车，没沾酒，弄得她哥们儿从头到脚都是遗憾。

散场后，朱团团没回自己家，去了温朴那套闲房，这样她至少可以省下一个多小时的休息时间。

到家一会儿就觉出了腰酸腿乏，眼睛也涩得不行，朱团团往沙发上一倒，就不想再起来了。

她刚眯糊了不长时间，手机就响了，她伸出胳膊，老大不情愿地抓起放在茶几上的手机。

一个过期女友打来的，说是听说她姐夫在外地当上了大局长……

朱团团不等对方把话讲完，就生硬地说，我姐死了，我没姐夫。

话往断气上噎人，对方还能有什么下文，支吾了一下，就挂断了。

朱团团把长期不联络的朋友统统认定为过期朋友，她发现这些过期朋友不论男女，有好事儿有乐子的时候，从不招呼你，抽冷子找你，嘴边上必挂着麻烦你的事儿。用人朝前，不用人时朝后，像这类朋友，朱团团一般不再去修复关系。

朱团团想接着眯糊，可刚接的那个电话把她搞精神了。她坐起来，这才意识到自己大概有小半个月没来这里了，就离开客厅去其他房间看看。一圈转下来，感觉这个闲荒的家，没多什么也没少什么，就是有股子灰尘的气味。

再次坐到沙发上，朱团团突然有些伤感。姐姐活着的时候，这个家可以说就是她的家，她想啥时候进来就啥时候进来，根本不管姐姐在意不在意，或是温朴高兴不高兴，尤其是在她心情不好的日子里，她还可以拿这个家里的男女主人出气。她现在体会到，姐姐活着的时候，尽管总是吓唬她，纠正她，但那都是对她的特殊关爱，姐姐总说父母都不在世了，我家团团的冷暖，当姐的不能不管。

此时此刻，昔日没能从姐姐言行里体会出来的好，被朱团团一点一点从记忆里挖出来，她被迟来的怀念弄得心里不是滋味。

念想姐姐的好时，朱团团也在反思自己曾有过的偏激行为，像对姐姐从小就恋蚂蚁这一癖好，她从小就反感，等到大了以后，姐姐的恋蚁情结达到疯狂程度，居然在家里养蚁，寻求蚁叮蚁咬的刺激。那时她认为姐姐的这种行为已经不是在满足癖好了，而是在满足病态的扭曲。

　　其实，温朴也讨厌蚂蚁，他一看见蚂蚁就打冷战，但他为了适应朱桃桃的恋蚁行为，在那些年里不知脱了几层皮，他在蚂蚁上的主动忍让与被动顺从，曾多次遭到朱团团的空前同情。

　　再就是在姐姐死因这个事儿上，朱团团一直冷静不下来，她甚至把姐姐想得很猥琐，很龌龊，认为姐姐玩儿姐夫玩儿得太狠了，姐姐其实就是个笑面婊子。

　　可是今天，她在这个肢解后的家里，把过去的那些怨恨与猜疑都放下了。

　　她渐渐明白，姐姐已经长眠地下，这时看透她与看不透她，其实都没有任何意义了，姐姐的离开，意味着她把自己的一切好与坏都带走了，与谁都无关了。

　　往事酸甜苦辣，情感冷热稠稀，朱团团感觉到了女人的苦与累，还有生活的百般坎坷。

　　今天她重新认识了一下自己，过去她的心思，可是很少往自责上碰触的。

　　不知不觉中，泪水就打湿了她的脸颊……

　　进来一条短信息，朱团团拿起手机翻看了几眼就删除了，之后关机。

　　冲过澡，朱团团就去睡了。

　　挨着卫生间的这间屋是她的专用屋，这里似乎还遗留着她的气息。

2

　　床板泡在红色的液体里，铁床架扭曲变形，木板在绞力中颤抖，稠密的呻吟声从每一条缝隙里钻出来，酱紫色的蚂蚁一层一层叠上来，像单子上盖毯子，毯子上盖被子……朱团团喉咙干燥，胸腔窒息，喊不出来，两手乱抓，身子拼命扭动，怎奈身上的蚂蚁一个也掉不下来……

扑通一声，翻滚中朱团团摔下床，落入漆黑的深渊！

喀——喀喀——

朱团团从黑暗中蹦起来，手舞足蹈，企图把身上的蚂蚁弄掉。

她没有方向感，没有地理概念，也没有时间意识，她只知道自己活不下去了，正在被成千上万的蚂蚁切割。

惊魂未定的朱团团又喊叫了几声，拼命跺脚，拍打胸口，旋转中一头顶到墙上。

她眼前金星飞溅，两腿软着软着，就软到了地上。

她靠着墙，神志被皮肉上的疼痛唤醒，呼地吐出一大口气，意识到刚才发生的一切，不过是一个虚幻的蚂蚁梦，后背上嗖嗖地冒着冷汗。

她扶着墙站起来，哆嗦着摸到开关，打开灯。

灯光里的朱团团，面目吓人，头发零乱，光着两脚，樱桃红睡衣上的扣子全都给她扯飞了，露出来的乳房，或许是过度惊吓的缘故，收缩得比往日小了许多，使得乳沟明显少了往日的纵深感。

浑蛋！心惊肉跳的朱团团骂了一句，咧着嘴来到化妆镜前，瞧着镜子里的自己，挑开一绺散发。还好，脑门上没撞出血来，就是一跳一跳地干疼。

朱团团揉搓着右手腕，那里的筋也抻着了，酸痛酸痛。她移动目光，呆呆地看着乱成一团的床，不明白怎么就做了这样一个扯淡的蚂蚁梦，该不会是姐姐托梦……她越想心里越没底，越没底心里就越发懔，呼吸急剧加快。

身上一阵奇痒，像是正在被蚂蚁叮咬。朱团团夹着两条胳膊，使劲儿蹭着。那股痒劲刚退下去，她又起了一身鸡皮疙瘩，麻得她打了个冷战。

朱团团掀开被子，瞪大眼睛仔细在床上搜索。没有蚂蚁，她又弯下腰，撅着屁股往床底下看，只发现了自己的两只拖鞋。她小腿肚子一抽，屁股就坐到了木地板上，一只手搭在床边，一只手搁在大腿上。

姐，是你在闹鬼吗？朱团团盯着房顶，愣呵呵地问，是你，你就别闹了姐，再闹明年我可不去看你了。

朱团团往床上一趴，脸贴在被子上，没一会儿就抽泣起来……

3

转天一到公司，朱团团心里就安静了，蚂蚁梦并没有给她留下后遗症。可是将近中午时，秦神嘴来了，朱团团又想起了昨晚那个扯淡的梦，打算让秦神嘴给解解梦。

秦神嘴是朱团团女友的朋友，操持着一家房地产中介公司，平时好琢磨卦象、面相、手相，据说他对周易也有研究，闲时就好给人算算，似乎天生有种卖弄的瘾，而且一些让他摸过看过的人，尤其是女人，也不知是捧臭脚还是真受益，过后都说秦神嘴灵，算得基本准，看走眼的时候不多，有两下子。久而久之，秦神嘴就有了口碑，落下秦神嘴这一绰号。过去朱团团什么时候都没拿秦神嘴当过一碟菜，一是嫌他穿戴不讲究，二是嫌他有口臭，再就是讨厌他那两只色迷迷的小眼睛。有一次秦神嘴闲得闹心，盯着朱团团的脸，非要赠她一卦，朱团团不冷不热地说，我怕被你看到眼里拔不出来。秦神嘴自讨没趣，居然还乐呵呵说那就下次下次。

今天朱团团主动送上门来，秦神嘴没有喜出望外，也没有犯小心眼儿倒过去被朱团团嘲讽的旧账，借机泼她一头冷水。他还像往常一样，坚持着一脸不急不躁的表情，慢条斯理地说，今天不看你脸相，瞧手。

朱团团马上反应过来了，早上出门时她照过镜子，左额头上有一个青包，眼袋明显下坠，要是不补一些粉底妆，整个儿就是一黄脸婆。

朱团团稍稍扭了一下脸，一来避丑，二来是怕等会儿他的口臭直冲自己面门扑来。

她问，哪只？

秦神嘴道，右手。不知朱经理今天想求……

朱团团不假思索地说，你能看出啥来，我就求啥，行吗？

秦神嘴点点头，拿过朱团团的右手，放下目光。

朱团团心里不舒服，她想秦神嘴把自己的手这么一拿，还不得看上十分钟八分钟？但她豁出去了，毕竟是自己主动的事儿，不能再埋怨秦神嘴了，再就是今天舍出一只手也好，看看他到底有没有传说中那么灵。

秦神嘴看了不到一分钟，就放下朱团团的手，一脸闲散地说，宅内阴淫，冥气克命。

朱团团眨着眼，虽感觉秦神嘴的话阴森，但她同时又觉得他的推断并非是在故弄玄虚、装神弄鬼，自己内心的疑惑怕是真的被他触摸到了。昨晚住在温朴家，说那里宅气不好，细心想想能好吗？姐姐朱桃桃生前居住的家，冥气能不过重吗？

秦神嘴扫了朱团团一眼，又道，另一处宅内，阴气冲阳，道皇抑邪。

另一处宅内，这不是在指自己的家吗？朱团团的头发差点儿没竖起来，我个老天，秦神嘴真有这么神吗？该不会是大白天里又碰到鬼神了吧？

阴气冲阳，道皇抑邪，这里面的意思，尽管朱团团一时还不能准确解读出来，但秦神嘴分明道出了两处房子里存在的相同问题，就是缺少男人阳气的问题——阴盛阳衰！

朱团团再不敢小瞧秦神嘴了，刚要开口夸他几句，顺便讨教破解之术，谁知秦神嘴抢先开了口，清晰地吐出四个字，阳气定宅！

阳气定宅？怎么定？阳气哪来？朱团团刚一想，眼前就晃出一个朦朦胧胧的男人身，她刚想确定这个男人的身份，这个男人刹那间又消失得无影无踪。

朱团团溜了秦神嘴一眼，生怕再给人家看破什么，心口怦怦直跳。

秦神嘴淡然一笑道，活气复万物，神来随风行！信则有，不信则无，朱经理不必当真，闲来说说而已。

真人不露相，能人不多言，秦神嘴这是显神威了。朱团团乖乖堆出一脸虔诚的笑容说，秦老师有学问，大学问，中午我请秦老师喝酒。

酒肉滋肠胃，清淡素人生……说到此处，秦神嘴不知为什么哽咽了。

朱团团以为自己又在什么地方怠慢或是冒犯了秦神嘴，脸色一下子吃紧了，看着秦神嘴，不知该说什么。

秦神嘴躲开朱团团的目光，挥挥手说，惭愧，我还有事儿，先行一步了朱经理。

朱团团看见秦神嘴是流着眼泪走的，很纳闷，觉得秦神嘴的那些眼泪很神秘。

第 七 章

1

部审计局专项审计组一行六人，突然进驻能源总局物资装备公司进行小金库专项治理审计。带队的组长姓宫，一个副厅级待遇的享受者，此人与温朴虽说不是特熟，但见面寒暄几句的那种关系还是有的。

温朴事先没有得到任何进驻的相关信息，不知审计局这次行动是常规动作，还是来打定位靶的。

所谓打定位靶，是系统内审的一句行话，就是审计目标及意图早已在行动前确定，而且一定要硕果累累，说白了就叫定点清除，不打残你不收兵。再就是打定位靶，审计局事先一般都有可靠的情报支持，因此很难扑空。

不过凭借做多年秘书的经验，温朴意识到审计局此次出手比较重，不会是一次常规内审，这种事情在官场上，如果人家不是死磕你的话，事前多多少少都会从这渠道那路径的刮点儿风下点儿雨，而这次人家直接跨过自己和苏南，一大步就迈进了物资装备公司，说明人家就是来端窝的。还有规格也摆在那里，副厅级带队，一般到二级单位常规内审，来个处级带队就说得过去了。

物资装备公司是个资金活动频繁而且数额极大的单位，每年都是总局内部审计的重点关照对象，小来小去的问题，年年都能审出来。

那天温朴从外地一回来，就把物资装备公司古经理叫到办公室谈话。

古经理像是早有准备，面不改色地向温朴保证，他那里的账目都是阳光操作，公司里没有小金库。

古经理这个人，不能说是温朴的眼中钉、肉中刺，但一直是他等机会调换岗位的二级单位领导，然而调换的机会就是不成熟，这与古经理平时在局内编织的关系网有关，更主要的是他在部里的那个后台，虽说退二线搞咨询了，但活动能力还在，伸手还够得着能源总局。古经理是原部总会计师的侄子，在东升活得很有实力，他这会儿是能源总局党委书记伍凡跟前的大红人，私下跟常务副局长常联仁也是时常亲密接触，市里一些头头脑脑也跟他称兄道弟，这些温朴都心里有数。

不过话说回来，其实古经理在东升局地两大官场上最想攀附的人还是温朴，也曾卖力往上贴过，怎奈温朴就是不打开他那把大伞。古经理乘不到凉，没辙只好对温朴敬而远之，遇上麻烦时，就拿书记伍凡和部里的后台在温朴这里找平衡。

老领导苏南现在也和部总会计师一样在二线上咨询，温朴昨晚给苏南打了一个电话，问候一下老领导的身体，之后汇报工作，其间自然就提到了部审计局的行动。苏南晓得温朴要什么，但他此时无能为力，只能地对空地说，一个人的浮躁毁己，一座城市的浮躁毁万千人，一个国家的浮躁毁全部！你只要不浮躁，能源总局就不会出什么乱子。

老领导的话不着地，这让温朴心里有点儿酸楚，看来老领导不是在整景儿给自己看，老领导现在也就这个能量了，老领导眼下的信息来源有限，可信度也不好说，毕竟不是拥有实权时的那个副部长苏南了，他过去的威风与势头，都将随着他靠边站而一点点消耗掉。

结束通话前，苏南一腔温情地询问温朴，近来有没白石光的消息，他听说白石光在白洋淀上养鸭子呢。温朴说他也听说白石光在白洋淀上养鸭子呢，具体细节就不摸底了。

白石光是苏南年轻时一个工友的儿子，苏南这些年里始终都在惦记着白石光，拥有大权时曾多次出手帮助，因为苏南跟白石光的父亲有生死恩情。

在苏南那里没收获什么，温朴又打了丛德成的手机，丛德成接机后低声说正在陪领导呢，过一会儿打过来。

大约过了一个多钟头，丛德成打来电话问什么事儿。

温朴说，审计局专项审计组的人都杀到东升来了，你丛老弟一声不吱是什么意思啊？跟老哥也这么清高呀？

丛德成沉吟半天说，嗯……怎么跟你说呢……这么跟你说吧，不论发生什么事儿，你都把心放到肚子里，别的嘛，我也不好说什么了，老兄。

温朴说，你这话里的埋伏，可是打深了呀，丛老弟。看来东北大水里那个避孕套的事儿，算是把老弟得罪了。

丛德成哈哈一通大笑后说，哎哎哎，你那个避孕套出彩，我发挥发挥，看能不能翻个版，对照一下你现在想知道的那点儿事儿。嗯……这么比方吧，现在有人要干你们能源总局，不戴套干，但有人反对，说不戴套不安全，不能干，横身子挡着，死活不让那东西直接进到你们里面，干玩两层皮。至于说干玩两层皮的意思嘛，嘿嘿，你懂。

温朴一副还嫌事儿不够热闹的口吻说，其实我们能源总局就是个婊子，欢迎领导来干，特别欢迎丛厅长来干！

丛德成哈哈大笑，差一点儿没笑噎了。

2

四天后，审计小组的专项审计报告出来了，物资装备公司的小金库里藏了963万！

这个数字让温朴心里跳了一个高！

常务副局长常联仁来到温朴办公室汇报。

自打审计组进驻，温朴就没露面，一来是审计组进驻那天他没在东升，去了南三地一个二级单位现场办公；再就是他那天即便在家的话，不露面也说得过去，一般应酬这样的场面，一个单位的一把手不会主动往前站，得预留出一片审视事态进展的开阔地来。这种事情通常由常务副局长和总会计师之类的人物出面打理，有时书记从重视角度出发也会照照面。

一把手就是一个单位里的最后一张王牌，轻易不能打出去。

温局长，常联仁恼火地说，这个姓古的也太能欺上瞒下了，前几天你还找他谈过话呢。

常联仁不是本土上提起来的副局级，他是从灯栉石油运输公司调过来的，比温朴大几岁，在领导班子里很会搞平衡，尤其是在温朴与伍凡之间，一直在玩脚踩两只船的高难度平衡游戏。

常联仁现在再次感到了人际关系的复杂，古经理出事儿了，伍凡的巴掌明显罩不住这事儿，自己就更使不上劲了，此时再不往温朴这边靠靠，那就是白痴了。

温朴问，古经理他们都没出去吧？

常联仁说，物资装备公司的主要领导都在东升。

温朴说，夜长梦多，让纪委的人这就介入吧，常局长。

常联仁口气跟风道，我也是这么想的，温局长。哎，这件事儿，我要负主要责任，温局长，物资装备公司是我重点联系单位，我平时对那里太疏忽大意了。

温朴说，要说责任，大家都有，先不说这个了，常局长，审计组定了什么时候离开东升？

常联仁想想说，按说审计到了这一步，被审计单位的主管领导……温局长，您看是让伍书记先出面……还是您……

温朴踱着步子说，这样吧，常局长，你安排一下，晚上咱们宴请一下审计组，还有……

突然门被推开，古经理闯进来，嘴里吐着酒气，脸上挂着横气，大摇大摆晃着往前走，拿两位领导不当外人，粗声大气地说，温局，常局，你们可得给我做主。

常联仁给不知深浅的古经理使了一个眼色，古经理生硬地望了温朴一眼。

温朴不急不恼道，坐下说，古经理。

古经理一屁股坐进沙发，没好气地说，小金库里的钱，每一笔去向，我都能说个一清二楚，我们物资装备公司，平时没少给局领导解决困难吧？

温朴一听这话，态度不含糊了，严肃起来，问古经理，你这话是什么意思？

嗯……古经理仰起头，下意识地甩了常联仁一眼，像是捞到了救命稻草，忙说，常局，你总不能眼看着我往火炕里跳、往刀山上爬、往油锅里扎吧？你说句良心话行不行？

常联仁虎着脸说，够了，古经理，你喝多了，这里是温局长办公室，不是你们家，请你说话注意点儿。

　　古经理冷笑道，嘀！我喝多了？酒驾了？好啊，拿测表来，我吹吹，真是的！伴君如伴虎，看来还真是这么回事儿，提了裤子就不认账。好啊，那咱们试试，把我弄进去，看看到时候我怎么坦白从宽，立功赎罪，重新做人。

　　温朴不能容忍在自己的办公室里，让一个有经济问题的处级干部，借点儿酒劲就随便掐一个局的常务副局长，那样自己的人格也给糟蹋了。

　　温朴适时打断古经理的话，对脸色僵硬的常联仁说，常局长，你先去安排工作吧。

　　进退两难的常联仁一看温朴给他解围了，点头哈腰道，好好好，温局长，那我先去布置一下，过一会儿我再来汇报。他临走时，恼怒地飞了古经理一眼。

　　门不用关了，常局长。温朴说。

　　古经理一听这话，酒劲儿过去了，脸色紧张起来，忙不迭跑过去把门关上，回来就换了一副吃软的表情，不住地往温朴耳根上凑，一遍遍说，温局，我倒霉，我冤枉，有内鬼害我……

　　温朴不疼不痒地说，我看你刚才对常局长挺无情的嘛，我还担心你也会给我点儿颜色看看呢，古经理。

　　古经理用讨饶的口气说，那我哪敢呀温局，出了这档子丢人的事儿，我就想找您诉诉苦，我倒霉，我冤枉，有内鬼害我……

　　温朴问，照你这么说，你之前似乎已经知道了审计组的来意？

　　古经理压低了声音，话不投第三者的样子说，我往北京打过电话，温局，刚才打的，搁下电话我就跑过来了，温局。审计组来查我，从根儿上说，就是一件借刀杀人的事儿，不是冲你温局来的，是上面在争……

　　九百多万，说来也不是个小数目，古经理不可能不心惊肉跳，那会儿给部里后台打电话时，他声音都走调了。然而这时的后台也是爱莫能助，说这是上边争斗者抛出来的筹码，况且里面有内鬼，他插不上手，让古经理还是赶紧去别的地方找退路。

古经理吐出来的内情,温朴觉得胡诌的面不大,毕竟他部里有亲人,毕竟这会儿是刀架在了他的脖子上,他没有资本跟自己胡闹。此处再一联想丛德成那个性感的比喻,温朴觉得自己的思路打开了,隐约看见了一张扣在远方的底牌。好啊,怪不得捂盖得这么严实,原来是水中桥。

我倒霉我冤枉,我是牺牲品啊,温局。古经理说。

古经理倒出来的内情,简单说就是这次审计局的行动,不是要把古经理怎么着,而是部内高层人士在围绕东北安装公司搬迁这件事,借古经理的小金库说说事儿,说白了就是一桩杀鸡给猴看的戏。

鸡,自然是古经理。而那猴,则是部总工程师水依。

分别做三个地方搬迁梦的三位部领导,一个是副部长,一个是部长助理,剩下一个是总工程师。几位在棋盘上对弈,各有招数,但是这些人较量起来,短平快和直来直去的手法都不大容易制胜,这场较量从开始就注定是一场多回合的争斗,京城是他们的主战场,东升、山东和江苏等地是他们的分战场,哪里有缝隙,他们就会往哪里插楔子。

东升定点小金库审计活动,就是副部长给主要竞争对手水依点上的一滴眼药水。副部长主管审计这一路工作,副部长吆喝审计局下去发现问题规避风险,这是审计部门职责所在,服务企业理念的需要,谁也说不出什么来,尤其是水依,就更得吃些哑巴亏了。而能源总局一旦出事儿,你水依还有多大底气力挺东北安装公司到东升去落户?一个能源总局里的二级单位,虽说离北京远着呢,弄出来的问题却能够惊动北京。试想东升的一个二级单位都如此复杂,那里的大环境怎么可能接纳一个整体搬迁的副局级单位呢?这样的影响一旦造出来,副部长牵制水依的目的基本达到,至于说古经理是死是活,副部长就没工夫再去理睬了,受伤者自己找地方去舔伤口吧。

温朴听到了鼾声。

古经理。温朴背对着沙发叫了一声。

古经理没回应。

温朴回身一看,古经理已经倒在沙发上睡着了。

温朴无奈地摇摇头,走过去想要弄醒古经理,却又没有下手推他,可能是觉得他睡得太香了不忍心吧。

温朴走到地图那儿,从衣架上摘下一件风衣,轻轻抖抖,把风衣盖到古经理身上,然后离开办公室。

3

赶在宴请审计组前,温朴办了两件事,一是让纪委书记去他办公室叫醒古经理,代表组织跟他谈话,之后还要负责掌控古经理的去向,不能再出意外;二是主持召开了局常委紧急会议,没有外出的常委都与会了(纪委书记没参加,他的工作是找古经理谈话)。

水落石出,生米煮熟,常委会一开始,书记伍凡就高调抨击私设小金库这种违法乱纪行为,响亮的大话套话说了一大堆。

温朴想到了伍凡会在这种场合果断划清界限,腾空躲闪,起码在舆论上保持一副清洁面孔,这点儿业务常识与生存嗅觉,伍凡还是不欠缺的。

至于说怎么处置古经理,伍凡是半点儿具体意见也不会给出来,在核心问题上,他跟温朴玩的是滴水不进。

情绪消沉的常联仁尽管没怎么说话,但脸色始终阴暗,心思都花在了处于振动状态的手机上,不知接发了多少条短信息。

宣传部长盯上了常联仁,时不时就冲他发难。过去他们之间有矛盾,任何可以借题发挥的事件,他们都不会放过,但今天常联仁六根不净,始终不得上风头的势,宣传部长没少赢嘴。

而另一个资深的副局长,今天也像是有什么不顺心的事儿,动不动就把矛头对准伍凡,说了一些戗人的话。伍凡要不是往回收着劲,两人很有可能当面锣对面鼓地干起来。

温朴转着手里的茶杯,轻易不剪断谁的话,也不插谁的发言,但各位的举动,甚至是心思,都在他的眼睛里装着。

不过与会的人心里都有杆秤,斤两上个个敏感,明白在这种巨头聚集的会议上,当家人要是长时间一言不发,就意味着当家人在后面有可能发火。

然而温朴没有发火,他等到大家说够了,说累了,说烦了,目光都往他身上落时,才不急不忙端起茶杯,带着醉意闻了很长时间,宣传部长后来都不敢看他那张专注的脸了。

这就叫坐怀不乱。温朴总能在关键，或是要紧时间段的掌控上，用压抑人心的沉默，把别人的思绪搞得乱无章法。

温朴对物资装备公司查出小金库这件事态度明确，他说，对查出来的问题，不回避，不袒护，不包容，依规依法处理。

常委会收场后，温朴和伍凡在能源大饭店贵宾厅面见了审计组，温朴感谢审计组查出了重大经济问题，这个隐患如果再隐下去，那后果可就不是现在这个样子了。

宫组长一看党政一把手双现，温局长的态度不管真假都是一个鲜明，就往下降温说，还好，温局长。发现得比较及时，损失还在可控范围。我们跟古经理也谈过话了，这个小金库的用途，似乎也与职工福利有瓜葛，这些库外因素，我们都写进了审计报告，温局长。

温朴明白宫组长这是给自己吃宽心丸，他却是不怎么愿意往下吞，他真的认为审计组这次审计得好，审计得及时，在自己未来将要处理的一些棘手问题上，意外帮了一把大忙，现在能源总局真的很需要一些可控的负面影响来冲击一下。所谓利弊，没有套用公式，看在什么事情上权衡，水依日后美梦不成，大面上就怪不到自己头上，这就叫胯下政治，取小辱，避大祸，挡开东北安装公司，对自己和能源总局这艘大船来说，就是躲开了一座漂移的冰山。再就是一直跟自己分心的古经理，至此也就闹腾到头了，小金库的把柄摆在那里，他这块绊脚石，今后随时可以搬动。

温朴认真道，说一千道一万，一个单位里的小金库，就是为少数领导谋福利准备的，为掌权者不正当活动提供资金保障。要是为广大职工谋福利，还有必要鬼鬼祟祟设小金库吗？下来这件事儿我们一定查办到位，该怎么处理就怎么处理，决不姑息养奸，到时还得请你们监督。

没这么往身上揽过错的，温局长这是怎么了？宫组长思忖道。温局长，古经理还是蛮配合工作的，不然就这么几天时间，我们也做不了那么多工作，尤其是古经理在审计报告上签字时，态度还是十分端正和诚恳的，认识上有突破。再就是他这个小金库的构成，多少还有些特殊性，一些资金的出入，还是与工作有密切关系。有关这方面的审计意见，我们在审计报告里也做了客观说明，温局长。

温朴接话道，刀枪要人命，腐败毁社会，哪里有小金库，哪里就有定时炸弹，下来我们还得自查自纠。风险不提早化解，到时的损失就无法控制。

宫组长听得脑涨，在过去的审计岁月里，他似乎从来就没见过像温朴这么低头认罪的局级领导，一时有些晕头转向了。

伍凡笑道，多亏古经理他们那个小金库锁得严实，存住了资金，不然我和温局长真就不好向部领导交代了。

宫组长忙说，是啊是啊，伍书记。

伍凡点一下头说，再就是古经理，他知错认错，真诚悔改，主动配合你们审计，他的这些积极态度，对他日后争取宽大处理有一定作用，你说是吧，宫组长？

宫组长客气地说，个别现象，个别现象，能源总局在部里还是个很过硬的局级单位，领导班子也能干，特别是温局长和伍书记，都有带队伍和做市场的丰富经验。

伍凡用和稀泥的口气说，局长挣钱书记花，党政领导是一家，温局长是能源总局里最辛苦、最操劳的人。

气氛让伍凡这么一搅和，就比先前松动了许多，大家嘴上的话，开始少了一些条条框框。

宫组长感慨道，你们都是基层的实干家，不像我们这些人，手不能提，肩不能挑，只会到处找人家问题，挑人家毛病，敲人家警钟，招惹人家不痛快。

温朴道，宫组长，内审工作确实不好干，容易被人误解，你们所担的责任和风险都是宏观意义上的。

伍凡说，我们温局长是从部机关里走出来的，温局长历来重视上面的各项指导检查，几天来诸位白天干，夜里加班，都很辛苦，今晚我们温局长要好好感谢一下大家。

宫组长欠了一下身子说，不好意思，伍书记，添麻烦了。

伍凡哦了一声说，宫组长，刚才我说局长挣钱书记花，党政领导是一家，过一会儿到了酒桌上，我得改口说，局长请客书记喝，党政干部吃一锅。

第 八 章

1

天还没亮，朱团团就起来了，穿着睡衣，神情麻木，坐在客厅的沙发上喝咖啡。

她两眼布满血丝，显然是夜里没睡好觉。

夜里她再次梦见蚂蚁，与几天前那个梦不同的是，这次蚂蚁出现的地点变了，不是在温朴家里，而是在姐姐的墓地。

怪异的是这时的朱桃桃，摇身一变，居然变成了蚁后，被无数蚁兵簇拥着，浩浩荡荡在墓园里游行。

接着的梦境又变幻了，但场面还是在墓园里。

朱团团梦见大群大群的蚂蚁，从墓穴四周拱出来，以墓地为圆心，拢成一个巨大的圆球后，球心突然开裂，爬出一只琥珀色大蚂蚁，通体发光，个头足有成年人脑袋那么大。

琥珀色大蚂蚁说，我活着的时候是朱桃桃，死后我变成了地球蚁后，我要统领全世界的蚂蚁向人类宣战，我要复仇……

朱团团本不是个迷信的人，可接连不断地做这种恐怖的蚂蚁梦，她就有点儿疑神疑鬼了，认为这肯定不是什么好预兆，地下的朱桃桃到底想要干什么？她说要复仇，找谁复仇？复什么仇？

朱团团捏着下巴，此刻她想什么都带着蚂蚁的影子，身上阵阵发凉，像是这会儿待在冷藏库里。

窗帘上方，拱出一抹怯怯的亮光，朱团团一看表，激灵了一下，起身去洗漱。

一小时后，她要去回访一个大客户。

车子发动前，朱团团还特意提醒自己，今天开车不能溜号，一定要集中精力。

然而越是担心什么越发生什么，在南五环一条辅路上，朱团团在加倍小心的状态下，居然把一辆白色本田的车门剐了。

开白色本田的是个中年男人，下车看了看剐蹭的地方，并没有急皮酸脸地发火。

朱团团意识到，问题尽管不是很严重，但大小都是个全责事故，人家要是给你一通难听的话，你得受着；人家要是找事儿缠上你，你就得拿出时间来陪着。

朱团团理亏地问，您看这事儿……

中年男人想说什么，但没说出来。

朱团团检讨道，实在是给您添麻烦了，先生。

路上交通已经堵塞了，不知哪位还按了一长串喇叭。

中年男人看一眼朱团团，又看了一眼手表，嘴里哧了一声，说，算了，我全险，你走吧。

嗯……朱团团没想到，对方居然如此轻描淡写地就把这起事故给处理了事。

中年男人打开车门，回头看了一眼。

等等！朱团团跑过去，歉意地说，这样吧，我给您留号码，有事儿您找我。

中年男人说，不介意，你可以走了。

朱团团道，我真的很感谢，先生！当意识到身上没有纸和笔，就又道，不好意思，先生您有笔吗？

中年男人耸耸肩头，笑了一下说，真的没关系，你真的可以走了，我真的不会跟你计较。

朱团团说，对好人，我更应该感谢。

中年男人往路上一指说，你看看。

朱团团目光一移，看见后面的车已经堵了一长溜。就在她收回目光时，意外发现白色本田车的后玻璃上落了一层尘土，顿时来了灵感，走到车后，用手指把自己的手机号写到尘土上，十一个阿拉伯数字十分清晰。

中年男人再次笑笑，钻进车里。

回到公司时，已经是中午了，朱团团没心思吃饭，钻进办公室就不出来了。

她坐在转椅上，回想那会儿刹车的事儿，怎么想怎么不明白，当时的车速，两车间的距离，以及路况，似乎都没有给刹车提供客观条件，这场事故出得简直是丈二和尚摸不着头脑，有点儿神话色彩。

这时女友从韩国打来电话，给了她一个手机号，让她联系一下，对方是山西一个腰缠万贯的煤老板，咨询子女出国学习程序等相关事宜。

挂断电话，朱团团没有马上给煤老板打电话，她还在想刹车这件事儿，她觉得夜里的蚂蚁噩梦与这次交通事故脱不了干系，冥冥之中就觉得是姐姐在折腾，身上禁不住又阵阵发凉。

无法安神的朱团团，终于决定去姐姐的墓地看看，她要给姐姐烧点儿香。

2

车子刚接近墓园大门，朱团团的神经就绷紧了，心一下子提了起来，本来是正常力度握着方向盘的双手，突然间就把方向盘抓得死死的，仿佛方向盘要飞起来。

朱团团制伏不安的心，看了看手里的香，下了车，朝墓园大门走去。一对夫妻模样的男女冷着脸迎面走来，朱团团下意识地往旁边绕了一下。

看见姐姐的墓穴了，前些天自己和温朴送来的那些鲜花尽管已经枯萎，但仍在散发着最后一抹花香。

朱团团把身子扳直，深吸了一口气。

来到墓穴前，朱团团往地上一看，顿时吓得面如土色，手中的香哗啦脱手。

墓穴四周爬满了赭色的蚂蚁，像一条赭色的带子，紧紧地缠绕着墓穴，朱团团攥紧两个拳头，求助的目光左右撒开，但四周没有人影，只有阴森森的秋风在墓园里扫荡。

噩梦与现实基本吻合，原来就是朱桃桃在闹鬼！朱团团尽管恐惧，但她还是怂恿自己去消灭眼前的这些蚂蚁。

她过去狂踩，一脚比一脚狠。几十脚过后，蚂蚁队形大乱，但数量还在，已经气急败坏的朱团团就又改变了脚法，一脚接一脚去蹭，搞得尘土升腾，嘴里还嘀咕着什么。

此时，在她身后不远处站着一个驼背男人，一动不动地看着她发疯。

蚁尸散乱在墓穴周围，朱团团停下来歇口气，用手背擦擦脸上的热汗。

地上活着的蚂蚁正在重新组队，数量似乎没怎么减少。杀戒已开，现在的朱团团已经不害怕了，她唯一的念头就是弄死这些该死的蚂蚁。

看来拿脚很难消灭这些蚂蚁，她觉得用火烧肯定管用，用水灌也是个办法，但她明白这两种有效收拾蚂蚁的办法，此时也只能是脑子里的好办法，眼下都无法实现。

朱团团盯着地上的蚂蚁，突然想到了一样东西。她往后退了几步，之后猛一转身，顺着来路疾步往回走。

她出了墓园大门，径直奔向车子。她打开车子的后备箱，取出泡沫灭火器，毫不迟疑地返回墓园。

朱团团再次来到朱桃桃的墓穴前，拔下泡沫灭火器的安全栓子，对着地上的蚂蚁喷起来。膨胀的白色泡沫，转眼工夫就把墓穴吞噬了。

驼背男人站在几米外的地方，眼神迷惑地看着。朱团团刚才去取灭火器时，就已经发现了驼背男人在盯梢，但她没工夫顾及他。

放空灭火器，朱团团掸去身上的泡沫，气喘吁吁。至于说那些裹在泡沫里的蚂蚁是死是活，朱团团一时也难知结果，但她觉得这些泡沫不可能白喷，蚂蚁伤亡肯定惨重。

朱团团踩了几下脚，感觉那个驼背男人这会儿已经走到了她身后，就定住一口气，攥紧手里的空灭火器，猛地把身子转了过来。

天哪——定在朱团团眼睛里这个男人的背，居然不驼了，吓得朱团团大惊失色，手一松，空灭火器掉到了地上。

再寻找那个驼背男人，朱团团看见驼背男人已经走到了墓园门口，时不时还回头张望一下。

你……是鬼？朱团团上下打量着眼前的男人。

温朴瞅一眼惨不忍睹的墓穴问，团团你在干什么？

姐夫？

温朴觉得她反常，问道，怎么了团团？

喷蚂蚁，这里全都是蚂蚁，吓死人了。朱团团说，两手比比画画，现出像是缺心眼的那种神情。

温朴又问，你怎么想起来这里？

朱团团甩了一下头，脸色不慌乱了，有气无力地说，我做噩梦了，姐夫，梦见这里全都是蚂蚁，我过来一看，果真到处都是蚂蚁，你说邪不邪吧，姐夫。对了，姐夫，你为什么来？不会也是做了蚂蚁梦吧？

温朴脸色蜡黄，呆了半天才点点头。

朱团团再次感到浑身麻凉，两只手捏到一起，嗫嚅道，姐夫，这不会是巧合吧？你说这会不会是我姐给咱俩托梦……

墓穴上的白泡沫正在消退，温朴瞧着一地乱象，心里一抽一抽地难受，他现在没办法解释离奇的蚂蚁梦对他和朱团团究竟意味着什么。

朱团团见温朴不开口，就低声道，姐夫……

温朴摇摇头说，你姐姐，真是不让活人省心啊！说完从口袋里掏出一包盐，撕开一个口子。

朱团团愣头愣脑地问，你做什么姐夫？

温朴没接话，走过去，绕着墓穴，把盐一点一点撒下去。

湿叽叽的地上，活蚂蚁不多了，成片的蚁尸让温朴身上阵阵发紧，像是扎进了数不清的蜂刺。

朱团团凑过来，看着墓穴四周的白盐，几次都是欲言又止。

温朴抖了抖空袋子，然后把空袋子攥到手心里说，我权且迷信一次。

朱团团困惑道，撒盐管什么？

温朴说，好了，别问那么多了，我们走吧团团。

朱团团捡起地上的空灭火器，跟着温朴离开姐姐的墓地。

路上，内心百感交集的朱团团摇晃着灭火器说，生活就是人生感受生命能量的一个场，这个场中的喜怒哀乐悲欢离合都是生命无法躲避的。生命不能跟生活较劲儿，生活能放大你的生命也能扼杀你的生命。

内心再次感到沉重的温朴回头看了一眼。

朱桃桃的墓穴模糊了，不知是朱桃桃的墓穴本身模糊了，还是温朴的眼睛模糊了，总之这时朱桃桃的墓穴像是安置在雾气之中。

驼背男人站在墓园门口，嘴里叼着半截烟，一脸冷漠地看着温朴与朱团团。

朱团团像是意识到了什么，急忙拿出一百块钱，走过去塞给驼背男人，一脸诚恳地说，师傅，不好意思，回头麻烦你把那里收拾一下。

驼背男人收了钱，面无表情地说，不客气。

过去是有钱能使鬼推磨，现在是有钱能使人变鬼。走出墓园，朱团团自言自语。

远处，拖拖拉拉来了一队人，男女老少个个披麻戴孝，零零碎碎的脚步声伴着断断续续的哭泣声……

第 九 章

1

能源总局的局域网上,这几天挺热闹,古经理被隔离审查这件事,引来众多网友匿名或是实名发帖子,能骂会骂的人,差不多都上来尿你能源总局一下。

温朴只要在东升,每天都会抽时间到局域网上泡泡,在这个舆论平台上,他能听到许多另类声音,尤其是那些买断工龄的能源职工,他们的牢骚与愤懑都与现实生活紧紧捆绑,多看几眼尽管不舒服,但能刺激他的大脑多想点儿事儿。

买断工龄这件事,说来与温朴无关,那时他还没来到能源总局,那时的能源总局是一分为二的,叫能源一局和能源二局,两局合并时温朴刚到东升落脚,任史上二度合并后的能源总局常务副局长一职。

史上能源总局开局时,名称就叫能源总局,维系了二十余年,后因市场应变决策失误,匆忙中将能源总局拆成了两个局。结果两个局开灶后,就一家人不认识一家人了,相互摩擦扯皮,尤其是在一些涉外工程上各自打小算盘,算小账,闹翻脸了哪家都不手软,你下绊子我来扫堂腿,彼此都往拉倒上使劲拆台,矛盾日益激化,两局百姓之间也有对立口舌,可谓乌烟瘴气,让北京方面很头痛,意识到当初一分为二是草率之举,适当时候还得合二为一,再让他们两家内耗下去,企业早晚得散了架子。结果合二为一这一天给温朴等到了,命运由此改变。

无赖占市场,民工讨薪忙;能源买断事,血泪已成章;混子开门脸,孤者在拾荒;骗子做公司,公证盖公章;假货南北卖,奸商登名榜；庸人坐公堂，秀才看手相；昏官贪银两，国库变鼠仓。

看过这篇署名宁风焦的帖子，温朴心里一沉，他不得不承认，民间的这些话语，形象犀利，直刺现实弊端，这在主流媒体上是不可能见到的。

工龄买断里的恩恩怨怨，当初一言难尽，现在也是剪不断理还乱。温朴这会儿还记得，自己刚来不久的某一天晚上经历的事。那晚，他去局职工医院陪苏南聊天儿，苏南那次是来治胃病的。大约夜里十点多钟，他离开医院，独自溜溜达达往回走，路过局机关小食堂时，见一屋子的窗帘尽管拉上了，但灯光还是从边边角角照射出来。平时温朴就在机关小食堂里就餐，亮灯的这个房间他去过很多次。

虽说是机关小食堂，但条件不差，厨师手艺也过硬，平时机关各处室接待一些内部客人，就在小食堂里摆桌，温朴偶尔也在小食堂里招待一些二级单位的领导。

这么晚了谁还在里面？哪个部门操办的招待席？此时心里无事牵挂的温朴像小孩子一样产生了好奇心，脚下一改方向就走到亮灯的窗前。两片窗帘虽说都展开了，但中间并没有合拢，绽开一条拳头宽的缝子，温朴目光往缝子里一送，正看见一个人背对着窗户坐着。

这个房间里的桌子是个十人台，要是再挤一挤的话能坐下十三个人，有一次温朴在这里请加班的两办秘书，结果就挤了十三个人。房间里怎么一点儿吃喝的动静也没有呢？通常情况下，这间屋子里的灯只要一亮，热闹气氛说起来就起来，围桌的嘴多，零散话题也就多，想消停都不容易。

可能是收场了，这都几点了？毕竟这里是机关小食堂而不是营业性质的饭店，这一点机关里的人都明白。

温朴眼里的背影始终一动不动，这个背影他似曾相识。

屋子里还是静悄悄，那个坐着的人还是一动不动，温朴感觉有些异常，心想不会是出了什么事儿吧？就轻抬步来到了窗口。窗帘上的缝隙虽说还是那条缝隙，但由于温朴靠近了，那张可供十几人围坐的大台差不多就都能收进眼里。

桌子上的菜肴很丰富，还有白酒和红酒。温朴看见了两只高脚酒杯，而且这两只高脚酒杯的摆放位置让他纳闷儿，一只摆在背对窗这个人的左手边，另一只放在这个人对面的空座前。餐具也只有两套，再就是桌子上的几根半截蜡烛，温朴知道那是平时应付停电用的，他就赶上过突然停电，说不定这几根里就有他过去用过的。

温朴认出了背窗而坐的这个人，她是这个小食堂里的服务员。小食堂里聘用的几个服务员，都是昔日买断工龄的能源总局职工，温朴大都熟悉，现在温朴看见的这个中年女人姓孙，平时小食堂里的人都喊她孙姐，温朴叫她孙师傅。

温朴虽说猜测不出今晚这里发生了什么，但他叫准这里一定发生过什么，不然这个钟点孙师傅怎么还会独守一桌酒菜呢？温朴不再胡思乱想了，他打算进去看个明白。

温朴来到小食堂侧门，伸手轻轻一触，居然没上锁，推开就进去了。

温朴的目光跟孙姐的目光一交碰，孙姐噌地一下就站起来了，一脸恐慌地叫道，温局长……

温朴问，这么晚了，还有客人呀，孙师傅？

孙姐身子发抖，眼神慌乱，半天才支吾道，没没没……没客人了，温局长。

温朴不知道她为什么如此紧张，平时她在这里工作时，见她手脚麻利，不是这样拘束的一个人。为了让她放松，温朴决定坐下来跟她聊聊，就说，孙师傅，我进来了，你不请我坐坐？

孙姐可能没想到温朴会有这样的请求，慌乱中连连说，温局长你坐，坐坐。

接下来，孙姐把她坐在这里的实情，吞吞吐吐告诉了温朴。今天是周末，小食堂里不热闹，零散餐客吃完就离开了，机关里订桌的只有一个单位，计划处，说是六点多来，结果快八点了才到。后厨大师傅等不起了，差人来问还需要什么不，计划处的人说不需要了，你们该走的就走吧，后厨的人一听这话，就都回家过周末去了，留下孙姐一人守摊。岂知计划处的人刚开始吃喝，就又忽忽啦啦地走了，孙姐蒙了，不知出了什么事，追出来问他们还回来不，回话说不回来了，你撤桌子吧。

孙姐今天也盼着早点儿回家，今天是她的生日。

人去屋空，孙姐瞅着这一桌子几乎原封未动的菜，觉得收拾掉怪可惜的，不如规整规整，给自己办个烛光生日晚宴。

工夫不大，孙姐就把过生日的场面收拾出来了，至于说想到那几根半截蜡烛，纯属是灵机一动的收获。孙姐心跳得厉害，她给丈夫打电话。丈夫也是买断工龄的能源总局职工，如今在街上骑电动三轮车拉客载货，挣的是一份风里雨里的辛苦钱。孙姐把她的突发举动说给丈夫听，丈夫挺兴奋，说正往世纪盛达家园送一台饮水机，完活儿就赶过来。

温朴说，都这钟点了，按说你丈夫应该到了，你没再打电话问问？

孙姐有几分难为情地说，打了，说是又赶上一个大活儿，舍不得放下，就不来了。

温朴听得有些心酸，他看了看桌子上的菜问，孙师傅，你要是不嫌弃，我给你过这个生日吧。

孙姐愣呵呵瞅着温朴，像是没听明白他刚才说的话，等明白过来后，脸腾地红了，猛地站起来，摆着手说，不行不行，那可不行，温局长。我一下岗女工，哪能有那样的福气？

温朴笑道，坐坐，孙师傅，碰上了，也算是缘分吧，只是没有礼物送给你。

往下孙姐就不会客气了，蔫巴巴坐到椅子上，红着眼圈说，这哪好意思啊，温局长……

温朴带着自责的口气说，工作没干好，让你们吃苦了，不好意思的应该是我们，孙师傅。

孙姐实话实说，底下的老百姓说你刚从北京来，过去一局二局里的事儿，跟你没有关系，温局长。

温朴沉默几秒后起身，做派很绅士，分别给孙姐倒了白酒与红酒，自己也一样。

孙姐八成有些激动过头了，不知自己是谁了，不然她一个服务员怎么会坐那儿就不动了呢？直到温朴把几根半截蜡烛点着了，她也没回过神来，茫然地看着服务生一样忙活的温朴。

温朴挺了一下胸说，孙师傅，可以把灯关掉了。

孙姐总算是反应过来了，急忙去关了灯。

烛光生日宴的氛围烘托出来了，两个人的影子投到了地上墙上和漆黑的窗上。这一刻，温朴感到了一丝丝温暖，脑子里已经没有了杂念。刚才他还不是这样，他想自己今晚的举动，是不是冲动弄出来的出格行为呢？堂堂一个总局的常务副局长，居然跟一个买断工龄的前女职工单独喝酒，还是人家的生日酒，这事儿要是传出去，人们会怎么议论呢？自己的形象还能完整吗？

温朴看了看两只酒杯，起手端了那杯白酒，并用眼神示意孙姐也选择一杯端起来。

孙姐受宠若惊，颤抖着双手端了红酒杯，可一看温朴端的是白酒杯，又赶紧放下红酒杯，端起白酒杯。

温朴动情地说，孙师傅，祝你生日快乐！

谢谢温局长——哽咽过后，孙姐一口干了杯子里的白酒。

温朴也一口喝光了杯子里的酒，落杯时说，慢慢喝，孙师傅。

孙姐有了一杯酒垫肚，接下来就不那么僵化了，动作看上去也显得连贯多了，主动招呼温朴吃菜。

孙姐说，有这样一个难忘的夜晚，我这辈子就知足了，温局长。来来，我敬温局长一杯感谢酒。

一来二去，两个人就聊了起来。孙姐告诉温朴，她买断前在总局机械设备厂上班，做库房保管员，高中文化。她说当初她不想买断，啥也不会，买断了干啥去呢？喝西北风呀？可是厂领导再三找她做工作，说赶早不赶晚，现在买了吧，像你这样的工龄，少说能拿到十几万块钱，地方上的企业哪有这等好事？劝归劝，到头来她还是不想买，于是厂领导就换了口气说，以后竞争激烈，择优上岗，像你这样低学历的女职工早晚得给淘汰了，到那时是个什么政策，可就不好说了，下岗后也许一分钱也拿不到。她让领导劝得没了主心骨，提心吊胆地回家跟丈夫商量。丈夫听后惶恐不安地说，他们单位领导也是这么跟他讲的，怪吓人的，万一哪天厂子和单位黄摊儿了，谁还让你买断呢？丈夫的文化程度也不高，在能源技工学校做修修补补的后勤工作。两口子都犯愁，都拿不定主意。后来还是丈夫狠了心，说要不就买了算了。她别无选择。就这样两口子一咬牙，就都把自己的工龄买断了，打算用那两笔血汗钱去做点儿小本生意。

孙姐道，唉，做小买卖，说着容易干着难，城管往死里收拾你，罚一次，个把星期挣不回本钱来。不怕温局长笑话，我养小养老负担不轻，这几年里我先后去酒店干过，加油站干过，印刷厂干过，车站货场干过，绿化队干过。对了，温局长，我还在咱职工医院干过一段时间陪护。欸，温局长，我怎么觉得你面熟呢？好像在哪里见过你温局长？让我想想，想想，哎呀，不会是在职工医院里吧？好像有一次，我听说北京来个什么大官，医院领导都挤上去了……

白酒红酒，孙姐都喝了，现在她脸上泛着红晕，皱褶的眼角上，偶有丝丝光亮扯动。她的米色开衫上，挂着陈年油渍，还有刚刚洒上去的几滴红酒，像廉价的饰品珠一样，给烛光照得隐隐发光。

温朴这是第一次面对面，如此近距离单独跟一个买断工龄的能源局女工交谈，他对工龄买断这件事，忽然有了新感知，意识到底层的职工，每天除了忙生存还能忙什么呢？她们远离官场，远离企业决策，远离公共福利，远离组织关怀，整天忙忙碌碌就是这些人对生命唯一的贡献与尊重！

温朴带着愁结的情绪说，当初大规模买断工龄这件事，现在看来是欠缺周密考虑，留下很多隐患问题不好处理。唉，当初减员，是为了增效，上面是有人头指标的，不然也不至于一刀切成这样！

孙姐嘴里嚼着五香酱牛肉，一挥手里的筷子说，后来我们……知道一刀切里的猫腻了，明白上公家当了，温局长……

温朴皱着眉头说，可是你刚才说了那么多，却始终没有抱怨。

孙姐咽下五香酱牛肉，摇晃着脑袋说，说那些没用的。你是个好局长，干吗让你添堵？大家都知道你是首长秘书，有本领有文化有智慧，大家对你评价不赖的，温局长。

温朴说，受之有愧。

孙姐叹口气说，现在还有人……闹……闹买断这件事呢，可我们两口子，从来没去……闹腾过，惹得身边一些人……骂我们活该受穷，胆……胆……胆小鬼，软骨头……

烛光摇曳，似有风从门缝挤进来。

温朴担心孙姐喝多了，已经不给她倒酒了，拿矿泉水糊弄她，谁知孙姐一喝就笑了，说，你们这些当领导的呀，就好……好……好拿水欺负人……我在这里见多了，假装喝酒的表情，比真喝酒还像那么回事儿。有一回宣传部长在这里，拿一瓶矿泉水当酒，把底下来的几个领导都灌多了，可有意思了，温局长……

温朴苦笑道，以假乱真，以水胜酒。

孙姐望着温朴，眯缝着眼睛说，温局长，不怪别人说你有学问，你是真……有学问，瞧你把个问题给总……总结的……

孙姐的心，已经被酒点燃了，她感到轻松、愉快、幸福，肌肉里像是有很多条细小的河流在涌动，把她体内一些尘封的地方清洗出来，自由透气……她摇摇晃晃地站起来，左手扶住椅背，右手捂着胸口说，局领导给我过生日，我要报答局……领导。下面我给温局长念一首我……我几年前写的诗：

  岁月的时针
  磨出一枚针头
  把十几年的平庸
  注入我的肌体
  我变成一个
  衰老的主妇
  凋谢的母亲

温朴情不自禁，抬手鼓掌。

孙姐泪如雨下，扬起双手在空抓着什么，已然是掌控不住自己的奔放情绪了。

从交易渠道走进女人是捷径，从情感世界走进女人是长途跋涉！

孙姐抹着泪脸说，我忘了这是……这是哪个名人讲的话了，我喜欢这样的句子。

酒也把温朴身上平时收缩着的神经软化了，他仿佛看见自己的目光正在蜡烛尖上燃烧，似乎还闻到了头发烧焦的气味。他使劲眨了几下眼，发力紧了紧肩部酸涩的肌肉。

孙姐破涕为笑说，我还写过一些诗，不过……都记……记不得了，就能背下……这一首，特喜欢。

温朴感到额头燥热，脚底下飘忽，不知不觉中，他就把一个真实的自己喝出来了。

放松与放下都是一种解脱，温朴现在想笑就笑，想说就说，想喝就喝。

孙姐脑袋向一边歪着，身子往下塌，突然扬起的左手，把桌上的一只红酒杯和一截蜡烛带到了地上，酒杯啪的一声摔碎了，蜡烛在打滚中熄灭。

已是夜深人静时，酒杯破碎的声音，击出了温朴一身冷汗。

温朴打开那会儿关掉的灯，屋子里顿时亮得刺眼。

孙姐把持不了自己，身子缓慢地往下滑落，温朴见状抢几步过来，用双臂接住了孙姐。

孙姐身上散发出来的浓重体气，一团团，一股股。温朴久不近女人身体的鼻子，刹那间就被这无法挡开的体气淹没了，他本能地往后仰了一下头，竭力用深呼吸来抑制自己。他换了一口气，弓着两条腿，用腿往上一顶孙姐的屁股，打算先让她站直了，下一步再让她归回原位。

温朴的前胸，贴着孙姐的后背。

孙姐胸前那一团被温朴右手挤压得变了形的乳房开始跳跃，滚动的柔软让温朴突然明白自己的右手原来一直钳在孙姐的乳房上，他羞涩难当，急忙松开右手。

孙姐的软身子折弯了，倒在了地上。

温朴意识到自己失手了，急忙弯腰搀起孙姐，声音抖抖地问，孙师傅……你没事吧？

孙姐不知怎么的就把身子转了过来，嘴上嘟哝的声音含糊不清，两条卸去了气力的胳膊，软若藤条，搭在温朴的肩头。

温朴不得不用力搂住孙姐的腰，生怕她再次倒下去。

温朴吭哧吭哧挪动了几下，把孙姐放到座位上，嘴里呼呼地喘着粗气，脸也红彤彤的。

孙姐的手脚不再乱动了，只是嘴里还不停地出声。

温朴一手护着孙姐，一手掏出手机，他要给局办值班室打电话，喊人来把孙姐送回家。

2

温朴搓把脸，喝口茶水，从往事里回到现实。

往事里的那个孙姐，早不在机关小食堂干了，好像是在那晚喝多酒之后没几天，她就辞工了。温朴不知道她为什么离开，更不知道她去了哪里。

手机响了，温朴一看来电显示，整个人一下子精神起来，快速调整了一下情绪，接听手机。

温朴说，老部长，你好。

对方道，一听见你的声音，我就开心呀，温局长。

温朴笑道，不会是老领导要到我们东升送温暖来了吧？

对方说，我这点儿温暖，老婆孩子用用，也就剩不下多少余热了，温局长。有件遗憾事，趁早跟你说说，省得日后你听不周全了埋怨我。

温朴的神经一下子绷紧了。对方就是争东北安装公司归属地的那个副部长。

温朴道，老领导，您指示。

副部长说，刚开完会，部里准备挑选一些有实力的厅局长出国考察，你的老领导苏南带队。会上，我建议你出去走走看看，苏老部长不同意，说你这里眼下事情多，还是让你先忙内务，出国充电以后还有机会。

温朴以领情的口气说，啊，谢谢老部长，听从老领导安排。

副部长道，等哪天东北安装公司落到你东升了，你可就真要忙了，温局长。

温朴心里咚咚敲鼓，分析着副部长这么讲话是什么意思。莫非水依把他挤到一边去了？把东北安装公司拿到手了？事情进展得不会这么突然吧？早上水依还打电话来，约自己下午去京郊老水手俱乐部聚聚呢，他要是搞定了安装公司的搬迁的事，就算早上通话时不大喊大叫，至少也会流露出某种情绪来让自己领悟。这场争夺战旷日持久，部内部外该知道或是不该知道的人，差不多都知道了，归属地一旦一锤定音，搬迁这事儿也就没有任何秘密可言了，到时北京方面随便伸出哪条舌头，都能把相关信息挑到自己耳边来。嗯，副部长这是在用声东击西来探听什么事情的虚实，或者是故意拿这样的敏感话来套自己的什么话？

副部长呵呵笑道，怎么不说话了呀？多心了吧，温局长？

温朴沉住气说，老部长，您真会开玩笑。

副部长说，唉，还能跟你们这些年轻干部开几年玩笑呀！

温朴一听副部长这是要收场了，觉得不能就这么便宜了他，借这个机会，我也得套套你。于是说，老部长，我这里小金库的事儿，在部里弄得沸沸扬扬，我已经给搞得焦头烂额了，还望老领导多关照，多指点。

嗯……那边停住了。

温朴无声一笑，接着诉苦，这个错熬得我好几天都没睡好觉了，老部长，万一影响工作，我可就对不起部领导对我的关心了。

副部长说，谁吃谁吐，你没必要坐卧不安嘛，温局长。再说部里也没什么人议论你们嘛，你不要听信一些人搬弄是非，该怎么工作还怎么工作，守住自己的摊子，不要东想西想，有些东西看着诱人，可是一旦吃下去，就嚼不烂了。看看，你看看，话说远了，温局长，什么时候过来打声招呼，我跟你坐坐。

温朴说，好好，老部长，欢迎老领导随时下来指导工作。

温朴对这次通话的效果比较满意，觉得手触到了副部长的身子，真实感知了一下他的体温。

有些东西看着诱人，可是一旦吃下去，就嚼不烂了。副部长埋设在这句话里的暗示，几乎就是一个直白，无非是让温朴远离搬迁，少掺和上层的事。

收线不到一分钟，苏南的电话就打进来了。

温朴规规矩矩叫了一声，苏部长——

苏南说，看来你这部机子真是热线啊，打半天也打不进去。

温朴刚想搪塞一下刚才接的那个电话，他不想让苏南知道那个电话是副部长打来的。苏南却是一语给道破了，这让温朴的喉咙噎了一下。

苏南问，刚才是在接副部长的电话吧，小温？

温朴嗓子眼一紧，脱口道，是副部长，苏部长。

苏南停停说，我还有事要办，长话短说。本打算让你出去的，可是刚才在会上，我临时改变了主意，理由是副部长力荐你和江苏局长出去，剩下山东局长不提，其中深浅，我就不必多言了，小温。我现在也只能做到这一步了，何去何从，你自己慎定吧。

温朴点着头说，明白，苏部长，谢谢老领导。

结束通话，温朴意识到自己刚刚出汗了，后背上凉丝丝。他把已经发热的手机撂到办公桌上，坐进转椅，集中精力吸收苏南上述话里的养分。从现在的情形看，三位部领导的劲，依然没有较出松紧来，搬迁之事还在半空里悬着呢。

温朴继而意识到，下午水依请自己去老水手俱乐部，功课跑不了还是做在搬迁事宜上，只是不好猜测他这次是打算跟自己摆八卦阵抑或是迷魂阵。退一步讲，到时不管他摆什么阵，面对面跟他切磋，都要比电话交流难度大，风险多，尤其是话赶到较真的分儿上，非要你立马给出一个明确的态度时，嘴边上没点儿硬道理真就不好躲闪，因为一切主动因素都在对方那儿，应变者不付出百分之二百到三百的超强精力，怕是周旋不下来。

候好来了，送了几份文件和一份讲话稿让温朴圈阅。他后天要去参加总局科协操办的一个地区性学术交流会议，到时他有个估计耗时三十分钟的发言。

温朴见候好站在那儿发呆，就笑着问是不是还有什么事情，候好马上套近乎说，我是在看看温局长您还有没有别的什么指示。

温朴说，那你回去忙工作吧。

候好恍恍惚惚退出去，一直装在裤兜里的左手，紧紧攥着那个小药瓶，都攥出汗气了。

刚才候好也不知动了哪根神经，生怕小药瓶里的蚂蚁跑出来，结果脑子就开了小差。

下楼时，候好一脸懊恼，有人跟他打招呼，他愣着两眼就过去了，后脑勺上没少遭白眼。

候好走后，温朴翻了翻文件，该圈的都圈了，该批示的都批示了，至于那个讲话稿，他现在没心情看，就推到了一边。

3

温朴在想，有没有必要联络一下丛德成，常跟他通通气，一是能维持关系，二是运气好有可能得到一些有用的信息。他看了一眼座机，正犹豫着下不下手时，门被人敲响了，他往后一靠，身子贴到了椅背上。

进来的这个人，正是温朴这阵子不想见到的人。

叫过温局，古经理一副见人矮三分的模样往办公桌前一站，规规矩矩地说，我来给温局汇报一下。

现在总局纪委全面介入，限制古经理等涉案人员的行动，不经纪委同意不得离开东升，否则后果自负。至于说物资装备公司的日常工作，这会儿由一个局长助理坐镇代理。

温朴也没给古经理让座，他这么做就是要杀杀古经理身上的邪气，这种吃硬不吃软的属下，你必须时刻给他一个官本位的提示，让他随时知道你是他的上级，你决定着他的命运走向。古经理这种人服人，不是服你的本事、你的人品，而是在乎你手里的权力！说到家，温朴对付这种霸气外露型的干部，还是有一套办法的。

一个处级干部在安危的极限上，你踹他一脚，你就是他的敌人了；反过来你伸根稻草给他抓一把，那么你就成了他的救命恩人：两种处理方式，到头来的结果是天地之差。

温朴打算时机适当的时候，伸一根稻草给古经理抓抓，但愿他在大事化小、小事化了后能真心听从自己摆布。

行走官场，如果看不走眼，收下一个昨天跟你面和心不和，今天闯祸自身难保，明天渴望戴罪立功的属下，其实就等于为自己铲除了一个隐患。

温朴问，古经理，你这几天是在反思呢，还是⋯⋯

古经理道，反思，反思呢，温局。

温朴盯着他的眼睛，过了一会儿说，犯多大错，遭多大罪，这个你也体会了？

古经理忙说，有有有，温局，体会不深刻，我今天就不会到纪委来了。

温朴问，是吗？

古经理说，温局，两个月前，我收了南方一家公司总裁送的两幅字画，我刚才交到纪委那里去了。

温朴觉得颜色给他看得差不多了，于是缓和了一下口气说，古经理，我不想往你伤口上撒盐，不过你的事儿，一时半会儿还处理不了，我得等部领导惩罚过我之后，我才能表扬你这个敢为天下先的小金库库长。

古经理明白，自己这点儿事儿，搁能源总局里算个事儿，放到部里连个屁事儿也算不上，部领导才没工夫为那几个钱答理温朴呢，温朴这么开口，无非是想拿事儿放大他的权力，强调日后他是决定自己荣辱的人。

古经理弯着腰说，不好意思，给领导添麻烦了。温局，我这伤口是否化脓，能否愈合，全看您温局怎么给下药方了。温局您医术高明，医德高尚，随便下个方子，我就有救了，温局。哎，我已经后悔到前两辈子上去了，这次的深刻教训，我会记一生的，温局。啊，温局，看您忙，那我就不打扰您了。

出了温朴办公室，古经理一溜眼，见四周没人，就阴冷地笑了一下，为自己糊弄过纪委书记又涮了一把温朴而得意。

古经理刚才上交的那两幅画，是他在二十天前，让他小舅子从北京潘家园定制的赝品，一张才一百二十块钱，原本打算送给市政府杜秘书长，一直拖到今天没出手。不是没有出手的机会，出事前几天他还在酒桌上一本正经地跟杜秘书长说，那两张纸还得等几天，现在大师级人物真他妈难开面，加码也得让你排队候着。唉，我再催催看。当时杜秘书长愁眉不展地说，古经理，这画要是我要，我也就不着急了，问题是……当初索画时，杜秘书长说是要送一个副省长。

古经理在官场上，确实是一个不按套路出牌的家伙，瘪三的伎俩，君子的招数，小人的蒙骗，他一向混搭使用，像对杜秘书长这样的下三烂手法，他都用过无数次了，而且是你官越大，权越重，他越敢用这种无赖手法对付你。

字画古玩，从古到今，真真假假，假假真真，真假难辨，古经理要是瞅不准这个模糊的缝隙，想必也不敢肆无忌惮地往里插手。

古经理走后，温朴忽然感觉到，这个姓古的看似武夫，其实还是蛮能用心思的，若是细心观察他的行为方式，不难发现他骨子里有种流氓无产者的狡黠。过去他能呼风唤雨，等过了这个坎再次站直后，这个人依旧可以玩得转，他比一般人懂得钱是什么，权是什么，钱权捆在一起又是什么，他要真是一个无用的妄大之人，市长劳家奇也不会亲自打电话来给他求情松绑。

那天劳市长打来电话，几乎就是开门见山，说温朴在处理古经理这件事上如果有难度的话，东升市愿意搭把手，帮能源总局解围，到时司法程序上助力没问题，接古经理到市里来工作也是小意思。

温朴问，弄个烫手的山芋，劳市长就不怕风言风语？

劳市长笑道，这个人搁你那里也许就是一块补丁，可是放到东升来，没准就是一个门脸，环境改变人嘛。

温朴一听，就转过弯了，嘿嘿笑道，劳市长，到时你要是把古经理安排到开发区咱们的合资企业里，那我可就是赔了夫人又折兵啊！

局地两家在开发区合作的那个项目是生产电子元件的项目，总投资两个多亿，市里出地皮，能源总局出钱并控股。

劳市长大笑后说，聪明人就是聪明人啊，两句话，温局长就把窗户纸给捅破了。实不相瞒温局长，你真要是放人，我还真打算把古经理放到咱们的合资企业里去独当一面。

话到这个分儿上，温朴就更有数了。都是官场上的人，劳市长的这个电话玩笑，温朴可以当玩笑，但夹在玩笑里的事儿，温朴可就不能当玩笑了，他劳市长此时站出来给古经理求情，说明两人之间的温度，早已超出了正常人的体温。

温朴振振有词地说，那我是不是得去美国，租下联合国总部给古经理开个超国际水准的欢送会，到时还得请上你们市里几套班子的领导现场观摩一下？

劳家奇又是一通大笑，说，要这么着，还是算了吧，温局长，你们还是把古经理就地"双规"了吧，你那排场要人命啊！

现在温朴让劳市长放心了，因为他刚才夹在玩笑里的意思，劳市长同样也不能当玩笑话放过去。

官场中人的某些玩笑，是官场中人在利益互换、信息交换、权钱置换过程中规避风险、模糊意图却又不失主题的一种软默契手段，万一玩笑对接不上实质内容，把意图弄飞了，彼此也没什么难堪和损失。玩笑嘛，一旦回归到玩笑上，就是玩玩笑笑，玩玩笑笑哪能当真？

第 十 章

1

水依派车来接温朴，车是一辆挂着武警牌照的奥迪Q7，开车的中年男人穿着便装。

Q7开出东升，中年男人的嘴就像是给封条贴上了，一句话也不说，弄得温朴多少有些不自在，但他又不能主动开口聊闲篇，索性闭眼养神……

迷迷糊糊，摇摇晃晃，直到车子接近了老水手俱乐部，温朴才在大幅度的颠簸中睁开眼睛。

车窗外一派乡下的自然景致，四周地里种的不是庄稼，而是一片接一片的速生杨，差不多都有碗口那么粗了，远远近近寻不见人影，空旷的感觉，让温朴的肺叶都觉出了舒服。

车轱辘正在碾压着的路面，其实就是被车轱辘反反复复压实的农田，大坑套着小洼，小洼接着棱子，弄得温朴的身子东倒西歪。

这里除了树就是树，温朴有些搞不明白了，老水手俱乐部在哪里？这要是晚上到这里来，还真让人提心吊胆。

车头挑起来，车子拱上了一个慢坡。

慢坡这边的景色，一下子就让温朴的目光铺开了，阳光下的一片水域足够开阔，水波阵阵晃眼，水面上的漂浮物，有大有小，大的温朴一眼就认出来了，那是一只大木船，船与地之间，靠一条打桩的木栈道连接，木栈道看上去有五六十米长。

有了这些眼识，现在温朴也认出了那些分散的小漂浮物就是小船，只是不知这些大船小船是固定的还是移动的。他猜想老水手俱乐部的名堂，应该是出在这些大小船上，不然叫老水手俱乐部就没多大意义了。

车头挑了一下，温朴的目光脱离水面，摇晃中往前一顺，收进眼里的是一片菜地，有红，有绿，有黄，几种颜色成点成片，点缀出乡村的秋韵。

接着温朴发现，在几排杨树的缝隙里，零散着单体红砖平房，大概有十几间的样子。

车子离红砖平房越来越近，温朴看见一个女人迎车而来。

女人身材丰满，戴一顶榨菜黄棒球帽，着一身白色运动休闲装，动感十足。

温朴越看越觉得这个女人面熟，可一时又没能清晰地忆起照面的地方，这样一来，面熟的感觉就在他脑子里变成了一团虚影。

车子在一片斑驳的树影里缓缓停下来，车窗外的女人替温朴打开车门。

女人斜着身子，温文尔雅地说，欢迎温大局长光临我们老水手俱乐部，领导一路辛苦！

声音好像也很熟悉。我个老天，怎么就没想到是她呢？不过就是稍稍有些发福嘛！还未从车里出来的温朴歉意地笑笑，生涩地叫了一声，高经理。

高经理自然姓高，名秀，高秀曾是能源总局代理局长袁坤在位时格外关照的人物，温朴那时是常务副局长，曾陪袁坤捧过这女人的几个演艺场。后来袁坤失意，弃东升进北京做了部文联主席，让位温朴主持能源总局全面工作，这期间高秀曾给温朴打过几次电话，嘴上倒是没什么具体事求温朴过手，意在为过去的往来人情加加温，末了总是邀请温朴方便的时候进京坐坐。

在温朴的记忆里，有关高秀的信息似乎还没有更新，那时她操持的公司名为阳光彩虹演艺公司，手里捏着六七十个走T型台的时装模特儿，这是她的主打品牌。与她签协议唱歌跳舞的人，拢齐了不下百余名，其中不乏市场走红的角儿腕儿，梨花村小土妞组合、半眼红尘现代舞突击队、上千年摇滚乐队等也都很厉害，另外还有车模、礼仪小姐、健美宝贝、会展宝贝、食品宝贝、牛奶宝贝、啤酒宝贝、娱乐宝贝、足球宝贝、沙排宝贝、台球宝贝、泳装宝贝、内衣宝贝、药品宝贝、化妆品宝贝、售楼宝贝、家具宝贝、奥运宝贝、导购宝贝、旅游宝贝、婚媒宝贝、IT宝贝、品牌代言人、婚庆主持人、各类晚会联欢会主持人，以及说书的、说相声的、唱京剧的、演小品的、搞杂技的、玩武术的，乐器演奏的等等，高秀演艺经纪人的名气很大，圈内人都叫她秀姐。

下车握手，新话旧情，参半寒暄。

温朴活动了一下腿脚，笑道，没想到高经理从城里发展到城外来了。

高秀笑笑说，乡下清静，空气也好，顺手就做了这么一个休闲小项目。

温朴投眼水面说，乍一看，还以为是个水库呢。

高秀说，什么水库，也就是一个大水塘，三百多亩的水面。

温朴指着问，有多深？

高秀指着说，那边深过三米，其他地方也有两米左右。

温朴点着头说，高经理，水总……

不等高秀开口，就传来了水依的声音，温局长到了吧？过来过来，过来甩几竿。

温朴望去，声音像是从右面平房后传来的。

高秀看着温朴说，温局长，我带您过去见水总。

温朴说，好好。

几步路就绕到了平房后，这里是水塘的一个弯角，水面比较窄，水依坐在塘边，正在垂钓呢。

在水依右侧，支着一把超大遮阳伞，伞下的铁艺茶几上，摆放着茶具和香烟。

水依站起来和温朴握过手，之后拍打着温朴的肩头，笑眯眯地说，把你请到乡下来，你可得多多担待啊，温局长。刚才我还跟高经理说你呢，高经理可是把你夸得够戗呀，温局长。

一旁的高秀笑而不语。

温朴说，享受这种地方，那得多大的福气呀，水总。您老的休闲步伐，总是领先我们几步。

不好意思呀，老弟，过奖了。水依摆摆手，看了一眼高秀道，高经理，麻烦把我那副德国竿拿来给温局长试试。

温朴说，钓鱼我可是外行，水总。

水依努努嘴没接话。

您稍等，温局长。高秀说，扭身去了。

温朴跟着水依来到塘边，水依坐到原位，扶了扶架在脚边的钓竿。温朴取来一个小马扎，坐到了水依身边。

这里面都有什么鱼，水总？温朴问。

水依合着两手，盯着水面说，有草鱼、鲤鱼、鲫鱼、黑鱼、小拐子、草斑头什么的，王八也有。

温朴笑出了声，瞧着半浮在水里的网兜问，您没少钓吧，水总？

水依提起网兜，抖了几下，温朴一条鱼也没看见。

水依道，我钓的鱼，都在水里。

温朴一听他这话有些高深，就没敢轻易对答，把目光放到了波动的水面上。

沉默了一阵子，水依提起钓竿让温朴看，温朴一看就有点儿发蒙了，因为水依的钓竿上只有线，没有钩，饵就更无从谈起了。

水依淡定地说，我这是在钓自己，无须钩和饵。我在这里已经坐了几个钟头了，温局长。这要是没点儿耐性，还真坐不住。

水依的神情和语气都很平淡，但温朴却感到身上有些发凉。

水依将钓竿复位，点了一根烟说，心里想钓到的鱼，不会在鱼钩上，老弟也是个拿大事儿的人，不会不明白这个道理吧？

温朴来时有心理准备，水依的意思，甭管往哪里拐，最终拐点都在东北安装公司整体搬迁这件事上。目前这件事是水依心里的泰山、脑子里的黄河、脚底下的长城。

温朴脑子一转，用入戏入套的口气问，老领导，您看我这条小鱼是清蒸好呢，还是来个家常炖？

水依侧过头来，目光在温朴脸上划了几道，撅起嘴，点点头，之后蓦然仰天大笑。

两位领导说什么呢，这么开心？高秀来了，把钓竿递给温朴。

温朴接过盒子，这是一个精美的长条木制盒子，但他并没有打开盒子上的扣锁，而是把盒子轻轻地放到了地上。

水依平静地说，高经理，我没白在这里坐着吧？钓到了一条大鱼吧。

高秀一听，抿嘴直乐，心领神会地瞄了温朴一眼。

2

晚饭安排在大船上，现在温朴明白了，这水面上的大船小船，其实都不能行驶，是靠圆木桩固定住的船屋。

这是一桌农家乐性质的晚宴，鸡、鱼、肉、菜都是绿色无公害食品，秋黄瓜更是拿鲜儿，从园子里摘下来就上餐桌了。两瓶五粮液是水依家里的存货，年份在二十年以上，瓶形还是早年流行的那种圆肚造型。

温朴被安排在了水依右侧，劳家奇坐在水依左侧。桌子上的三个陌生人都是水依招呼来的，一个是地产商，一个是开发商，个子矮小的那位是建筑承包商。

劳家奇是在下午四点多钟赶到的，温朴跟他握手那一刻，心里犯了一阵嘀咕，但脸上没有什么疑云。从水依跟劳家奇见面的热乎劲儿上看，他们不像是一两面上的交往，由此温朴怀疑那次自己介绍他俩认识后，这两人私下里有过走动，甚至是频繁往来，平时联络电话也不会少打。也难怪，这年头为了彼此的利益，眨眼之间陌生人就会成为合作伙伴或是代言人什么的。

水依的饭局，高秀出面张罗，男女搭配，一唱一和，亲亲热热，开场用去了三杯陈年老酒。

水依闻着空杯里的香气，问劳家奇怎么来晚了，劳家奇就弄出一脸苦不堪言的表情，说，没想到他下去处理的那个事儿还挺缠身。

水依不以为然地说，县里那点儿事儿，还能缠住你劳市长的腿脚？

劳家奇道，一个副县长的脑瓜子没了，你说这事儿能好处理吗，水总？

劳家奇脸上嘴上这么一卖关子，就把大家的胃口吊起来了，纷纷问，到底怎么回事儿？脑瓜子怎么能没了？

劳家奇幽幽一笑后，就讲了起来。

前几天，开发商拆村子，遇到了阻力，大半村人差不多都是钉子户，一来二去，两头就闹僵了。一个副县长受命履职，就带着城管、公安等执法人员去处理问题，结果到了现场话说不拢，两头都牛，都不怕死磕，就发生了冲突，几个村民趁乱把副县长抢走了，弄回村子里捆起来，狠灌了一瓶白酒后，就把副县长藏到了一户人家的猪圈里。猪圈里面有一头三百多斤重的老母猪。后来武警赶到，平息了混乱场面，却找不到副县长，便有人怀疑副县长胆小怕事，可能钻到村子里躲藏起来了。于是派人进村找副县长，就有人在猪圈里找到了没有脑瓜子的副县长。

老母猪不会咬人吧，劳市长？高秀一脸惊骇问。

地产商半信半疑地说，这可能吗？

是啊，劳家奇接过话说，起初我也不信，哪有这种邪乎事儿，后来他们分析给我听，我就觉得他们的分析靠谱。前面我不是讲了吗，副县长叫人灌了白酒，醉是肯定醉了，问题是醉了以后，他肯定吐了，而他吐出来的那些东西，在老母猪看来，肯定就是上苍赐给的美味佳肴，不吃白不吃，而且该老母猪可能还是边吃边琢磨，这些好东西，源源不断，从哪里来的呢？噢，从一个小洞洞里冒出来的，索性就去啃那个小洞洞。你们想啊，一头好几百斤重的老母猪，咔吧咔吧啃个人脑袋，那还不就是几嘴的事……

行啦行啦，劳市长，水依打断劳家奇的话，肠胃受不了呀，劳市长，你还让不让我们喝酒了？

开发商见怪不怪地说，拆迁无小事，什么自焚的，喝药的，割腕的，上吊的，点液化气瓶的，身上捆雷管的，装神弄鬼的，形形色色的钉子户，我们都碰到过。

地产商搭上话茬儿，有一次我们在一钉子户房后挖坑，准备放水淹走他们一家，结果你们猜怎么着？在房子底下，居然挖出了好几具腐烂的尸体，真是老天爷帮忙啊，拔了钉子户不说，还帮公安破了一起悬疑多年的特大杀人案件。

高秀缩着肩头，一副遭寒遇冷的样子。

劳家奇笑呵呵说，林子大了，什么鸟都有啊！

建筑承包商叹口气，带着怨恨说，这年头，城里乡下，也不知哪来的那么多刁民，想干成点儿事儿，真是不容易，往哪里下脚都踩不实，非得用钞票垫路才过得去。

温朴嚼着黄瓜，光听不说。

水依提过一杯酒后说，我说几位老总，拆旧建新，你们得找对环境，找对合作伙伴，你们要是去东升开发，劳市长会在土地供给、保障搬迁、税收政策等诸多方面给大家优惠的，我说这话没错吧，劳市长？

劳家奇就像是在演双簧，接过话说，我们的开发环境与市政配套设施都没问题，欢迎诸位放马过去，到时候赚了是你们的，赔了是我们的。

地产商拍着手说，劳市长的东升，就是未来环首都经济圈上的那个金坠子，找机会我们要跟劳市长好好合作一下！

劳家奇一本正经地说，唉，圈是个好圈，可是你们北京某领导讲了，我们这个圈的意图不怀好意，其实就是想给你们北京戴环，做你们结扎。

高秀飞一眼劳家奇，忍不住笑了。

开发商说，这只能说他们小家子气，鼠目寸光。哎，劳市长，现在东升的房价，听水总讲已经逼近万字大关了，是这么个行情吗？

劳家奇说，好地段上的房子，已经过万了。我们东升的纳税大户温局长在这呢，你们问问温局长，我们东升的环境，值不值得你们去投资开发？

水依不温不火地说，我说几位老总，既然话说到了这儿，那我可得提醒你们一下，我们部里有一个副局级大单位整体搬迁项目，今后很有可能落到温局长的地皮上，到时几十个亿的动迁资金往里砸，你们还不趁早借我的酒，抓紧敬敬温局长，找一找来日合作双赢的感觉？

温朴明白，闲扯了半天，水依的舌头，到这才把话挑到这顿鸿门宴的正题上来。

温朴有些酒量，只是平时节制，真要是躲不开了，较真了，五六两酒还是撂不倒他的。

现在温朴就躲不开了，他只能接招，跟几个满嘴恭维他的商人碰杯。

一圈名利酒喝下来，温朴觉得到了以攻为守的时候了，就起身端杯，敬水依。水总，安装公司能不能迁到东升，还得看老领导您的举手投足。

水依刚想开口，劳家奇插话进来，水总，那天你跟我要的东升市房地产开发优惠政策实施细则出来了，我给您带来了。

水依瞟了一眼劳市长说，不说这些了，今天请各位来，就是想让大家都认识认识，放松放松。来来，我提议，为我们相聚老水手俱乐部，再干一个！

往下就进入了自主时间，大家自己找对手聊天喝酒。

地产商问温朴，他北京的家是在小环上还是大环上。

小环大环是这些房屋开发商们嘴上的行话，小环指三环以里，大环说的是三环以外。

温朴告诉地产商，他的房子在南四环上，地产商说小环内他有几个楼盘，哪天方便了，请温局长过去转转。

转转里的意思，温朴哪能不明白，于是搪塞说等有时间了，会过去看看的。

两瓶酒见底了，桌上的人似乎都没喝高，仅仅是话多话碎，高秀的脸红扑扑的，她问水依还要不要来点儿红酒，或是啤酒什么的，水依说算了吧，酒多伤身。

劳市长跟开发商已经称兄道弟了，开发商嘴上的资金流量，这会儿几十亿上百亿地滚动着。

温朴嗓子眼发干，接连喝掉了两杯茶水。

船外隐约传来琴声，可能还有笛声，好像也夹杂着二胡的声音，温朴用心分辨着。

察言观色的高秀问，温局长，您平时喜欢听什么乐器？

温朴脱口而出，二胡。

劳家奇跟水依耳语着什么，两个人的脸上罩上了一层神秘的影子。

两个搞房子的商人，正在谈昌平的一块工业用地。

建筑承包商不知去了哪里。

高秀转了一会儿茶杯说，温局长，我陪你出去透透风吧。

场面不像刚才那么乱哄哄了，三三两两都在专注说事儿，这样一来高秀和温朴的退席，似乎没引起关注。

不过从另一个角度讲，就是桌子上的这些人，也有可能都留意到了温朴与高秀的出走，只是视而不见，玩的就是一个故意不在意。

在官场与生意场上，往往就是这样，能碰的东西，你可以去抓去捏甚至去抢，可是不能触及的东西，你非但不能伸手，甚至有时连看一眼，都是不明白事儿！

3

初秋夜，天上有星无月，傍着水塘，空气有点儿湿凉，温朴提了提衣领子。

走着走着，就走到了那会儿水依钓鱼的地方，几排大红灯笼吸引了温朴的目光。

这些大红灯笼分别挂在几只脚踏船上，温朴想，下午没看见这里有这些船呀？

高秀把温朴引上一只脚踏船。

脚踏船离开水塘边，高秀掌握方向。

现在温朴听出来了，几种乐器交织的声音，分别来自那些小船，高秀似乎正朝着二胡发声的方向踩船，船外的水浸在夜色里，哗啦啦地响着。

二胡声果然就是从船屋里飘出来的，越近越入耳，温朴甚至都听出了正拉着的这一曲是《乡情恋》。

船屋里亮着灯，脚踏船触碰到船屋的一瞬间，乐声停止，温朴突然有些紧张。

船屋门打开，借着舱内射出来的柔和灯光，温朴看见一个身材高挑的姑娘弯下腰身，把一只手伸过来让他抓，与此同时他还感觉到晃悠的后背，给高秀加力推了一把。

总之，温朴就这么轻而易举上了船屋。

高秀嘱咐，好好陪先生，二胡。

二胡道，秀姐放心。

高秀再不多言，踩着脚踏船走了。水声比来时大了一些。

温朴刚想回头跟高秀说什么，就给二胡拥进了船舱，随即关上了舱门。

二胡？温朴说，瞥了姑娘一眼。

姑娘挺着并不十分丰满的胸脯说，二胡，是我艺名。

船舱空间不大，但布置得挺有情调，壁挂、窗帘、灯罩等饰品，清一色都是透着民俗气息的手工制品。

木制茶桌，古香古色，配两个小木墩，那个说床是床、说沙发是沙发的沙发床，显然够两个人歇息。

灯红酒绿的场所，温朴过去尽管不是频繁进出，但像天上人间和帝都乐园那样的地方倒也不陌生，可是像今天这个地方，他还是第一次见识，他不得不佩服高秀的想象力和水依的开发能力。

二胡笑吟吟拿起二胡，先生想听哪一曲？

温朴的脑袋早就大了，他后悔刚才没对高秀提高警惕，这么容易就给她推上了贼船。他想这下可不好收场了，这不是在陆地上，想离开这里的话，怕是只能跳进水里往回游了。

温朴心里乱七八糟，没意识到二胡正在瞧他。

先生累了吧？二胡放下二胡，那我们休息吧。

一看二胡要往沙发床上扶自己，温朴一下子回过神了，定住脚跟，瞅着茶几说，喝点儿茶吧，酒上头。

玫瑰香茶，早在温朴到来前就沏好了，二胡给他倒了一杯，说，台湾阿里山的玫瑰香茶，醒酒提神。

两人分别坐到小木墩上，二胡展动着眉眼说，到这条船上来的男人，还很少有像先生这么拘泥的呢。

温朴苦笑道，你还是个学生吧？

二胡回答，秀姐阳光艺校的学员。

温朴喝口茶问，要是回去，怎么上岸呢？

二胡道，我联络，谁送谁接。

温朴正视着二胡说，我晕船，能不能帮个忙，让人接我回去？

二胡目不转睛地盯着他，半天才开口，我不好吗，先生？

温朴说，你很好，你别误会，我没别的意思。

二胡想想说，你是不是怕录音录像，或是拍黑照呢？以前也有领导像你这样怀疑。先生你放心，秀姐是个有品位、讲游戏规则的人，她不会那么做的。再说我也看出来了，你是秀姐的老朋友了，不然秀姐是不会亲自送你过来的。

温朴听了这些话，还真有些害怕，万一今晚被拍照被录像了，往后没事儿是没事儿，一旦起事儿了，麻烦可就大了。

二胡像是看破了温朴的心思，笑道，我不骗你，请领导相信我的话。

温朴心里依然发毛，他坐不下去了，侧身掏出钱包，抽出一叠现金，放到茶几上说，帮帮忙。

你这让我怎么向秀姐交代呀？再说，我们也得讲职业道德，不能无功受禄的，领导。二胡一脸难色，拿起桌子上的钱要往温朴手上塞，找事儿的目光，似乎不愿意离开他的裤裆那地方，盯着笑道，你又不是不行。

温朴脸上发热，嗓子眼发紧，自觉很不自在。

你不会是嫌我脏吧？二胡低声问。

温朴打了一冷战，真想跳到水里游回岸上。

领导，你怎么这么愁人啊？你看你哪像个领导？二胡柔声细语地说。

温朴定了定神，开口道，人各有志，真的不行，小妹妹帮帮忙。

二胡的笑脸，渐渐变成了一张失望的小脸。她咬着嘴唇，收紧眉头，玩着手里的钱，犹豫着说，要不……你给我讲个笑话吧，我听过瘾了，才好想法子帮你。

温朴没想到她会提出这样的要求，这样的要求在这时，还能算是要求吗？于是就想起刚才吃饭时，朱团团发来的那个段子很好玩，要不是当时在饭桌上，他会嘿嘿乐几声。

温朴掏出手机，调出那个段子说，我没有原创，给你念个段子行吗？

二胡稍嫌不满说，二手货呀？好吧，二手货就二手货吧，只要好玩就行。

温朴调动了一下情绪，尽量让声音和表情都奔好玩上发力，他说，什么是兄弟？几十年后您躺在床上，我问您喝水不？您摇头。吃水果不？您还是摇头。我再问，给您找个妞？您睁大眼睛，闪着泪花说，兄弟，扶我起来试试！

念完了温朴想笑一下，但是没好意思，他要先看看二胡的反应。

二胡撇着嘴，居然没笑，愣了良久才歉意地说，这个段子，离我们的工作内容太贴近，麻木，不好笑，再换个吧，领导。

刚有些放松的温朴，眨眼间就又找到了扑空踩空的半吊子感觉，泄气的身子软了下来。没达到目的，他不敢再看二胡，他感到无助，感到丢丑，他为自己没办法脱身而沮丧。

二胡侧过脸，小心翼翼地问，你生气了，领导？

温朴没咒念了，有气无力地问，你说怎么办吧。

嗯……二胡收回目光，几分同情地说，你实在不愿意就算了，舒服的事儿弄不舒服了，就成了一件累人的应酬事儿。

温朴说，好像你很了解人？

二胡情绪低落地说，天天就玩那点儿事儿，还有什么了解不了解的？不过像你这样拉满弓不放箭的人，二胡还是很少遇上。一般人进来，都是猴急猴急，直奔主题，三下五去二完事。个别好玩花活儿的人，花点儿工夫倒是能玩出一些乐趣来，最倒霉的就是遇上变态狂，舔你咬你嗅你，要么掰你胳膊拧你大腿，没完没了能把人折腾个半死。也有你前面段子里讲的那种情况，年纪大的人干着急，使不上劲，帮他起来也起不来。有一次，我给一个年纪大的人弄了半天，这人哼哧哼哧，滴了我一脖子哈喇子也没管用，他特伤心，特委屈，呜呜的就哭了，说，去年还行呢……唉，算了孩子，看来人不服老不行啊，大叔不是当年的硬汉了……当时弄得我特难受，特同情他，差点儿也哭了。后来我摸着他的秃头说，别哭了，以后别再出来玩这个了，你还要不要命了呀……哎呀哎呀，我不跟你胡扯了，大哥，你上了船，不玩也等于玩了，你何苦背个玩名不干玩事儿呢？猫不吃鱼，那还是猫吗？要不就是你光想着自己怎么划算，一点儿也不替别人考虑考虑难处。男人，怎么都这德行啊！

实在不想难为你，可是……面红耳赤的温朴，舌头根一软，没把话说完。

二胡转动着眼珠，狡黠地说，嗯……你刚才怎么说？你晕船是吧？要不你看这样好不好，你抠嗓子眼，抠吐了，咱俩就都能交差了。

温朴感到那样很伤自尊，在这种地方，用那种手段弄虚作假，实在有些说不过去，但现实就是现实，他现在除了跟二胡合作别无选择，于是一横心背过身子，把一根手指头伸进嘴里，够到嗓子眼，立刻就有了反应，他呃呃了几声，但是没出货。

二胡一看他弄得挺外行，挺费事，就一脸着急地过来帮忙，悠着劲，拍打他的后背，还支招说，往里抠，抠深点儿。

工夫不大,效果落地,温朴佝偻着腰,梗着脖子,哇啦哇啦吐了一片,船舱里的气味一下子就难闻了。

二胡抽着鼻子,递给温朴一把面巾纸,然后走到舱门那儿打电话。

第十一章

1

国庆节长假一过,温朴刚上班就遇上了麻烦事儿。

这个国庆节温朴没在国内忙碌,他带人去了海湾某产油国慰问正在那里施工的能源职工,几天里大多时间都耗在了飞机和汽车上,还得受时差颠倒之苦,回来后腰酸背疼,脑子昏昏沉沉,像中暑一样难受,几乎没有食欲。

事情来得很突然,当时离八点半要开的机关党政领导联席会议还有些时间,温朴就想把桌子上的文件归整一下,岂知刚下手干活,不速之客就来了。

女人是候好领来的,候好没露面就下楼去了。

那会儿女人被机关警卫室的保安拦下了,候好正路过,一看气咻咻的女人是方老局长家的甘阿姨,就热心肠凑过来,问保安怎么回事。甘阿姨也认识候好,候好曾陪局领导去甘阿姨家慰问过。甘阿姨对候好说方局长要她给温局长带个话,保安不让她进去,候好就一副准领导的口气告诉保安,甘阿姨是谁谁谁,保安赶紧给甘阿姨赔不是,甘阿姨说年轻人做事认真是对的。这样候好就把甘阿姨带上了楼。

甘阿姨已经不年轻了,今年五十有余。

甘阿姨进来后,先把提在手里的东西蹾在温朴办公桌上,然后就开始抹眼泪。

立在办公桌上的那个东西,见方见棱,看样子分量不轻,用红绸子包裹着。

甘阿姨是伺候能源总局元老级领导方远天的全职阿姨,温朴认识她。昔日方远天是从第一副局长位置上退下来的，转年他夫人就病逝了。当时考虑到方远天是开局功臣，组织上就出钱给他找了一个全职阿姨照顾他，阿姨一直干到现在。

吃一锅，睡一床，按说后来甘阿姨可以被方远天续弦，事实上方远天确实也打算把甘阿姨的身份转正，但一直没成。传说不是甘阿姨不愿填这个坑，而是方远天的儿子方协有算计，他反对老头子把甘阿姨的名分改变，那样的话等到老头子哪天一走，独门独院两层高的局长小楼，他就没办法继承了。

方远天还有一个女儿，早年就去了加拿大，从不回来。

方协现在是能源设计研究院的副院长。

方远天一直不在东升居住，多年前，他回河南老家探亲，摔了一跤，结果就摔成了植物人，躺在河南回不来了，自此甘阿姨每年河南东升两头忙。组织上呢，也不能把功臣老领导忘了，隔个三年两载，就会派人专程去河南探望一下。

温朴望一眼办公桌的东西，再回头瞅瞅甘阿姨，说，甘阿姨，有什么话，你慢慢说。

甘阿姨抽泣着，伸手解开红绸子，一指露出来的盒子说，这是老方的骨灰盒，温局长……

温朴一脸惊诧，失声道，老领导他……你们怎么也不说一声呢？

甘阿姨甩了一下沾在手上的泪水说，老方早在八年前就不在了。

温朴脑子里嗡的一声。

甘阿姨吸溜了一下鼻子，从袋子里掏出一个枣红色的本子，往办公桌上一扔。

温朴一看，是个房产证。

甘阿姨说，这是方协给我的假房产证。方协丧尽天良啊，一个死人一个植物人的调包阴谋，给老方他儿子捂了八年啊，温局长，你可得给我做主呀，温局长！

温朴给甘阿姨接了一杯矿泉水，让甘阿姨坐下来，喝口水再说。

甘阿姨坐下，在哭哭啼啼中，把活人死人的调包秘密，一五一十道了出来。

方远天与河南老家的弟弟是双胞胎，那年方远天带着甘阿姨回家看望不久前变成了植物人的胞弟，许是因为悲伤过度，方远天握着胞弟的手，哭着哭着就趴到胞弟身上不动了。急忙送到镇卫院去抢救，说是没救了，心肌梗塞，当时就不行了。

丧事在第一时间通知了方协，方协比较冷静，在电话里问甘阿姨，这事通知局里没有，甘阿姨说没有，方协又问婶子有没有告诉外人，甘阿姨说，你婶子吓傻了，到这会儿还没缓过来呢，她三个儿子只有老二在身边，这不都指望着你吗。方协说既然这样，那就暂时把这件事保密了，尤其是要对他那两个还没有得到信儿的堂弟也要瞒着，一切都等他回去处理。

方协连夜赶回。两眼哭得红肿的甘阿姨几近虚脱，问他接下来怎么办。方协就把甘阿姨和婶子叫到一起，说出了他的一个调包想法，就是把父亲方远天，以他叔叔的名字火化了，这样一来甘阿姨每个月就还能拿到她那份工资，而他父亲的工资，从此就与甘阿姨无关了，他每月从父亲的工资里抽出一千块钱给婶子。

方远天的胞弟是个农民，也就是说从今往后，一个没有收入来源的农民植物人，躺在床上一个月就能挣到一千块钱，方协他婶子哪还有工夫讨价还价呀，她只能想这是祖坟上冒青烟了！至于说甘阿姨特别关心的房子问题，方协单独跟甘阿姨协商，谈妥以八年为期限处理房子的最后归属问题，具体讲就是他植物人叔叔若是在八年内任何时候不在了，他立马把房产证交给甘阿姨（当初在甘阿姨进驻方家前，方协就把老爷子的房产证收走了）；如果八年期限到了，他叔叔还活着，那他也交出房产证，让甘阿姨真正成为那幢两层小楼的主人。

方远天他胞弟长寿命，熬着熬着就熬过了八年期限，而方协这时也履前约，把父亲的房产证交给了甘阿姨。

不能说在过去的每一天里，甘阿姨都盼着这一天的到来，但没少惦记倒也是事实，毕竟是独门独院的两层小楼呀，她的晚年会因为这幢小楼而完整和幸福。

如今这一天给她等到了，甘阿姨乐晕了，招呼来家族里的七大姑八大姨，分享小楼给她带来的幸福。甘阿姨也是从农村走出来的女人，来分享她幸福的人，差不多也都是从乡下来的，亲戚们七嘴八舌讨论她的小楼，一致认为她自己住这么大的房子浪费，也容易惹人嫉妒生是非，不如趁早处理了。于是有人让她卖掉房子拿钱回老家，有人告诉她不要卖往外出租更划算，有人说再找个城里老头儿过日子也行，理由是甘阿姨这些年在城里住习惯了，冷不丁再回去，怕她过不好乡下的日子。临了一个漂在北京多年的侄子觉得甘阿姨这套房子来得太容易了，怀疑她这套房子的房产证是不是真的。甘阿姨尽管不相信自己的房产证是假的，但听侄子这么一说，心里不免犯嘀咕。侄子就说这事儿好办，真假明天去查一下就有数了……

温朴听完甘阿姨的陈述，神情有点儿迷离，方协好歹也是个知识分子，副处级领导，他能搞出这么荒唐的事儿吗？

甘阿姨咒道，方协从前没那么不是东西，都是他那个歹毒的老婆，活活把他教唆坏了，方协屁大个事儿都要听他老婆摆布。这些年里那个自私的女人看过老方几回？老方跟我感情透了，打早就要把我娶了，都是那个坏心肠的女人，一次次逼着方协出来捣蛋，有一次老方差点儿没给他们气死！还有更过分的呢，温局长，我都不好意思往外说。

温朴好言安慰甘阿姨，说真的假不了，假的也真不了，组织上会把这件事情弄个水落石出。

甘阿姨止住泪，气哼哼地说，昨晚我去方协家说理，他死活不给我开门，他老婆在屋子里骂了我一堆难听话，还说过两天就把老方的房子卖了，让我死无葬身之地！温局长，你可得给我做主啊……

温朴说，甘阿姨，我们会把事情调查清楚的，这个请你相信。

甘阿姨说，太欺负人了，我不要他们的房子也得要个公道！

温朴说，甘阿姨，我有个会马上要开，先这样吧，你先跟有关领导谈谈。

甘阿姨说，对不起，温局长，我没文化，不会说话……

温朴说，再怎么着也是身体要紧，甘阿姨，你要保重身体。

2

温朴打电话叫来离退休老干部处处长,让他进一步了解情况。

办公室里静下来,但温朴心里荡秋千,如果此事当真,问题就相当严重了,到时方协可就不是挨几板子的事儿了。

温朴粗略算了一笔账,方远天的退休金,不说逐年递增,这些年里也是没少往上提,现在月平均几千块钱没问题,再加上年节补助金和慰问金等零碎钱,一年下来少说也有五六万块钱,就算五万,八年时间里,方协神不知鬼不觉地从能源总局拿走四十万!此事一旦捅开了,说方协与甘阿姨鸡飞蛋打那不过是钱财上的事儿,而借尸欺诈所要承担的法律责任,则会让他们身败名裂,尤其是身为领导干部的方协,到时会败得一贫如洗。

温朴越想心里越起伏,并有些后悔刚才处理问题欠思考,就是不该让老干部处处长过早接手这件事,因为他一上手,就意味着这件事马上就会在总局上下,还有局域网上沸腾起来,引发公众舆论咆哮,把人心冲涣散了,到时总局领导班子在处理这件事上,就没有任何退守余地可言了,如果处理不当,说不定会制造出什么灾难来,这年头老百姓不吃人,但敢咬人!

现在温朴只能在被动中找主动了,他打算打电话跟伍凡通通气,把事情告诉他,看看他是什么态度。但转念一想,情况尚不明朗,这个时候还不能惊动伍凡,随便打扰他,容易让他觉得自己嫩,拿不起这件事。

温朴早在做首长秘书时,就已经看明白了,官场上对手之间没商量,这是骨子里的排斥,有时做梦都恨不能提防你。所以说齐头平脸的官员,最忌讳事事都往前挤,因为这些人有数,在有些来路不明或是暂无定论的事情上,袒露越快,暴露越多,受伤的可能性就越大,一不留神就成了身后猎食者的挡箭牌。

温朴捻着手指,脸色不爽快。

这时门给人敲响了,进来的是候好。

候好满脸讨好地说,温局长,人都到齐了,伍书记让我过来请您。

温朴这才想起开会的事儿，同时也意识到精力不集中确实耽误事儿，就说刚才吧，还想着往伍凡办公室打电话通气呢，打个鬼呀，通个头呀，人家早坐在会议室里等自己亮相呢。

温朴想了想说，候秘书，你去请伍书记和常局长到我办公室来。

思路反向，候好愣了一下，笑着问，是现在吗，温局长？

温朴心里不舒坦，一挥手，生硬地说，马上。

候好不知发生了什么事，脸色惶恐不安，闭紧嘴巴，麻溜溜出去了。

温朴抬眼望着门口自言自语，秘书木讷，前程坐蜡；秘书机敏，前程似锦！

伍凡和常联仁脚前脚后进了温朴办公室，两人心里都在转圈推磨，但脸上保持正常表情。

伍凡笑道，怎么着，温局长，要事先给我和常局长开个小会呀？

温朴拍拍伍凡的肩头，嘴却是冲常联仁张开，常局长，我和伍书记商量点儿事儿，麻烦你先去会场主持一下，几分钟的事儿。

一头雾水的常联仁看看温朴，再瞧瞧伍凡，机械地说，好好好，温局长。

常联仁转身刚要迈步，温朴办公桌上的座机响了，常联仁本能地停下来，瞅着温朴，走也不是，不走也不是，定在了原地。

温朴走过去接听。

温局长，总局保卫处处长的声音，刚接到设计研究院李院长电话，说是方协十分钟前跳办公楼自杀了……

温朴持话筒的手颤动了一下，脸色随之灰暗。

对方叫，温局长——

温朴侧了侧身子问道，他们报警了吗？

对方道，这个还不清楚，温局长。

伍凡和常联仁虽听不出来温朴正在跟谁对话，以及说的是什么事儿，但他俩明显意识到有情况，面面相觑后，两人的表情就都不自在了。

温朴说，你马上过去看看，弄清楚了给我电话。

温朴挂断电话，伍凡盯着温朴的脸欲言又止，常联仁喘口粗气，活动了一下僵硬的身体。

温朴苦笑着说，二位，没事儿了，咱们先开会去吧，下来我再跟你俩细说。

接个电话就改变了先前的决定，温朴这是在搞什么鬼把戏？伍凡和常联仁再次对了一下眼，但还是不明白温朴的葫芦里到底卖的什么药，仅仅是都感觉到了温朴今天的言行比以往反常。

3

好事不出门，丑事传千里。果然不出温朴所料，晚上，能源局局域网民主堂论坛里乱成了一锅粥，方协以尸谋利的行为，以及他的跳楼自杀都引发了网震，百分之九十多的帖子谴责，剩下不足百分之十的帖子，主题杂乱不好归拢，有指责总局离退休老干部管理工作不到位的，有感慨主要领导睁眼瞎不作为的，有谩骂现行体制的，有替方协开脱的，有同情甘阿姨的，有把方协与甘阿姨捆到一起往吉尼斯世界大全里调侃的……

> 欺骗制造混乱，谎言引爆民怨，罪恶肢解伦理，腐败毁掉政权！失德的心里，只能盛开恶之花！
>
> 人可以躲过明枪，甚至是暗箭，但躲不过自己的欲望。人被自己的欲望疯狂掠夺、掏空、焚烧，是一件比吸毒更可怕的事情。

这几篇帖子都是匿名发上来的，温朴反复看了几遍，看得心口冲冲撞撞不是个滋味，甚至有种乱石飞出屏幕的错觉。

民怨如山洪，这山洪一旦在能源总局的什么地方冲开口子，即便淹不死人也得闹出一场洪灾。

然而温朴这时不糊涂，他清楚这场山洪再凶狠也不能筑坝截堵，得想出一些招数来，多种渠道引流分洪，《能源报》这时应该起点儿作用。

温朴给宣传部长打电话，让他组织人就方协这件事情，写一些时评文章和读者来信，看看群众的反应，如果有必要，下一步可考虑做深度报道，并强调不能一个声音，适度抨击一下，有利于缓解矛盾，安抚职工的动荡情绪。

宣传部长拿温朴的指示很当回事儿,说温局长审时度势,掌控全局,他很受益很佩服,电话里小态度表得钢钢的,说他这就联系王总编,连夜组织人写文章,明天是星期三,正好见报。《能源报》一周三期,每周一三五出报。

温朴又上了局域网,他决定化名发一篇带有引导倾向的帖子。这帖子的内容必须切中要害,引起广大网民共鸣,为自己日后拿这篇帖子再说事儿留出空间,也就是说,在网上布下一条隐蔽的导火索,等到来日处理此事遇到阻力时,就把这篇帖子作为群众舆论监督拿出来点燃。

天雷一击,温朴用这个化名发了一个简短的帖子:

虽说人死不能复活,但吞进去的几十万公款,还是可以抠出来滴……

到此温朴想下网,再干点儿别的事情,可偏偏就在这时,他的眼睛被一条跟帖勾住了——任何道理都不是我们完善自我的定义,为约束活着,就意味着我们已经为自由死去,千篇一律的面孔,使我们丢失了很多亲人与往事,在无数次陌生,在茫然回归到茫然后,我们必将忘记自己的属性!

这条跟帖的署名叫梅苑,像真名也像化名。

温朴耐心咀嚼着这些文字,感觉里面的意思有些朦胧,像是在冲自己那个帖子发的感慨,但琢磨过后又觉得不像是冲自己的帖子较劲,起码不是正面发力。

温朴捏着下巴,在心里把这条跟帖一字一字捻碎,他想感受潜藏在文字里的东西。

第十二章

1

夜幕垂下来，温朴走到老招待所门口时，看见几个女服务员聚在一起，冲着近处的科技馆大楼比比画画。

温朴无意打扰她们，但其中一个发现了他，羞怯地打招呼，这样一来其他女服务员也都温局长温局长地叫开了，温朴只能以礼还礼。

老招待所是能源总局最早的招待所，清一色平房，如今已经不对外了，住进来的都是内部人，而且大多是总局和部分二级单位的头头脑脑，这些人的家都在外地，这里被职工们戏称为超单身贵族家园。按说温朴可以不在这里住，眼下局长楼虽说没有现成的，但两百多平方米的新房还是有的，后勤处处长曾几次劝他先挑一套暂时住着，住招待所再怎么着也是不方便，但温朴都用凑合两字搪塞过去了。

温朴觉得眼前这些女服务员的脸色都很怪异，猜想这可能与她们刚才唧唧喳喳的话题有关，就没有进招待所，而是饶有兴趣地问第一个跟他打招呼的姑娘刚才她们说什么呢。

姑娘脸红了，看一眼其他姑娘，目光就落到了地上。

温朴笑了，问，你们不会是在说我坏话吧？

红脸的姑娘抬起头，抢白道，没有没有，我们刚才说大耗子呢温局长，不信你问问她们几个。

温朴嗯了一声，扫了姑娘们一眼。

太阳落山的时候，大耗子就在科技馆大楼上。

可大了，温局长，很吓人！

金黄色的，大尾巴能有这么长，温局长，好些人都出来看呢。

一开始大家没认出那是大耗子,也挺像小兔子的,后来老局长从家里拿来一个望远镜让一个小伙子看,这才确定是一只大耗子。

几个姑娘嘴不停歇,气氛一下掀起来了。

温朴抬头瞅着沉落在暮色里的能源局科技馆大楼,觉得这事有点儿意思,一只耗子怎么就能跑到那么高的楼顶?

科技馆大楼九层高,建筑风格中西结合,门窗大,装饰圆柱多,红瓦楼顶,呈人字形。

就在楼的那个角上,温局长。一个姑娘指着夜空说,真的是好大好大,蹲一会儿,站一会儿,晚霞照在大耗子身上,大耗子金光闪闪,一动不动时,大耗子就像个金子铸的大耗子。

又一个姑娘激动地接话,有一个老太太说,她活了八十多岁,还从没见过这么大的耗子,爬那么高的楼顶,大耗子八成就是个耗子精。她还说耗子精跑到那么高的地方,用她老家的迷信话讲,这是个不祥征兆。

你别乱说了,我又起鸡皮疙瘩了。一个姑娘说。

温局长,你见多识广,你说这是不好的征兆吗?

我害怕地震!

温局长在这儿,你再瞎说,割你舌头。

温朴让这几个姑娘说得心里没谱了,大耗子的出现到底意味着什么,他是一点儿感觉都没有。但他明白不管怎么着,也不能给这几个姑娘灌输消极的东西,尤其是迷信的东西,于是幽默道,估计那只耗子像我一样也是个领导,站在房顶上高瞻远瞩呢。

温朴这一嘴稀泥,和得几个姑娘哈哈大笑,其中两个姑娘笑得都站不住了,只能弯着腰靠在一起。

没想到温局长还这么会开玩笑。

温局长,你老诙谐了,以前我们都以为你不会逗乐呢。

温朴看看手表说,哎哟,不好意思,我约了人,我得走了。

开心的姑娘们纷纷跟温局长说再见,其中一个大胆的姑娘,还向温朴抛了一个明明白白的媚眼。

2

进房间换了衣服，温朴坐到茶台前。

这是一个老树根茶台，上面摆设的茶具一应俱全。平时温朴极少有时间摆弄这些茶具，但这些茶具却是日日洁净，像是天天使用。这就是住在这里的便利之处，房间每天都有服务员来收拾，你再不使用的东西也是一尘不染。

东北安装公司经理鲁培明如约而至。

跟在鲁培明身后的人，让温朴感到意外，因为他好长时间没有见到这个人了。

鲁培明带来的人是白石光。

白石光的父亲曾是副部长苏南的工友，想当年在一次施工事故中为救苏南一条命，白石光父亲的一条腿给钢梁砸断了，之后在家里享受工伤待遇，上世纪八十年代死于肺病。

温朴给苏南做秘书时，曾多次帮助白石光，怎奈白石光在生意上不灵光，老是被坑蒙拐骗，有时到手的钱都不能揣进兜里，掉地上了还要砸别人的脚。温朴最后一次帮他是来能源总局前，安排一个二级单位出面给白石光做担保，白石光从银行贷款几百万炒原油，那一单要是搞成了，白石光剔除还款等相关开支，至少会有五六十万进账，结果搞飞了，一龙油回头了（业内行话，一龙油指一个专列油罐车，龙回头是指油罐车从装油地出发后又折回出发地，改道去了别的目的地），害得白石光在收油地苦等了十几天也没有见到油罐车。此项生意买家也垫资了，买家急红了眼，差点儿要了他的命。后来白石光在内线的呼应下，千辛万苦总算是找到了合作人，将其请到饭店里，直接就给对方上了一道大菜——白石光切下了自己左手上的小手指，放到盘子里，红泥小油肠一般，合作人尿裤裆了，吐出了吞进去的钱，这样白石光尽管生意泡汤了，但总算是没有让温朴等帮忙的人坐蜡，不然那几百万的担保还真不好平掉。这之后白石光就从东升蒸发了，有一次，忘了是在什么场合，温朴听人说白石光带着老娘去了白洋淀养鸭子。

温朴把两位让进屋子，回头问白石光，听说你去了白洋淀搞家禽养殖？

白石光不咸不淡道，早不干了，温局长。

鲁培明见缝插针，跟上说，温局长，现在白经理开了一家友帮拆迁公司，生意很兴隆。

温朴赞许道，大开发大拆迁，东升市的朝阳产业啊，白经理。

白石光说，温局长笑话我，不过是带一帮饥寒交迫的弟兄，替政府与开发商做点儿得罪人的差事，挣几个辛苦钱罢了。

温朴觉得白石光现在说话的口气有点儿别扭，江湖味道出来了。

落座后温朴说，咱们喝点儿普洱吧，泡这东西我是外行，我怎么泡，你们就怎么喝吧。

鲁培明笑道，温局长讲究，这茶台，这茶具，上档次。

温朴说，这房间里除了咱仨，所有东西都是总局的资产。

鲁培明笑嘻嘻说，我和石光是局外人，您是总局当家人，温局长。

不等温朴开口，白石光嘴里出声了，鲁经理，你跟我可不一样，我离温局长的总局还有十万八千里路呢，你现在可是一只脚迈进了总局。

鲁培明望了一眼白石光，带着几分责怪说，石光，刚见温局长面，你可不能乱说话呀！

白石光懈怠地说，温局长啥场面没经历过，还有必要拐弯抹角吗？我说鲁经理，你今天来找温局长，不就是想到东升来吗？

鲁培明不想这么快就展开这个话题，现在让白石光这么一点破，显得有些力不从心。

温朴一看鲁培明下不来台了，就顿住这个话题，问白石光，石光，你和鲁经理是怎么认识的？

白石光说，那时候苏部长介绍认识的，鲁经理曾给过我一些工程，事后我们一直没断联系。

鲁经理说，石光这人讲究，重义气。

白石光道，那是过去，现在重不重义气，全看利益薄厚、成本多少，丢西瓜捡芝麻的事儿，我现在不干了。

听了这些，温朴觉得现在的白石光，已经完全不是当年那个白石光了，这不仅从他说话的口气里可以感觉到，他现在干的事儿，就不是讲人情的活儿，如今凶、恶、刁、野、诈、懒这些字眼，已经成了他的代名词，也就是家常便饭了。温朴前几天还听说在老天街那儿，一家拆迁公司为了对付钉子户，天天夜里放鞭炮，害得四周的居民先是咒骂拆迁公司，骂不出名堂就都转过头来谴责钉子户，一个老太太。他们埋怨老太太自私，殃及邻里，老太太哪能服气，与周边居民吵架，结果一口气没上来，噎死了，也就是说受害人死在了受害人手里，这官司怎么打呀！想到这里温朴的脑子突然开小差儿，他想那个放鞭炮的拆迁公司，不会就是白石光那个拆迁公司吧？

水开了，温朴泡茶。从手法和程序上看，温朴把玩功夫茶还真是不到位。

鲁经理，你这次是专程来找我？温朴话切主题。

鲁培明愣了一下，搓着手说，是……是……温局长，顺便再去看看儿子。

温朴问，你儿子在……

鲁培明道，在天津上大学呢，温局长。一个叫人操心的货。

哪有老子这么踩儿子的，鲁经理？白石光摇摇头说，大不了毕业后跟我搞拆迁，说不定日后就是打城池的硬汉，坐江山的老总。

鲁培明愁眉苦脸地说，嗨，日后他要是能出息到你白经理现在这个分儿上，我就去祖坟上烧高香了。温局长，不瞒您说，除了想离儿子近一点儿，再就是我岳父家在秦皇岛，这老人都到了要儿女尽孝的岁数……

温朴说，你们安装公司能不能落到我这里，这个可不是我能说一二三的事儿，想必内中的复杂，你鲁经理比我清楚。

鲁培明说，清楚清楚，温局长。

白石光拿出一支烟，闻了闻又收回去了。

温朴说，抽吧，我这里没那么讲究。

我就不污染您这里的空气了，温局长。白石光说，温局长，恕我长话短说，日后如果鲁经理他们能搬过来，我乐呵，那我这拆迁生意就大起来了。如果过不来，鲁经理的意思是……看看总局需不需要他这样的人。

温朴含糊地说，鲁经理，你不是一般干部，你可是部里直接调配的副局级领导，我再大胆也得看北京的脸色行事吧？

鲁培明说，不容易不容易，温局长，这个我懂，我的意思是假如有机会了，还请温局长……

温朴的手机铃声打断了鲁培明的话，温朴去床头柜那儿取了手机，说，不好意思，你们喝茶，我去接个电话。

3

温朴出去后，鲁培明指着白石光说，我说老弟啊，你说话能不能不那么冲？咱是来求领导办事儿的，不是跟人家温局长扯淡的。

白石光一笑道，小鸡不撒尿，各有各的道，放心吧老兄，没事儿。停停，他一拍肩头又道，这儿给你扛着哪！

鲁培明叹口气，喝了一口茶说，你看咱们还有必要待下去吗？要不等温局长回来，咱就撤吧？

白石光拿起茶杯，但没喝，闻了闻说，不撤你还想坐这儿喝普洱呀？我跟你说鲁经理，温局长刚才撬的那个饼，一看就是块儿陈年的野生老饼。

鲁培明直着眼睛问，啥意思？值钱咋的？不就是熟普吗，我又不是没喝过。

白石光把茶喝下去，闻着杯底香，语气轻缓地说，三五万是它，十来万是它，百八十万也是它，老饼就这德行！

鲁培明吧嗒着嘴，望着放在茶台左侧的塑料袋有些傻眼。塑料袋里的东西是他给温朴带来的礼物，十只野生海参——极品辽参。

鲁培明一脸泄气，伸出右手食指，晃动着小声说，一根参，少说一万多，算是白瞎了。

白石光安慰道，普洱是普洱，野参是野参，没有可比性。

卫生间里，温朴舒舒服服地放了一泡尿。其实这泡尿，他可放可不放，起码不必非得此时放，但他还是放了。而且放了后他还不急着离开卫生间，像是外面客厅里没人等似的。他调整一下身姿，瞅着洗漱镜中的自己，不紧不慢按出洗手液，再不慌不忙地搓着手，偶尔冲镜子里的自己会意地笑笑。

刚才那个电话，不是谁谁，或是谁谁谁打进来的，而是他在鲁培明和白石光到来之前就设定好的节目，一到预定时间就响铃。这个手机泡人功能是温朴最近才琢磨出来的，预定好时间，脱身很方便，撵人很委婉，谁都没脾气，他用了几次，感觉不错。

温朴拿起放在台面上的手机，神色坦然地回来了。

温朴歉意地说，不好意思……

啊，温局长，鲁培明打断温朴的话，您事儿多，您忙，那我们就不打扰您了，温局长。说完瞟了白石光一眼。

白石光就拎起那个塑料袋子说，温局长，这是鲁经理带来的一点儿家乡水货，极品野辽参。

温朴接过来掂掂，然后递给白石光说，你有很长时间没去看苏部长了吧？哪天去看看老领导吧，他挺惦念你的，总向我打听你呢。

鲁培明一看温朴要转手，禁不住有些傻眼。

温朴眼角余光扫到了鲁培明脸上一闪即逝的心疼，但他还是装傻充愣地问鲁培明，鲁经理，让石光哪天把这野辽参给老领导拿去你不会心疼吧？

白石光接过参，耸着肩头瞄了鲁培明一眼。

鲁培明涨红着脸，连声说，看你说的，温局长，送给老领导我咋会心疼呢？

白石光伸着懒腰说，那我们走了，温局长，哪天我抽空去北京看看苏伯伯。

温朴分别跟他俩握手，嘴上甩着不远不近的客套话。

在门外，白石光和鲁培明让温朴留步。

白石光说，温局长，我这人也没啥本事，现在做的不过是乌烟瘴气的粗活儿，往后有用得着我的地方，温局长不必想别的，直接招呼就管用。我手里多了没有，四五十号人，到时还拉得出来，不够使再去社会上招呼一声，弄个百八十人也不是多大点儿事儿。圈个场，平块地，铲条路，拔根钉之类的，做起来都是专业水准，在这东升市里还没掉过链子。

温朴相当反感白石光的做派，整个一痞气十足的混混儿。

温朴心里一别扭，竟然鬼使神差地想起了那只爬到科技馆楼顶上的大耗子。当然了，他知道那只大耗子与白石光之间不会有什么瓜葛，起码不能说白石光的出现，就是那只大耗子所预示的不祥之兆。温朴只能感叹世道沧桑、人心不古，这年头天上地下看不明说不清的事儿太多了！

温朴克制着抵触情绪说，好啊，白经理。做大事，发大财，以后沾你大光！

白石光的车子，就停在温朴住房的窗下，他用遥控器打开车锁。

温朴望着闪灯的车子说，陆虎都开上了，真让人羡慕啊，我说石光！

白石光说，温局长谦虚了，我不过一辆车，你温局长手里掐着的可是一个十几万人的能源总局呀，你就是想坐专机，那又是个多大点儿的事儿呢？温局长，我白石光不敢比！

温朴道，你这嘴茬子，可是比从前赶劲多了呀石光。

白石光说，整天嚼破铜烂铁，牙口磨出来了。好了温局长，请留步吧，哪天您有空，我请您坐坐，到时您可得赏光。

鲁培明说，谢谢温局长，您回去休息吧，温局长。

温朴招手说，那我就不送了二位，再见！

两人上车，落下车窗，挥手告别。

车子刚出招待所大门，鲁培明就沉不住气了，嚷嚷道，你说温局长也是，这么好的东西，他干吗不收下呢？不收下吧还支使你去送给苏南，苏南现在有个屁威力？唉石光，我说你不会把这好东西真给苏南送去吧？

白石光说，送，老人家待我不薄。

嗯……鲁培明回头看了一眼放在后座上的塑料袋，一副有苦难言的模样。

白石光靠路边停下车，回身拎过后座上的塑料袋，空手伸进去，抽出时掐住一个大号牛皮纸信封。

鲁培明咧着嘴，嘿嘿直笑。

白石光说，野参下面压着五块砖（五万元人民币）！来时你不是跟我说就十根参吗，鲁经理？这应该算我白捡的吧？

鲁培明又是嘿嘿一笑，打岔说，老弟真有手感，一掐就有数了，厉害厉害！

白石光拍打着大信封道，熟能生巧。

鲁培明瞥了一眼大信封说，都说这钱是权力的情人，可在温局长这里……

白石光把大信封丢到鲁培明大腿上，不屑一顾地说，现在送礼也是一门艺术，都有专门培训送礼的地方了，前阵子，我送我那个助理去学了一个星期，学费一万二。

操他妈，下次老子也去学学。鲁培明跟谁赌气似的说，反正学费报销，不学白不学！说到这里，悄悄把那个大信封塞到屁股底下，之后说，兄弟，东北人傻了巴叽实在，就知道砸现金办事儿，你手法新，路子宽，回头教老兄几手。

白石光握着方向盘说，现在打领导主意，不能直接冲着领导，性贿赂除外，这个得领导亲自来。你得打领导七大姑八大姨的主意，得让领导的大老婆小媳妇有绿卡，有瑞士银行账户；得让领导的儿子女儿有房产，有汽车；得让领导的弟弟小姨子有公司，有厂子；得让领导的大姨舅二姨妈弄到工程和项目；得让领导的孙子外孙女有大商场大超市的贵宾购物卡……总之，一根利益链条让领导的三亲六故拖得越长，领导就越安稳，转手受益就越轻松，直接砸领导现金，那都是小本经营，一锤子买卖办不成大事儿。

鲁培明拍打着脑门说，真他妈较劲，比考研还费脑子。

白石光阴阴一笑，看看手表，扭过头说，冰冻三尺，非一日之寒，小蛋蛋成长再神速，也得熬上十几年，我现在还是带你老哥去放松一下筋骨吧，这年头只有享受才是身体上的硬道理。

鲁培明往后一仰，身子像散了架，垮腔垮调道，灯红酒绿，醒来一屁！

鲁培明委靡不振，白石光倒是兴奋起来了，摇头晃脑地说，温度支撑关系，金钱支撑快感，拆迁支撑吃喝，谎言支撑未来——

鲁培明本想好好笑笑，松快一下压抑的心，但是他没能笑出轻松来，一张脸笑拧巴了。

第十三章

1

　　白石光正在脱胎换骨，他不想再做从前那个白石光了，他渴望从本质上改变自己。

　　过去的那个白石光，上当受骗后知道痛苦，会骂祖宗八辈，还会要死不活，但不会来歪门邪道，放不下那股窝囊劲，顶到天也就是自断手指来对抗阴险的欺诈。生意场上一败涂地，灰溜溜的白石光不想再在人堆里折腾了，于是领着老娘回了老家白洋淀，抖净口袋里整碎银两，弄了几百只淀鸭喂养。

　　然而，白石光躲得开城市的阴谋与欺诈，却闪不开水面上的险恶与算计。白洋淀上的鸭子是那么好养的吗？谁的地盘谁做主，擅自闯入，白洋淀难容，没多久，他的淀鸭就游不动了，成批成批死去，疼得他心里蹿火苗子，过后找明白人一看死鸭子，说是中毒了，他老娘连气带上火，死在了床上。

　　白石光有复仇目标，但是没有复仇能力。淀里的事儿更是大鱼吃小鱼，小鱼吃虾米，一无所有的白石光，那会儿连个虾米都算不上，他总不能再断掉一指吧？真残废了自己也就报销了。

　　当困境把一个人蚕食得只剩下一个信念时，这个信念距天堂或是地狱也就不远了。

　　自食其力没有活路，几近一贫如洗的白石光，在淀上混不下去了，带着疼痛与怨恨重返城里。颓废了一段时间，白石光忽然就明白过来，开始了新的人生旅程。

　　可以说，白石光后来的命运是从两个拐点上见起色的，一个拐点是他在理论上领悟了富有与掠夺的关系，从而弄明白了适合国情的生存法则，也就是什么人控制社会与资源的问题。对这个问题白石光给出的答案是：有权人、有钱人和黑恶人，这三种人平时既独立又合作，你中见我影，我影中有你，心照不宣地维系社会生态平衡，到时各取应得所需，瓜分时尽可能不损彼此利益。

理论指导行动，白石光左手里没权，右手里无钱，他知道自己要想改变一穷二白的命运，在社会上折腾出动静来，只能走无赖加流氓这条路，去做一些难为之事。政府管天管地，政府能有啥难事儿呢？这是一般老百姓的想法，但白石光不是一般老百姓，他是上当受骗专业户，他这时稍一反向思考，就准确地找到了政府的隐患，目前拆迁是最让政府抓心挠肝的事儿，政府在拆迁的事情上总是遮遮掩掩，既想办成事又想做好人，一把刷子两头抹，就缺黑脸之类的帮手来帮忙挡事、平事、了事、成事。

这也算是天无绝人之路吧，白石光瞅准机会，不容自己再犹豫了，横心下手，找了几个眼下都在走背字的哥们儿，租房子买车，搭炉子起灶，费九牛二虎之力注册了一个友帮拆迁公司。这次他下血本了，日后生意上只能见亮，不能黑死，如果挣不到钱的话，他很有可能死无葬身之地，因为他已经把城里的房子卖掉了！

白石光知道凡事起步难，但是他没想到会这么难，原来各行各业的深处，都有不被外人熟知的潜规则，干拆迁你身后若是没有机关枪火箭炮之类的轻重武器压阵，那你是白扯，大小拆迁项目总是在你听说前就名花有主了，贴不上去你连口残汤剩饭都弄不到，充其量是站在旁边吸一鼻子拆迁尘灰，或是塞两眼捍卫家园宁死不屈的惨烈场景。

英雄玩的是气魄，商人玩的是利益，投机者玩的是心计。白石光在拆迁这条道上，一开始走得两眼发黑四肢无力，但后来还算是有些悟性和运气，也就是说令他命运起色的第二个拐点让他找到了。

2

精心设计，出奇制胜，这次白石光一出手，就把目标搞定了！

那天在蓝三朵美容院门外，白石光等了两个多钟头，才见目标走出来。

目标是个姿色挑眼的女人，许有三十出头，个子不矮，体态有型，圆脸庞，皮肤刚刚保养过，透着鲜亮的润泽，走路时腰胯扭动的幅度极其彰显性感。

这时天色开始擦黑，路上行人匆匆，车流汇集，不时有人抄近翻越马路中央的隔离带。

女人的红色保时捷，停在路边的临时车位上，女人走过去用遥控器打开车门，一条细腿刚迈进驾驶室，白石光就现身了，动作干净麻利地把女人顶进车里，然后将自己的半个身子探进车内，伸直胳膊从里面打开后车门，接着关前车门，人从后车门进去，几个动作一气呵成。

事发突然，要是一般女人，不吓瘫软了，怕是也得哗哗尿几滴，而这女人只是受惊而已，刹那间身子有点儿僵硬。在之后，女人也没有大喊大叫、抡胳膊蹬腿、挣扎反抗，或是吓晕什么的，她甚至还从内视镜上看了白石光一眼。

白石光左手卡在女人脖子上，其实并没有用力，那只是一个象征性的威胁动作。现在他的左手离开了女人的脖子，轻轻往上移动，一直移到了女人的额头上，他的左手才变换姿势，把女人的头发挑起来，然后掏出一管发胶，哧哧哧往女人头发上喷。

直到这时，女人也没有呈现出崩溃的迹象，这多少有些出乎白石光的预想，因为他这时感到的紧张让他窒息，万一女人不配合，他还真吃不准自己是否会把女人的头发点着了，这一劫的目的，可不是为了把自己和这个女人一同毁掉。

看来你不像是劫财的。女人终于开口了，语调发紧。

白石光把右手里的打火机，送到女人眼前晃了几下说，我一打火，你这脑袋就成火球了，烧不死你也烧你个疤脸婆。

女人的身子轻微发颤，但她还是竭力保持镇静，甩出大话来压白石光。

女人说，整个东升市里，这个款式的保时捷，就这么一辆，它要是在路上放个屁，交警都会捧起来闻闻。我的意思是说，我不管你今天是劫财还是劫色，你都打错了算盘，你真是胆大包天。好在你还没有伤着我，咱们恩怨两不找，你现在要是下车，我就当什么也没发生。不然的话……

白石光用打火机蹭着女人的脸，根本不尿她这些话，问道，你有不然吗？

女人沉默片刻道，那好吧，我问你，知道我是谁吗？

郑秘书长，郑会长，郑然菲女士。白石光用如数家珍的口气说，还有，你四年前离婚，至今未再嫁，膝下有一八岁儿子。

郑然菲说，那你一定也知道东升市政法委书记柴……

白石光打断女人的话，你姐夫柴益发去省里开会了。

看来你这是蓄谋已久。郑然菲身子不绷劲了，头靠到椅背上，想起什么似的，问道，能让我看看你的左手吗？

白石光先看了一眼自己的左手，然后伸给她看。

郑然菲斜下目光，瞧着他那根只剩下一个肉头的小拇指，故意用见多识广的口吻说，原来是道上哥们儿，好说，到底想怎样？

白石光说，开车，出城，去北京。

郑然菲的嘴角抽搐了一下，显然是没想到白石光要把她劫出东升。她的前胸起伏了一下，放软了口气说，过一会儿，我还得接儿子。

白石光说，他在寄宿学校。

郑然菲脸色一下子难看了，身子又有些发颤，但她没有发作，试着硬碰硬地说，我要是不去呢？

白石光说，我要是你，就不犯这个傻。面对一个没有信仰的浑蛋，你必须信仰他的信仰，不然后果会很糟糕！

郑然菲的口气又软了一些，说，有什么事儿不能在东升解决呢？要钱我马上从卡上提。

白石光再次用打火机蹭着她的脸，嘴贴着她耳根说，去北京兜兜风，不好吗？听说你一直是个拿得起放得下的女人，今天怎么这么磨叽呢？

郑然菲咬了一下嘴唇，找好的口气说，朋友，看你也不像个坏人！

白石光说，少来，开车。

白石光软硬不吃，想必郑然菲没辙了，只好打着车子，扣上安全带。

天色已染薄暮，车窗外的能见度仿佛瞬间下降，稍远处的行人与车辆看着很模糊。

3

保时捷闪出城中心，蹿上了赤心道。

这时天色全黑了，连成一串的路灯，好似火球一样悬挂在夜幕里。

郑然菲问，请问先生，走哪条高速？

白石光说，走到头往右拐，上国道。

郑然菲减速又问，你什么意思？不是去北京吗？

白石光捻着打火机说，条条大路通北京。

身为东升市委常委、政法委书记兼市公安局长柴益发的小姨子，郑然菲的身份在东升市就够显赫的了，再加上东升市工商联秘书长、东升市民营企业家联谊会会长这两个头衔，郑然菲在东升市就算是个呼风唤雨的女人了。东升几套班子的头头脑脑，还有各行业的老板经理董事长，这么说吧，但凡东升有身份有地位的人，有事儿没事儿的哪个不得给她郑然菲面子。但是她平时并不怎么张扬，不像某些官太太贵夫人，满身金银珠宝、名牌行头，张嘴爱马仕、普拉达，闭口巴宝丽、古奇和百达翡丽，走到哪儿都得瑟，都显摆，都争尖，只要有机会，一准儿出风头，有时没机会创造机会也要鹤立鸡群，生怕人家不知道她是谁谁谁的老婆、谁谁的姐姐妹妹小姨子。郑然菲除了这辆保时捷晃人眼球外，做人方面收得还算是有尺度，尽量低调社交，小心行事，谨慎发财。

然而，天有不测风云，今天就给她郑然菲碰上了。此前，郑然菲不论在哪条道上行走，都还没遇过像白石光这么浑玩的，换句话说就是她过去从来没碰上像白石光这样软硬不吃的主儿，索性听天由命不再开口了。

白石光说，前面路口右转。

甩过一家中石油加油站，保时捷就到了白石光说的那个路口，减速右转，上了一条年久失修的柏油老路。

郑然菲从车的内视镜里，看到了正在打手机的白石光。

白石光说，出城了，嗯，好，好好。

车窗外的夜色，已经黑出了墨质，保时捷的两束大灯光，在如此破旧的路面上，挺不正也端不直，一忽儿倒栽葱似的刺在路面上，一忽儿笔直射向漆黑的夜空。

郑然菲的呼吸急促起来，握方向盘的手有点儿发抖。

白石光说，前面路口还右转。

这里已经是北京的地界了，具体说就是北京的远郊。

事后某一天说起这一段，白石光问郑然菲，当时是不是吓尿裤子了？郑然菲说，尿你个头呀！不过在黑夜里兜来转去，害怕是害怕，但更让她害怕的是后来到了老羊馆，她一见他事先打发来这里安排事儿的那三个弟兄，顿时就想到了轮奸，心一下揪死了，浑身冰凉，每走一步都像是踩在棉花堆上。她说，其实车子还没到老羊馆的时候，我就意识到你不会要我命，但是你究竟想干什么，我还猜测不到，总之，只要不杀我，我也就不对抗你。说实话，你后来还真不怎么招我烦，到时你要是贪色，我也就稀里糊涂地让你上，我不认为女人让男人做了都是吃亏的事儿。白石光你记住，女人不论贫富贵贱，美丑胖瘦，只要被轮奸，痛苦的不仅仅是肉体，更可怕的是报销了这个女人的精神，因为没有哪个女人能承受轮奸的摧残！所以说白石光，今后你做什么都可以，就是不能干轮奸女人这种伤天害理的杂种事儿！

第十四章

1

不过那晚郑然菲在老羊馆的绝望很快就解除了,她没想到白石光把她弄到这里来,并非是要跟哥儿几个轮奸她,而是经过精心安排请她吃全羊宴,所以她当时一放下恐惧就傻眼了。

用意表明后,白石光也很会解释,他说大饭店大酒店请不起,只好到这北京乡下,包了这家老羊馆,请郑秘书长吃几口特色,并告知今天吃的羊,不是宁夏羊、甘肃羊,也不是新疆和内蒙的羊,而是他几天前派弟兄去八达岭一农户家买来的本地纯吃草的散放羊,无公害。

这时的场面,尽管很温馨,但郑然菲还是留了心眼,她怀疑白石光可能是在深度作秀,为藏在后面的什么更大的阴谋做铺垫,没准儿就是一会儿拿酒放倒自己,那样他们就可以随便在自己身上玩刺激了,之后再狂拍自己的各式裸照,疯狂录制情色DV,日后捏着这些东西好把自己彻底掌控在他们手心里,为他们所需要的利益服务。社会上这种骇人听闻的案例多了,东升市就出现过几起,去年,政府的一个女副秘书长,就给两个做石材生意的小老板灌酒后弄到床上,用摄像机摆平了,连身子带权力被两个小老板滥用了三个多月。当然了,这个案子从发生到告破,始终都没有在社会上公布,因而一般人难知内幕。

可是那天白石光做得很灵光,什么带色的酒、不带色的酒、冒泡的酒,但凡含酒精的液体,他是一滴也没让上桌,喝的是老羊馆专供解油腻的茶砖。

那一晚对郑然菲来说,确实是她人生中莫名其妙的一次经历。虽说是被白石光用卑鄙无耻的手段请到了北京某一乡下餐馆,但后来操纵事态进展、左右局面走向的权力，白石光还是交到了郑然菲手上，确切地说就是她当时还有能力把持自己的命运，白石光给的那些让她自由的场景，她到什么时候都能还原出来。

那天全羊上来后，白石光看着郑然菲，改换称呼叫道，郑姐，心意全在这儿了，今天来这儿就是想请郑姐吃个全羊宴，郑姐要是领情，就吃几口，郑姐要是不高兴，我马上就送郑姐回去。

从口气和表情上看，郑然菲觉得白石光的这番话，虚假成分不是很多，不由得就陷入了进退两难的困境，一时间竟然无法理智地权衡走与留的利弊了。

白石光又说，郑姐要是赏光留下来，我就斗胆把今天打扰郑姐的动机，一五一十讲出来。

郑然菲溜一眼白石光那几个兄弟，他们都在眼巴巴地瞅着自己，这让她心里获得了一种踏实感，甚至在某一瞬间里，她都觉得有点儿对不起他们。

白石光也是抓住了时机，不然的话，郑然菲三想两琢磨，也有可能突然决定离开这里。

所谓全羊宴，与烤全羊是截然不同的。烤全羊是整只羊，全羊宴虽说也见羊头羊尾，但不是烤全羊那样的羊头羊尾，而且烹制方式也是两路活，全羊宴是煮活，特色在于展示一只拆卸羊身体的各个部位，从头到足，一样不少，有些肉多的部位，适量展示。

白石光拿起尖刀，从羊头上削下一小片羊脸肉，送到郑然菲面前的小碟子里，接着又从羊头上，仔细取下一只羊眼，再次放到那个小碟子里。

一组礼仪性质的动作结束后，郑然菲即便想走，似乎也抬不起屁股了。她什么场面没经历过呀，尤其是不同场合上吃吃喝喝的规矩与讲究，她大都心里有谱，像这全羊宴，她在不同的地方至少吃过几次了，怎能不熟知白石光刚才那两个举动的含义？人家呈上羊脸肉，那是恭维你有脸面，献上一个羊眼，那叫高看你一眼，这都是全羊宴席上最尊贵的客人才能享受到的特别礼遇。

骑虎难下的郑然菲，为了摆脱一种难言情绪给她带来的煎熬，索性接受了尊贵客人的特别礼遇。

这之后，彼此的心就开始朝一个方向靠拢了。白石光也不隐瞒自己的过去，他把自己在生意场吃亏上当、受蒙被骗、断指维权，失望后领着老娘去白洋淀上养鸭子，以及后来的人生最后一搏，就是卖掉房子筹集资金成立拆迁公司等经历都吐了出来。

郑然菲神情专注地听着。白石光坦白承认，挫折再次打击了他，只是较从前有所不同的是，这一次打击并没有让他一蹶不振，反倒给了他启示，让他服了社会，服了现实，但就是无法服一成不变的自己。

拆迁没靠山，小鬼都难缠，白石光把心得告诉了郑然菲，找不到靠山，趁早回家去喝西北风，别在这城里瞎他妈混了。

郑然菲出现前的情形确实是这样，那时白石光一番精心搜索后，最终锁定了目标，决定在郑然菲身上冒险，并花了大量时间采集郑然菲的信息。还是老话说得好，不怕贼偷，就怕贼惦记，白石光孤注一掷，终于设计出了一个对付郑然菲的圈套。他要在求靠山这件事上，故意不按套路出牌，打乱郑然菲的心，让她无法拿已有的经验来对付自己。白石光试想，要是像一般人那样走常规路线，不论是托人送礼还是请客吃饭，郑然菲都不会答理自己，整天围着她郑然菲献媚求援的男人多了，郑然菲有什么理由非要在意我白石光这样一个穷酸公司的经理呢？

说来还就是这么回事儿，他白石光不玩邪的，可以说他这辈子几乎就没什么可能靠上郑然菲，因为他们根本就不是一路人，后来捆到了一起，都是因为一个颠倒黑白的乱字，把他们莫名其妙地乱在了一起。

2

那天到了全羊宴收场的关口，郑然菲尽管不再担心白石光他们毁她身子了，偶尔还跟他们有说有笑的，但她还是留了一手，就是并没有明确表示今后要帮白石光什么忙。

大概是天意难违，或许郑然菲那时不具体说什么，就是对后面将要发生的事情，有着潜在的第六感觉吧，这事儿一旦发生，她对白石光也就不必在嘴上有什么承诺了，因为这事儿本身就是一种交代，要比诺言的交代更彻底，更全面。

从老羊馆出来，郑然菲一遭风，猛地打了几个喷嚏，白石光见状，赶紧去车上取来自己的外套，二话没说，一甩手就披到了郑然菲身上。

白石光弟兄开的那辆二手奥迪在前，保时捷断后，两辆车离开了老羊馆。出了村子，走了几分钟颠簸的土路，车子就上了一条坑坑洼洼的乡村公路。

这时坐在副驾驶位置上的白石光不知哪根神经抽筋，好端端的竟然抽泣起来。郑然菲不知所措，直问他怎么了，他抹着脸说，我浑蛋，我心里难受。

白石光的这番话，让郑然菲心里一酸，慢慢停下车，无法言状的目光，在白石光的半张脸上停留了一会儿，接着伸手从纸盒里抽出几张面巾纸递给他，他接时连面巾纸带手都要了。

郑然菲靠过来，叹口气。

白石光哽咽道，对不起——

郑然菲并没有往回抽手，相反用另一只手摸着白石光的头，酸着鼻子说，你就折腾吧你，你说你好好的哭什么？你再这么着，没准就打动我了，这都是哪挨哪的事儿呀？我个老天爷！

前面的奥迪不知后面保时捷发生了什么事，也靠路边停了下来，两车之间保持着适当的距离。

这工夫白石光的手机响了，他看了一眼郑然菲，松开手，掏出手机接听。

前面的弟兄问他怎么停车了，他嘴上没有完整的词，就下意识瞟了郑然菲一眼。

郑然菲稍一犹豫，扬起下颏，轻轻往前一送，白石光便明白了她这个动作里的含义，对着手机说，没事儿，你们先回吧。

奥迪的尾灯越来越小，直到没影。

脸色已然是绯红的郑然菲把保时捷开出一两公里后，连转向灯也不打就突然左拐，压上了一条土路，开了没一会儿就刹住车，关掉灯，熄灭火。

夜风微起，四野空荡，保时捷给黑夜涂黑了。

你搂我抱，嘴与嘴对接，男女间这种事儿，说白了就是你中有我、我中有你，感觉到位了，谁还跟谁客气，亮出来的都是真刀真枪！

疯狂的激情长吻过后，两个呼吸节奏紊乱的人手忙脚乱，连蹭带挤，从两个前排座之间移到了后排座……

什么地方隐隐约约传来了狗叫声，三两声，五六声，总之不是很清楚。

她口气倦怠地说，一会儿你开车，我没记路。

他提起裤子说，我没带本。

她也把裤子穿好了，用头顶着他的腰说，我不就是你的驾照吗！

他说，小心我连车带人都拐到阿富汗去。

她正欲反击，忽然觉得屁股下面有什么东西硌了一下，伸手一摸是圆状的，马上就意识到了是什么东西。

她催促说，去吧去吧，你去开车。

他没像过来时那样，从两个前排座中间挤回去，他打开后车门下去，开前车门坐到驾驶位置上，发动了车子，目光在仪表盘和方向盘等地方研究了好一阵子才把大灯打开。

郑然菲悄悄举起那管发胶，冲着白石光的后脑勺喷起来。

正打算让车子起步的白石光，哪能想到她会来这一招，左手捂着头，嗷一声闪开。

郑然菲解气地说，这叫一报还一报！

白石光道，小心眼了不是？

郑然菲笑着，身子往后一倒。

回到东升以后，两人并没有分手，都还有胶着的意思，郑然菲就把白石光领到了多色泽小区，她在这里有一套一百八十平方米的房子，平时很少过来。

3

翌日，郑然菲起床时，白石光还在被窝里迷迷糊糊，他昨晚又在这里交了三次公粮，积攒的粮食不说颗粒归仓，库存也基本给郑然菲清空了。

宝石红窗帘只拉开一条细缝，一束阳光笔直探到了卧室门口，屋子里弥漫着淡淡的家具气味。

穿戴整齐的郑然菲轻步来到床边。

我醒了。白石光懒洋洋地说，感觉大腿根紧绷绷地酸痛。

郑然菲坐到床边，左手攥成拳头，用右手理着他的乱发说，睡好了吗？省政协来了一个副主席，上午有个会。

白石光道，没事儿，你忙你的去。

郑然菲展开一直攥着的左手说，这是这里的钥匙，你拿去吧。说完把钥匙放到了他脑门上。

郑然菲还是省市两级政协委员，这个白石光没有打听到，看来他的政治嗅觉还不行。

白石光感到无比温暖、惬意，从脑门上取下带着她体温的钥匙，闻了闻，亲了亲，梦呓般说，天上掉馅饼，砸晕我。

郑然菲抬起脸，望着屋顶道，一定是我上辈子欠你们家什么，不然我都没办法解释这倒贴是怎么回事。

感情支配，信任回报。白石光口气柔和。

郑然菲俯下身子在他脸上亲了一下，用哄小哄老的语气说，你再睡会儿吧，昨晚你太发飙了，没把我弄散架了，我这里现在还……一指昨晚白石光发飙的地方，挤了挤眼睛说，好了，我走了。

白石光讪讪笑道，昨晚太饿，饿死鬼吃肉，还不三口四口并一口吃呀！

唉，怎么就让你一草根捡到了这个便宜？我不会是脑子有什么问题吧，白石光？看来我得去医院查查。郑然菲一脸标签意义的茫然。

白石光在被窝里拧着身子说，土壤适合，种子对路，种瓜得瓜，种豆得豆，你没病。

郑然菲摇摇头道，丢西瓜捡芝麻，多少有点儿毛病。

白石光眨着眼说，哎，我说，你这些年里水土保持得不错嘛！

得便宜卖乖是不？郑然菲撒娇了，沾了老娘，你小子福气去吧！

白石光拿目光挑着郑然菲的脸，没想到她一娇气，脸色会这么腼腆，像一个在外偷了好事回家继续品味的大姑娘，心里不禁翻了一个跟头，打翻五味瓶的滋味涌上来。

他想跟她说几句柔情话,但就在他准备开口的时候,不知怎么的嗓子眼一下子涩住了。他咽了口唾沫,抓过她的一只手抚摸着,落在她脸上的目光倒是愈加温存。

　　白石光明白,她这会儿脸色显黄,眼睑松劲,这都是昨晚没休息好的缘故。

　　她起身说,冰箱是空的,起来你出去吃点儿吧。

　　他说,不用操心了,你快走吧,别耽误开会。

　　郑然菲走后,白石光于安静中,居然享受到了身在梦境的感觉,眼前的超现实场景,让他怀疑白石光这个人还是不是自己。宽大明亮的房子,名利场上的权贵女人,生意场上的靠山,这些东西自己拼命追求了那么多年,血汗流了多少无法记得,可到头来还是两手空空,连个边儿都没沾上,可是现在怎么稍一流氓加性力量,就全都得到了呢?

　　这是什么世界?什么社会?太他妈拧巴了!

　　白石光自此迈出的这一步,算是踩到了点上,靠山给力,不错过机遇,他后来结识了一批市委市政府的官员以及大小商人,顺利挤入东升市上流社会,命运自此改变。有些事他想收手都困难,因为后来靠他吃饭靠他平事儿的人越来越多,名声在黑白两道上越混越大,大到他的九根指头时常取代他的姓名——九条哥!

　　九条哥这个绰号,在东升不仅响亮,而且让人畏惧!

第 十 五 章

1

手头上暂时没活儿，候好闲得心里痒痒，就把那本昨天网购的《秘书秘籍》拿出来翻看。

昨天书到手后，候好看了几章，觉得还是学到了一些东西，尤其是无中生有和有中生无之间的奥妙，对他启发很大。

书中说，秘书其实不是个官职，秘书的影响力都是隐性的、弹性的，眼观六路，耳听八方是秘书的基本功，但秘书的内功则是需要花时间练就的。所谓无中生有，不外乎就是说秘书得掌握借虚政策虚人情虚能量来解决实际困难或是处理现实危机。无中生有的好处在于成本低，万一过不去了退闪有余，随手就可打上补丁。而有中生无，则是要把有影有形的事物或事情，通过一张能说会道的巧妇嘴，全方位多角度云山雾罩后，将其本来面目覆盖、移位，重新赋予内涵，为你所用的特定内涵。

较之无中生有，有中生无的掌控难度，似乎要大一些，存在一定风险，不过一旦成功运用了，则更能在领导和其他人那里产生秘书价值的延伸效应，尤其是为领导的什么负面事情有中生无几回，那你的这份力就不会白出，领导就算是不感恩弄你去高升一下，也得冲你这个秘书知其隐私二三的缘由把你抬走。

书中就这个问题最后明示，不论是无中生有，还是有中生无，操练中没有现成套路，皆因地因事因人而巧设步骤，而且不可滥用，毕竟是阴谋诡计，多用难免露出造假的马脚，此时再去挽回，时间、精力、诚信等成本会大幅度增加不说，最关键问题还是由此产生的二次不良影响，是否会殃及领导的切身利益，这一点很重要，不能不认真考虑。

另外，无中生有和有中生无还可捆绑使用，虚实兼并，适机转换，如此搭配功能，应对复杂问题的效果一般比较好。

归根结底，出手必算得失、利弊这两笔账，但得与失、利与弊的平衡点，往往是在一个度字上显灵，因此把握好脑、眼、耳、嘴、心、意的合力功能尺度，才有可能求得上佳的结果。

现在候好正在看秘书的隐身秘诀，这一章的重点就是论述秘书如何圆滑与多变，文中不乏精彩论述，像什么玩得转、吃得开，且心思又深藏的秘书，差不多就已经学会了官场隐身这一技能，得心应手时会像虱子一样隐藏到领导头上，游刃有余时会像跳蚤一样隐蔽在周边各色人士，甚至是亲朋好友的身上。

一开始候好觉得论述蛮精辟，可细一琢磨又觉得这论述有漏洞，不如前面无中生有和有中生无那么严谨，经不起推敲。像领导头上虱子这个问题，候好就觉得这要有客观条件支撑，假如领导头上寸发不生是个大秃顶，那虱子往哪儿藏？

候好黯然一笑，为自己提出的这个质疑叫好。

候好接着往下看，身心全部沉浸在书里，不然他不会给同事连叫三声都没有反应，同事只好过来敲他办公桌，让他下楼去取快递。

候好晕头涨脑地走出办公室，心思还在那些秘诀上纠结呢。

签收到手的快递，感觉是一本书，候好就没急着上楼，站在警卫室门口拆开，抽出内物一上眼，惊呆了，竟然还是他刚才看的那本《秘书秘籍》，再一看投递单位，还是先前那个网站。候好眉头就皱起来了，怀疑自己到底是订了一本还是两本，他记得自己就订了一本，可是投来两本是怎么回事呢？买一赠一？那应该跟上一本一起来呀？这么一想，他就翻开了书，想看看里面有没有纸条什么的。他什么也没找到，只能认定这是网站工作马虎，多给他寄了一本。

候好怪模怪样地笑笑，把书夹到腋下，刚想往回走，发现伍凡的司机老蒋正在门口看报纸呢，就鬼使神差地走了过去。

哟，候大科长。老蒋说，抖了抖手里的报纸。

候好一脸笑容问，伍书记要出门呀？

老蒋说，去二项目经理部。

候好说，噢，没事了，那你忙吧，我回去了。

候好不喜欢老蒋，总觉得这家伙身上有一股狗仗人势的臊气劲儿，平时根本不把两办秘书之类的小人物放在眼里。某些权微言轻的处长，有时他也不尿，政研室主任老李就曾在大庭广众之下跟他抬杠，结果让他几句不着边的话弄得当众出丑丢人。

在候好看来，秘书、司机都是领导的跟屁虫，干的都是伺候人的差事，拴在一条绳子上的蚂蚱，没谁贵谁贱之分。可老蒋这家伙偏偏就觉得自己比别人多值几毛钱，在机关大楼里不招人待见，却又没人愿意为一点儿小事儿跟他鼻子照鼻子脸对脸地掰扯，平时少说他一句，少看他一眼就让过去了，一来是好汉不吃眼前亏，二来是打狗还得看看主人嘛，都是伍凡手里的权力把他惯蛮横的，跟他过不去，显然就是不把伍凡放在眼里，那还能找到舒服？

不过近期候好听人传说，伍凡这会儿远不像从前那么信任老蒋了，似乎还有替换老蒋的苗头。候好对这样的传言并不动心，候好有自己的看法，就是老蒋毕竟跟了伍凡十几年，不说是伍凡身上的一块狗皮癣，起码也是一块狗皮膏药。所以说伍凡现在不喜欢他是不喜欢他，有心换掉老蒋也不是立马就能换掉的，一句不中听但耐琢磨的话说得好：司机不买账，领导要尿炕。何况有时小卒子过河走顺了，还能一步步顶死老将呢。

老蒋用手势留下候好，凑过来说，不忙吧，候科长？不忙聊聊，我琢磨着伍书记一时半会儿出不来。

候好不知老蒋这话什么意思，谨慎地看着他。

老蒋压低声音，故弄玄虚地说，物资装备的古经理正在缠伍书记呢，你说姓古的好不容易进了伍书记办公室，他能三言两语就出来吗？还不猛泡呀！

候好点点头说，听说古经理要到大楼里来当副总工？

老蒋不耐烦地说，姓古的就是冲这个安排来的。要叫我说，给他个副总工就不错了，九百多万的小金库，抓起来关几年不可以吗？

候好晃了晃肩头说，抓起来？往哪关？

老蒋愤愤不平地说，靠，要不是北京有人站出来替他求情，东升市长帮他打理，他能不能弄到这个副总工还得两说呢，有屁不满足的？

候好不明白老蒋为什么如此讨厌古经理，按说古经理是他主子的亲信，他老蒋应该跟古经理站在一个战壕里，这么逆着使劲让人费解。

下面二级单位的一把手，但凡提到大楼里来做副总工，基本上就没什么仕途可言了，谁都明白总局副总工的位置有名无实，就一歇菜后拿待遇的深坑，眼下蹲坑的正处级干部至少过十个。

候好对古经理何去何从不感兴趣，他盯着老蒋手里的报纸问，什么报？

老蒋展开报纸说，《大都市风情》，花里胡哨的新闻可多了，有意思。我刚看了一篇写怨妇的，好看。说是目前当官的、有钱的都出去瞎玩，把老婆剩在家里或是丢出去当怨妇。

候好一笑道，大书记的司机也看这种三流小报？

不时有进出机关大楼的人跟老蒋和候好点头招手，或是开口跟他们打招呼。

老蒋瞧着候好，挤眉弄眼地说，候科长，你可别小看那些怨妇，她们有钱有房有车有时间，就是没人疼，没寄托。候科长，就你这身段、脸盘、体能，还当什么秘书？浪费呀，趁早去开发怨妇吧！每个怨妇都是一座富矿，什么金矿、玉矿、银矿、铜矿、铁矿，最不济也是一个高产的小煤窑。

候好说，这好事儿，你怎么不去干？

老蒋摊开两手道，我想干，可你看我具备那个本事吗？一是相貌平平，笨嘴拙腮；二是呆头呆脑，体力一般，已经是人老屁眼松，干啥啥不中了。还是你老弟朝气蓬勃，干采矿的资本足实。再说开采期不必太长，一年半载下来，致富就得。然后你自己再开个矿，让怨妇们来开采，这开来采去的事，多好玩呀！

扯淡吧你。候好没好气地踢了一脚奥迪的前轱辘。

老蒋咋呼起来，点指着候好刚刚踢一脚的地方说，我说候科长，你这一脚可不轻呀，你这分明是在拿伍书记的车轱辘泄伍书记的气啊！

候好看一眼踢过的车轱辘，又看看老蒋，刚想反击他，就见老蒋几步甩过去拉开后车门，乖巧地叫了一声，伍书记。

候好一转身，换了一副恭维的表情说，伍书记。

伍凡沉着脸，点点头就上了车，老蒋轻轻关上车门。

2

奥迪开走了，这时大楼门没人进出，候好站在门口，显得孤零零的。

候好有些懊丧，尽管他明白伍凡的那脸不高兴，绝对不是冲自己来的，看来都是古经理惹的祸，可他还是觉得自己倒霉，撞上领导一个冷脸，毕竟不如遇领导一个笑脸，于是就在心里骂古经理是个丧门星！

有人跟候好过话，正在生闷气的他，眼里的东西都是虚的，没看清楚是谁，随便应了一声，谁知那人停住了，歪着头，瞅了他几眼，伸着脖子走了回来。

麻烦的是，候好到这时也没能意识到，自己刚才在礼节上出错了，还呆若木鸡地站在那儿。

目中无人！

候好一听这熟悉的声音，不由得哆嗦了一下。

看来我们的候大科长，这是在等国家领导人啊！

候好赶紧调整目光，聚到组织部互部长脸上，紧着嗓子说，互部长好，我刚才没看清您。

互部长围着他转了半圈，不冷不热地问，我好吗？好你不答理我？

不管是玩笑还是找茬埋怨，候好都担待不起互部长的这番话。

为了找辙让互部长少想一些用不着的，候好没有别的办法补救了，只能现场编瞎话来搪塞自己的过失。

候好哀着脸说，不好意思互部长，刚接到家里电话，说我妈住院了。

住院了？互部长果然跟着候好的瞎话走了，刚才愚弄人的脸色，眨眼换成了朋友的担忧表情。

候好点点头。

互部长提步上来，拍拍他肩头，同情道，什么病？严重吗？那你还不赶紧去医院，还在这里傻愣着干什么？

候好苦着脸说，谢谢互部长，我等车呢。

啊——互部长松口气，一抬头看见车来了，就本能地往后退了一步，说，车来了，候科长你抓紧……话没说完，互部长盯着开过来的车，表情又不对劲了。

候好一看互部长的脸色又变茫然了，心里一紧，也就扭头去看来车。

这辆黑色奥迪是温朴的专车，再有三两米就开到门口了。

互部长小心翼翼地问，这辆车？

候好面红耳赤，结结巴巴地说，互部长……这车……这车是温局长的车。

互部长笑道，候科长，这要不是玩笑，你知道你能把人吓成什么样吗？说完径直走向奥迪，跟司机小耿打招呼。

温局长出门？互部长笑问。

小耿说，北京，互部长。

候好也想跟小耿打个招呼，就在他合计怎么开口时，小耿主动开口了，候秘书。

候好心里一乱，嘴上就走板了，说，呃呃，好好。显然是领导冲下属开口的语气。

互部长困惑地看了他一眼。

候好的脑袋顿时大了，里面还嗡嗡乱响。他想，这都哪挨哪呀？怎么他妈的都这么巧呀？伍书记的冷脸，互部长的凉屁股，还有先前老蒋的戏弄，今天是什么日子让老子这么背运倒霉？

互部长背着手进了大楼，候好稳定了一下情绪，并没有走开的意思。他确实不想回去，他很想利用这个难得的机会，跟小耿聊点儿什么，他对小耿一直存有好感，觉得小耿稳重，嘴紧，不摆首长司机的谱儿，比伍凡的司机老蒋强百倍。

小耿不是总局培养出来的司机，他是温朴从北京部里调过来的专职司机，候好听说小耿当过武警。

候好没话找话问，去北京？

小耿点点头，伴着微笑。

候好也笑笑，走过来靠到奥迪右前轱辘挡泥板上，说，这车擦得都反亮光。

小耿点点头，伴着微笑。

候好还是不知趣，两腿交叉起来说，天气预报说今天晚些时候有雨。一场秋雨一场寒，这天说凉就凉呀！哎小耿，我说你就穿这么点儿，不凉吗？

小耿看过来，目光霎时惊了一下，接着就迈步上来，拉开候好说，你身上怎么跑出蚂蚁来了？

候好扭头一看，自己刚才倚靠过的地方，果然有一些蚂蚁在爬。候好伸手到裤兜里一摸，那个装蚂蚁的小瓶不知什么时候掉了盖子。找到了问题的根源，他想把裤兜里活动的蚂蚁都捻死，但转念一想没必要，何不将错就错，试试小耿呢？

这时小耿正在开后备箱，候好把手抽出来，将手上的蚂蚁全都甩到了车上。

小耿拿来了一把大掸子。候好愧疚地说，你看我你看我，怎么招蚂蚁了呢？

小耿没接话，用大掸子把蚂蚁扫下去。

候好问，温局长不喜欢蚂蚁？

小耿看了他一眼，笑笑什么也没说，继续往下扫蚂蚁，直到车上干干净净才停下手。

候好心里有数了，觉得这是一个意外收获，从小耿的举动上看，温局长确实对蚂蚁有不适应症，自己早晚要把蚂蚁用到地方，到时不管有没有用，值得不值得，都要将蓄谋已久的蚂蚁行动进行到底！

温朴还没现身，候好觉得该走了，就跟小耿说他还有事要办，回头见。

进了楼门，上了一楼楼梯，转到二楼楼梯口时，他差点儿跟匆匆下楼的古经理撞个满怀。

古经理说，你这是急什么呢，候科长？

候好定了定神说，古经理。

古经理四下看看说，地球人都知道我要进大楼了，候科长。日后还得请你这个大秘书多多关照呀。

候好一看昔日牛气哄哄不可一世的古经理，现在真的成了丧家犬、落水狗，而且还学会了说小话、献媚脸，顿时感觉良好，就一副居高临下的口气说，多大点儿事儿，没问题。

古经理一咧嘴，噔噔噔就下了楼，到了一楼楼梯口那儿，猛地回头嚷道，狗屁，老子就是去澡堂子里搓澡，也不会到这楼里来扯淡！

候好就像给人捆了一个大嘴巴子，傻掉了。他喘着粗气，一种被人抽筋扒皮的感觉，正在他全身蔓延。

候好涨着红脸，恨不能飞下去，从后面掐住古经理的脖子，掐断了也不松手。古经理的背影闪出楼门，候好瞪着楼门，咬牙切齿地骂道，丧门星，我操你祖宗！

咦？温朴锁住步子，皱着眉头，审视着满脸怨恨的候好，几分担心的口气说，候秘书……

候好一看是温朴，脸刷地白了，两眼直勾勾，就觉得眼前的这个影子像温朴又不像温朴，像伍凡又不像伍凡，像老蒋又不像老蒋，像互部长又不像互部长，像小耿又不像小耿，像古经理又不像古经理，像幽灵又不像幽灵，像魔鬼又不像魔鬼……一切都在紊乱中电闪雷鸣，支离破碎！

不是，温局……我……我……我不是在骂你……你多加小心，温局长。您慢点儿下楼，温局长，楼梯滑……候好语无伦次，两手比比画画。

温朴绕了一步，闪开挡路的候好，边下楼边说，你这是又熬夜了，候秘书。要注意劳逸结合才行。

候好仿佛让人点了穴道，僵挺挺立在那儿，涌出眼眶的泪水，扫过白苍苍的脸颊，滴滴答答落到地上……

嘿嘿，候科长，我说你这是干吗呢？又哪个人蹬腿咽气了，让你哭成这副样子？一个胖女人笑嘻嘻地拍打着候好的后背说。她是刚从楼上下来的，左腋下夹着文件袋。

候好还像根木桩似的，一动不动，要不是脸上泪水不止，过往的人还真不大好判断他是活着还是被雕塑了！

第 十 六 章

1

朱团团送走一个洽谈合作事宜的老外,进办公室刚坐下,手机就响了,她一看来电显示:摸乳大师。

她哧哧发笑,可等心里咯噔一下后,脑袋就大了,因为她记起了预约这码事。

你好,你好!朱团团说,不好意思,你现在……

对方说,再有三十分钟,可到你府上。

朱团团连忙说,好好好,一会儿见。

收线后,朱团团手忙脚乱地套上外衣,看看办公桌上没什么好收拾的,拎起包就往外走,路过大办公室时,找人简单交代一下就出去了。

朱团团预约催乳师是前几天的事。那天公司里一歇产假的员工,抱着宝贝儿子来看大家。小家伙很可爱,胖乎乎的像个洋娃娃。

朱团团与这个产妇不熟,夸了小宝宝几句就退到一边去当听客。几个女人围在一起七嘴八舌,后来话题拐来拐去,就拐到了奶水上,产妇兴奋得不行,说自己一开始不下奶,后来朋友帮忙找了一个催乳师,做了几次,奶水就上来了,宝宝吃不完,宝他爹就偷嘴吃剩下的。

产妇眉飞色舞,喋喋不休,直说那个男催乳师特厉害,不光弄出了她奶水,还保养美容了她的乳房,现在没有奶块了不说,乳腺都不怎么增生了,催奶健乳双受益。

几个女人听到这里有点儿不自然了,其中一个问产妇,你是不是说走嘴了,催奶师,不会是男的吧?

有人搭腔道,男的,谁敢让他们乱摸呀?摸不好,有奶也得给他们摸没了。

产妇说，催乳这活儿，男人怎么就不能干呢？现在男人除了不能生孩子，还有什么不能干呀？你们什么观念嘛。我那个催乳师百分之百是个男的，特规矩，特绅士，手法变化莫测，出神入化，老厉害了，那手活儿，就是一个强！

产妇见大家都歇嘴了，更来劲了，接着往下说，人家在京城里有号，神手催乳师，他做一个钟，要比一般女催乳师贵好些倍呢，他一个钟六百，外加车马费三环内五十，三环外一百，还价您就拜拜。

听得女人们面面相觑。

物以稀为贵，我猜那家伙是在哗众取宠！有人点评。

产妇说，你们没试过，怎么跟你们说也没用，真是应了那句老话了，要想知道梨子的滋味，你就得亲口去尝尝。

听说催乳仪器也挺管用的。

产妇说，得，得，快别说什么仪器了，我试过好几个牌子的产品，没一个好用的，有一个叫乳宝亲牌的才神经病呢，定时到点儿不停下，那天差点儿没把我乳房吸成面口袋！我一个同学才惨呢，让小老公牌催奶机活活把一个乳头吸掉了，到这会儿还在打官司呢，都扔进去十几万了。

女人们就又对催乳仪、吸奶机什么的大发感慨，觉得仪器之类的东西，确实不可靠，还是人手好控制。

这时又有人问产妇一个很夫妻的问题，那你老公他……

产妇理直气壮地说，催乳师就是我老公找来的！当像你们家那口子，见奶子就想摸几把，就想吃几口啊。

啊，我呸死你！

女人们笑成一团。

可是……毕竟……男的……有人还是放不下来。

产妇笑道，女人啊，就是这么回事儿。没结婚没生孩子时，就觉得身上哪哪都是宝贝，哪哪都怕人看怕人摸，等到结婚后，尤其是有了孩子，你就又会觉得还怕什么看，还在乎什么摸呀，身上哪哪都无所谓了。过时了，到这时只有宝宝才是你的心肝、你的一切，宝宝要走了你全部的爱、全部的精力、全部的感觉！为了宝宝健康成长，甭说给人揉乳取奶，就是给人再怎么着了，怕是都不会挑肥拣瘦。

女人们集体沉默！

产妇意犹未尽，悠着怀里的宝贝说，还这儿的那儿的，就这不提前预约，你根本排不上号，有熟人介绍还得等呢。

到这朱团团也并没怎么往心里去，产妇的感觉早就离她远去，她的乳房不可能再出奶水了，倒是健乳美容这一说法，似乎让她心里动了一下。有一段时间了，她觉得乳房不大舒服，尤其是右乳，下半部好像有肿块，时有疼痛感，怀疑是乳腺增生、乳腺炎，也疑神疑鬼地想到了乳腺癌，一直想找时间去医院看看，但就是主动不起来，想起时觉得是个事儿，想不起来就忘到后脑勺去了。

事儿就是赶巧，要不说无巧不成书呢？恰在这时有人要那个男催乳师的电话，说是她弟媳妇快要生了，到时不知奶水怎么样，不行就联系一下这个"神手催乳师"。

产妇很愿意跟姐妹们分享催乳师的手机号，她把怀里熟睡的孩子递给一个女人，然后掏出手机，没几下就把催乳师的号调了出来，念给大家听。

朱团团下意识地掏出手机，把产妇说出来的号码按到了手机上，存储名头时，她恶搞了一把——摸乳大师！

当晚朱团团有应酬，地点离自己家远，离温朴家近，活动结束后她就去温朴家住了。

冲过澡，躺在床上，摸着乳房，朱团团感觉前阵子不好的地方还是不好，压痛感依然，于是想起了白天说的那个男催乳师，觉得找他不催奶，保健一下是不是也可以呢？神手之说，该不会是蒙人的广告词吧？

朱团团尽管泼辣，性情开敞，见多识广，但真要是让一个陌生男人来揉搓她的乳房，她一时还真觉得是件抹不开的事儿，不然她现在不会脸发热，心发慌。

她摆弄着手机，准备发出去的号码已经调出来了，几次想按发送键都没能下去手。这样犹犹豫豫了一会儿，她心说，这有什么呀，男催乳师咋的了，还能把人吃了？没准到时你让人家吃，人家还懒得下嘴呢，都是自己想法太多，剃头挑子一头热。再说自己现在既不是黄花丫头也不是含苞大姑娘，还有什么好支扭的？分明是在自己跟自己撒娇，自己跟自己要回扣。人家是专职催乳师，还不早就把乳万千呀，什么样好乳秀乳没见过？没准自己胸上这两个日见风干的小窝头，还会让人家倒胃口呢！再说了，一向都是男人们畏惧我朱团团，我朱团团什么时候在男人面前掉过链子……

朱团团把心境弄平衡了，电话也就打出去了，接电话的人果然是那个传说中的"神手催乳师"，对方问她是不是朋友介绍的，她说是的。对方说，那么收费什么的朋友也跟你说了吧？朱团团说，你一个钟六百，车马费三环以内五十，三环以外一百，没错吧？对方认可，之后开始催乳前问检程序，就是询问一下她产前或是产后的基本情况，朱团团没敢说健乳，只是含糊地跟对方说见面再谈，对方虽说稍有犹豫，但还是跟她约了时间，结果就约到了今天……

三十分钟后，朱团团赶到了家，她在楼下东瞅西瞧，没发现有陌生人在等人。就在她纳闷这工夫，手机响了。

催乳师说，我到了朱女士，按门铃没人接听，你到家了吗？

朱团团原地转了一圈说，我到了呀，没看见你……呀，你现在是不是……

对方把地址楼号等信息重复了一遍，朱团团一下子反应过来，五马倒六羊了，原来那晚给人家留的地址是温朴家的。

朱团团十分抱歉地说，不好意思不好意思，你那里是我另一个住处，你说我这豆腐脑脑子还要得吗，这样吧，辛苦你等等，我最多三十分钟赶到。

对方说，我的时间都约出去了，这你可就让我为难了，朱女士。误钟我要赔付雇主。

朱团团说，没关系没关系，误钟赔付费，都算我的，辛苦你了。好好，拜拜，我这就赶过去。哎，对了。我小区西门左手，有家咖啡屋，你可以先去那里休息一下，要什么跟老板说记团团账上就行了。

朱团团草草收场，生怕再说下去露出马脚就不好办了，等会儿当面摊牌，情形就不一样了，生米做成熟饭，看你能把我怎么办？

对方没再饶舌，这就意味着接受了朱团团的条件，到时白瞎的钟由朱团团埋单。

2

路上堵车，朱团团没能在三十分钟内赶到，她花了四十多分钟才到了西门的咖啡屋，一问老板，没人记她的账，再看看屋子里的几个顾客，不是成双成对，就是面相行头差异，都不大像电话里的催乳师，而且她东张西望时也没人关注她，这说明催乳师不在这里，可能一直在楼前等着呢。朱团团心里极为过意不去，调头就进了小区。

催乳师开的是一辆黑色丰田越野吉普，他从车里下来时，朱团团已经下了车，一眼就盯上了他这辆车。

催乳师中等个头，偏瘦，寸发，圆脸，大耳，气色沉稳安详，等了这么长时间，脸上也见不到躁影，很像一个吃素修身之人。朱团团起伏的心不由得松弛下来，再三道歉，催乳师声声理解。

等把催乳师引进家门后，朱团团如梦初醒，猛然意识到自己那晚把这里的住址留给他，表面上看像是口误，其实是受潜意识支配的结果。秦神嘴不是说过吗，温朴这里阴气重，需要阳气来冲冲，原来自己是让催乳师到这里驱赶阴气的，朱团团觉得自己有点儿不是东西，后背上飕地走过一股凉气。

催乳师注视着朱团团的胸，朱团团打量着催乳师的脸，一时间两人的目光都有些僵硬。

看来朱女士不是要催乳。催乳师说。

朱团团眨着眼说，坐，请坐下说。对了，还没问怎么称呼您？

姓敏，名尚都，敏尚都。催乳师坐到沙发上说。

噢——朱团团整理了一下头发说，还有敏这个姓，以前还真没接触过。

敏尚都说，朱女士，不好意思，您还没有回答我刚才的问题。

朱团团说，嗯……是这样的，敏先生。我听朋友讲，你催乳健乳都能做，我想请你做做健乳……

敏尚都道，朱女士，可能是你朋友没讲清楚，我不单独做健乳，所谓健乳是附带在催乳过程中的，俗语催健合一。很抱歉，朱女士。

朱团团道，你就用催乳手法做，我觉得也是可以的。到时该怎么收费就怎么收费，敏先生。

敏尚都淡然笑道，朱女士你误会了，不是钱上的事儿，而是真正等催乳的人很多，都在排队呢，她们需要，她们的孩子更需要。

敏尚都这几句话很能打动人，朱团团一下子语塞了，她没想到这个男人的职业水准会这么高，如今各行各业都是有钱玩命挣，还有几人能斯斯文文地对自己的职业讲道德讲规范？

朱团团有心放弃，但这个念头刚一升起，就给她掐断了，她想不能半途而废，就这么让他离开不是那么回事儿，怎么也得把他留下来给自己做一回。现在她的心态又起了变化，就是留下敏尚都跟冲温朴家里的阴气没多大关系了，她开始自己跟自己犯犟了，她非要这个斯斯文文的男催乳师碰碰她的奶子不行，不然她会觉得被人冷落了。

朱女士，你看……敏尚都这么吞吐，分明就是不肯通融了。

朱团团一看不来点儿邪的，怕是过不了他这关，于是拿狠话敲打他，说，一个生命有限的女人，需要你用自己的特长，人文关怀一下她，你说这个是不是也很重要呢，敏先生？

敏尚都愣了一下，直视着朱团团。

两人再次无声地对视着，看眼神都还拿得住自己的心劲，哪一方马上绷断的可能性都不大。

最后还是敏尚都先撤下阵来，但他不是在目光绷断后退下来的，他是在她眼里看到了某种东西后才这么做的。

敏尚都问，是在沙发上做还是……

朱团团道，去卧室吧。

敏尚都说，像你这样不用家人陪护，我还很少碰到。

朱团团道，因为我不是产妇呀！

敏尚都噢了一声，诧异地笑笑。

进了卧室，朱团团就不再吭吭哧哧了，坐到床边脱衣服，脱到内衣时，敏尚都说，先不用脱净。

朱团团停下来，看着他。

敏尚都打开带来的棕色皮箱，抽出一个玻璃瓶子说，稍等，我先去净下手。

朱团团瞄一眼皮箱，里面的东西似乎不少，不像她想象的那样，只要催乳师带着两只手，就什么都搞定了，看来真是隔行如隔山啊！

敏尚都回来了，放回瓶子，顺手取出一把折叠的小吹风机，找到墙上的插座插进去，自顾吹手，看得朱团团眼神发直。

敏尚都收着眼角，像是在感觉什么，他说，气温有点儿低，你可以开空调。呃，我不需要，我的意思是如果你需要的话。

朱团团很活力地抖了一下上身道，我没事儿。

敏尚都又说，到时你也可以盖个浴巾什么的。

朱团团摆着手说，不必。然后就前不着村后不着店地来了一句，外地管做你这行的也叫催乳师？

敏尚都说，上海等一些南方城市，管催乳师也叫开奶师、助奶师，或是引乳师，但不管怎么称呼，根都在乳上。

朱团团想想又问，男催乳师与女催乳师之间，肯定有不一样的地方吧？

敏尚都脱下罩衣，叠好，放到床尾，然后从箱子里取出一件白大褂，边穿边说，男女催乳师相比，最大的不同在于男催乳师更容易被人歧视和误解。男催乳师没有乳房，所以必须学会用心去理解乳房，用温善去点化手感。其实有些职业，就夹在邪恶与诚善之间，稍往这边偏一点儿就邪恶了，而稍往那边靠一点儿就诚善了，总之恶与善不在脚上手上，全看心怎么动作！

朱团团不再多言多语了，默默摘下乳罩，把自己放倒在床上。在她后背触碰到床单的一刹那，她哆嗦了一下，她对自己突然有种既陌生又新鲜的感觉。

敏尚都坐到朱团团刚才坐过的地方，两手合在一起搓揉，节奏舒缓，伴着皮肤流沙般的摩擦声。他在提升手温的同时，调低目光打量朱团团的双乳，朱团团胸部一紧，多少有些害羞，感到了一种难言的压迫感。

这压迫感很细腻，很委婉，因为这压迫感是在她明明知道催乳师不会把她怎么着的底线上产生的，也就是说这种压迫感她从未体验过。曾在某个瞬间，她甚至还偷偷扫了他一眼，感觉他的目光很轻很透，盈满善诚，真的找不到意淫与猥琐痕迹。

敏尚都说，双乳外形对称，乳晕乳头没有糜烂、破溃、皲裂，也没有色素沉着和皮肤增厚的迹象，仅仅是微下垂，略松弛，但基本轮廓没有散边，保持得不错。过而立之年的女性，还能有像你这样的乳房，也算是难得了，看来朱女士平时很会保养。

这专业眼力加学术的点评，让朱团团听蒙了，不会开口接话了，两条胳膊使劲往里收着。

敏尚都说，放松，我要开工了。

朱团团脑子里轰地一响，弄了半天原来还没开始呀，可是自己怎么觉得早就开始了呢？脑子里一乱，呼吸一失节奏感，朱团团的两个乳房就颤悠起来。

3

敏尚都开工了，两只带着热温的手，柔软细滑，分别从朱团团两个乳房下方起步，朱团团身上最敏感的神经收缩了一下，心里不禁妈呀了一声。

朱团团这两个已经享受过青春期风光与张扬的乳房，其实对男人的手并不陌生，只是过去触摸这两个乳房的手都没有章法，无非都是在为下一步激情戏作过场铺垫，不像现在这两只手，散发着舒适的温度不说，还细柔，还绵软，因手法切换而频变的节奏感，通达哪里，哪里就妙不可言，微波一样把整个人体扫描了，感官系统被波浪、被气流刺激着。

你哺乳过。敏尚都说，两手陀螺一样转动着。

朱团团迷迷糊糊地说，儿子今年八岁了，被法院判给了他。

敏尚都说，你这只乳的这里，稍有增生。现在百分之八十的女性患有乳腺增生。

好治吗？朱团团问，语气很是当回事儿。

敏尚都说，药物只能缓解，不能根除，平时自己坚持按摩，可有效缓解增生，甚至使之消失，从而避免乳腺癌的发生，日久坚持还能美化乳房外形。

朱团团松口气再问，乳腺疾病，都有哪些？感觉你在这方面懂得很多。

敏尚都说，乳房疾病，一般分为三种：先天性发育异常，如多乳头症、乳腺肥大（巨乳症）、乳头凹陷等；炎症，一般指细菌感染而引发的炎症，如急慢性乳腺炎、乳腺瘘管、皮脂腺囊肿、乳腺结核、乳腺丝虫病、乳腺霉菌病等；肿瘤，肿瘤有良性与恶性之分，而非肿瘤性增生及瘤样的病变，则有乳腺小叶增生、硬化性乳腺病、纤维硬化病等。

朱团团情不自禁地呃了一声，两只犹如正在被真空的乳房，变薄了，变成两只小灯笼，乳头吐在灯笼外，好似烛芯一样，静静地等待什么人来点燃。

敏尚都说，乳腺增生是中年妇女，尤其是育龄妇女发病率最高的疾病，表现为乳房周期性疼痛和肿块乳腺增生。这主要是由于各种内外因素引起的内分泌功能失调所致。另外长期工作紧张、过度劳累、熬夜、抽烟、喝酒等也是影响内分泌的重要因素。前面所说的这些因素，多发生在你们这些白领阶层，也称白领病。不过不必过分担忧，适当增加锻炼，注意饮食搭配，控制情绪起伏，乳腺增生和乳腺炎这类妇科疾病，还是可以预防和治疗的。

朱团团紧闭双眼，两只手死死地抓着床单。

敏尚都说，放松，朱女士，我可以肯定，你现在没有患上乳腺癌。刚才你那么讲话，我还以为你是在为乳腺癌绝望呢。

朱团团从小腹那里顺出一口气，睁开眼睛说，不好意思，那么做没别的意思，敏先生你就当是我急中生智了一回。

敏尚都的两只手，从朱团团两乳外侧突然往上一兜，刺激得朱团团的小腹往上一拱，背脊缝隙里似有洗涮的感觉；紧接着敏尚都的两手在旋转中又往下一切，手刃顺势就挖到了乳底，朱团团的两个乳房顿时有了灵性，紧胀着耸起来，形状饱满，充盈，争宠，可见内里布满幽幽弯曲的毛细血管。

朱团团心里说，多么讲究的手法，多么娴熟的路数，多么艺术的养乳表演!

敏尚都说,能看出,你很个性。不过呢,早在电话里,我就猜测出你不是产前妇,更不是产后妇。

朱团团睁大眼睛问,当真?

敏尚都虽在说话,但手上的活并不缺斤少两,穴、络、经、脉,都在被他的神手抚慰着,他的中医推拿按摩手法加自创的催乳套路,真的可以说是水乳交融,炉火纯青,一个钟做下来,完成的已经不仅仅是理气活血和疏通经络这点儿内容了。

朱团团见他不吱声,就又把刚才的话重复了一遍,当真?

敏尚都说,一个将要做母亲或是刚刚做了母亲的人,她们给我这个催乳师打电话时,基本上都不会像她们平时那样说话。这时的母亲、准母亲们,自觉或是不自觉地都会相应放慢语速,下降音调,节制呼吸,因为她们认为这么做,可以对腹中婴儿起到保护作用,是在替哺乳期里的孩子呵护珍贵的奶水,尤其是哺乳期里的女人,她们生怕自己一大声,一高调,一用力,就把奶水惊痿了,影响奶水出率。其实呢,没这么严重。曾有人对我说,哺乳期里的女人,最脆弱,最单纯,最易受到伤害,这话有道理。噢,话说远了。其实,绝大多数乳腺增生症都不会癌变,所以朱女士不必过分忧虑,平时有条件有时间的话,朱女士可定期去医院到妇科查乳,这样就可以提早防控乳腺疾病。再就是建议你平时保持乐观健康的心态,多吃蔬菜、水果、谷物粗粮等,少吃动物内脏,尤为重要的是,切记不要随便吃含有激素的药品与食品。

佩服你。朱团团感慨道,没想到你对乳房这么有研究,比我们女人知道的多多了,我只知道大波比小波受人追捧。

敏尚都说,从外形上讲,大乳有大乳的霸气,小乳有小乳的灵韵。我一直认为,乳不能比,乳比乳,都有瑕疵,所以说比无赢家。乳相衬出彩,互托生辉。乳的美韵在于,乳的独一无二,正如世上没有两片相同的树叶一样,这人间也没有如出一辙的乳。好乳可自赏,也可益社会。

益社会?朱团团问,此话怎讲呢?

敏尚都说,好乳是一道不染尘灰的街景,养眼;好乳是两杯隔窗而望的咖啡,提神。

朱团团这时已经酥透了,她想喝水,疯狂地喝水。

敏尚都继续说,修饰损乳韵,自然出俏乳。一对俏乳,应对称圆润,形可叹,韵可感,蓄魅于平衡中,弹柔于呼之欲出时。

乳房,这个平时并不怎么让朱团团在意的随身物件,居然让敏尚都有这么深广的认识、细腻的感知、精妙的赞叹,朱团团自觉惭愧。此时,她对乳房一下子有了敬畏感,她真想好好亲亲自己的乳房!

敏尚都脸色如痴如醉,他动情道,有一部小说叫《拯救乳房》,不晓得朱女士看没看过,我觉得写得很好看,过去我曾给很多女性推荐过这本小说,让她们找来看看,对再认识自己的乳房,有一定启迪作用。

朱团团回忆着说,嗯……我记得,作者好像叫毕什么敏,早年在西藏阿里高原部队当过女兵,当作家前还从事过二十年医学工作,当年因中篇小说《昆仑殇》一举成名。

敏尚都道,毕淑敏,看来你对她很熟悉。没猜错的话,朱女士当年也是个文学青年。

朱团团说,谈不上什么文学青年,不过是做过几场文学梦而已。我喜欢看毕淑敏的小说,尤其是她的成名作《昆仑殇》,还有一个短篇叫《翻浆》。

敏尚都道,看来你偏爱她的中短篇,我则喜欢读她的长篇,除了《拯救乳房》,她的另一个长篇《红处方》,我认为也很好看。对了,这两年新出了一本《阿里》,口碑很好。

朱团团觉得自己的心魂又被一股来自体内的舒适麻醉了!

4

指肚走过活络穴,滑过通经线,敏尚都的十指舒缓下来,推拿底劲泄到了指尖上,柔如棉絮飘逸。

朱团团两只脉络顺通、乳肌纹理蓬松开来的乳房,渐渐在敏尚都的热掌心上熟睡了。

这时积聚在朱团团体内的强大需求,似乎随着双乳的熟睡而不再潮起潮落。她惊异于人体变奏空间如此深奥,原来她总是以为那股激情一旦翻了箱子底儿，自己是没办法按住箱子盖的，只能去借男人的力把箱子盖扣上。可是今天，她自己就把箱子盖扣上了，而且根本就没费什么劲儿，似乎只是意念一下就完成了。

敏尚都提出一口腹底气，轻呼意念，如梦如幻中，将这口腹底气平均分配到两只手上，感觉到十指轻微软涨了，他两条胳膊错位交叉，下沉两手，持一乳，把一乳，左虚提，右实拉，或是右虚提左实拉。

朱团团的两只乳，随着他提的节奏或是拉的力度，形状变幻莫测。

朱团团呻吟了一声，问道，你这个手法，有名字吗？

敏尚都说，鬼手插花！

朱团团的心痉挛了一下，颤音道，哦——鬼手插花，多震撼人心的名字！

你做催乳师几年了？朱团团舒展着脚筋问。

敏尚都做到这个分儿上，已经付出了相当的体能，他稍稍调整了一下呼吸频率说，爱人去世后第二年。

啊……朱团团的舌头像是一下给两块冰块夹住了，僵硬了，意识到自己的这句话问得很糙。

敏尚都倒是无所谓，自顾往下说，家家都有本难念的经。我原本是个小学美术老师，在那年结婚的大喜日子里，我意外变成了一个废物男人。

废物男人指什么，朱团团不用多想就能开窍，她是过来人，不会缺这点儿阅历。她盯着他的脸，感觉他的嘴角在抽搐，她明白自己这是触到了他的什么伤心往事。

朱团团说，累了吧？累了就休息一会儿。

敏尚都摇摇头，两手没有离开她的胸部。后来手机响了，他只得停下来接电话。

这是下一个雇主打来的电话，态度操蛋，呵斥敏尚都过了预约时间不来，干啥去了？

敏尚都无奈地望了一眼朱团团，朱团团听到了电话里男人蛮横的声音。她说，敏先生，如果你不反对，你今天的钟，我都包下，你如需赔付雇主毁约费，也由我承担。

敏尚都思忖后对着手机说，抱歉，今天不凑巧，有雇主临时包了今天的余钟，我忘了通知你，请多谅解，毁约赔偿……

对方打断他的话，大喊道，去你妈的吧！去死吧你！老子有钱哪雇不到人，你以为你是谁呀？什么神手，三教九流你他妈的算哪一行里的……

敏尚都掐断电话，脸色显然有些不悦，但这不悦也只是瞬间的事儿，不和谐的东西很快就离开了他的脸。

谁呀，这么不是东西？朱团团听得心里发堵，赔偿，赔丫个屁，丫说的是人话吗？下三烂的玩意儿，就欠我们女人拿卫生巾抽丫大嘴巴子，整丫一脸血染的风采丫就孙子了。

敏尚都乐了，抽出一口丹田气说，你嘴了得。

朱团团说，马善被人骑，驴善被人踢，人善被人欺，对鸟人你越迁就他越下绊子。

敏尚都站起来，活动了一下腰身说，唉，权且信与人为善与己方便这句老话吧。

朱团团见他真是耐得住性子，就想起了刚才的话题，心说再捅回去，看他能不能还是这个四平八稳的样子，于是说，不好意思，刚才你说你在结婚那天……

敏尚都没有回避这个半截话题，捡起来接着说，哎，发生那样的不幸，说来老天爷都不会相信，那天就在我挽着爱人进酒店时，一个不明飞行物，突然从半空斜落下来，击中我裆部后爆炸，事后才知那是一个延时爆炸的二踢脚。自此伤根，被医学鉴定终生性无能。

朱团团鼻翼扩张，眼睛瞪得圆圆的。

敏尚都说，家中厄运自此接连，先是爱人因基因缺陷患上了乳腺癌，之后是我父母遇车祸双亡，我哥哥因生意纠纷失手打死了生意伙伴被判无期徒刑，最后又回到我爱人，她因不堪病痛折磨自杀……

朱团团又后悔了，觉得再次碰他私人话题是欺负他，但说出去了又收不回来，只能暂时闭嘴，等他自己从不幸的家事里跳出来。

然而让朱团团想不到的是，敏尚都一说开家事，就有些收不住的样子，像是要从遗忘的家事里找回什么。

敏尚都说，根残以后，我就不再去教美术课了，我受不了一些人的取乐、奚落、挖苦和嘲讽，在取得爱人的支持后，就去中医院报名参加了一个中医保健按摩培训班。三个月下来拿到了上岗资格认证书。从此，我白天在外挣钱，晚上回来给爱人按摩乳房，尽管医学把她的乳房判了死刑，但我的感情不能抛弃她的乳房。我爱人是个很拧很自尊的女人，她坚决不去做乳房摘除手术，她说女人没了乳房还叫什么女人，死也要死个女人样。一天晚上，爱人搂着我的脖子说，你我真是一对苦命人。当时我正在给她做按摩，她抓住我的双手，边看边抚摸，她说，尚都，我真不想对不起这双手，你这双手撑家撑业，黑白干活，而且还懂我心，疼我奶子，我让它吃苦了，受罪了。你这双手上的体贴，随便搁在哪个女人身上，都能找到比我强一百倍一千倍的回报，我欠你这双手，我对不住它，我是想给它好多好多，我总想把它化到我身上来，可是我……我怎么就这么没有受用它的福气呀，老天爷怎么就不帮帮我这个可怜的女人！我捂住她的嘴说，我无能，我没有给你一个男人应该给你的东西，我知道你心里有多苦，身子有多委屈，可是你……她打断我说，缺陷没什么，只要真实，照样能刺激出我对你的完美感觉。你我夫妻一场，还有什么谁对谁不对呢？命运就是这么安排的，爱情对我们来说，就是在漫长的生活中，过得起平庸的日子，耐得住乏味的重复。

朱团团咬着嘴唇，生怕心里的乱气冲出来，打扰了他。

敏尚都收回撞在屋顶上的目光说，那晚我一听爱人这番话不对劲，像是临终告别，心里特别难受。我把她抱在怀里，劝她放下包袱，不要胡思乱想。我对她讲，人活到了这节骨眼上，其实很多时候就不再是为自己活着了，不能想不开，亲人伤害亲人是亵渎人性，天理都容不下。她哭了，我也哭了。我说有我这双手，家塌不下来，乳腺癌要不了你的命，我要用这双手跟你的病魔较劲。我的鼓励，让爱人又振作起来。接下来几天，我依旧鼓励她。有时，一场按摩做下来，需要几个钟头，累得我腿肚子发软，胳膊酸痛，头晕恶心，浑身上下都是汗。然而我知道，越是这个时候，我越不能偷懒，更不能打退堂鼓，我必须让她相信，我的手不嫌弃她的病乳，我的手能创造奇迹！遗憾的是，最终我爱人还是走了，她在留下的一段视频中说，尚都，下辈子去天堂，我撒娇还要你的手牵着，它热乎，待我好，懂我心，它可靠，给它托举着，就是往地狱往深渊里掉，我心里也踏实。尚都，别怪我不陪你了，我没办法再坚强下去，实在是太太太心疼你那双手，不忍心再让它吃苦劳累，它应该得到一对更完美的乳房！我必须得走了，能把死交给心爱的人，我也算是一个有福气的女人了，我不能太贪心。生让我怨，死让我知足。尚都你记住，好好活着，可千万要好好对待我的手呀，梦里我会回来，偷偷亲亲我的手……

泪水把朱团团的两眼模糊了，她的两只手抓在两乳上。

把自己也讲得眼圈发酸的敏尚都，一看朱团团使用如此伤乳的举动来平抑波动的情绪，连忙劝阻。

放手放手，这样不好，忍不住就哭出来，哭出来就轻松了。敏尚都提开朱团团的手，发现那两个他辛苦保养出来的乳房，这时让她攥得变了形，乳峰和几面乳坡上，零乱地印着淡粉色的指压痕，不持久用力是不会弄成这个样子的。

敏尚都眼含惋惜，欲言又止，显得不知所措。

第 十 七 章

1

阿里山药膳园在东四环附近，经营者是一个台湾人，在食补上有一套祖传的绝活，尤其是素食补，名声在外，深受东南亚商人及政客的青睐。据说新加坡资政李光耀特别喜欢海胆滤梅芙这道菜，几次光临几次品尝，且回回赞不绝口。国内商界一些名流富豪，以及演艺名家、政府官员等也好出入这里。

当然了，药膳滋补健体，价钱不菲也是情理之中的事，一宴抛出三五万或是十万八万，这都是小意思，往超奢侈上吃，几十万一桌也属正常。

丛德成在京城多年，出入上档次的酒店饭店可谓频繁，尤其是打特色风味招牌的地方，不说都吃过一遍，也差不到哪去，却偏偏这个药膳园他没来过。没来过并非是不知有这么个地方，或是钱上不顺手，有一两次都定了这里，但因这领导过敏那领导怕胃酸的都叫停了。所以今天来到药膳园，丛德成多少有些兴奋。

饭局是部长助理张罗的，下来的埋单人，可能是江苏局长，也可能是坐在部长助理右手边那位全国民营企业50强之一的嘉亿达集团董事长皮吉印。

皮吉印不到六十岁，一头板寸，大圆脸，宽肩头，戴着眼镜，敦敦实实的一个男人。

此前丛德成跟皮吉印没有来往，但他知道嘉亿达集团的业务涉及城市燃气、油品销售、电子商务、餐饮物流，尤其是在城市燃气这一块，曾与部里有过合作意向接触，丛德成记得自己接待过嘉亿达集团下面一个燃气公司的副总经理。另外，嘉亿达在香港还有一家上市公司。刚才在来的路上，部长助理对他说，现在嘉亿达的业务范围又拓展了，开始涉足房地产开发了。也正是部长助理的这句话，让丛德成明白今晚这顿宴请的主题在哪里了。前几天山东局长来京请豪华宴，带来的几个人不是地产商就是建筑商，副部长出面作陪，弄得他那晚当主角不是，不当主角也不是，直在心里骂狗日的东北安装公司，狗日的整体搬迁……

丛德成觉得今天的药膳宴，比山东局长的那顿豪华宴有情调，有文化含量，人也少，除了部长助理、皮吉印，还有一男一女两个年轻人，男的是皮吉印的助理，女的是皮吉印的秘书。

用过养生茶，喝过滋补汤，垫过养胃小点，之后开始走药膳，首先上桌的是六道精致的凉菜，之后就是那道李光耀特别喜欢吃的海胆滤梅芙。

酒自然也是药酒，台湾老板自己泡的，分六七个品种，客人可根据口味与喜好自选，丛德成要了西域红液，就是雪莲、大红枣、藏红花、冬虫夏草混泡的白酒。

品菜药理，闲聊养生，饭桌上的节奏慢而不滞，丛德成多少有些不习惯，因为心里面准备的东西与桌上的节奏不吻合。他觉得这些人都太有耐性了，不像山东那帮人，两杯酒下去，就往主题上甩话，而且是咬住主题就不松口，一张嘴接一张嘴，接力往上抬自己，搞得自己都不知道自己是谁了，似乎自己这张副厅级的嘴，可以随便搬弄东北安装公司整体搬迁这件事。

今天这一桌上的穿针引线人自然是江苏局长，他一手托两家，所以每次的酒都是他来张罗，火候把握得不欠温也不过度，尽量把大家都往舒适上照顾。

丛德成渐渐有些坐不安稳了，因为这些人越是躲闪那个敏感话题，他心里就越发紧，越没谱，他甚至开始怀疑这些人如此拿自己当回事儿是不是吃错了药啊？或是在拿自己过哪个地方的愚人节？整体搬迁这事儿，自己能左右什么？抖开两条腿看看，自己还不就是一个跑龙套的小工。不过想想这些人平时也都不是省油的灯，投入产出的账都能算到小数点后几位上，自己身上要是真没点儿让他们看中的东西，他们似乎犯不着这么答理自己，尤其是部长助理，论职论位，论什么他都尿不到自己头上。除非有什么内情，莫不是自己就要时来运转了，但自己现在还蒙在鼓里，而部长助理却是已经心中有数……扯淡，这种好事儿，哪能轻易落到自己头上，白日做梦吧！丛德成重新把心思集中到饭桌上。

皮吉印起酒杯，张罗敬北京领导，丛德成马上说，皮董皮董，我哪是什么领导，这才是我们领导。说罢一指部长助理。

部长助理说，丛厅长你这话就有毛病了，人家皮董说的是北京领导，又没说部领导，你可不能偷换概念哟！

丛德成道，一个意思，一个意思。

部长助理看着手中的酒杯说，你可千万别让我嘀咕你在未来那份调研报告里也这么偷换概念，不然我可就是瞎子点灯白费蜡，吃不消的，丛厅长。

丛德成一听，部长助理终于在声东击西中把话切到了正题上，某种熟悉的感觉，瞬间就填满了他的大脑，让他的神经系统快速进入备战状态，最到位的反应就是赶紧在嘴上找软，说，我喝我喝，谢谢皮董，我干了。

我说丛厅长，部长助理一脸古怪地说，是皮董皮董，不是皮冻皮冻。

江苏局长乐了，门牙上沾着什么东西。

皮吉印笑道，猪皮冻也是肉做的嘛！丛厅长，随量随量。

部长助理说，好，都是爽快人，我也干了。

酒刚落肚，丛德成就开始琢磨了，自己正在鼓捣的那份搬迁调研报告，难道说到时真会像一家家期待的那么有推力？试想就算往江苏这边倾斜倾斜，又能给江苏带来多大的胜算助力呢？报告不过就是纸上谈兵，这些人看不透这一层岂不成了笑话？莫非报告里还会有什么自己意识不到的潜在力量？这怎么可能呢？自己把玩的文字自己都不知道有什么杀伤力，这不荒唐吗？

部长助理放下酒杯，见丛德成的目光落在了皮吉印的身上，就给坐在他对面的江苏局长使了一个眼色。

江苏局长说，丛厅长果真好眼力啊，这是看出皮董这件衬衫在什么地方讲究了。

丛德成有些糊涂，没明白江苏局长这话是什么意思。他想自己刚才是看了皮吉印一眼，但那一眼是很随便的一眼，没有任何意义，并不像江苏局长感觉的那么复杂。但现在人家把话顶到这儿了，他也只能装傻充愣，夸夸皮吉印的衬衣，说皮董这件衬衣，一看就讲究。

江苏局长看着一直不开口的皮吉印的助理说，沈助理，你给丛厅长讲讲皮董这件衬衣是怎么讲究的吧。

皮吉印穿了一件白色暗影磨格衬衫，丛德成没看出什么稀奇来，比自己身上这件白条格子衬衫，似乎没好出什么来，也就是那本色的暗影磨格还有些新鲜感。

沈助理冲丛德成笑笑说，丛厅长，说我们董事长这件衬衫是衣服，倒不如说是一件艺术品，它是我们董事长私人限量定制的，你看那些无色透明的扣子，都是产自南非的名贵天然钻石，香港老乾德珠宝玉器行承制。

丛德成听得心里直扑腾，原来那些白色的扣子都是钻石，怪不得每颗扣子的形状都不一样，有长方形的、菱形的、圆形的、椭圆形的……

皮吉印摆着手说，戴金佩玉，俗人之举，见笑见笑。

沈助理接着往下说，钻扣做工精细，每颗价值都在一万美元左右，用美国进口的黏合材料聚脂树胶做连衣底托，丝毫不损钻石，卸下来就可以直接做成钻戒，创意独特新颖。

丛德成问，钻石这东西，怎么鉴别真伪好坏？

沈助理一指皮吉印道，其实我们董事长才是玩钻石的行家，让我们董事长跟你讲讲吧，丛厅长。

丛德成的目光，就转到了皮吉印脸上。

皮吉印道，不好意思，丛厅长，那我就卖弄几句。除无色透明外，钻石还有多种颜色，品质达到首饰级的有色钻石，通常被称为彩色钻石，彩色钻石的颜色，大致可分为黄色、绿色、蓝色、褐色、粉红色、橙色、红色、黑色、紫色、驼色、果青色等。彩色钻石不比黄金，数量稀少，因此价值也很高，特别是那些色调鲜润、饱和度较高的彩色钻石，更是价值连城，一枚难求。历史上最负盛名的希望、德累斯顿等名钻，都是罕见的色调鲜润、高饱和度的钻石。

丛德成站起来说，皮董，这么一听，感觉您身上穿的还真就不是一件衬衫了，您穿的是文化，是艺术，皮董。来来，皮董，恕我眼拙，我敬您一杯。

皮吉印也站了起来，谦虚几句就跟丛德成碰了杯子，搞得酒桌上的气氛有些活跃了。

皮吉印坐下说，丛厅长，真人面前不说假话，我这次进京，意图确实是在你们东北安装公司整体搬迁这件事上。我做房地产时间虽说不长，但投入不少，目前在上海的两个楼盘即将开售，南京楼盘的销售业绩我不想自夸，但确实可喜。丛厅长，说来说去，我想说明的是我们集团有开发实力，能保证开发质量，与江苏局也有多年的合作基础，到时我们可以提供一块整装地来满足东北安装公司整体搬迁需求。我带来了一些相关资料，可供丛厅长在完成调研报告过程中参考参考，稍后我把资料给丛厅长。

又是报告，此时丛德成对自己手中未完成的那份调研报告，真有种探不到底的恐慌感了。

部长助理说，话既然说开了，那我也直说了吧，丛厅长。皮董找我给方便，我说这事儿现官不如现管，何去何从，其他意见分歧者都在等着看丛厅长的报告怎么出了。

皮吉印接过话说，丛厅长，据我所知，你们新部长刚到位时间不长，对部里的一些情况还不是很了解，尤其是像东北安装公司整体搬迁这种大事情，他需要一个得力的人，组织一个得力的团队去搞先期调研，这样才好为他日后正确拍板提供支持。我们经商也是这样，有些项目，在上手前也要先搞大量的市场开发调研工作，俗话说心中有数，大脑不糊涂嘛。

丛德成感觉自己被忽悠得迷迷糊糊，仿佛自己手中真的握有当家做主的权力，一句话就能敲定一件事，一个眼神就可以推开一堆麻烦。他本能地瞟了部长助理一眼，部长助理冲他轻轻点了一下头，他不明白部长助理这时点头是什么意思。

丛厅长，不好意思，我敬您一杯。说着话，皮吉印的女秘书就过来了。

女秘书坐那儿半天不发一言，丛德成几乎把她忘记了，即便先前看她时，也没有与她说说笑笑、吃吃喝喝的欲望。

丛德成站起来，这时女秘书的酒杯已经举到了他胸前。

谢谢。丛德成说，碰杯。

突然，女秘书的脚下不知出了什么问题，身子一歪斜，杯中深橘色药酒就扬了出来，泼了丛德成一身，他的白衬衫花了。

哎呀，丛厅长。看我，对不起对不起。女秘书慌忙去抽面巾纸。

丛德成接过一把乱糟糟的面巾纸，蘸着胸前的酒渍，很君子风度地说，没事儿没事儿，你坐你坐。

江苏局长说，哎呀，还说一会儿请两位领导去K歌呢……

皮吉印道，好说好说，换一件干净的，不耽误K歌。说完扭脸对沈助理说，去给丛厅长取件衬衫来换上。

不多时，沈助理也不知从哪里取来了衬衫，包装盒看着很普通。

部长助理说，丛厅长，去去，赶紧去卫生间换上。

丛德成不好推辞，拿起盒子就去了卫生间。

这边女秘书还在自责，部长助理安慰道，意外意外，丛厅长不会在意的。

丛德成进了卫生间，打开盒子一看，顿时惊呆了，如果换上这件衬衫出去，刚才沈助理介绍皮董事长身上衬衫的那些话，就可以一字不减地照搬到自己身上。

丛德成把盒子放到洗手池边上，深喘了几口气，用右手中指肚轻轻触摸那枚闪亮的菱形钻石扣，心里腾腾地蹿跳。他用双手取出衬衫，抖开，数着上面的钻石扣，一、二、三、四，胸前四枚，两个袖口处各一枚，一共六枚。再低头看看自己身上的衬衣，他觉得哪儿不对劲儿，就放下了钻石扣衬衫，把自己身上掖在腰带下的衬衣拽出来，从下往上摸扣子，摸到了六个，若是再加上袖口上的两个，就应该是八个。

丛德成再次拎起钻石扣衬衫，打量着四枚形状各异的钻石扣子，鼻子忍不住落下去，虚贴在一枚圆形钻石扣上，嗡嗡地闻了几下，没觉得钻石扣有什么味儿，倒是闻了一鼻子从嘴里呼出来的酒气。

2

夜里的风,已经很凉了,吹在身上让人起鸡皮疙瘩。送丛德成回家的人,眼见他进了单元门才离去。

丛德成扶着楼梯护栏,两条腿软得直打晃,还往一起绞,胃里不停地翻腾。

那会儿从阿里山药膳园出来后,一行人没有去皮吉印下榻的酒店K歌,而是去了三里屯一家酒吧。K歌改喝酒,这都是丛德成的建议,而且指名去星球驿站这家酒吧,用意就是为了照顾一个哥们儿的生意。结果丛德成真是把哥们儿的生意照顾美了,干掉两瓶拉菲,一瓶人头马,总账算下来是五万三千多,老板收了五万,零头免了。

这顿酒吧酒是丛德成张罗的,他自然要在喝这个事儿上比别人卖力气,被敬与主动敬,嘴就没闲着,其间哥们儿还弄来两个女歌手助兴,丛德成跟女歌手也没少喝。

现在丛德成扶着楼梯,脑子一阵儿清醒一阵儿乱套,清醒时就想着先别回家,赶紧出去找个地方出酒,乱套时就不知道脚往哪儿踩了,上不去楼也下不了楼。

丛德成还是从楼里出来了,摇摇晃晃往西边走去。他不想在家门口吐酒,怕给熟人看见了笑话,他想去那边的一个烂尾拆迁楼里解决问题。

烂尾拆迁楼是老棉纺厂家属楼,一共四栋五层高的楼房,拆除了三栋,剩下这栋已经卸去了门窗,但还有人住着,死扛着的钉子户是老棉纺厂的退休工人,姓高,住在二单元201,现在周围居民都喊他高国旗。

高国旗在这栋没水没电的空楼里坚守一年多了,先前还有几家与他共同对抗拆迁,后来那几家有的被开发商哄骗瓦解了,有的抵不住开发商骚扰恫吓,放弃了誓死保卫家园的主张,剩下高国旗独居空楼,多少显得有些悲壮。

没水高国旗出去接水吃,没电点蜡烛照亮,深更半夜砸窗他就把窗户用被褥封死,往门口放死猫死狗泼大粪他就打扫,朝露天阳台上成捆成捆地扔死老鼠他照样有办法,弄到楼下点堆火烧了(也不知下手的人从哪里搞到那么多死老鼠,据说有一次扔上来几百只),总之是任由折腾的人折腾,高国旗就是不屈不挠,甚至威胁到生命也不低头。一次高国旗在接水回来路上被几名不明身份的人拖到一公厕后暴打一顿,脑袋开了口子不说,右眼还给打瞎了,等高国旗从医院出来回到家一看,家里已经被扫荡一空。就这样他也没服软,还是较劲,重新置办了一些生活必需品后继续抵抗,并把一面鲜艳的五星红旗从卧室的破窗户捅出去,高国旗自此就有了一个响亮的红色绰号——高国旗!

与天安门那面每天升降的国旗相比,高国旗的这面国旗每天不升也不降,就那么捅在窗外,有风时飘扬,无风时不动。

此举招来了记者采访拍照,高国旗一时间成了新闻人物,受到众多老百姓的同情与怜悯,尤其是临近的群众,看高国旗吃苦吃大了,吃多了,纷纷送来衣物、食物和一些生活用品,甚至还有人送来了沙发和橱柜等家具,搞得本来是一无所有的高国旗,若是把收到的东西规整一下,差不多就能开个杂货铺了。

丛德成在读高中的女儿的感召下,曾给高国旗送去一件新军大衣,前几天收拾秋装时,他还把一堆淘汰的衣服打包送给了高国旗,其中有几件式样过时的衬衣连包装都没拆开。

其实,在高国旗死守的这一年多时间里,一直有人在暗中截长补短救济他,曾有人一次就从门缝里塞给他两千块钱。

天上星光微弱,地上漆黑一团,丛德成晕晕乎乎,东倒西歪走到了烂尾拆迁楼,身子往前一倾,右肩膀就撞到了墙上。他用两只手撑住墙,双腿拧了一阵麻花就挺住了。

丛德成胃里一咕噜,还不等嘴完全张开就吐了起来,此时他脑子里一片空白。

不知过了多久,丛德成似乎觉得有人敲他后背,就用软绵绵的右手往后划拉了一下,好像碰到了什么,但他不知道那是什么东西。

你这是喝了多少酒呀,喝成这样子?

好好……不喝……啦……丛德成往下出溜,被跟他说话的人一把拉住了。

你就是……皮冻……丛德成嘻嘻地笑着。

拉住丛德成的人按亮手电筒，照着他的脸说，我是高国旗，我认得你，你送过我衣服。手电光往下一落，照到了丛德成胸上，又道，你看看你看看，你这衬衣还要得吗？来来，上楼去换一件。

　　丛德成嘿嘿地乐着，高国旗嘟囔了一句什么，就把手电筒送到嘴里咬住，猫下腰，把丛德成一条胳膊缠到自己的脖子上，连架带扶，往回弄丛德成。

　　丛德成脚底下不稳，几次都差点儿摔倒，累得高国旗呼哧呼哧直喘粗气。

　　再有几步就到二单元楼门洞了，丛德成的脚似乎抬不起来了，就在地上拖着，已经气喘吁吁满头热汗的高国旗，身子被丛德成压得弯成了一条大虾米，他往起拱腰时，忘记了嘴里正咬着手电筒，牙一松劲，手电筒掉到了地上，好在没摔坏，一束晕黄的亮光贴在地面上不动了。

　　高国旗没办法把手电筒捡起来，就用脚往前顶手电筒，顶一下拖着丛德成挪一步，直到单元门洞口。

　　高国旗把丛德成靠到墙上，他实在是没力气把丛德成弄上二楼，就靠在丛德成身边休息。

　　高国旗自言自语，刚才听动静，还以为是乌龟王八蛋们来了呢。昨天有人给我传话，说是乌龟王八蛋们这几天夜里可能来收拾我。我想好了，再不跟他们软磨硬泡了，乌龟王八蛋们再来，我就跟乌龟王八蛋们拼个白刀子进去红刀子出来，我都这把岁数了，还有啥放不下？乌龟王八蛋们要是早让我顺气，我还能跟他们这样吗？

　　丛德成说，谢谢你……回吧，我，我到家了……

　　高国旗扶着丛德成上楼，虽说丛德成的步子不像步子，但毕竟见了楼梯还能往上迈。

　　高国旗费了九牛二虎之力，外加一身汗，总算把丛德成弄到了家里。

　　高国旗问，能把外衣脱下来吗？

　　丛德成像是咬着舌头说，我不……睡觉。

　　高国旗叹口气，扒下他的西服，解开衬衫扣子，丝毫没觉察出那几颗被污染的扣子是钻石做的。

　　接下来高国旗把丛德成放进沙发，弄来半脸盆水给他擦了，之后找来一件未开封的新衬衣给他换上，乐呵呵地说，就知道合适，这是你当初送给我的，现在我再送给你。

高国旗又给丛德成灌了几大口醋，丛德成再次呕吐，但这一次他有了意识，因为他知道躲闪自己吐的东西了。

高国旗把丛德成吐出来的东西收拾走。

丛德成喃喃道，你回去吧……

高国旗说，这是我家。我看你这样，一时半会儿是走不掉了，你就在这里睡吧，睡起来再走。

丛德成就这么在沙发上睡着了，大概在凌晨两点左右，他醒了，但不知身在何处。

回家吧，还能再好好睡个回笼觉。高国旗在黑暗中说。

丛德成定了定神说，不好意思，谢谢。

谢谢你陪了我半宿，高国旗打开手电筒说，已经有十几年没人跟我在一个屋子里睡觉了。说完把手电光移到了门口。

丛德成一出单元门，就打了个激灵。天还黑着，四周没有光亮，远处传来汽车喇叭声……

丛德成再度睁开眼睛时，天色已是大亮了，他下床第一件事就是去主卧室看老婆在没在，他凌晨回来没好意思回主卧室睡，悄声进了北屋。

老婆没在，他又去看姑娘的房间，姑娘也没在，上班和上学的人早就离开家了。

丛德成来到客厅，一屁股坐进沙发，脑子里开始回放昨晚的事。

昨晚的事，在丛德成脑子里是一段一段的，隔段的地方都是一些空白。于是，他就试着往一起拼凑那些有意识的碎片，但怎么也拼不完整。当想到钻石扣衬衫时，他一下子从沙发上起来，急步进了北屋，拿起地板上的衬衣，一看不是钻石扣衬衫，头嗡一声就大了，清醒的脑子再次短路。

这是自己送给高国旗的衬衣，昨晚他给自己换掉了肮脏的钻石扣衬衫……丛德成想到这就打住了，三步并两步去了卫生间，草草了了洗漱，急急忙忙穿衣服出门，直奔烂尾拆迁楼。

一向冷清的烂尾拆迁楼，今天居然热闹起来了，在二单元那里围了一群人，叽叽咕咕，指指点点，交头接耳，丛德成心里一揪，意识到肯定是高国旗出事儿了。

听说是四点多钟出的事儿。

好像是天傍亮那会儿，老孙出来遛狗听到动静了，但没想到是这么回事儿。

丛德成想，没准那会儿自己刚离开，高国旗就出事儿了，心里撕扯了一下。

谋杀，依高国旗的犟脾气，他不会自杀！

那得几个人才能把他吊起来呀？

高国旗都七十好几的人了，就算他心气再怎么高，身子也架不住三拳两脚呀，打蒙他再吊起来还不容易？

什么世道，丧天良啊！

可怜的老头子，晚年没享到一天福！

哟，拉上警戒线了，来了几个民警？

说不好，都在里面呢。

高国旗确实……

确实……

丛德成站在人堆外，耳朵听着人们议论，眼睛往二楼上看，一床蓝地儿碎花图案的被子堵着窗户，一面从屋子里斜插出来的五星红旗，血红血红，在微风吹拂下轻轻摆动。

第十八章

1

江畔会馆坐落在东外环上,离市区稍远一些。

会馆环境别致,停车场布置得像个花园,各种被秋韵浸泡的植物,散发出成熟的气息,一种难用词汇描述的倦怠情调,弥漫在树丛与花草之间。

一看停车场上的这些车,外人就能猜出今天馆内有大活动。

在会馆门口,分立在门两侧的礼仪小姐都穿着艳红的旗袍,见人就鞠躬,就欢迎光临,脸上都洋溢着温暖。

稍后会馆里将举行一个小型私人物品慈善拍卖会,拍品大都来自女强人、女企业家、富婆、白领等职业女性的捐赠,届时所募善款将全部打入市残疾儿童医疗康复中心的账户。活动是郑然菲以市工商联和市民营企业家联谊会的名义发起的。

市人大一个副主任、市政协主席、市工商联主席携两个副主席,以及民营企业家联谊会常务副会长及秘书长等到场。

此时在展拍厅里,捧场的社会各界名流四处寒暄,准备出力的大小老板、企业家、银行家、金融家、总经理、董事长、总裁,以及地产商、开发商、建筑承包商等扎堆说笑。

纸媒、电媒、声媒等新闻媒体,该来的似乎全都亮相了,摄影摄像的这会儿已经开始忙活了。

白石光一身乳白色西装,脚上棕色皮鞋,搁人堆里有几分抢眼。他今天必须得像回事儿,因为今天这个拍卖会是郑然菲为他的前程及发展精心设计出来的,通过包装来提升他的公众人脉指数,拔高他的社会地位，扩大他的个人影响力，她觉得他现在很需要作把秀，为了给他作秀她可谓是煞费苦心。

昨晚在床上玩累了以后，郑然菲反复跟白石光强调今天拍卖会上的注意事项，尤其是在两个关键步骤上，她叮咛他千万不要走板，一定要跟她默契配合，出现任何闪失都有可能竹篮打水一场空。她讲的两个关键步骤，一是指拍她那个和田玉生肖兔挂件时，估计上手的人不会少，因为是她出的货，老板大款们不论是给面子，还是买好，图的都是一份人情。她让他到时先沉住气，什么时候出手，等她振他，也就是说事先白石光一定要把手机铃声改成振动，接下来她每振一次，白石光都不必接听，摁掉了举牌就行，一直到把和田玉兔拍到手。听到这白石光有些担忧，怕第二天万一拍火爆了，把玉兔拍出天价来就麻烦了，因为到现在她还没讲谁来埋那个玉兔的单呢——钱真要是砸到自己头上，十万八万他还不会眨眼，可是玩到几十万百八十万上，他可就撑不下来了，虽说他现在不是个愁钱的人，可账面上那些钱还得养活一帮弟兄们，再就是拆迁零碎用钱的地方多，计划外开支多，不留几手哪行？然而搂在一个被窝里，他实在是不好张口问第二天到底谁出拍玉兔的钱。可是不提呢，心里也平静不下来，于是他拐弯抹角打听了一下起拍价，她说不出意外三万起拍，每叫一次五千，也可能一口价冲一万或是几万。

至于说第二个注意事项，郑然菲说都安排好了，到时几家媒体会联合采访他，她让他面对镜头时不要东张西望，说话不要跟强拆人家房子似的急赤白赖，要面带微笑，和蔼可亲，多说些公益事业人人有责、回报社会是不容拒之的义务、关爱残疾儿童从我做起之类的光彩话。一定不要做作，更不能摆出一副施舍或是什么都不在乎的样子，清高与伪清高的区别在于清高的人用心蔑视一切，伪清高的人用嘴表现自己……郑然菲挑开白石光的手说，摸摸摸，瞎摸什么呀你？跟你说正事儿呢，我说的这些你都记住了吗？白石光又换了一只手去捣蛋，这回郑然菲没有挡开也没有说什么，嗯嗯地扭了几下身子。白石光趁机说，现在手里没有那么多现金，明天我带一张空白现金支票过去吧？郑然菲说，你烦不烦呀你，谁说让你管钱的事儿了……按说在平常，白石光听了这样定板的话，心里会高兴得翻江倒海，乘兴把郑然菲满足得死去活来，可是今天他却张狂不起来,他怎么感觉怎么觉得自己龌龊,卑鄙下流,一百个对不起怀里的女人,真想跳起来暴揍自己一顿!然而被他挑逗入戏的郑然菲,却是全然不知他为什么说降温就降温了,适度碰着他那个变魔术似的东西说,刚才还威猛得像个司令员,怎么现在就变成了残兵败将呢?以后没那金刚钻,就别揽那瓷器活儿。不是跟你形容过了嘛,怨妇就是一条打了结的纱巾,结不打开,纱巾皱巴巴,打开了,纱巾无风也摆动,何况是大风起兮的时候了,纱巾怎么可能不迎风招展呢?换往常她要是这么跟他逗闷骚,他不嘎嘎大笑也得陪几句助兴的来电话,但他此时实在是没有找乐子的心劲,可是又逼到了这个分儿上,做缩头乌龟也太有点儿那个,没办法他只能硬充好汉……

靠近小报告台那些桌子上都有桌牌,那是有头有脸的人物坐的地方。白石光跟人大副主任、联谊会常务副会长、省城知名房地产开发商衣总,以及几个本土实力派地产开发商坐在一张桌子上。

白石光跟本土的几个地产开发商都熟,省城的衣总虽说是年初才结识的,但眼下他们有拆与建的合作项目,而且这个项目现在进展得不大顺利,衣总今天来这里,全是冲着白石光来的。秋天眼瞅着就过去了,衣总那块地要是再平整不出来,入冬后他的活儿就不好干了,甚至有些活儿,根本就不能动土了,所以他必须抓紧时间与机会说服白石光,尽快想点儿绝招,把他那块地上的钉子户拔了。

衣总头疼的那个钉子户,不是一般的钉子户,白石光也头疼,动不动或是怎么动,现在还由不得白石光的脑子支配,他得听市里有关人物的指示或是暗示,总之他目前还没有胡来的权力,所以这段时间他一直都在躲着衣总,因为焦头烂额的衣总缠磨人有一套。

衣总应酬过前后左右,刚开始跟白石光耳语,白石光的手机就振动了,他冲衣总摆了一下手,表示歉意。

白石光从裤兜里掏出手机时,手机已经停止了振动。他一看来电人是郑然菲,不由得抬头去看与政协主席、工商联主席等人坐在一张桌子上的郑然菲。两人目光短暂一碰,他就明白了她这是不放心自己的手机状态,所以才在开拍前试一下。

慈善拍卖会开始,女主持人登台。这是一个老文艺工作者,头发银白,戴一副宽边眼镜。她口才很好,介绍过重量级嘉宾,感谢过捐赠物品的爱心女士,话题一转,着重把今天这个慈善拍卖会的意义阐述出来,说到动情处,声音哽咽,赢得喝彩。

主持拍卖的男士,身材不高,微胖,看样子已过中年,据说是本市一家婚庆公司的首席主持。

首席主持挺能发挥,上来就给大家来了几句《爱的奉献》,接着自我介绍了一番,大有借慈善拍卖会的场子给他们婚庆公司做业务推广之嫌。

首拍物品是一条宝石绿羊毛围巾,起拍价一千,经过几轮叫拍,最后在三千五百上落锤。

接下来拍出去的物品是一双银筷子、一件风衣、一枚胸针、一对玉镯、一个折叠化妆镜、一瓶法国香水、一把象牙梳子、一辆铜制的微缩法拉利车模……

衣总把那枚胸针拍到了手。

后面还拍出了一条腰带、一对镶嵌宝石的耳钉、一台佳能相机、一台索尼笔记本电脑、一部爱立信手机、两只木雕象、一个水晶球、一双原产意大利的高筒靴子……

现在终于轮到郑然菲的和田玉生肖兔挂件了,主拍人热情洋溢地介绍了一番捐赠人郑然菲女士,并展示了这枚和田玉生肖兔挂件的鉴定证书,最后提高嗓门宣布,这枚和田玉生肖兔挂件的起拍底价是三万!

白石光竭力控制情绪,但心里跳得还是咚咚咚山响,在裤兜里紧攥手机的那只手都出了虚汗。

五千一拍,五千一拍,其间有人跳上万喊了两次。

现在玉兔已经拍到了六万五千。

白石光屏息凝神,不敢开小差,生怕手机振动了自己没感觉。

郑然菲昨晚跟白石光推断的话靠谱了,她的玉兔会在拍卖会上掀起一个阶段性高潮。

抢拍的男男女女,尽管都有说有笑,但毕竟是在拍,渐渐就开始较劲了。白石光直喘粗气,中间喝了两次矿泉水。

玉兔被叫到九万五千时,就不大像是在玩了,玩的人都退出来看热闹了。

这时白石光的手机振动了,他怕这个电话是误振电话,就掏出来看了一眼,没错。

白石光在激动中举牌,闯进了竞争圈。

三五个正在拼最后结果的人,一看这时又有新人加入,就都看过来,其中有人认识白石光。

振动了,举牌!

玉兔拍过十四万时,白石光发现就剩下一个人跟他竞争了。那个人坐在最后排的散座上,是个女的,戴着墨镜,胸前吊了一条手绘图案的长丝巾,白石光一时判断不出她的年龄。

二十万!墨镜女跳价竞争,气势咄咄逼人。

白石光在等振动,台上的主拍人第一次报价、第二次报价……

手机振动了,白石光举牌。

墨镜女再次跳价举牌,喊出了三十万!

白石光后背上渗出了虚汗,脸色越来越发紧,右腿肚上的筋,偶尔还抽搐一两下。

等待振动中的白石光,这时竟忘记了郑然菲事先嘱咐他的话,就是让他在拍卖过程中,无论如何也不要扭脑袋看她,甩目光也不行。

白石光本能地用目光扫了一下郑然菲。

郑然菲已经察觉到了白石光不安的目光,其实她这时的心跳也有点儿过速,这个横空出世的女人,一点点把玉兔价抬到了三十万,显然是来揽局的,只是不知她什么来头,很陌生的一张面孔。

郑然菲感觉不妙,不能再玩下去了,必须收手。

郑然菲不再给白石光指令了,她在观察场上的动态时,溜了白石光一眼,唯恐他拍红眼了,失去理智跟这个来路不明的女人再往下叫板,真要是那样就不好收场了。

三十万一次——

白石光觉得狂跳的心正在碎裂……

三十万两次——

白石光闭上眼睛,他放弃了,就算手机这时振动,他也不会再把这个竞拍游戏进行下去了,再进行下去,他就是不崩溃也得瘫软了!

三十万!成交——

掌声四起,有些看热闹的人,往败下阵来的白石光身上丢了一些幸灾乐祸的目光。

接下来还有拍品,但后来都拍了些什么,白石光一点儿印象也没有了,他坐在那里,脑子先是发木,之后就是长时间的空白,直到拍卖会结束,主拍人再次得瑟,用《朋友再会》这首歌来答谢各位嘉宾及所有来宾时,白石光的脑子才回到乱哄哄的现场,并发现郑然菲正在跟几家媒体的人说着什么,一些媒体人还不时往他这边张望。

白石光前后左右找了找跟他争玉兔的那个女人,觉得她应该成为媒体的焦点,三十万是今天慈善拍卖会上最大的一笔成交额,自然也是最大的亮点。

但是白石光没有看见那个神秘的女人,他在纳闷中就被媒体人围住了。没抢到风头,还有什么可煽情的?他觉得很丢人,有三言两语回避了事之意,但无意中他穿过人头缝隙,准备开辟退路的眼光,咣当撞上了郑然菲两道质疑中多少又透出一些鼓励的目光,他一下子断绝了逃离现场的念头。

郑然菲与市人大副主任等人站成一个圈说话,眼睛不时往那边的采访现场瞟。

破罐子不能破摔,白石光的脑子瞬间清醒过来,他面对话筒与镜头,尽量沉住气,稳住魂,面带笑容,力争把昨晚郑然菲装到他脑子里的那些对付采访的甜言蜜语复述出来,再适当发挥发挥,这场慈善拍卖秀也就做下来了。

2

慈善拍卖会落幕后,该走人的走人,该留下的留下,民营企业家联谊会常务副会长就地做东请晚饭。

会馆内的四海聚友宴会厅很大,电动旋转桌可供二十六个人轻松围坐。

人大副主任晚上有官场应酬走了，政协主席虽说晚上没应酬，但他有糖尿病，说这几天血糖没控制好，头迷糊，腿发软，得回去休息。

郑然菲一看别人留不下政协主席，只好亲自出马，笑吟吟过来，三言两语就把主席的脚定在了会馆。

白石光自然是桌上客，落座前还给衣总象征性地挪了挪椅子，之后衣总挨着他坐下。

按说衣总不该挨着白石光坐，应该挨着政协主席或是工商联主席坐，他是省城来的开发商，背景不一般，甭说跟主要市领导的关系如何了，某些省领导，还有北京的一些高官也直接罩着衣总，不然这些年里他省内省外的也玩不起来呀，而且玩的地产房产项目大都有名堂。

好在这不是一场官宴，屁股往哪落，讲究不大，只要政协主席坐对了位置，大家往上一围就齐活了。

现在是郑然菲挨着政协主席坐，政协主席的另一边坐着工商联主席。

宴前，大家闲扯话题，碰来碰去都碰在了郑然菲那个生肖玉兔的买家上，圆桌上的人一沟通，竟然没一个人能说出女买家的来头，似乎这个女人就不是东升人。

三十万现金成交。一个建筑承包商说，想必是有来头呀！

一个开发商提醒说，我想起来了，她提的那个黑色箱子，至少能装百万现钞。

小郑啊，政协主席若无其事地说，这个事儿，你没觉得有什么不正常吗？

郑然菲笑道，主席，你不会话里有话吧？

衣总插话进来，我跟到二十万时，舌头就软了。看得出来，东升的朋友们，那是真有钱呀！

工商联主席点着一支烟，问对面的白石光，白经理后来怎么松套了呀？

白石光这会儿心静了，摊开两手说，唉，这还得怪你主席不给力呀，关键时刻你要是用一只眼看我一眼，我就坚持到底了。

工商联主席用手指点着白石光，白石光作了一个揖。

政协主席乐呵呵接话道，我问你呀，白经理。你那么上劲拍那个玉兔，莫不是打算拍下来以后，再回送我们郑会长吧？

如今的白石光，已经在场面上混出门道了，明白此时你说真话人家也都当假话听，索性直言，主席，我还真是想送给郑秘书长，可惜财力不圆梦呀。

哈哈哈……政协主席这会儿也不说血糖高了，大笑起来。

工商联主席不屑一顾地说，你就别拣好听的说了，白经理。指不定你拍下来想送给哪个，还我们郑秘书长呢！

我们会长就是有号召力！一个副会长说。

郑然菲坐在那儿笑不露齿。其实她这会儿正在分心，拍卖会上那个来路不明的女人，就像幽灵一样，不停地在她脑子里晃动。

尽管当下还没有什么信息可以解读这个神秘女人，但郑然菲意识到这个女人不过就是一个台面人物，在这个女人的身后，一定还有什么人在窥视自己，拿三十万砸场子，出手了得！况且是当时自己让白石光收手了，不然一路拼下去，最终在多少万上定音，鬼才会知道！三十万拍一个玉兔，虽说有些荒唐，却不大像是一场无厘头的恶作剧，因为人家真把钱拍那儿了。这是谁在暗处因为什么如此发力呢？会是某个暗恋者玩潇洒？情种献媚？似乎都不至于这样疯狂吧？那是不是冲着白石光来的呢？三十万，烧钱烧得这么凶，看来不大像，但凡是冲他来的人，没有跟钱过不去的。她感到自己这是在大海捞针，因为东升市所有人都有可能是那个幕后操纵者。早在这场慈善拍卖会前，自己和那枚玉兔生肖挂件，就已经上了市电视和报纸，这样大家在老早前就知道了自己的捐物是什么。暂时理不出头绪，但三十万里肯定藏着阴谋，这一点郑然菲敢肯定！

政协主席说，送给谁都是献爱心嘛。哎，小郑呀，你们今天筹到了多少善款？

郑然菲想想说，五六十万吧，主席。

政协主席竖起大拇指说，好好，功德无量。

开始走菜了，玉兔的话题，也就随着酒香的飘散而落地。

衣总知道他的事儿在饭桌上没办法谈，就抓住机会跟白石光耳语，说是这里结束后他们去喝茶。

郑然菲当然知道衣总为什么缠白石光，就给白石光发来一条信息：饭后我去美容院，你跟姓衣的去说事儿吧，注意语言尺度，这家伙是个老狐狸，下午他见过市长和城建局孟局长。

白石光回复：明白。

尽管白石光大部分时间都住在郑然菲那套宽大的闲房里，但他并没有跟她同居，需要住在一起的时候，哪里方便他们就去哪里住，白石光那套两室一厅的租房，郑然菲也去住过。

这种宽松的情人模式，白石光喜欢，郑然菲也觉得舒服，捆绑对他俩来说都是不自在的事儿，他们必须得有完全属于自己的空间来盛装某些不想让人分享的隐私，哪怕那隐私是无聊和寂寞。

政协主席与工商联主席正在说官场绯闻，就是湖北省原天门市委书记张二江曾与一百多个女人有染这件事。

政协主席说，那家伙的性爱日记搞得蛮带劲儿，小词儿玩得有板有眼，自制日记版面不说，内容还花里胡哨，竟然张贴异性阴毛作为装饰物，真是有才气呀！

工商联主席道，看来这流氓有文化，还真的是很可怕！

这时有人过来敬酒，两位不同身份的主席就撂下了闲话。

酒喝到这分儿上，难免有人闹酒，但人多的好处就在于，闹酒的人闹着闹着，就把自己闹糊涂了，弄不清楚该跟谁喝了，或是弄清楚了该跟哪个喝，但不知道自己的酒下肚后，对方到底喝没喝，三绕两拐一折腾，就把一个酒题给废了，再闹一轮话题依旧如此，等到后来这酒喝得就没啥章法了，实在人拿酒找量，耍滑的人拿话干杯。

但今天喝酒的人，差不多都能把持住自己的总量，因为喝到尾声时，没人胡言乱语，也没人东倒西歪。

如今在这种似官非官、似商非商的联谊酒桌上，有点儿头脑的人，大都不会往酒上栽。

郑然菲在这种场合，基本上不沾酒，开车是一个说法，胃不承受又是一个理由。

衣总酒量凑合，但今天他一直收着，走动酒他是能躲就躲，躲不开能少喝一口是一口，留着清醒就为下来跟白石光说事儿。

白石光也没往死里喝,他倒不是想给衣总留清醒,而是顾及郑然菲的感觉,唯恐自己喝高兴了,跟哪个拼起大酒来,收场时弄得你不欢我不乐不说,关键是神志一旦给喝走板了,就会给她找麻烦,甚至是惹下手脚齐上也收拾不清的大祸。

3

酒席散场后,或三三两两,或成双成对,似乎大家都有地方去,只是怎么搭伴的问题。

衣总把白石光请到了玉一井喝茶。

坐下后,白石光就打开天窗说亮话,衣总,不是我不尽力,我现在是有劲使不上,你得找市领导沟通,你和他们沟通好了,我这里这点儿事儿,还不是几铲车几钩机就搞定的事儿?

衣总拿到的那块地,是以盖老年安乐公寓报批的,说白了就是他拿到了一块享受地方政府政策扶持,以及国家民政部门资金补贴的公益性用地,他一次性投入多少资金,相关部门就搭配多少资金,日后每一张床位还能按比例吃到省市两级财政补助。至于项目启动资金,衣总不必掏自己的腰包,他从打通关系的银行就能贷出来。而地方政府政策扶持的概念,几乎就是白给他用地,衣总只要负责一下地面上的房屋拆迁补偿就可以了,这样一来,衣总在东升玩的差不多就是一个空手套白狼的项目。还不仅仅如此,到时起房子时,也有讲究。土地使用性质虽说不能变更,但房子用途可以巧立名目,老年公寓得有些配套功能吧,比如说,入住公寓的老人的子女及亲属来探望老人了,他们需要住的地方,这住的地方就是商品房的市场。当然,房子盖好后不能以商品房的名义往外销售,尽管这些房子就是商品房,但为了掩人耳目还是不能叫商品房,必须起个名字来打马虎眼,像什么亲情苑、福聚居、伴随缘之类的都说得过去。

眼下让衣总嘴角起泡的钉子户姓闻,八十多岁了,半身不遂,躺在床上不能自理,由一男护工照料。男护工还是个多面手,会用录音笔,会玩掌中宝,傻瓜相机就更不在话下了,平时只要房子四周一有动静,男护工就像战地记者似的行动起来。

那几间破旧的平房，确实是闻老人名下的房产，但闻老人早就不在平房里住了，他回老家了。闻老人是在他儿子跟开发商没谈拢拆迁安置费用后，被儿子从老家接了回来，放到平房里雇工照料，看哪个敢来动一动。

闻老人不是普通的老人，想当年东升市还不是市的时候，闻老人就在这个地区当副专员，一直当到离休。闻老人回来挡事儿后，闻老人过去的秘书，原省委副书记兼政法委书记还专程来看过闻老人。那天副书记坐的是私家车，市委书记和市长得到信后，匆匆忙忙赶来陪老领导看望老老领导，结果让副书记黑着脸轰走了。副书记此行助威、上眼药的意思在此处也就全都抖了出来，后来书记和市长碰一鼻子灰这件事儿，在东升市市民中传得沸沸扬扬，五花八门。

闻老人的儿子闻三六，其实是掌管这几间平房的人，开发商曾想退后一步，私下跟闻三六把合同签了，岂知那个调整价，没能让闻三六满意，闻三六说打算成事儿的话，至少还得添一百万，否则没戏。再添一百万，开发商自然瞪眼珠子，于是僵在了这里。

闻三六在一家银行工作，当过副行长，因涉嫌受贿和挪用公款被停职了一段时间，结果问题查得稀里糊涂，一会儿说是有问题，一会儿又传出不是什么违法问题，总之最后的处理决定是摘掉他副行长的乌纱帽，把他降到一个部门去做负责人。闻三六不服气，到处告状讨说法，折腾了一年半载，在市里都闹出了名。

白石光说，要我说呀，衣总你就多给那个姓闻的几个钱，花点儿钱把事儿买了算了，你还差那几个钱是怎么着？不然夜长梦多，就你那块地拖长了，还真不是个事儿。

衣总摇着头说，不是那么回事儿，老弟。我是不差那百八十万，可你好好想想，那是百八十万的事儿吗？真要那样就不劳你老弟辛苦了。就闻三六那个王八蛋，我钱一给他，他立马就会拿喇叭满大街喊叫，到时搬走的那些爷啊奶啊，还不都杀回来索要我百八十万呀？这个我可就受不住了老弟，说什么也得死扛着。

白石光闷闷不乐地问，那你说怎么办吧，衣总？

衣总搓着手说，我这不是正在想办法嘛，我又跟市领导沟通了，市领导说他们现在都很忙，没闲工夫管这些烂事儿了，拆迁该归哪管就哪管吧。

衣总这几句话的意思很明白了，就是告诉白石光该动手就动手，市里不会再为闻老人操心负责了，你们的事情你们自己去解决吧。

白石光盯着衣总的脸，他还不能相信衣总所讲的这些话就是市里面的最新意思。便宜地已经到了衣总手上，搁那儿眼睁睁开不了，万一哪天气候变了，事情就难办了，没准还办不成了，衣总不急谁急？现在衣总就是热锅上的蚂蚁，抓狂，抓狂了他就有可能不择手段，拎着我白石光的耳朵谎报军情，一通欺上瞒下，目的就为诓自己下手。

白石光转着弯说，要这么说呢，这一两天里，市里也能给我透点儿意思，到时我再全盘合计合计吧，衣总？

衣总捂着嘴，打了个哈欠，话里含有几分诡谲道，那好吧，老弟。咱们保持联系，有什么有用的信息，我会马上给你，也许这一两天就能找到突破口。

白石光点头道，衣总放心，只要机会一来，我这头保证没问题，随时清场。

白石光岂能不明白，衣总并不是那种听天由命的人，这家伙长了一颗老谋深算的脑子。人不为己，天诛地灭。这句话经他一消化可以连一粒渣都不剩下。这些日子他在东升台前幕后忙活得挺神秘，曾听说他私下里跟黑道上的人有过接触，白石光还真巴望他能借黑道势力把事儿给摆平了，那样自己也就省心了，反正该自己拿的钱一分也丢不了。

总之，在衣总的事儿上，白石光抱定了不见兔子不撒鹰的决心，只要市里含糊不清，意图不明，他这里就干打雷不下雨。拆迁不倚靠政府，不仰仗城管，到头来只能落个里外不是人，两头受苦，前后受气。先前玩黄摊儿那几家拆迁公司，还不都是在节骨眼上抓不到靠不上，落井里扑腾几下就淹死了？

酒劲儿都过去了，事儿也是出一张嘴进一双耳，两个心思各异的大男人再坐下去，就有可能大眼瞪小眼了，不如这会儿就收场。

衣总看看手表说，白经理，要不……

白石光站起来，腆着肚子说，没要不……衣总，忙了一天，都回去休息吧。

离开茶馆，衣总把白石光送到车门口，顺手从包里抽出一个大信封递过去。

给弟兄们的一点儿烟茶费。衣总说。

白石光也不客气，接过大信封掂了一下，然后手一甩，扔到了副驾驶座位上，努着嘴说，再联系，衣总。

衣总抬起手说，好好，白经理，再联系。

第十九章

1

不论是白天或晚上，停在夫人会馆门前的车，可以说见不到四五十万以下的，不怪东升市老百姓说，要想看好车用不着去北京，到夫人会馆门前转转就开眼界了。

夫人会馆在东升市名气很大，一般女性都知道有这么个可望而不可即的会馆，而对知道这里的男性来讲则是多了几分神秘感，因为会馆只接待女性消费者，男性禁止入内。

会馆实行会员制，馆内设施先进，功能齐全，集餐饮、住宿、休闲、娱乐等于一馆之内，大都市里富贵女人能享受到的服务内容，在夫人会馆里都能享受到。

进出夫人会馆的女人，不是官太太就是富婆阔姐、女暴发户，还有傍大款的小三、官员包养的二奶等。久而久之，夫人会馆客户身份就定位在了这些特殊的小众身上。这样一来，东升市里长年累月远离夫人会馆的一些女人，用时下流行的五个字，就可以把她们对夫人会馆的扭曲感受形容出来：羡慕嫉妒恨！

郑然菲对夫人会馆一向敬而远之，她认为夫人会馆就是低俗女人们享乐的天堂，甭管来这里的女人多么有钱，或是多么有势力，品位上不去，再满身珠宝加香水，也没办法显示出高贵女性的优雅气质来。一般情况下她是不来这里休闲消费的，尽管每每一到女人过的节假日，夫人会馆的女老板五娘都会亲自打电话邀请她过来品尝佳肴，美容健身，但她总是领情不动腿，再就是有人送她这里的会员金卡，她会转手再送出去。

人以群分，物以类聚，尤其是女人们，平时去哪儿不去哪儿，一般比男人在乎。

今天郑然菲来夫人会馆也是硬着头皮来的，要不是她姐姐郑雨妮找她有事儿，她说什么也不会来这里。

郑雨妮是市财政局的公务员，但财政局的人，一年四季也见不到她几面，游手好闲吃喝玩乐是她每天的工作。郑然菲看不过去，曾经说过她，让她好歹也去上上班，擦擦大家的眼睛，少给姐夫找点儿口舌，但她根本就听不进去，还反驳说，市里大大小小哪个当官的老婆去正经上班了？有几个不吃空饷的？就更别说我还是个常委的老婆了！硬道理碰不过浑经验，郑然菲似乎总是不能在姐姐面前把道理讲成道理。

在女保安的引导下，郑然菲泊好车，下车后就给迎宾小姐领进了夫人会馆。

弥漫在夫人会馆里的香味，说不清是薰衣草的香气还是青朵蓝的香气，总之郑然菲不喜欢，觉得黏鼻子，堵呼吸道。

郑雨妮订的是小雨亭植物间，那里貌似一个绿色生态小环境，房顶及四壁的用料，并非传统意义上的建材，而是采用了鲜活的绿色植物，一座天然的小氧吧。

来到小雨亭门口，郑然菲看见姐姐正在全神贯注地对着她那个镶嵌着小宝石的理容镜补眼影呢，便咳嗽了一声，姐姐的胖身子一颤悠，抬起头，用拿着眉笔的那只手招呼郑然菲过去。

见我你至于这么做功课吗，姐？郑然菲说。

郑雨妮道，见我妹妹比见个小情人重要多了，姐姐我当然要隆重闪亮啦！

郑然菲回头对迎宾小姐说，谢谢姑娘。

迎宾小姐知趣，退了出去，紧接着一个女服务员推着一辆饮品专用车进来了。车上的几十种饮品，全都是这里加工的鲜榨汁。

郑雨妮收好化妆品，随便冲女服务员一抬手，女服务员就心领神会地从车上取了鲜葡萄汁给她。

郑然菲一看姐姐这架势，就想到了"老赖"这两个字，姐姐在这里不是一般意义上的消费者了，也难怪去年姐夫说姐姐把这里当成了家。

去年春季里，郑雨妮在夫人会馆打麻将打疯狂了，居然四天四夜不回家，气得丈夫叫人给老板五娘打电话，说她再纵容老娘儿们赌博就封了她的夫人会馆。五娘平时神通广大，惹得起天，惹得起地，可是她在东升惹不起柴书记柴局长，除非找歇业。吓得五娘好说歹说才把玩红了眼的郑雨妮劝回家，之后还得给柴书记打电话赔不是，能说出口的好话，差不多都说出来了。夫人会馆里虽说不出绯闻，但让人哭笑不得的事儿却是不少出。有名的轮椅富婆，只要一打麻将，可以整天不离开轮椅，若干次小解问题，统统交给婴儿的尿不湿解决。还有老款姐，每次在这里都喝多，一喝多就到处撒钞票，酒醒后再到处跟人要钞票，要不回来逮谁跟谁急赤白脸。还有杜秘书长的老婆，虽说已是徐娘半老，但一洗鲜奶浴就有激情表演欲，每次总是要先关掉照明灯，只留下能投影的镭射灯，然后就开始折腾，把各种一丝不挂的影子投到墙上去，有些动作甚至很挑逗。不过也有她吃苦的时候，一次她在高抬腿时，把平衡玩丢了，扑通跌倒，结果造成右腿肌肉拉伤，右肩头刨破一块皮，额头磕开一条口子，当时血流不止。

然菲你喝什么？郑雨妮问。

郑然菲道，芒果汁。

女服务员马上取来芒果汁送到郑然菲面前，之后就退到门外听招呼。

姐姐笑眯眯地坐端正了，问，然菲，你好好看看姐，是不是比前阵子瘦了呀？

郑然菲无精打采地说，姐，你什么意思呀？不会是又来了第二春吧？

去去去，什么第二春第三春的。姐姐看看自己的胸脯说，我在这儿做减肥保健，已经做了半个月了。

郑然菲强打精神说，我看还是过去那样。哎，姐，说正事儿，你找我有什么事儿？

郑雨妮撅着嘴说，姐想你了，想见见你这个大忙人，就这事儿。

郑然菲做了一个散架子的手势说，我说姐，就这也叫个事儿呀？你没搞错吧？我今天晚上可是真有事儿的！

郑雨妮喝了一口葡萄汁道，咱父母都不在了，我想你这事儿，难道说不是这天底下最最重要的事儿？看什么看？不服气呀？你敢说不重要？

郑然菲一看姐姐又要耍浑，只好耐住性子说，重要重要，姐想我关心我，比什么都重要。

郑雨妮一笑说，这还差不多。然菲，姐就想跟你一起吃个饭，姐有多长时间没见你了？

郑然菲盯着姐姐问，姐，你不会是又跟我姐夫怎么着了吧？

姐姐哼了哼说，我能跟他一般见识？不过呢……哎，我说然菲，你最近没听到什么风声吧？要是听到了什么风声，你可得跟姐姐说，你可不能瞒着姐姐。

郑然菲明白了，姐姐今天叫自己过来的主题，原来还是纠缠在一个老掉牙的问题上，只是不知这一次姐姐是冲自己来的，还是针对外部的什么人。早几年，柴益发的官还没做到市领导的时候，姐姐就小姨子是姐夫半个屁股这一民间俗语，很认真、很追究地跟妹妹交过火，说她听别人讲，要不是你妹妹那半个性感的屁股罩着你，就你这磨盘似的大屁股，还不早给你家老柴踢到乡下去了？那时妹妹也不大吵大闹，采取冷冻法对抗姐姐，结果这一冷冻，就是几个月不答理姐姐，直到姐姐熬不下去了，主动找上门来赔不是，姐妹这才恢复了亲情关系。

郑然菲没好气地问，姐，你这是又听哪个长舌妇说什么了？

姐姐沮丧道，说，肯定是有人说，你就别问是谁了。不过我倒是可以跟你讲一件事儿，就是他好几个月没碰过我了，你说这事儿正常吗？

妹妹说，这就能证明他有事儿呀？姐，你这也是奔小五十去的人了，几个月没那事儿，能有多大点儿事儿？

姐姐道，没听人说吗，女人三十如狼，四十如虎，保养好了五十还能赛母狮。你姐我这会儿夹在四五十之间，说厉害点儿，那就是一头吼吼的狮虎兽！

行了行了，妹妹讪讪笑道，你体重上狮虎兽我信，那个嘛……就不敢恭维了。医学证明，人越胖，性欲越减退。

姐姐说，别打岔别打岔，你还没回答我问题呢。

妹妹道，直说吧，姐，是不是谁又跟你嚼小姨子半个屁股了？

姐姐嘿嘿乐起来，说，我现在想明白了，真要是你我就认了，那也是肥水不流外人田，可问题是摘桃子的人不是我妹妹。

妹妹问，有证据？

姐姐道，有证据，我还能坐这儿问你？我早去把她撕烂了！

郑然菲回头看看，低声道，姐，你记住，不管到什么时候，他要是什么都不是了，你也就什么都没有，两眼一抹黑了。噢，你当人们抬举你、哄你冲什么？你自己好好想想吧，姐。谁瞎闹你都不能瞎胡闹，有些人就是靠挑拨离间来满足自己的嫉妒心，说难听点儿就是坏人心。

郑雨妮嘟着厚厚的嘴唇，表情说明她心里有点儿乱。

郑然菲站起来，伸着懒腰问，姐，就请我喝一杯芒果汁呀？

姐姐一愣神，跟着松口气说，算了算了，爱怎么着怎么着吧，不说了，咱吃饭。然菲，想吃什么？只要不吃人，你想吃什么咱就来什么。

妹妹坐下说，清淡一点儿就行。

姐姐图省事儿，让服务员看着安排几个菜。

姐姐的心思显然不在吃喝上，她动作夸张地正了正手指上那枚新买的大钻戒，想找妹妹几句好听话。

妹妹最不待见姐姐的地方就是她的得瑟，妹妹又开始往姐姐头上泼冷水，说，姐，我说你多少回了，你怎么就一点儿也不听呢？俗话说富不露金、穷不露骨。你可好，你看看你耳朵上、脖子上、手指上、手腕上，还有脚脖子上，除了金就是宝石，你怎么不把存折股票也挂出来呢？

姐姐不把妹妹这番话当贬损话来听，她觉得妹妹的贬损其实就是赞扬，妹妹这么开口说话，不过是想跟自己显摆一下她有学问有涵养。

姐姐一脸喜兴地说，姐姐一好得瑟，二好热闹，三好吃喝，这个你懂。

妹妹道，小心哪天让人劫了你，我是说劫了你上上下下的金银财宝！

姐姐哈哈笑道，啥啥啥？你刚才说啥？劫我？这活得日本相扑来干，其余全灭。还劫我呢，小样的，到时我一屁股不坐他半死，起码也得砸断他几根肋骨吧？前几天劳市长他老婆还跟我逗笑话呢，说男人不能在我身后打主意，我一个屁射出来，不崩人二里地也得崩人休克。你听听，然菲，这就是你姐姐，一辆重型坦克的威力！

郑然菲忍不住乐了。

171

2

又一场秋雨在凌晨时分光临了东升市,尽管雨量有限,地上没存下多少积水,只是坑洼处留住了一些,但短暂的秋雨,还是把深秋的凉意浇到了东升大地上。

白石光在衣总的事情上,依然按兵不动,他电话联络过公安、城建、城管、拆迁办等职能口的人,他们对闻老人的房子到底能不能推倒这个问题,也都说不清道不明。刚才他又给郑然菲打电话,郑然菲说老衣是穿钉子鞋走路的人,他踩住的地跑不了,不过解铃还须系铃人,你就拖着吧。

对了石光,郑然菲说,又一场秋雨下来了,中午你不请我去老羊馆喝碗老羊汤什么的?

如今老羊馆已不是什么敏感的地方了,那场温柔的劫持事件后,白石光又带郑然菲去过两次老羊馆,一次是吃老羊汤,再一次是吃烤肉,全羊他俩没办法受用。

白石光望着窗外说,这天喝老羊汤倒是不错,可是就怕村子里的路不好走。

噢——郑然菲说,我忘了是土路。嗯……要不这样吧,咱们去五里营吃砂锅,你看怎么样?

五里营在城外,那里是个回民村,生熟羊肉都很有名。

白石光道,我看行。

郑然菲说,先这样吧,我还有事儿要办,十一点前后再跟你联系。

然而过了不到十分钟,郑然菲就来电话了,说中午不能去五里营吃砂锅了,开发区管委会主任有事儿,她这就去开发区,中午饭主任安排。

白石光有些扫兴,但他没在电话里流露出半点儿扫兴的情绪,还一劲儿嘱咐郑然菲照顾好自己。

接下来就清闲了,白石光在办公室里百无聊赖地转圈,后来他想起有一张该看的碟还没过目呢,就找出来放到电脑上看。

这是一张有关全国各地暴力拆迁情况的汇总碟,正在打开的画面出现几台挖掘机、推土机、钩机轰响着，驶向一幢三层高的小楼……

突然手机响了，正看得投入的白石光吓了一跳。

来电是本市一个陌生的座机号，白石光本能地警觉起来，拿起手机看了看，接听。

记好——对方是个男人，语调故意往下压着说，闻三六现与情妇在牡丹花园十二栋三单元401。说完对方就挂断了电话。

白石光深吸了一口气，望着手里的手机，眼睛眯起来。道上的规矩，现在没必要弄清楚这个电话是谁打进来的，尽管他想到了衣总，他眼下马上要考虑的是接下来怎么做活儿。他在脑子里把信息重温了一遍。

搞拆迁最乐意遇上钉子户出这种事儿，搞到位了，省钱省事还不惹麻烦，老天爷帮忙一样。

事不宜迟，这种事儿一二十分钟可结束，个把小时也正常，小半天不出来也在情理中，但总之是赶前不赶后。

白石光停碟退出，关了电脑。

是带几个弟兄过去，按住现场细节拍摄，还是自己过去单挑？拿这种意外之事解决钉子户，白石光从前听说过，但没亲手做过，所以他要反复权衡，不能浪费了这个天赐的良机，争取一出手，就把事儿做到板上钉钉。

牡丹花园白石光去过，搞拆迁的人就这点儿灵性，市里任何一个老小区、新楼盘，以及这花园那庄园的基本情况，不说是张口就能背出，起码也能说出个大概齐来。此时牡丹花园的信息，就给从记忆库里提了出来。

牡丹花园是一个中等规模的小区，建于上世纪九十年代，小区里没有豪华户型，楼房清一色六层高，不带电梯，小区里的保安、物业，以及其他功能性服务配套设施，现在看来明显滞后了，倒是小区的绿化工程值得一提，绿地覆盖率在全市已入住小区排名榜上位列第二名。

白石光考虑好了，决定不带任何人去。一来他见过闻三六，动嘴不知谁行谁不行，可是要讲动武，他觉得闻三六白给，他估摸着自己这两下子，不出意外的话，打两个闻三六可能还有富余。二是像这种事儿一旦被人按住，不信他闻三六不老实，所以犯不着置他于死地。再就是人多嘴杂眼杂,团团围住容易让他崩溃,耽误签合同,而自己单去,效果就不一样了,到时自己的诚意他能看出多少另说,至少是让他明白一点,我白石光还没阴到家,还不想把他的破事儿搞得满城风雨,世人皆知。另外他觉得也没必要带相机、录音笔、摄像机、微录手表之类的取证设备,凭一张嘴把活儿拿下来,这才能显出高手的能耐。

白石光带上合同书,开车来到牡丹花园,顺利找到目标楼。

单元门不但没锁,还给人别住了门缝,让一扇铁门就这么静静敞开。白石光一口气上到四楼,没碰到一个人。

站在401门前,白石光把气喘匀了,抬起手敲门。

里面没有反应,白石光觉得这对路子,毕竟不是两口子在里面过日子,哪能外面一敲,里面就应声呢?得缓缓,得听听动静,得沉住气。

白石光又敲了几下,里面还是没动静。

过了一两分钟,白石光隐隐约约觉得门里传来轻微的摩擦声,于是就又敲了几下。

终于有人应声了,一个女人问,找谁?

白石光单刀直入,闻三六。

女人急忙说,对不起你找错地方了。

白石光道,既然这样,那我就报警了,再给"扫黄打非办"打个举报电话,最后再给闻三六的银行和他老婆通个气,看看大家都聚到这里来是个什么场面。

屋子里没声音了。

不多时,一串清晰的脚步声来到门口,接着防盗门上的小换气窗打开,白石光一眼就认出来了,正在往外看的两只眼睛就是闻三六的眼睛。

闻三六哼了一声说,是你?带来多少人?打算怎么破门?

白石光镇静地说,我一人,不打算进去打扰。

闻三六问,那你来干什么?

白石光说,签合同。

闻三六说,姓白的,别以为你抓到了什么就想恫吓我!我告诉你,让我空手签字,没门!

白石光说,你就在门里。

闻三六没话了，白石光掏出合同，递到小换气窗前。

闻三六不接。

传来那个女人的声音，三六，该咱倒霉，你就签了吧，那个衣总咱可惹不起呀！惹不起咱还躲不起吗？

闻三六用一根指头挑开合同书说，姓白的，知道我为什么一直不签这份合同吗？不是钱上的事儿，而是人命上的恩怨。

白石光听糊涂了，觉得自己没要闻家什么人的命呀，这家伙怎么开始胡言乱语了？他不会是神经错乱了吧？

闻三六恶狠狠地说，姓衣的那个畜生，在省城开发拆迁，逼死了她妹妹。

白石光听到门里女人细细的哭啼声，明白了闻三六所说的她妹妹，就是指门里这个女人的妹妹。

闻三六再次沉默。

女人说，三六，算了，人死不能复活，我妹妹在九泉之下知道你为她做了这么多，她会感激你的。别再跟他们顶了，签了吧，三六，算我求你了行不？你父亲不是跟你讲过吗，这年头跟谁斗也别跟禽兽斗，斗赢了，比禽兽还禽兽，斗输了，禽兽不如，斗平了，跟禽兽没啥两样。白石光不以为然，他对这类字眼里的含义早就不在乎了。

白石光笑笑道，精彩，还是老爷子识时务，深刻。

闻三六半天才开口，少来，我问你，你保证外面就你一人？

白石光左右看看说，这点儿事儿，没必要兴师动众，再说我今天不是来找麻烦的，我是来找你签合同的，我不想把事搞得乌烟瘴气，鸡飞蛋打，鱼死网破。

闻三六目光直挺挺地瞪着白石光。

白石光直视着对方的眼睛道，我不进去，你拿进去签了递出来，我马上走人，我走了就一了百了。

闻三六内心里像是正在起冲突，过了很久他才说，信拆迁，王八都能飞上天。

白石光说，自己蛋疼的时候，就不要去看别人的裤裆，别人的蛋这时疼不疼，跟你的蛋没有关系。你别无选择，再跟我耍嘴皮子扯淡，后果我不说你也心知肚明。

闻三六又想了半天，这才用一根手指头往门里勾了勾，白石光把合同书递进小换气窗。

等等。白石光又从手包里拿出笔和印泥，再次递进小换气窗。

闻三六说，你们真他妈的是上门服务啊，专业呀！

白石光说，服务动迁户是我们的拆迁理念，不客气。签吧，闻先生。

闻三六不再废话，一闪脸就离开了小换气窗。

格式合同，只需签个名，摁个手印就成了。再说这合同书闻三六指不定看过多少回了呢。

给！闻三六把笔和印泥包在合同书里递出来。

白石光把合同书看了一遍说，谢谢！

闻三六道，领了。

白石光说，提醒一下，我明天下午三点到四点拆，还望提前给一些配合。

闻三六说，那明天下午我要见见姓衣的。

白石光说，好吧，闻先生，就不打扰了。说罢转身下楼。

闻三六两只紧张的眼睛，还摆在小换气窗那儿。

四层的楼梯还没下完，白石光又掉头回来了，走到小换气窗前，冲着里面的眼睛说，这里已经……以后别再来了。还有，我压根儿没来过这里！

门里面一片寂静，401像是空屋。

第 二 十 章

1

　　去人寿保险公司交费，去晶明眼镜店修眼镜，去建行取款，去那家常去的彩票销售点买彩票，候好在这个星期六上午办了这些事，回到小区时已经是十一点多钟了。

　　小区里人脚踩不到的地方，落叶压着落叶，深秋正在把人们往冬天带。

　　候好骑着一辆七成新的山地车，来到了9号楼后面，也就是小区最南边停下来。他住在6号楼，他是冲着那一排杨树来的，杨树挨着院墙，墙那边就不是小区的地盘了。

　　这里安静，尤其是这个钟点，一般人不往这里来。

　　杨树笔直，叶子差不多快掉光了。

　　候好把车子放到一边，掏出那个盛装蚂蚁的小瓶，来到一棵树下，用脚划拉开地上的落叶，蹲下来找蚂蚁。没有蚂蚁的影子，他又换了一棵树，照样用脚扫开落叶，似乎见到了蚂蚁，顺手操起身边的一根干树枝，捋去上面的枯叶，蹲下来，用树枝把蚂蚁窝扒拉出来。

　　看着爬来爬去的蚂蚁，候好不知怎么的就有了一些迷惘，怀疑自己是不是在蚂蚁与温朴之间存在什么错觉，还有自己始终相信蚂蚁能给自己带来机遇或是好运，这个相信是不是走火入魔后产生的幻觉？就算温朴无比恐惧蚂蚁，甚至蚂蚁都能把他吓死，可这又与自己的命运有什么关联呢？

　　候好心灰意懒地叹口气，用树枝顶头点住一只蚂蚁，一点一点地往土里摁，摁到土里很深时，也不知哪来的一种快感，从他心里油然升起。

这里的蚂蚁是黄蚁，比他前几天抓的黑蚁个头大。候好现在抓蚂蚁已经是轻车熟路了，他很快就抓够了他想要的数量。

候好站起来，扣上瓶盖子，正打算离开时，就觉得头顶上压下来一股风。然而他这时的本能意识，已经无法支配他做出任何躲避行动了，他被一个干树枝垒成的鸟窝砸中了头顶。

候好惊出一身冷汗，脸色也变白了，手里的塑料瓶掉到地上，滚出几步远。

他甩着头，呸呸啐了两口，除去两个肩头上的干枝和碎羽毛，拍掉胸前的尘土，最后用力跺了几下脚。

候好瞅着地上的碎裂鸟窝，又抬头看看树顶，搞不清这个鸟窝究竟是从哪根枝杈上掉下来的。但他很快就意识到，这个鸟窝是一个喜鹊窝，夏天散步路过此地，他总能看见这一带喜鹊成对，唧唧喳喳。

阳光很晃眼，候好不敢再举头张望了。他揉了揉脑袋，并不怎么疼痛，就用脚使劲踩了一下喜鹊窝，喜鹊窝彻底散开了，准备离开时，他又用脚踢了一下。

咦？候好刚迈出一步就停了下来，原因是烂喜鹊窝里射出了耀眼的亮光，引发了他的好奇心。他靠过来，用脚轻轻一拨，找到了发亮光的东西。

候好弯腰捡起来一看，心顿时狂跳起来。钻……戒！他嘴里哆嗦出两个字。

不可能！候好苦笑，在裤子上蹭了蹭所谓的钻戒，心说怎么可能呢？喜鹊窝里藏钻戒，这不是天方夜谭吗！

候好的兴奋感大打折扣，但他的下意识还没有认定这枚钻戒百分之百就是假的，便转了一下身，冲着太阳举起钻戒细看。

光亮透煞，光丝刺目，候好赶紧把脸扭开。

候好对钻戒的真假又有些吃不准了，尽管他对钻石知之甚少，但当初给爱人买钻戒时，他上网查过一些相关资料，还请教过所谓识钻高手，所以他对钻石还不至于一问三不知，只是那些零散的记忆碎片，在脑子里埋得太深，一时间唤不出来。

候好推测，如果是钻戒，应该是一枚很不错的钻戒，钻石为浅橙色，有色钻石，远比无色钻石珍贵，这一点候好不含糊。

黄金包镶，候好认为金子的成色不次，焦黄焦黄就是一个真金模样。钻戒的重量虽说他还判断不出来，但他掂量了几下，觉得压手，通常情况下假货不会有这种沉甸甸的手感。

候好更新了想法，基本认定这枚钻戒百分之八十是真货。他把钻戒戴到左手无名指上，但这时突来的一阵心慌，让他警觉到这是不义之财，现在还不能当成自己的东西戴在手上显摆，万一……

他退下指上的钻戒，装入皮夹克内兜里，心不由得再次狂跳起来，他想这不就是传说中的天上掉馅饼砸到头上了吗？不不不，哪是馅饼，分明是一枚大钻戒，拍到了我候好这颗普通的脑袋上。妈妈的，看来老子这是要时来运转了，这阵子净他妈的遭遇倒霉事儿、堵心事儿了！

候好用右手掌抹了一下皮夹克，感觉钻戒在兜里，心就放稳当了，伸出两条胳膊，假装抻懒腰，眼光四下扫了一遍，没发现有人注视自己，便过去推车子。

候好扶着车子，脑子里忽然有了一个想法，就是这枚钻戒到底是真是假，何不找一家当铺，让行家给鉴定一下呢？但转念一想不行，此举太冒失，万一这枚钻戒是个大宝贝，知道的人多了就是麻烦事儿。

候好决定回家，自己先研究研究再说。

候好正要往车子上骑时，猛然发现了那个装蚂蚁的小瓶子，盖子居然没开，说明里面的蚂蚁还在。

算了吧，候好刚一这样想，就觉得不应该如此对待这个小瓶子，要不是因为来此地捉蚂蚁，哪能碰到这种千载难逢的好运气呢？丢弃这个小瓶子，无异于卸磨杀驴，过河拆桥，忘恩负义！

瞬间强烈反思后，候好下车，捡起小瓶子，吹了吹上面的浮土，掖进裤兜。

候好像观光客一样，悠闲地东瞅瞅，西瞧瞧，几眼就把周围扫下来了，当他再次确定无人注视后，他才骑上车子走人，越蹬越快。

2

像往常一样，候好吃完饭一抹嘴，抬屁股走人，留下一桌子活儿给老婆干。别看候好在单位的秘书堆里不起眼，在领导眼里一般般，但他在家里可就吃香了，老婆孩子都拿他当回事儿，家务活他是从来不沾手，而且工资卡还自己管着，不像有些男人外面风光家里瘪三。

老婆做完家务，就去客厅里看电视。

候好这时正在书房里用一把小毛刷细心地刷着那枚钻戒的边边角角，直到觉得钻戒上没尘土了才放下小刷子，从各个角度欣赏钻戒，脸上的表情时而凝重，时而愉悦。

候好发现戒子内环刻有铭文，好像是四个字，但究竟是什么字，他看不清楚，于是找来放大镜。

放大镜照出来的四个字是：嗟呔唪啶。

这四个字是什么意思呢？显然不是人名，也不会是地名，倒是像什么咒语，候好困惑了。

想不明白，再怎么想也是不明白，候好不想再为那四个怪字费脑子了，管它是什么意思呢。

为了再次印证这枚钻戒的真伪，候好来到书柜前，拿钻戒在书柜玻璃角上试着划了一下，他听到了钻石在玻璃上划出的细微声音，玻璃上留下了一条并不怎么清晰的直线。

候好把钻戒送到眼前察看，橙色润面丝毫没有磨损迹象，散发着清透的幽光。

候好深吸一口气，越发觉得这枚钻戒可靠了，现在他已经百分之九十认定这枚钻戒是真货。他再次用钻戒去划玻璃，这一次的力度比头一次重了一些，就听玻璃咔吧一响，裂出了一条弧线，弧线两头分别抵到了书柜的两个边框上。

候好没心疼，反而笑了，把钻戒戴到左手的无名指上，左看右看，眼里充满幸福的亮光。他深情地吻了一下钻戒，离开书柜，坐到椅子上享受这份难得的陶醉。

后来候好琢磨的问题就比较远了，他想，喜鹊是在什么地方寻觅到的这枚钻戒？为什么又要叼进窝里？这枚钻戒的主人是怎么弄丢的这个宝贝？这枚钻戒到底能值多少钱呢？

想过一系列为什么后，候好蓦然想到了促成这一系列为什么的一个关键问题，那就是当时无风无雨，天气晴好，这个喜鹊窝怎么就掉下来了呢？难道这不是一件很蹊跷的事情吗？

但究竟蹊跷在哪里，候好觉得太深奥了，凭自己这点儿人生阅历怕是捅不破这层窗户纸。

心神动荡的候好，再次来到书柜前，拉开那扇被钻戒划破了玻璃的门，用钻戒一捅残角上的玻璃，玻璃就掉了下来，在地上摔出啪的一声，候好赶紧收回手。

候好，你干吗哪？什么东西打碎了？爱人在客厅里问。

啊，没事儿。

我听是玻璃碎了。爱人的声音到了书房门口。

候好一看来不及收拾地上的碎玻璃了，索性打算不再隐瞒钻戒的事情，回头对站在门口的爱人说，你过来，看看这是什么？

爱人中等身材，单眼皮，尖下颏，胸部很丰满。

爱人瞧着他的脸说，瞅你这一脸疑神疑鬼的，什么呀？

候好把戴着钻戒的手伸给爱人，表情马上就骄傲起来。

爱人过来，抓起他戴着钻戒的手，看了看就放下了，索然无味地说，你闹什么呀？候好，没钱咱不戴，赶明有钱了，咱去买个真钻戒戴着玩，弄个假货戴手上，不让人笑话你虚荣呀？

候好撇了一下嘴，从手上捋下钻戒，递给爱人说，假货？你拿着好好看，这假货像不像真的？

爱人也撇了一下嘴，不大情愿地接过钻戒，在手里摆弄了一会儿，表情渐渐不马虎了，十分严肃地看一眼候好，什么话也没说就出去了。

候好尽管不知道爱人出去干什么，但他还是拿着劲儿不说不动，他相信她总会给自己一个交代，自己犯不着多言多语。

没多大工夫爱人就回来了，左手无名指上戴着平时舍不得戴的结婚钻戒，右手无名指上戴着候好捡来的钻戒，把两只手同时伸给候好看。

候好操着手，用嘴一努那枚结婚钻戒说，我看这个像假的。

爱人紧张地说，我比较过了，你这个比咱的结婚钻戒更像钻戒，掂着也是那么回事。哎，候好，你……

候好撅着嘴说，这人要是发横财，你挡都挡不住。

爱人一脸小心地问，你什么意思，候好？

心情无比爽快的候好，一看爱人担惊受怕了，就不忍心再往下捉迷藏了，如实讲出了这枚钻戒的离奇来历，听得爱人差点儿不知道自己是谁了。

真有这事儿？爱人觉得这事很无厘头。

候好说，甭说你了，我到现在还回不过来味儿呢！

要真这样，那你可太帅了。候好，这可是一枚有色钻啊，比咱的结婚钻戒不知道要贵多少钱呢！话音未落地，爱人就冲上来搂住候好，在他脸上东一下西一下狂亲起来。

候好抹了一把给爱人弄湿的脸说，官运不济，财运倒来了，真他妈是东边不亮西边亮呀。

爱人嗔怪道，谁说你官运不济了？他们现在是有眼不识泰山，你还没有碰上伯乐，你早晚得当个大官，我早晚得跟着你享清福。

候好有些飘飘然了，捏着爱人的鼻子说，你们老娘儿们一见钱眼就开，都是财迷心窍。

爱人说，你别没良心，我啥时候嫌弃过你？我可不是那种势利眼的小女人，有钱咱过有钱的日子，没钱咱过没钱的生活，放宽心怎么都是活。嫁鸡随鸡，嫁狗随狗，我可不会这山望着那山高，做那种心比天高、命比纸薄的女人，我这人知足常乐。

候好听爱人这些话，尽管有点儿抒情味道，但他还是点点头，表示基本认可。

爱人瞅着候好问，这事儿，没外人知道吧，候好？

候好道，绝对机密。

爱人说，嗯，跟闺女也不要提这事儿，走漏风声不好。

候好说，天知地知，你知我知。

爱人退下捡来的那枚钻戒，问他打在金子上的那四个字是什么字，都怎么念，是啥意思。候好说他也没研究明白，可能是什么咒语或是祈祷的意思吧，现在的有钱人和当大官的都迷信。

爱人附和道，还真是这么回事儿，前几天我在网上看到一个帖子，说是哪个省的常务副省长，不信政策不信民意，偏偏迷信风水先生，更过分的是，后来这个常务副省长居然就把一个职业看风水的半仙调进了省政府机关工作，引起哗然。

候好道，这常务副省长脑子里长虫了。

爱人撒娇道，啊，傻候好，这回我有能力把小滴滴换成大滴滴喽！

爱人现在开的车是迷你小QQ，红颜色。

第二十一章

1

乐极生悲,贪欲伤身。这两句话,怕是要打击候好和他爱人一段时间。

那场不幸的起因,也是喜鹊窝。

那天在候好的书房里,爱人与他就钻戒保密事宜达成共识后,爱人红着脸说,今晚让你连续加班,你要是有本事,你能加几次就加几次。

爱人所说的加班,指的是他们夫妻做爱,想当初这个暗语还是候好发明的,这与他的秘书工作融通相连。

候好一听就浑身燥热了,隔衣捏着爱人的一只乳房说,伙计看我晚上怎么收拾你。

爱人讨巧一笑,道,哼,逞能吧你,没听人说吗,只有累死的牛,没有耕坏的田,挑灯夜战从来就不是你们男人的长项!

候好也哼了一声,大有壮胆之嫌。

爱人笑眯眯地出去了,候好搓着手,心里阵阵滚烫,恨不能这会儿一个喷嚏就把黑天打出来。

候好,候好——爱人急匆匆返回来,抓住候好的袖口就往外走。

你神经呀?候好跄跄着说。

爱人把候好拽到客厅的窗前,一指,问,你看那是什么?

候好往外一看,两眼里顿时放出亮光。

离候好家这扇窗大概四五米远的样子,立着一棵粗壮的杨树,叶子掉得差不多了,这就使得那个坐落在三角枝杈上的喜鹊窝显得格外打眼,黑乎乎像一团湿泥。

这棵孤零零的杨树有年头了,但似乎栽错了地方,离候好他们这幢六层高的楼房太近，每年到枝繁叶茂时，候好家这一排三、四、五、六四层住户的采光就会受到影响，几家曾多次找物业协商，希望他们把这棵栽得不是地方的杨树移走，要么伐掉，然而这棵杨树始终立在这里。后来，那几层的住户见扯皮不管用，只好自己下手解决问题，都把伸到窗前的树枝杈折断或是砍掉，现在搞得这棵杨树的样子怪兮兮的，一边原生态长势，一边树杈齐刷刷地被砍断。

候好住在五楼，他每年也都要处理几次影响他家采光的树枝树杈。

候好知道窗外树上的这个喜鹊窝是一个废弃已久的喜鹊窝，头些年还有喜鹊在里面住，后面喜鹊就不来了。

喜鹊是不是总换窝呀，候好？爱人问。

候好以专家学者的口气说，棚户区倒安居房，经济适用房倒商品房，两室一厅换三室两厅，楼房换别墅，喜鹊也跟人一样喜新厌旧，时髦到永远。

爱人笑个不停，用胳膊肘儿撞了他一下，低声道，行了傻瓜，没工夫跟你逗笑话，叫你过来看，是想让你判断一下，这个窝里会不会也藏着什么好东西。

候好得意地说，我还不知道你叫我来是什么意思？我这不是正在科学分析吗。

爱人道，看？看你能看出什么名堂？

候好说，看看有没有异光从窝里射出来。

爱人道，要不说你这人死心眼，你当个个喜鹊窝里都藏着钻戒呀？真是的，你就不能想点儿别的什么？

候好说，什么别的什么？我想金条金砖大银锭，喜鹊叼得上去吗？

爱人推了他一把道，说着说着你就抬杠，我的意思是里面到底有什么或是没有什么，咱俩把它捅下来看看，那样不就一清二楚了吗。

候好茅塞顿开，一拍脑门说，是啊，捅下来又不费什么事，我怎么就没想到呢？老婆，有你的，要是再捅下来一个大钻戒，我……我……我就……

你就什么？爱人瞪着他说，瞅你这脸坏相，就知道你肚子里没装好水。快说，你就什么？

候好挤着眼睛说，我的意思是……我就跟你过一辈子，绝不找小二小三什么的，没意思。

呸！爱人笑道，你个花花肠子，敢不要我我今晚就废了你。

候好讨饶道，好了好了，不闹了，我看看拿什么把那个喜鹊窝捅下来吧。

爱人说，想什么想，楼底下储藏室里不是有根大竹竿子吗。

候好想起来了，那根大竹竿子是他去年从小区门口捡的，足有他两个身高那么长，当时好不容易才放进储藏室。

爱人目测着窗外的喜鹊窝问候好，你说这个喜鹊窝离咱家有多少米？

候好歪头看了一阵子说，四五米？最多不过五六米。

爱人说，下面那根竹竿能有多长？

候好道，三米五六吧。没关系，不够长，再接点儿什么，我下去拿竹竿了，说干咱就干。

爱人去卫生间解小手，候好出来套上外裤，拎着外衣就出去了。

爱人刚从卫生间出来，候好就呼哧呼哧地回来了，把长竹竿从走廊一直顺进客厅。

候好说，不够长。

爱人说，伸出去试试，看看短多少？

候好打开窗户，低头看了看锈迹斑斑的空调室外机，嘟囔道，赶明儿把空调都换成变频的柜式机。

爱人道，等你再捅出宝贝来，除了我不换咱家啥都换新的。

候好把竹竿捅出去，嘴里无声地说，换你就行了。

爱人踮着脚尖，扬着头往外看，说，短我一个身子吧。

候好收回竹竿，瞧着爱人说，是短你一个身子，干脆把你接竹竿子上算了。

爱人忸怩道，好呀，有本事你就把我接上呀，省得你把喜鹊窝捅到楼下的草坪上了，接上我直接就把喜鹊窝捧家里来了。

嘴上说说笑笑，候好手上不停活儿，他找来了一把旧拖把，把布头卸掉，用铁丝将拖把杆子捆绑到竹竿上。他伸出去试试，觉得可以够到那个喜鹊窝，就把竿子担在窗台上，回头对爱人说，我这就下去，你看见我后就开始捅,明白了吗?

爱人脸色有些激动,音调颤悠道,明白了,傻瓜,你赶快下去吧。

候好到楼下后,疾步转到楼后。

候好没有走进草坪眼巴巴等着爱人往下捅喜鹊窝,而是假装在水泥小径上慢慢腾腾走闲步。他冲着楼上点了一下头,爱人明白了他的意思,把竿子慢慢地伸出来,他用眼角余光监视着,心里咚咚咚咚像是在敲鼓。

竿子越来越接近喜鹊窝了,候好的心也跟着越跳越快,他甚至觉得那根竿子正朝着自己的嗓子眼捅来。

竿子头颤悠着,似乎还差半条胳膊的距离就能捅到喜鹊窝了,候好攥紧拳头暗中使劲。

这是伸到了极限的竿子,不是东歪一下西歪一下,就是上下晃动,总之就是碰不到近在咫尺的喜鹊窝,急得候好真想飞到树上去帮爱人一把。

候好先是听到爱人呀地叫了一声,接着就看见竿子坠了下来,落地前还砸到了二楼一台空调室外机上,紧张得候好把心都提到了嗓子眼,生怕引起人家注意。

候好走进草坪,捡起竿子就往回走。在单元门口,他检查了一下竿子,发现连接处松动了,索性就一手握竹竿,一手攥拖把杆,反复拧着,不一会儿就把连接的铁丝拧断了。

候好提着两根杆子上了楼。

进家后顾不上喘口气,候好就重新把两根杆子固定到一起,感觉很结实了才直起腰,拍打着两手说,要不我来捅吧,你下去看着。

爱人说,算了,我不下去了,一个人捅挺吃力的,还危险,等捅下来咱俩一块儿下去看吧。

候好没再说什么,开始干活了。

竿子都伸出去了,由于这次捆绑时考虑到结实这一因素,两根杆子的接触面比第一次多了一些,这样就缩短了杆子的整体长度,候好再往外探身子也还是差一点儿。

爱人一直在他身后,两手抓着他的腰带保护他。

要不你搬个椅子来,你站上去试试。爱人说。

候好有些上火，说，椅子放到室外机上能够着。哎，对了，我踩室外机上就能够着了。

爱人说，不行，那样太危险。

候好贫嘴道，越是危险的地方越安全。

爱人说，咱不玩命行不行，候好？

候好说，没事儿，想当初装空调机的人骑在上面干活，结实。再说你又在里面薅着我，万无一失。

爱人知道再劝下去也没用，只好琢磨怎么搞防护，说，要不弄根绳子捆你腰上，这头绑暖气管子上。

候好有些不耐烦了，说，行了我说，没事儿，够着了不就是往下一捅的事吗？

爱人小声道，窝里要是没个仨瓜俩枣，可真是对不起你候大秘书。

候好扭头乐了，说，没听人讲吗，秘书发财，鬼手伸来。

爱人不屑一顾地说，行了，傻瓜。你快伸你的鬼手干活吧。

候好运了运气，爬到窗台上，身子移出去，先用一只脚踩了踩室外机，觉得很牢靠，这才把整个人的重量放上去，室外机承重后没吱呀也没晃动，给他的感觉依然是很安全。

爱人抓不到他的裤腰带了，就一手抓住他一个裤腿，抓得死死的。

候好举起竿子，一点一点往前伸，伸快了他不好掌握平衡。眼看竿子就要碰到那个喜鹊窝了，候好停下来喘口气，稳定了一下情绪。

爱人偏着头往外看，眼神比候好还紧张。

竿子头碰到了喜鹊窝，候好喜上眉梢，发力摇晃了一下，喜鹊窝没掉下来，看样子很结实。

候好准备再次尝试时，就听爱人惊叫道，哎呀，蚂蚁。候好你身上到处是大……蚂蚁……

蚂蚁让候好分了心，他知道这些蚂蚁来自何处，一定是装在裤兜里的那个盛蚂蚁的小瓶子盖开了……

一场本不该发生的意外，就这样给候好他爱人导演出来了。她大惊小怪时，要是松开抓着候好裤腿的两手，似乎可以避免意外，她却是越惊慌手抓得越紧。已经给蚂蚁分散了精力的候好，身子瞬间失去平衡，摇晃中弄掉了手中的竿子，吓得爱人再次拼命抓他两个裤腿，结果候好就彻底失去了平衡，脚底下一丢根，两脚就踩跐了，身子往窗户这边一倒，整个人就下去了，爱人身子一软，在惊叫中松开了双手。

室外机的支架救了候好一命，否则他就掉下去了。然而那根支架救他一命不假，也伤了他的身体。

当时候好骑在一根支架上，肉体深处散播出来的剧痛，刷白了他的脸，他卡在那里，动弹不得，浑身哆嗦，上下牙齿哒哒哒地撞击着。

爱人见候好没掉下去，忽地吐出一口憋在胸口的长气，惨白的脸渐渐缓过来。

天啊——爱人的两条腿还在打晃。

候好想开口喊救命，但他痛得舌头失去了知觉，说不出话来，汗珠子吧嗒吧嗒往下滴落。

爱人在他背后，看不到他扭曲变形的脸，不然非吓个半死。

还闹妖你，刚才你差点儿没把我吓死，你知道不知道，候好？爱人抚摸着他后背说，行了行了，别玩了，快下来吧你，骑那上面太危险了，咱不捅了，候好……你再瞎哆嗦吓唬我……

候好疼晕了，一头栽到室外机上，爱人再次惊叫——

爱人不知道候好伤到了哪里，但她明白他一定伤得很重，瞧他这样子不像是在跟自己逗着玩。

情急之下，爱人给候好的大姐打了电话，候好大姐在能源总局职工医院妇产科当护士长。

当然了，爱人没敢说候好是因为捅喜鹊窝捅出了祸，她说候好是在清洗空调室外机时，不小心……

候好给120急救车拉到了能源总局职工医院。

2

在外科住院病房里，处理过伤口的候好正在输液。他闭着双眼，脸色苍白，看来是失血过多。

爱人轻声道，大姐你先忙去吧。

大姐说，那我过一会儿再来，我先回科里看看。

先前在急诊室门口，外科主任惋惜地对候好大姐说，你弟弟的一个睾丸可能……再就是性功能恐丧失。

当时候好大姐还没出声，一旁的候好爱人受不住打击，一捂脸，背过身哭了，嘴里还叨叨着，候好这是要坑死我呀。

心凉半截的大姐听得出来弟妹这话里的意思，顿时气不打一处来，走到她身后鼻子不是鼻子脸不是脸地说，他都这样了，你还往那个事儿上想，你还有点儿人情味儿吗你？啊，我就不信了，候好要是不那个你，你就没法活了是吧？这次他命大，老天爷保佑他捡回来一条命，我现在后背上还冒冷汗呢！

爱人晃了一下肩头，委屈道，人家不就是这么说说吗？难道说说还不行吗？

大姐一听这话，心又软了，怨脸换成了慈祥的面孔，搂着弟妹的肩膀说，别怪大姐，大姐这人刀子嘴豆腐心，这你还不知道？想开点儿，能有啥？孩子都那么大了，那点事儿，有没有的还能算个事儿吗？说白了那种事儿，不就是刷刷牙那么点儿事儿吗，能有多大意思？不瞒你说，我跟候好他姐夫，说三五个月不干那事儿就不干那事儿，真是没兴趣，还不够麻烦的呢。自私点儿说，少干那事儿少沾染病，现在的男人，有几个是保险的、干净的？候好虽说是我弟弟，可我也不敢给他打保票，整天在领导身边混，他还能一尘不染？我这人就这样，一是一，二是二，谁的短我都不护着。

爱人悄声道，候好不会做对不起我的事儿。

大姐一副无力回天的表情说，世事难料，真的是世事难料啊。就说我们科小申吧，这才结婚几天呀，还在蜜月里呢，就查出了重度梅毒，跟她老公打得一塌糊涂，丢不丢人吧你说？

爱人扭过脸来，抹着正在往下流的泪水说，大姐，对加班我倒是不怎么在乎，到时忍忍，兴许就忍过去了。

啥啥啥？大姐往前伸着脸问，你俩管做那事儿叫加班？可真有你们的，都玩儿出花了。

爱人点点头，难为情地说，每次都是候好主动要求加班，一星期不加几次班，他就受不了，没着没落的。

　　大姐笑道，噢，要是这么着，那往后就好说了，候好再也不会缠你闹加班了，你省出时间来多照看照看孩子，理理家务，闷了就去逛逛商场超市，或是在家看看电视剧，多好，你说呢？

　　爱人不抽咽也不抹泪了，眼神怪怪地看着大姐。

　　一个护士走过来跟大姐打招呼，大姐扶着护士的肩头，耳语了一番，护士红着脸，留下一句话就走了。

　　爱人换了一只脚用力，她的那只脚已经麻了。

　　大姐说，你看刚才过去的护士还可以吧？老姑娘了，这些年里是高不成低不就，越挑越花眼，这会儿都三十好几了还要单呢。你认识的单身男人里要是有合适的，想着给她介绍一下。结过婚的男人也可以考虑，但必须是裸机。

　　爱人没听明白，问大姐，裸机？啥裸机？

　　大姐笑道，我的天，你说啥？裸机啥意思你不知道？不会吧？

　　爱人摇摇头说，我真不知道啥是裸机，大姐。

　　大姐抖着两手说，晕菜，真要是这样，那你可就快成闷宅女了我说。离婚后没有孩子拖累的男人，我们叫裸机！

　　爱人揉着酸胀的眼睛说，裸机……是这么回事儿啊，记住了，大姐。

　　大姐对裸机这个话题很有研究，讲起来头头是道，本来对这个话题没啥感觉的候好爱人，听着听着就听进去了。后来，两个女人你一言我一语，比比画画，就裸机的适用范围进行了一些课题性质的探讨，神情休闲愉快，时而满足，似乎忘记了这里是医院，当然也忘记了正在急诊室里受罪的候好。

　　走廊里人来人往，候好爱人给一个男子撞了一下，这一下把她撞醒了，她想起了候好，哭丧着脸说，大姐，候好蛋完了，光剩下一摆设了——裸机！

　　大姐笑眯眯地道，反正你也不怎么用，摆设就摆设吧，我还是刚才那句话，省得给你出去惹祸了，你落个省心。

　　爱人心酸道，就怕候好过不了那种清汤寡水的日子，大姐！

　　大姐卡壳了，脸色不像刚才那样不沾愁、不带苦了，她咽口唾液，

191

用眼角余光扫着弟妹灰蒙蒙的脸。

这时从急诊室里走出一个年轻男大夫,他把大姐拉到一边说,护士长,创面清理干净了,你弟弟没大事儿,主要问题在他右大腿根腱上,撕开了一条很深的大口子,其他地方没伤着,估计缝几十针就解决问题了,等恢复后什么都不影响。

大姐神色迷离地说,可是刚才,可刚才主任说……

男大夫左右看看,很那个劲儿地挤了一下眼睛说,刚才主任可能是没戴眼镜,看花眼了,护士长。

大姐心领神会,拍打胸脯稳定起伏的情绪,然后吐了一下舌头道,刚才你是没看见他那表情、口气,说我弟弟的一个蛋完蛋了,把我弟弟的性功能判了死刑!真是个二五眼,连本院人家属也糊弄。

男大夫嘿嘿一笑,脸色不明不白,做了一个噤声的手势,然后转身又走进了急诊室。

一直在听音的候好爱人,这时长长松了一口气,脸色比先前滋润多了。

第二十二章

1

供暖第二天，朱团团来到温朴家。

前天上午，温朴给她打电话，让她供暖后去家里看看暖气跑不跑水什么的，昨天她忙公司里的事打不开点儿，就没过来。

今晚朱团团本来也有饭局，但给她推开了，她约了催乳师敏尚都做健乳按摩。

朱团团从街上带回来一块芙蓉酸枣糕，坐沙发上吃了几口，就觉得味儿不对，甜得糊嗓子，便扔到垃圾桶里了。

按约敏尚都要一个半小时后才能来，朱团团冲澡后为了打发等人这段时间，觉得喝点儿红酒消磨消磨还是很对路的，便来到外厅酒吧选酒。

这个酒吧是朱桃桃设计的，尽管不大，但很独特，贴在厅里角上，隔断层造型求奇，高低有别，深浅各异，大小不一，没有一片玻璃，完全开放式。几盏晶透的镭射灯旋卧在吧柜上方，还有吧柜的两个侧面，尤其是吧台，没有像一般小资人家那样，朝外弯出一个俗气的弧度来，而是走了一个斜直角，干脆利落，简洁有力，与众不同的个性一下子就显现出来。

其实，这个吧台还有玄机，打开推拉门，就是一个储衣柜，过去朱桃桃一些上讲究的服装都吊在这里面，可谓别出心裁，朱团团当初说姐姐布置的这个家，也就是这个吧台还有一些原创的味道。

酒架上没有国产红酒，全都是进口的。朱桃桃活着的时候好收藏红酒，但那时用朱团团的话说，就是姐姐更喜欢收藏这些造型雅致的酒瓶子。

非洲之心干红、索德必1790、甘莱恩庄园4、圣加蒂斯红、普芬妮克、拉菲……朱团团嘴里念叨着,跳动的手指,一一抚过这些红酒瓶。

朱团团选了索德必1790,这款酒她喝过几次,口感清醇,回味甘润,很适合她的口味。

轻轻晃动高脚杯,杯口溢出索德必1790所独有的淡淡沉香,朱团团翕动了几下鼻翼,举起杯子沉下嘴,小呷一口,神色陶醉,样子比嗑粉还迷幻。

朱团团起身,端着酒杯来到窗前,挑开一角窗帘,看着夜北京辉煌的灯火,丝毫没有愉悦的感觉。空气污染,道路拥挤,物价昂贵,人心莫测……北京越来越让她感到头疼与无奈,但让她离开北京她还迈不动步子。

合上窗帘,回到吧台,朱团团又给杯子里添了酒,两条腿交叉别着,侧身斜倚在吧台上,懒散的体姿,透出隐隐性感。台面上的两只手,一只在把玩酒杯,一只托着下巴,目光随意在那些红酒瓶上悠来晃去。

移动腿更换体姿时,右腿膝盖意外擦开了储衣柜的门,朱团团低头看下来,继而弯腰往柜里看。

不论是在姐姐活着的时候还是死去以后,她从没像今天这样专注于这个储衣柜,就算那会儿帮温朴清理姐姐的遗物时,她也只是把里面的服装取出来就拉上了柜门。

柜里顶棚灯由门控制,门开灯亮,门关灯灭。

一股并不熟悉但也不完全陌生的气味冲进朱团团的鼻孔,她把头探进去,发现衣柜内壁是用条木装拼出来的,那股不明的气味似乎就是这些条木散发出来的。

噢——樟木!

朱团团脑子里一闪,就闪出了姐姐昔日说过的一句话:我的吧台衣柜里有防虫咬的木头。

这时朱团团的感觉,好像穿越了时空,看见了姐姐,感受到了姐姐的呼吸,触碰到了姐姐的目光,姐姐的目光不恨不忧不怨,清澈得仿佛没有被人生苦难污染过。

朱团团端着酒杯,折腰钻进储衣柜,靠一头坐下来,伸直两条长腿,酒杯放在两条大腿中间。

她把门拉上，灯熄灭，虽说厅里的灯光，从拉门底缝透一些进来，但柜子里还是黑乎乎的，加之空间狭窄，展体有难度，很容易让人感受到憋闷，甚至是窒息，换一般女人是不会像朱团团这样，钻进柜里找新鲜感觉体验的。

躺在棺材里，是不是就跟躺在这里差不多？朱团团突发奇想，拿开两腿中间的酒杯，蹭着身子往下顺，一直到把身子顺直溜了。她没想到这个衣柜刚好能盛下自己的身子，在外面看着并不是很长嘛！

独自享受死亡，原来并不恐怖，尽管这是虚拟的死亡！朱团团想着，嘿嘿乐了几声。

摸到酒杯，端起来小喝一口。

她合上两眼，感觉黑暗带着她的灵魂往地下走去，她没有绝望也没有痛苦，她像一个冥行者那样穿过人间，直奔地狱而去！

朱团团又来到了那个殡仪馆，再次看见姐姐惨不忍睹的遗体。她想，一场车祸怎么就让姐姐死成这个样子？头骨大面积压碎，头皮横向撕开，往外翻卷着，露出白森森的骨渣，混了血的脑浆粘在头发上，淤在耳朵眼里，甚至脸上和脖子上也有脑浆残留；迎面骨塌下去，像是给什么钝器砸的，黑紫的淤血渗出皮层，像一块醒目的胎记；左眼一定是被什么尖硬的器物猛刺过，因为光是挤压的话，眼球有可能囫囵个儿脱离眼眶，而不是现在这个烂稀稀黏糊糊的样子，比一粒捣烂的葡萄还不堪入目；烂眼下方是一条不算长的裂口，但看上去口子有相当的深度，翻出来的肉往两边挣着，一如这破脸上的又一张嘴；鼻子倒还算完整，就是严重变形，两个鼻孔一个大一个小，撞击出来的青肿，把鼻头充胀得亮光闪闪；嘴是最看不得的地方，上嘴唇被什么东西碾成了肉酱，没有了嘴唇的基本模样，下嘴唇往嘴里窝着，一颗上门牙歪向左侧，这是因为有半颗断裂的下门牙不可思议地扎在了两颗上门牙之间，制造出了令人难以置信的狰狞……

朱团团用舌尖勾住顺着鼻翼流下来的泪水，身心渐渐感觉到了黑暗的压迫，呼吸也不像刚进来时那么顺畅了，胸脯毫无节奏地起伏着。她勾起右腿，用右脚蹭开拉门，厅里的灯光如水灌入，她张大嘴巴倒出一口气，之后坐起来，用手指挑了挑额前的一绺散发，然后抱着双膝就不动了。

这样过了很长时间，朱团团才端起放在身旁的酒杯，一口把酒喝干之后离开储衣柜。

朱团团的脸色已经绯红了，她这时还真有种从地狱回到人间的玄妙感受。

手机短信提示铃声响了，朱团团一时不知手机放在了哪里，猜想大概是在卫生间里，抬腿就去了卫生间。果然在，她拿起手机。

是一个段友发来的段子。《女记者海上日记》：周一，遇船长；周二，船长邀我共进晚餐；周三，船长要那个我不从；周四，船长威胁再不从就把船弄沉；周五，我救了七百多人；周六，连续救了好几回；星期天，船长喊救命，可是我还想救大家。

此段子发力不动声色，狠死人没商量，应该算是一条潜力股的段子，搁平常朱团团脸上早有感受段子的表情了，可是今天她的情绪提不起来，看过去也就看过去了，脸上的表情没有转折性的变化。

她看了一下时间，意识到敏尚都再有二十几分钟就该到了，便对着洗漱镜看自己，觉得此时脸红得有点儿夸张，好像喝了多少酒似的，其实没喝多少。

朱团团决定利用这一点儿时间，再重新收拾一下自己，这种样子给敏尚都看见不合适，大有待人不礼貌之嫌。

2

敏尚都如约而至，这时朱团团的情绪尽管调整得差不多了，脸上的酒晕也退了下去，但有着职业细心的敏尚都还是一进屋就闻到了从朱团团口腔里散发出来的酒气，再打眼一看她闲情逸致的脸色，明显有贴标签之嫌。

看样子朱女士今天不大舒服。敏尚都说。

朱团团一看人家眼力不凡，就扯谎道，晚上陪一个感情受挫的女友喝了点儿红酒。

敏尚都很认真地说，酒伤一次，保健十回难找。

朱团团道，这话有道理。

敏尚都很不经意地看了一眼腕上的手表，朱团团马上意识到他这是在好心提醒自己别浪费钟。

朱团团今晚预订了两个钟，她猜想在自己后面，可能还有排队的钟。

老地方，做前的准备程序也是老一套。

朱团团这次除净上身衣服，要比上一次自如多了。

敏尚都说，你们这里的暖气，比望京那边要热很多。

你从望京那边过来？是。

敏尚都把住朱团团的右乳，从下至上推，表情似乎有些疑问。

朱团团看出来了，问，有问题吗？

敏尚都没有回答，他在聚精会神地感应她右乳传递到他手上的细微信息，朱团团怕自己再打扰他，就闭上了眼睛。

敏尚都长出一口气，换只手来推拿朱团团的右乳，手法如钳，由下钳住乳根，掌心下抵，五指渐渐加力，朱团团的右乳刹那间收缩，乳头绷起来，亮幽幽犹如一只兔眼，她竭力控制着自己。

敏尚都说，深吸气。

朱团团刚吸足一口气，敏尚都钳住她右乳的五指突然弹飞，犹如绷断的琴弦一般，她本能地吐出了刚才吸进去的那口气，脸憋得通红。

敏尚都说，指压乳腺，有时能感知到乳腺经络的通畅程度。

朱团团闭着眼睛问，这么说你刚才感知到了问题？

敏尚都笑道，朱女士不必多疑，我只是比较一下和上次做的感觉。气血走失，情绪大起大落，对乳腺的活性都有影响。

朱团团睁开眼睛，感叹道，你不愧对神手称号啊，敏先生！

敏尚都对朱团团突然睁开眼没有准备，所以目光与朱团团的目光对接后，他正在推拿的两只手，不同程度地推失了节奏感，朱团团捕捉到了这一来自他内心的反应。

乳是女人的第二心脏。敏尚都说。

朱团团问，医学认为？

敏尚都道，我个人见解。

朱团团说，其实很多女人都不懂得乳房知识，男人就更别提了，所以我觉得你应该写一本健乳美乳的书，向大众普及乳房知识，让大家都树立正确的乳房观，提高健乳美乳爱乳意识。

敏尚都说，我是学美术的，文字功底不行。写关于乳房的书，没有神气灵达的文字，我觉得不大容易把乳房的神韵表现出来。

朱团团又开始用力夹双腿了，这一次敏尚都没有及时让她放松，而是让她坐起来，换了一种感透手法，就是让朱团团的后背对着他的前胸，他的两只手一前一后，呼应动作。

敏尚都说，哺乳期的女人，做这个体位按摩对出奶帮助很大。

朱团团觉得一股带着温度的气流正在她的发丝里盘旋，她知道他的嘴离自己的后脑勺很近。

朱团团本不想开口，可终究还是没能忍住，问道，有个很私人的问题，不知问了合不合适？

敏尚都道，是关于我私生活上的事儿吧？

朱团团后背明显颤动了一下。

敏尚都解释说，我猜的，也许未必是。

朱团团沉默。

敏尚都冲着她的后脑勺，无声地笑笑。

朱团团的手机响了，敏尚都停下手说，我帮你取来。

手机放在门口的花架上。朱团团说，不用管了。

敏尚都就又开始工作。

手机响得很固执，敏尚都的手法显然受到了干扰，有几次前后的节奏都对不上点儿了。

手机不响了，朱团团的身子刚松劲，手机又响起来。

敏尚都说，可能有事儿。

朱团团道，不好意思，帮我拿一下。

敏尚都取来手机，交给朱团团。

朱团团一看来电显示是温朴打来的，犹豫了一阵子，就把手机扔到身边，一直让铃声再次响到不响为止。

敏尚都自找宽心道，朱女士好大脾气。

朱团团道，我姐夫。

敏尚都说，万一有什么急事儿呢？

他在东升，能有什么急事儿？朱团团心猿意马地说，他就是想问问暖气漏不漏水什么的。

敏尚都点点头，不再接话了。

朱团团刚才想问敏尚都的那个问题，确实是个很隐私的个人问题，她疑惑敏尚都丧失性功能之后，他是用什么办法来满足他爱人的性要求的，抑或是他爱人自己有什么办法解决。如果他说他爱人没有性要求，那她会认为他百分之百是在说瞎话，因为一个正常女人是不可能没有性要求的，况且他还是在大婚之日出的事儿，这就更让朱团团的窥视欲激增起来。

然而，这一切都发生在刚才，刚才她的心态很给暖，时间很恰当，问一下那个隐私问题纯属自然，可是错过了刚才的心境与时间，现在再问，朱团团会觉得别扭，这或许就是时过境迁的微妙之所在吧。

第二十三章

1

当第二个钟做到一多半时,屋门外传来钥匙捅门的声音,朱团团和敏尚都不约而同地吃了一惊。

敏尚都像是预感到了什么灾难,收住手站起来,瞧着躺在床上表情紧张的朱团团,脸色越来越惊异。

门打开了,灌进来的风里,夹杂着一股白酒与食物混合发酵的气味,接着就是皮鞋轻重失衡的踩地声。

朱团团一骨碌坐起来,两眼直直地盯着敏尚都。

令屋内一男一女心惊肉跳的皮鞋声踩到了屋门口,温朴手扶着门框,嘴里哈出呛人的酒气,两眼里盘着血丝,眼神直挺挺地撞在敏尚都脸上。

朱团团很少见到温朴喝成这个样子,恐慌的心一下子木了,不知怎么应对了。

你在我家里……干什么?温朴问敏尚都。

敏尚都很沉着,他没理睬温朴,而是毕恭毕敬地问朱团团,这位先生是……

朱团团低头看了一下胸,知道不必掩饰了,就算立马套上一百件衣服,在温朴看来也是光着上身。

朱团团尽量和气地说,他是我姐夫。

温朴指着自己的鼻子说,我是你姐夫……又一指敏尚都问,那他,他……是谁呀?我怎么没见过……说到这温朴打了个酒嗝。

朱团团说,他是我请来的催乳师。

什么？催……温朴摇摇头。

敏尚都冲温朴说，不好意思，先生。然后对朱团团道，我先告退，欠的钟，以后补还。

朱团团说，谢谢敏先生，实在是不好意思，我就不送了。

敏尚都走后，温朴指着朱团团问，他是谁？

朱团团冷冷一笑，他是谁，跟你有一毛钱关系吗？

温朴扭过头说，先……先把你衣服穿上……再说。

朱团团觉得身子从里到外忽一下热了起来，眼睛里也不再有羞涩了，晃动着上身说，我要睡觉，还得往下脱呢。

温朴嘴角抽搐着，指着朱团团说，你以为我怕你是不？你以为你光个膀子……我就不敢看你了是不？我今天非看……非看……非看死你不可！

朱团团眉梢一挑，软绵绵地说，看可以，不带动手的。

温朴浑身颤抖，啪、啪、啪——没轻没重连拍了几下脑门，瞅他这样子，离气疯不远了。

这是跟谁喝成了这样？朱团团下了床，过来搀住温朴，我扶你去洗把脸，清醒清醒吧，要不给你沏杯浓茶？

滚滚滚，我不用你管……温朴挥手喊叫。

朱团团说，你小点儿声，这大晚上的让人听见了不好。这对我没什么，对你可就没啥好处了，这里是你的宅子。

温朴说，你少恫吓我！

朱团团抓住他胳膊道，我的温大局长，左邻右舍的人，可是都知道你现在还没有女人。

温朴怪笑一声，挑开朱团团的手。

朱团团从没见过他如此怪笑，愣住了。

温朴拢了一下头发说，你以为我真喝多了？刚才我摇来晃去那是给你面子，给你台阶下。

朱团团脚底下一软，身子靠到了门框上，感叹道，不愧是首长秘书出身的局级领导，想事儿做事儿，就是细微周到，学习了。

温朴呸了一口，气急败坏地说，你疯、你浪、你骚、你他妈的不关我什么事儿。可你把男人领到这里来胡搞，就不能不关我的事儿！好好，退一百步说，就算不关我屁事儿，可你在这里瞎整，能对得起你死去的姐姐吗？你还是个东西吗？我真恨不能掐死你，掐死你朱团团！温朴说完两手做出了掐脖子的动作。

朱团团给温朴说急了，指着他的鼻子说，老娘是你老婆吗？你管得着吗？我愿意让谁上，就让谁上！

温朴脸色都快涨成了猪肝色，身子抖得越来越厉害。

朱团团看着他，裸露的上身直直的，就是不示弱。

温朴咬牙切齿地说，你就是个超级淫妇！

朱团团耸起双乳，颠簸着说，就淫荡了，怎么着吧，你有法儿想去，没法儿哭去。

温朴后退一步说，你浑蛋透顶！

朱团团笑道，哟哟哟，淫妇变浑蛋，我这是进步了呀，温局长。你不打算表扬表扬你小姨子我吗？

温朴不再废话了，动真格的了，甩手抽了朱团团两个大嘴巴子。

朱团团被抽蒙了，身子侧歪了一下，一对裸乳像是怕人采摘而大幅度动荡，耳朵眼里灌满杂音，眼睛里金光闪烁，要不是右手及时撑到墙上，没准就摔倒了。

温朴余气未消，磨牙瞪着朱团团。

朱团团的身子像正在经过电流一样酥麻着，痉挛着，泅湿的眼角流着泪，抽搐的嘴角滴着血，神情却是不悲不苦，与眼角、嘴角的现状极不相称，定格在淡淡的哂笑上。

朱团团这一脸阴不阴阳不阳的表情，在温朴看来不是一般的不着调，她现在的不着调，已经到了邪气的地步。

男人的暴力，通常情况下可以摧毁一个女人的肉体和意志，但偶尔也会出现歪打正着的意外结果，瞬间使女人释放出积压在潜能里的另类需求，甚至是某种久未满足的渴求，就像现在的朱团团，她已经让姐夫的暴力穿过了她的肉体，她不觉得这是伤害，她想自己受击的脸颊，现在有机会通过他那只粗鲁的手，唤醒他内心深处暗藏的细腻。

说朱团团贱也好，怪癖也罢，总之她不抱怨他的武力，因为她懂得，武力除了能解决男人之间的争端，也能处理男女说不清道不明的情感纠葛。

朱团团从姐姐朱桃桃离世后，就晓得自己与这个名存实亡的姐夫一直在冲撞着，惦记着，挤兑着，相望着，真真假假、轻轻重重地纠结着，这一切让她伤感，也让她期待，而更多的时候是让她迷惘。

她也曾想过放下情感，放下惦念，放下欲望，放下纠结，却总是适得其反，就好像她必须要把姐姐没有走完的路接着走下去，命中注定要去征服姐姐留下的这个男人，征服不了就得服帖这个男人！

朱团团多次迷迷糊糊地问自己，究竟是什么人总在耳畔说，对这个男人的任何选择都是有意义的，哪怕他给你痛苦给你折磨，那也是你需要承受的、消化的……

朱团团眼角的泪还在流，嘴角的血还在滴落，她被暴力撞开的心，还在保持着那么一种温度。

温朴怀疑自己是不是神经错乱了，为什么一在朱团团面前，尤其是在她任性胡闹的时候，自己总是内心冲撞，怨气顶头，似乎没有任何办法对付她的喜怒哀乐。

他的这种苦恼已不是一天两天的事儿了，他也时常魂不守舍地问自己，为什么就不能不关注她呢？从心里除不掉她仅仅因为她是你的小姨子吗？她每每高兴了你假装没事,她一旦有麻烦有别扭了你就暗自着急，你总是在阴影里，窥视置身明处的她，你总想让她得到更多的幸福和快乐，但你又不愿意让她知道你为她祈祷……

朱团团像个待嫁的大姑娘，红着脸，含着泪，咬着幽幽泛光的嘴唇，踮步走上前,伸出右手,弯着纤细的食指,刮去温朴脸上缓缓下流的泪水。

温朴确实没意识到自己正在流泪，让朱团团这么一刮，身上的敏感神经一下子绷紧了，情不自禁地哦了一声，接着脸就红透了，身上到处都在散热。

他捏住她的手，瞧着她的眼睛，觉得她眼里的光很柔和，这之前他是没有这种感觉的。

他意识到了自己接下来要做什么，心禁不住狂跳起来。

被温朴搂过去的朱团团，感受到了他心房的震颤。

有本事你别心软呀！朱团团贴在他耳根上呢喃。

他无话可说，把她抱得更紧了。

2

浴缸里放够了水，朱团团关掉卫生间的灯，抬腿迈进浴缸，靠在水龙头那边坐下去，展直两条腿喊道，进来吧。

温朴正在手提电脑上加工一份汇报材料，听到喊声关闭了两个窗口就离开卧室。他把浴衣和内裤脱到卫生间门口，推开门进去，随后把门关上。

热气腾腾的卫生间里，并非伸手不见五指，卫生间门上的磨花玻璃让走廊灯一照，就有了一团暖融融的虚光，朱团团和温朴都能看出对方的脸廓，朦胧的情调到了这种程度，自然是别有一番韵味。

一开始两人对坐着说话，在水里的脚缠一起。

尽管相处多年，但这样的接触对两人来说，不能不说是心理与生理上的双重挑战，因为彼此关系的底线一旦突破，她是他小姨子、他是她姐夫的身份怕是就名存实亡了，往后还会发生什么，谁都不好说，未来只能是走一步看一步了。

其实到了这个节骨眼上，要想放下一切也并非易事，毕竟特定的身份里，沉淀了太多的礼数与约束，亲情转换造成的后果谁都不好把握，尚不明朗的得到与失去，对他们来说既是诱惑也是恐惧。

说说话来过渡一下暂时的不适应吧，人已入水还有多少选择呢？

温朴再次说到催乳师敏尚都时，语气升温了，他说朱团团真会享受人生，享受生活。

刚才在卧室里，朱团团把她与敏尚都认识的过程，拣重要的部分跟温朴讲了讲。当然了，敏尚都解体的家庭，以及他个人的痛苦遭遇，朱团团是作为核心提到的。

还没有享受到你呢，怎么能说就享受到了人生与生活？她这话很轻柔，但撞击人心。

温朴没接话茬，他的脸又红又烫，像是正在烤炭火。

她用脚趾顶着他的脚心,这无声的肢体语言,同样很轻柔很撞击人心。

温朴的心已经被撞到了嗓子眼,他最后一次默不作声地探问自己,能这样做吗?做了合适吗?以后怎么办?你的大脑还被酒精刺激吗?你的意志还被你的定力支配吗?一时快乐是否会导致终生遗憾呢?你在仕途上已经走到了这一步,不说如日中天,那也是要风得风、要雨得雨,假如单纯找女人取乐,那你哪里找不到呢?年轻貌美的,风骚妩媚的,含蓄柔情的,招之即来挥之即去的,还不是想什么样的就来什么样的,干吗非要对小姨子下手呢?这不是了结什么恩怨的手段,更不是一锤子买卖的揩油事儿,弄不好就是把麻烦当腰带缠身上了。别看她这会儿像个火星子,亮点迷人,自己要是迷迷瞪瞪把这个亮点当珠宝私藏了,没准儿明天就会给这个亮点引燃的大火烧成灰!到那时什么昔日的首长秘书,能源总局的现任局长,一切都将荡然无存!

然而,情感的悖论,悖论的魅力就在于越平衡越容易失去重心,越谨慎越容易患得患失,越收敛越不会小心行事,其结果往往就是在不可能中演绎出真实的可能。

已经不存在什么缓冲地带了,温朴只能在现实中更新自己……

第二十四章

1

温朴早晨从家里出来时，朱团团还没有起床。

一夜下来，究竟睡了多长时间，温朴心里没数，现在只感到体力有些透支，头昏脑涨，浑身的骨节都在酸痛。另外在精神上他现在也有了负担，这来源于他对女人认识的改变，最明显的感觉是他早上第一眼看到朱团团时，心里忽地涌起一股暖流，意识到她已经在自己心里了。

那一刻，他盯着她的睡脸想，岁月不饶人，时间不等人，日子拿懈怠和懒散，换走了她脸上的青春。

感慨过后，温朴心里又有几许紧张，因为接下来的关系如何发展，他似乎不知道该从哪里考虑，这就等于说他今后要扛着包袱找答案了，没有压力与困惑是不可能的。习惯的生活格局被改变，必然要调整心态去对应。

不过，他转念又想，朱团团性情各色，拿得起放得下，昨晚的事对她来说，或许根本就算不上什么，过去也就过去了，不会因此薅住自己的衣领不松手，死缠烂打非让自己给她说法立个名分，她昨晚在自己身上不过是完成了一季庄稼的收割。

温朴没有联系司机，司机昨晚住在总局驻京办事处。

温朴坐出租车来到部里。

他今天的日程是这样安排的：跟水侬谈完工作后回东升，中午参加市长劳家奇操办的一个酒宴，下午再返回京城，晚上出席一家跨国公司驻京机构举办的招待晚宴。

温朴见水侬，不是要散谈什么，而是专门谈钱。

能源总局第三项目部负责的哈林工程，计划追加三个亿预算投资，前几天总局报给水依一份追加投资说明报告，水依看过后，在几处给予点拨，总局具体负责此项工作的领导觉得水依点拨得很到位，就把报告修改了。按说，修改后的报告，有多种渠道送到水依办公室，温朴不必亲自跑到北京，但温朴还是亲自送来了，这就叫会看事儿、明白事儿、能办事儿、不耽误事儿。

秘书难终身，秘书的生涯，到头来不是终结在领导的肩膀上，就是终止在领导的脚下，这一上一下，就是所谓的命运落差。

温朴应该说是幸运的，昔日副部长苏南那一对肩膀的高度，确实让他受益匪浅，拓宽了他看事情与处理问题的视野，最关键的是那个高度给他提供了全方位审视官场的空间，让他懂得了事事环绕事外事，事外事往往才是真的事，这就是他亲自送报告来的原因，他要看看水依在处理完报告事宜后，还会不会跟自己讨论东北安装公司整体搬迁的事情。

温朴不得不承认，姜还是老的辣，那会儿水依谈过报告，舌头就没再碰触东北安装公司整体搬迁，只是让他把一块云南洱山产的1980年普洱熟饼带给东升市长劳家奇，此举的意思，让温朴感受到了什么叫无声胜有声。温朴很清醒，等自己回东升见到劳家奇，他的嘴就不必像水依这样躲闪了，他自然会提起东北安装公司整体搬迁这个时时不能落地的棘手事，到时或许还会找机会顺理成章地把水依针对此事的态度以及认识交给自己的耳朵，一些本该是水依嘴上的话，但借劳家奇的嘴这么一转换，内里的意思就扩大化了，无形中就预留出了巨大的操作空间，所谓击鼓传花、借嘴达意的奥妙不过如此。

然而计划没有变化快，从水依办公室出来后，温朴没有回东升，而是去了丛德成那里。刚才在水依办公室时，他收到了丛德成发来的短信息：有事找你谈。

当时温朴就想，这家伙的信息还真灵，悄悄进京也没躲过他的视线。

怎么，温局长。水总没留你吃饭？与温朴一见面，丛德成就阴阳怪气地问。

温朴说，我得赶回去，那边有事儿。

丛德成笑笑，岔开话题说，瞧你这脸色，憔悴不堪，昨晚又喝大酒了吧，温局长？

温朴故意看了一眼手表，先给丛德成一个时间提示，之后才回答他的问话，丛厅长，看你这脸色，昨晚也是没少碰杯呀。

丛德成也看了一眼手表，说，还往回赶？

温朴道，中午市里面有活动。

丛德成说，都这个点儿了，你从几环能杀出去呀？到了东升还不下午了？算了，推掉吧，中午我请你吃湘菜。

温朴脸色为难，说，倒是好事儿，可是还得回去呀。

丛德成望着温朴，犹豫着说，别回去了，找个清静地方，我跟你说点儿事儿。

温朴从丛德成脸色上，朦朦胧胧感觉到他可能真有什么私话要跟自己说，但中午市里的活动……

丛德成不无苦恼地说，我要跟你说的事儿，可能也牵扯到你呀，温局长。

温朴想丛德成现在是个敏感人物，他心里按不下捂不住的事儿，八成不会是几脚就能踢开的事儿，而且他还说有可能牵扯到自己，看来中午市里的酒宴得推掉了。

温朴掏出手机说，好吧，丛厅长，那我给劳市长打个电话。

丛德成点了一下头，走到办公桌前，拿起一张请柬摆弄着。

温朴打过告假电话，丛德成过来，递上请柬道，留你，也是为少让你跑一个来回。这个请柬，你身上也有一份吧？

丛德成的这个请柬，就是晚上温朴要参加的某跨国公司驻京机构举办的招待晚宴的请柬。

温朴把请柬还给丛德成，顺口气说，还有点儿时间，那我先去海外工程部办点事儿。

丛德成说，十一点半，我在楼下等你，你把司机打发走吧。

2

丛德成开车，把温朴拉到了湘水源。这家湘菜馆在一条弯曲的小胡同里，门脸不大，人气很旺。

两人一进门，就给热脸热语接待了，温朴意识到丛德成是这里的常客，而且面子老大。

进小包间刚落座，一个老板模样的男人就进来了，和颜悦色地叫着丛老板。

丛德成今天跟温朴确实有事儿要说，基本上没什么胃口，他推过菜单，让温朴点菜。

温朴的心思，同样也没放在吃喝上，他把菜单推开，让丛德成随便。

丛德成一看在吃上都没兴趣，就怎么省事怎么来了，他让老板看着安排几道菜就可以了。

老板问喝点儿什么，丛德成看着温朴。

温朴摇摇头。

丛德成对老板说，今天就不动酒了。

老板留下一连声的好好好就出去了。

四目对视，温朴见丛德成还不亮牌，就直问过去，什么事儿让丛厅长这么不好开口呀？

丛德成卖关子道，等会儿，边吃边说多好，你急什么嘛，又不是什么为国争光的事儿。

温朴用手指敲击着桌面说，听说过下酒菜，没听说过下事儿菜。

丛德成道，苦涩炖懊恼，一道讲究的下事儿菜。

温朴说，彷徨炒忧郁，一道硬菜，你应该点。

两人斗了几句嘴，头道菜和米饭就端上了桌面，是湘菜里的一道招牌菜，臭干，里面的碎红椒很诱人。

丛德成拿起筷子，指着臭干说，味道正宗。

温朴夹了一块闻闻，咬下一角。

丛德成问，怎么样？

温朴咧嘴道，够辣。

丛德成笑起来，把一整块臭干塞进嘴里，有滋有味地嚼着。

接下来又上了小炒肉、手撕包菜和双色鱼头。

丛德成把桌子上的几道菜都评价了一番后，舌头突然就够到了老水手俱乐部，温朴多少有些意外。

丛德成道，水依请我去过老水手俱乐部了，想必他也请你去过那里吧？

温朴脸上一热，有关老水手俱乐部的一些画面，接连从他记忆里闪现出来，那个叫二胡的姑娘，容貌依旧清晰，另外他还看见了抠嗓子眼的自己，尽管他不愿意看到那样的自己。

温朴盯着丛德成。

丛德成叹口长气说，过去知道水总道行深，但没想到会有那么深呀，温局长。老东西够歹毒啊！现在这条老狐狸弄得我都不是骑虎难下的麻烦了，没准哪天就得妻离子散。

温朴悠着语气问，有那么严重吗丛厅长？

丛德成放下筷子，搓把脸道，那个水塘里，每一个船屋上都有针孔摄像监视器，这个你不知道吧，温局长？

温朴心里扑腾了几下，但他很快就稳住了乱心。

回忆中，温朴记得二胡曾跟他说过：你是不是怕录音录像，或是拍黑照呢？先生你放心，秀姐是个有品位、讲游戏规则的人，她不会那么做的……

温朴想如果丛德成前面所说的都是事实，那么二胡那天打的保票就是诓人的谎言了。

温朴暗自庆幸那天在船屋里把持住了，没跟二胡扯淡，要是扯淡的场面一旦给实录下来，今后谁拿录影带跟你说事儿，你无疑就是谁的人质，难怪丛德成这么郁闷，那天他要是没脱光，他今天也就不必如此懊丧了。

这可能吗？温朴试探着问。

丛德成不容置疑地说，消息来源，绝对可靠。

丛德成确实相信消息的真实性。给他提供消息的人，就是那晚陪他的女孩，跟二胡一样，也有个乐器艺名，叫长笛。至于说长笛为什么泄露天机，这个谜团，他虽说还没有弄清楚，但他知道长笛十有八九出事儿了，因为当时通话时，长笛的语气慌慌张张，说她已经不在老水手俱乐部干了，这个手机号通完话就不再使用了。果然，长笛断了电话后，丛德成再打过去，手机就关掉了。

　　这之后的两三天里，丛德成多次打长笛手机，结果都是无法接通，搞得丛德成恍恍惚惚，坐卧不安，生怕哪天在什么网站上，突然看到自己与长笛的裸体画面。

　　然而，焦虑归焦虑，再怎么焦虑他眼下也没有渠道弄明白到底发生了什么事，内幕究竟有多深，长笛为什么离开，她跑到哪里去了？这一系列的疑问，总不能去老水手俱乐部问个究竟吧。找水依去讨要说法，那更是扯淡，死路一条！后来他就想到了温朴，觉得水依能这么玩自己，那他自然也就不会放过温朴，温朴在搬迁这件事儿上所扮演的角色，从某种程度上讲要比自己重要多了，水依急于一个个都套住，这样到了关键时刻他想怎么摆布就怎么摆布。

　　丛德成问温朴，温局长，我不知道你在安装公司搬迁这件事儿上，到底能帮水依使上多大劲？

　　温朴含含糊糊地说，我身上这点儿铁能捻几根钉，你丛厅长不会没有数吧？

　　丛德成苦笑道，听你这话，很不服气嘛。温局长，莫非咱俩现在不是一条绳子上的蚂蚱？不是同船难兄难弟？

　　温朴支开这个很具体的话题说，你不会是神经过敏吧，老弟？我怎么总觉得这事儿……

　　丛德成恨恨地说，这年头杀人还能让你见到血？

　　温朴皱着眉头说，可我还是觉得……

　　丛德成一拍脑门，不遮不掩地说，操，往自己头上扣屎盆子，我吃饱了撑的呀，老兄？实话跟你说吧，我这个搬迁临时工作小组长算是陷进去了，拔出来也是两腿泥。江苏局长、山东局长，还有直接在背后操盘的水依，我现在是谁也惹不起呀！多亏你老兄现在还没让我手短气短，否则我真他妈的得去卧轨了！

　　丛德成这不是在叫苦，他确实是四面楚歌，摆不平事儿了。山东方面他收了人家的卡，将来万一退还，倒也还有余地，可是江苏那边的钻石扣衬衫他去哪里寻找？高国旗死了，高国旗死扛着的那栋楼放倒了，往后只有鬼能跟高国旗对话了。

丛德成说，老兄，我问你，你跟老水手俱乐部那个姓高的女老板熟不熟？

温朴道，仅仅是认识，没有交往。

丛德成点点头，拿起筷子，夹了一块臭干放到嘴里，边嚼边说，事到如今，水依在搬迁上的利益，我不得不考虑了，温局长。问句不当问的话，你今天见水依，他有什么明确的表示吗？

温朴说，我今天是为追加预算投资的事儿找他，他没提搬迁的事儿。

丛德成再次点点头，说，我知道你对搬迁这个事儿没兴趣，可是现在……

温朴说，人在官场，身不由己。老弟，你说水总要是能把东北安装公司搬到东升市，就我温朴这两条腿，到时还能别得住马腿？

丛德成愁眉不展地说，难得你老兄还能有这么放松的心情，我现在可是欲哭无泪呀！

温朴若有所思地说，常在河边走，哪能不湿鞋，脚上的泡，既然是自己走出来的，那就自己想办法挑开。

丛德成道，理是这个理，可是……

温朴旁敲侧击说，鬼敲门，只能鬼开门。

丛德成像是从温朴这句话里领悟到了什么，振作精神说，是福不必躲，是祸躲不过，去他妈的，不说这些稀里哗啦的破事儿了，来来来，老兄，咱吃饭！

哎——温朴用筷子点着桌面说，叫你弄得我……说到这顿住，扭头冲门口喊道，服务员——

服务员应声进来，笑着问，先生，您吩咐？

温朴说，麻烦你给我拿个小二来。

好好，先生您稍等。服务员转身出去。

丛德成像是失去了记忆，痴呆地望着温朴。

3

吃喝结束，丛德成请温朴去帝都洗浴中心休息一下，温朴拿事儿挡开了,他让丛德成老老实实回去上班,顺便把自己送到办事处。

能源总局驻京办事处离部机关大楼不远,只有公交车一站地的距离。温朴在办事处里有专用的套房。

丛德成没进办事处,撂下温朴就走了。

虽说是总局的办事处,但温朴平时很少过来,部里开会时统一安排食宿,自己单独进京办事时,往往图方便就回家住去了。

温朴躺在床上,本想睡一会儿,但脑子里不静,一会儿是船屋,一会儿是丛德成沮丧的脸,还有高秀、水依、劳家奇等一些模糊的面孔,时不时也到他眼前闪几下。他闭上眼睛,尽量让心思往别的事儿上靠拢,脑子远离今天。

温朴渐渐沉下来的心,最接近的地方是昨夜,在自己的家……他坐起来,给司机打电话,说他要回家去休息。

到家后,温朴让司机五点钟过来接他,晚上赶场的地儿,离他家不算远,不堵车的话,二十分钟能到。

温朴一打开家门,就闻到了一股清新的气味,这让他猛然间意识到,现在的自己,居然留心家里的变化了。

这要是在过去,哪怕是朱桃桃活着的时候,他也极少像今天这样敏感于屋子里的气味,看来经历昨夜后,自己的心境,确实变得微妙与细腻了。

昨夜用过的床单、被罩、枕巾等都让朱团团洗了,晾在阳台上。温朴靠在阳台推拉门上,看着这些正在晾晒的东西,心里一阵阵发热,某种感觉又回到了卫生间,回到了床上……

在沙发上歇了一会儿,温朴突然就有了做家务的欲望。他去卫生间洗出两块抹布,先从外厅的酒吧做起。

擦擦洗洗,温朴很快就把酒吧收拾出来了,打开镭射灯一照,洁净的酒吧里,幽光弹跳,亮丝穿梭,温朴带着一脸满意的笑容把灯关掉。

往下,温朴又把客厅里的沙发、茶几、花架、电视柜等擦出来。有些家具,已经很久没擦洗了,就说茶几的隔层吧,落了厚厚一层灰,擦了几遍才擦出本色。

现在温朴开始拖地,一招一式倒也不显外行。拖到北屋时,他的额头上有了汗珠，后背上也有了潮湿的感觉，但他并没有停手，他打算一口气把活儿做利落。

这期间温朴接了几个电话，有总局的、东升市里的、深圳的，不论公事私事，事大事小，他都三言两语打发过去，理由是在北京，正开会，有事儿回头说。

擦净脸上的汗水，温朴拿来一瓶苏打水，一口气喝下去大半，嘴离开瓶口时直打嗝。

毕竟很久不做家务事了，温朴感到腰酸腿乏，觉得有必要休息一下，于是身体一歪，上身倒在了沙发上，接着两条腿一悠也上来了，头枕住沙发扶手。

平时难得这样松弛，准确地说是没有享受过这份松弛的心境。

温朴闲散的目光溜溜屋顶，扫扫墙壁，摸摸窗户，碰碰花架，心里暖融融的。他想，那会儿自己刚进家门时，一下子就感觉出了家里的细微变化，那么等朱团团再回来时，她是否也能像自己这样，一迈进家门就能察觉到地上没有了灰尘，家具也干净了呢？不过他很快就收住了这股没有节制的浪漫情愫，认为自己是在胡乱撒娇，一个走仕途的男人，若一味欣赏这种软绵绵的情调，似乎不是一件好事。

自古官人醉情必折腰，英雄豪步难跨美人身！

温朴还想起了东升市委书记潘左一，在去年东升市春节联欢晚会上小声跟他说过的几句话：权力是魔杖，色是刮骨刀，权色黏合，小鬼缠磨。

温朴习惯性地把两手垫到脑袋下，而恰恰是这个日久养成的习惯性动作，让他散乱的心态，一下子就收住了。

平时在东升的招待所里，但凡这样躺在沙发上，他多半都是在想官场上的是是非非、曲曲折折、黑黑白白，好像这个姿势能帮上他大脑什么忙似的。

此时在他脑子里转悠的，是中午丛德成说的那件事，而晃来晃去的人则是水依。

温朴再次把那晚自己在船屋里的言行回忆了一遍，尤其是在自己与二胡有身体碰触的几个环节上，他回忆得很缓慢，生怕漏掉容易出问题的言行。

温朴咬了咬嘴唇，感觉即便是从进船屋到离开船屋这一段给人全程录了像，似乎也找不到他淫猥的言语或是粗暴的举动，就算水依哪天真要在什么地方什么人面前，拿出船屋的录像带较真儿，量他也是白费心机，这事往严重上讲，大不了就是一个正局级领导干部，不该出现在那种与身份不符的娱乐场所，名声上受些影响。

水依的老谋深算、诡计多端，温朴是有数的，尤其是水依在化解棘手难题上更是有一套。温朴曾在苏南家里听一位赋闲多年的老领导说过，水依当年在生活作风上有问题，而且还是三男归一女的乱性问题，如果当时水依等人处理不当，让时任领导感到上下为难，那水依这辈子怕是就交待在了男女作风问题上，哪里还有进北京任职这么一回事儿。那一年水依还在东北局，提到工程处副处长的位置上没几个月。一天，局长吊着脸把水依以及计划处刘处长、培教中心陈副主任叫到办公室，然后招呼事先等在里间小客厅的女人出来。局长一指水依他们仨问女人，是他们仨吗？女人抹着泪点头。局长一挥手，女人就又退回了小客厅。

女人是局资料馆的资料管理员，山西人，未婚，长得有几分姿色。局长对三个处级手下说，废话我就不说了，人家怀孕了，不知道孩子是你们当中哪一个的，要我来解决这个事儿。三个处级一听全都傻眼了，接着又大眼瞪小眼，可能是都没有想到女管理员不单单是跟自己有事儿，原来跟同事们都分别有一腿。局长说，过程都在你们的裤裆里夹着呢，我就不抖膘气了，我只要你们给我拿出解决问题的办法。我跟她谈过了，她说跟你们谁过日子都可以，谁当那孩子的爹都不冤枉。你们哪里长，哪里短，她心里都有数。我的态度是只要你们仨能在我这里和和气气地把这个事儿处理利落，这个事儿就算过去了，我也不往深处揪了，当什么光彩好事儿呢？如果你们没有办法解决，那就只能由我来处理了，到时你们可别怪我六亲不认，捏碎你们卵子扔大楼前晒太阳。好了，我一会儿还有事儿，给你们十分钟，你们抓紧时间商量吧。局长说完也去了小客厅。

毕竟是三枪打一靶，横竖讲都是丢人现眼的风骚花事儿，三个处级领导能当分年终奖、出国旅游、提拔部下之类的事儿商量吗？所以一个个面红耳赤，哑口无言。那时领导干部的生活作风问题，不比当下，现在的领导干部养个小蜜，包个二奶，弄个姘头，玩玩婚外恋，或是一夜情什么的，要比行贿受贿还容易，可在那年月里就不行了，不明不白地玩人家大姑娘，而且是三个人像蒙眼驴拉磨那样转圈玩一个，很色情很花哨，这问题可就不是一般的生活作风腐化问题了，领导若是想在此事上大做文章的话，好歹把几个当事人往法律那边踹一脚，这件事的性质就会转变，闹大发了，抓进去蹲几年也是正常。

　　三人在尴尬与焦虑中耗着耗着，时间就过半了，局长在小客厅里干咳了几声。后来还是水依找到了解决问题的突破口，陈副主任刚死了老婆，水依就对陈副主任说管理员如何如何体贴人，长相不说是如花似玉那也是楚楚动人，动员陈副主任把管理员娶家去当老婆。陈副主任自然不乐意，说，明明是三个人的错，干吗非要我一个人扛回家去？这么大一个便宜你们俩怎么不占？刘处长怕老婆出名，局长那会儿把事儿一捅开，他就一直在想办法袖手旁观，他明白如果躲不过一劫，家里家外就全完了。现在水依的意思明确给出，刘处长找到了人心齐、泰山移的感觉，立马就跟水依穿上了连裆裤，坐上了一条船，在一旁不停地说好话、敲边鼓，还老哥长老哥短地叫着，话里话外的意思，无非是让陈副主任多担待点儿，多牺牲点儿，不然这事儿捅出去，大家都没有退路走。被两位同在一处觅食的人苦苦相劝的陈副主任，到这会儿还是解不开心里的疙瘩，越发觉得这么解决问题太不公平，自己这不是吃大亏吗？所以磨磨叽叽就是不肯把这事儿独自挑起来。

　　眼看局长给的时限就要到了，再不出内部消化问题方案，局长上来脾气，那是说翻脸就翻脸呀。情急之下，水依顾不上跟刘处长打招呼，脖粗脸红地对陈副主任说，我和刘处长，一人出三万份子钱给你陈主任贺喜。陈副主任不大情愿地说，这又不是买口猪牵头驴的事儿。刘处长更心急，慌不择路了，索性豁出去说，那那那再加一万，一人四万，这总可以了吧老哥？陈副主任低头闷住了，不开口表态。水依一看有缝可钻，指着刘处长说，什么四万刘处长，陈主任这也是大喜呀，咱俩一人码五万！二五一十，十全十美！陈副主任想想说，八万嘛，我还可以考虑一下。刘处长想必是心疼钱了，咂着嘴，无奈的眼神落在水依脸上，水依却没有半刻犹豫，当机立断说，我和刘处长，每人八万！二八一十六，事事顺利人长寿，吉利啊陈主任！陈副主任弱声弱气地说，那就谢谢两位。协议达成，问题化解……

那天听老领导讲完后，温朴笑着问老领导，时任局长，就是您老人家吧？老领导乐了，说我当初要不是考虑到这事儿张扬出去会给我脸上抹黑，吃领导责任瓜落，我非把那三个家伙扒光了展览不可！唉，时过境迁，这时再想那段事儿，还真是觉得那个女管理员了得，三归一呀，这要是在麻将桌上，可就了不得了，这叫通吃哩……

温朴的两个上眼皮，慢慢地就绷不住劲儿，开始往下耷拉，很快就弄不清楚自己这会儿是在北京还是在东升，或是其他什么地方……

第二十五章

1

　　水依的奥迪下了高速公路，奔向东升南收费站。

　　尽管部里有明文规定，像水依这样的领导干部不能自驾车，但规定是死的，人是活的，偶尔遇上不方便的事情需要处理时，这些人自驾一下也就方便了。

　　水依今天是应市长劳家奇之约来东升看地的，肩上挑着的事儿从大面上说不是什么秘密，但此次行程也不宜公开张扬，知道的人越少越好，他不仅没有惊动温朴等能源总局的人，昨天还把劳家奇打算派车来京接他的好意谢绝了。

　　水依认为，该摆谱的时候就得摆谱，不该摆谱的时候就得低调，像今天来东升，自驾车就是最省事、最安全的理性选择。

　　市里来接应水依的车，早就候在了高速公路收费站外的安检岗前，见水依的奥迪一出来，立刻有人上前打招呼，奥迪慢滑过来，落下车窗。

　　水总辛苦。接应的人在车窗外说。

　　水依没吱声，点点头，挥手示意马上走。

　　来接应的是一辆挂公安牌照的黑色本田，但车顶上没安装鸣闪的警灯。

　　奥迪跟着本田，转眼起速，一路畅通，很快就接近了市区。

　　别看本田没挂警灯，但特车的威风一出来，路上就没哪辆车敢较劲了，钻来钻去别来别去的出租车，不按交规并线、超车的私家车，给本田的车载喇叭一吼"376让路、N49靠边……"，就都乖乖让出路面，降速闪开。

车过四眼桥交通岗，右拐上了布景琛街，行至六乐路口东拐，水依眼前就出现了一大片空地。

空地上尽管还有碎砖烂瓦破门窗之类的建筑垃圾，但似乎已经没有了住户，水依认为这块地基本上算是规整出来了，正如劳家奇在电话里所说，政府已掐地在手。

水依今天就是来实地勘察这块被劳市长称为黄金地的裸地。

此前，这里是东升市里最后一个城中村，按规划五六年前就该拆除，但因各种利益纠结不清，各路开发商盘算政府优惠政策过多过细过贪，村民抱团成风，再加上市里几位主要领导在此事上分心，意见一直有分歧，城中村拆来拆去，都是纸上和嘴上的活儿，现实中闻不到尘土味儿。后来，经过多次磋商，市委市政府统一了看法，就是今后但凡小门小户，以及处处计较的开发商，一律冷冻在东升市外，不许进城，这块地最好找家像能源总局那样的大国企来接盘，家大业大的单位，大小事上都好说话，不在乎半斤八两上的亏赢。

再说水依这边的情形，虽说还不明朗，但他知道跟自己较劲的山东和江苏，现在也没什么显眼的推进动作，大都是停留在吃吃喝喝送送这种常规操作上，硬件方面基本上都是在空谈。于是水依就盘算着在这个拉锯的关口脱颖而出，以强势的东升地证来压倒那两个竞争对手，并且已与劳市长研究出了具体行动方案，就是等水依实地考察过东升地源之后，回京伺机直面部长汇报，并千方百计说服部长也亲临东升实地考察一下，一步步推着部长的感觉往东升这边靠，一旦部长把那两个地方撂荒了，东北安装公司搬迁东升一事，就有可能不再是纸上谈兵的过路话。

离老远，水依就看见站在人行道上的劳家奇，正被一些人众星捧月般围着，面对空地指指点点。

水依再往四周放眼，百十米左右地带，似乎还布控了相关的安保人员，因为水依看见了一些穿各种专业制服的人。

领路的本田靠路边停下来，奥迪跟了上去。

劳家奇在原地冲奥迪招手，水依的车刚停稳，赶过来的杜秘书长抢先替水依打开车门。

水依下了车，身着黑色薄呢立领风衣，脚上一双黑色老人头皮鞋，手里拎着意大利进口的棕色牛皮公务包,派头像是要去联合国总部开会,精气神抖擞得很。

打招呼,握手,拍肩,寒暄,礼节过后,劳家奇介绍了身边几个水依眼生的官员,水依例行握手、寒暄。

陪同人员给领导让出了人行道,劳市长与水依并肩起步。

劳市长随便往空地上一指说,水总,这块地跟我电话说的那块地还能对上号吧?

水依打开公务包,取出傻瓜相机和掌中宝摄像机,顺手把公务包递给身后的杜秘书长,然后点头说,嗯,千把亩没问题。

劳家奇背着手问,地处本市核心区域内,这个也没什么问题吧,水总?

你劳市长还能跟我开国际玩笑?水依笑着说,谁圆谁的梦?谁解谁的愁?谁帮谁的忙?谁疼谁的心?人心隔肚皮,问谁都没用,眼见为实,你劳市长一向是实话实说呀!

净弄些学问词儿,听多了都能去考博。劳家奇说,笑出了声。

水依的两只手,一直就没停歇,他把傻瓜相机挂到脖子上,打开掌中宝录像,架势拉得颇有几分专业功夫。

刮来一阵风,掀起一片尘土,夹杂着打转的纸屑,劳家奇和水依都把脸扭向了背风的一面。

让过这股风,劳家奇感慨万端地说,往后在我东升市,再也找不出这么好的一块地喽,我说水总。

起高楼,盖大厦,拿政绩,官变大。水依振振有词地说,这是我年初去湖北开会时,听一个地方官员编的顺口溜,你说他这话形象不形象,劳市长?

劳家奇咂摸着滋味说,我给你改改吧,水总。起高楼,挨人骂,拿政绩,滚回家。

水依笑笑,又用傻瓜机子,从几个不同角度拍了几张。

劳家奇道,当个父母官,愁吃愁喝愁发展,还要管情系民生的地沟油、陈化米、毒奶粉、农药菜、问题猪、医疗保障、养老保险、经济适用房、廉租房、特困群体,按说旱涝这等事儿,应该是老天爷管的事儿,可现在老天爷不务正业,也得我们这些凡人来操心了。总之一句话,地方官员，不如你们这些中直单位的领导省心呀？

水依说，谁的脑袋里没装过噩梦？劳市长，中直里出事儿，照样得拿脑袋去顶。

劳家奇望了一眼天空，发着牢骚说，玩得转的领导都在酒场和上面搞交际，不会做的领导就像咱们这样，傻乎乎蹲在坑里埋头苦干。

水依讪笑道，下面的工作尽管具体，劳动强度大，但直接与人沟通，苦中有乐嘛！

劳家奇听出他这话变味了，但没兴趣跟着走，苦笑道，瞧瞧，说着说着，就又说到了那句老话，人在官场，身不由己！

经典，到什么时候都是经典！水依说，又用掌中宝把空地由近至远推了一遍，之后换角度又由远至近往回拉。

突然，水依脸色一惊，两眼死盯着突然闯进镜头的一群人。这群人是跑进空地的，进来后迅速脱掉外衣，摘掉帽子，瞬间就都转变成了披麻戴孝的治丧人。

水依倒吸一口凉气，意识到这些人行动整齐，显然训练有素，可能也不止一次像今天这样闪电式出击了，每年的春晚不彩排百八十次还掉链子呢，何况这些人了。

接下来的场面，水依录得比较仔细，在一片类似家园的废墟上，他录到了两面迎风招展的国旗，还有几条写着大红字的白色横幅。

接着水依发现，在那些疑似请愿者的周围，有几个拿着相机或是摄像机的人，酷似战地记者，一个个动作机敏诡异，都在移动中抓拍抓摄，一旦被人追赶围堵，就四下分散，兜着圈子捉猫猫，情况危急了就直奔地边跑，实在无路可逃了，就豁出去身子给人不给机子，水依就看见一个被六七个人围住的拍照人，在被人按倒之前，猛地把手里的相机甩给另一个奔跑的同伴，搞得紧张的对峙场面里，添加了一些橄榄球比赛的趣味。

聚集在马路边看热闹的市民，看过瘾了，看到兴头上了，嗷嗷嗷地哄叫，还不停地挥舞手臂，拍巴掌，在车里的围观人则按响喇叭。一些围观者遭到制止和驱赶时，听话溜边走人，不买账的接着大喊大叫，甚至发生身体接触，你推我搡，争执不休。

一些围观者索性张冠李戴，借场子泄私愤，把八竿子打不着的心底怨气，也都一股脑儿泼出来。

其实，在水依录这些突然闯入镜头的人与横幅时，四周人行道路上就已经风驰电掣般涌来大批事先布控的安保人员，穿制服的和不穿制服的混在一起，蹚得尘土飞扬，喊叫声连成一片，像是正在拍摄某电影里一场围追堵截的戏。

水依过去在报纸上、电视里、镜头中见过此类混乱场面，像今天这样面对面的现实版，还是头一次亲眼目睹。

水依心里七上八下，下意识瞟了劳家奇一眼。

劳市长面不改色，一副泰然自若的样子，这让水依的心里绊了一下。当他再次抽眼往空地上看时，场面变魔术似的找不到了国旗，横幅也不知哪里去了，几堆人在几团爆腾的灰土里吵吵嚷嚷，拉拉扯扯，向另一条路边涌去。

劳家奇若无其事地说，可别小看这些人，他们都是职业揽局的，神出鬼没，防不胜防，平时有组织，有纪律，有分工，有信息来源渠道，有物资供应保障，应变能力甚强，每次有领导和开发商过来看地，他们必会像今天这样，先是使用各种手段打马虎眼，麻痹我们，然后变换各种花样，出其不意现身，折腾一下不图惊天动地，闹个小影响出来，就算是达到了目的，而且自我保护意识都很到位，轻易不与各路执法部门的人对抗。都说城管邪乎，城管也怕这些软磨硬泡的人。再就是这些人打出来的标语，更是五花八门。

水依抖了几下肩头，甩甩飘落到头上的尘土，四处张望，欷歔不已。

劳家奇用下巴指了指跟在他身旁的杜秘书长。

水依这才明白过来，原来杜秘书长没走远，一直跟在劳市长身边。

杜秘书长举起右手，前后左右挥了一圈。

水依发现，四周的一些陌生人，在杜秘书长这个手势的作用下，不是慢下步子，就是往比较开阔的地方走去。

劳家奇看看手表说，还看吗，水总？

水依收回目光道，可以了可以了，劳市长。

劳家奇说，你开了车，中午酒就免了吧，今天我带你去个安静一点儿的地方，先喝茶，然后吃点儿特色菜。坐我车走吧，你把车钥匙给杜秘书长，这没什么不方便吧，水总？

水依没说什么，掏出车钥匙，直接递给了杜秘书长。

杜秘书长冲那边招了招手，劳家奇的专车就启动了。

2

木香茶餐屋是一个很温馨典雅的地方，里外清一色东北圆桦木建制，圆木没有加工过，原汁原味地散发着油脂的独特气息。

劳家奇和水依占用一个中套，内有茶室、餐厅、客厅和洗手间。杜秘书长等人在隔壁的房间里。

茶是水依喜好的大红袍，年轻秀气的女茶艺师忙过头道茶后就出去了，劳家奇坐到了女茶艺师刚才坐过的地方。

闻过杯底沉香，劳家奇放下杯子问，水总，你那边的阻力排除得差不多了吧？丛厅长的那个调研报告，也不知弄到什么程度了。

水依摆弄着掌中宝道，丛厅长那里你放心，问题不大，相信他会为东升使劲的。

这就好。不过……不知另外那两家，在土地支撑上有没有什么大手笔？劳家奇忧心忡忡地问。

水依话有根基地说，就目前情况看，似乎各方面都没有咱们做得深，做得细。下一步的关键，不在丛厅长那里，我回去抓紧把文字、影像等相关资料交给丛厅长，让他往调研报告里么一加，他的作用就基本告一段落了，接着就看我能不能说服部长过来走走，这才是关键中的关键步骤。

要是这样……就隆重了，水总。劳家奇思忖道，那到时我不请个省领导过来，这事儿合适吗，你说？

水依也思忖了一会儿，问，书记省长，你能请动？

劳家奇道，这个不敢打保票，水总，不过请常务副省长过来绝对没问题。再就是人大常委会主任和政协主席什么的……

水依摇摇头说，杂七杂八的人来了没用，没准还坏事儿。这样吧，劳市长，请不请省领导这个事儿，咱先搁一边，回头看看情况再商定。

劳家奇烧开了一壶水，提过来续上。

水依放下掌中宝，又拿出傻瓜相机翻看，抽冷子问了一句，潘书记去省里开会了吧？

劳家奇抬脸看了水依一眼，咂着嘴，半天才说，潘书记明年有可能调省里高就。

水依停下手，扬起脸来打量劳家奇，噢，原来是这样，那他现在就可以当甩手掌柜了。

劳家奇以自慰的口吻道，这样也好，不然在这块地上，我俩万一意见不一样，磕磕碰碰就不好跟你们合作了。现在潘书记的心思不在这块地上，我们合作的空间相对大多了，其他领导就算有点儿什么，到时我也好说话。

水依语气不软地说，合作的前景是市局双赢，这个道理，摆哪里都是个大道理，劳市长。

劳家奇笑道，话是这么说，水总，可地方毕竟是地方，不比你们中直国企，地方上的人际关系盘根错节，社会裙带错综复杂，指不定哪根柳条上就通了高压电，抽你一下，你还有好吗？

水依点点头。

茶香又从泡杯里溢出来，劳家奇把玩着杯盖说，温局长这人审时度势，口味能咸能淡，肚子里撑得开船，日后的发展势头和空间，我看不是一两条胳膊就能够得着的呀！

水依先是沉默，继而同感道，我视野里当过首长秘书的人不少，可是像温朴这样能上能下、能左能右、能里能外，纯秘书出身的年轻局级干部，我见过的还真不多，能耐人啊，他算是修炼出来了。难怪有人说秘书一旦得了势，就是火箭升天啊！

劳家奇似笑非笑地道，我这里的副书记，曾给省领导当过贴身秘书，迈出省委大院后，直接去了巴物崖市出任市委组织部长，一年后到我这里当副书记，这会儿正在中央党校进修呢，仕途走得见光见亮。

水依说，角色对了，有些事儿，就是得来全不费工夫。

劳家奇道，水总，我发现做过大领导秘书的人，下来当官后，做事说话的思维方式，跟咱们这一路实干上来的领导不大一样，可又说不上来哪里不一样，总之观察事物、处理问题的节奏不合拍，步子不跟点儿，总是觉得别扭。水总你跟温局长接触也不是一天两天了，不知有没有我这种感觉？

水依说，出色的秘书带领导走，庸俗的秘书跟领导跑，这就是我对好秘书和庸秘书的感觉，劳市长。

劳家奇道，唉，说一千道一万，我想在咱们合作这件事儿上，要是能借上温局长一臂之力，那就锦上添花了。

水依无奈地笑笑，右手捏着下巴说，这可不是一件好事多磨的事儿。依我看，温朴在这件事儿上紧闭双唇，就是对咱们的最大支持了。劳市长，想求他一言不易，他哪能轻易去得罪另外两路人马呢？

劳家奇脸色不解地说，那这事儿咱们一旦做成了，温局长……

水依说，有能力往上走的人，都是这样八面玲珑，潘书记现在不也是这个样子吗？

劳家奇撅着嘴，意味深长地看着水依。

水依再次拿起掌中宝道，有人想高升，有人想干实事儿，各忙各的，我看也挺好。

劳家奇说，水总，你那个机子就那么好看吗？来来，给我看看，欣赏一下你的大作。

水依把掌中宝递过去，皱着眉头道，现在各地的干群关系，怎么都这么紧张呢？

劳家奇把目光落在机子上，话却过来了，一言难尽。

水依道，你是父母官，你应该清楚呀，我说劳市长。

劳家奇活动了一下双腿说，嗯……我给你讲件真事儿吧，水总。今年刚入秋的时候，老徼县里一个种蔬菜大棚的农家妇女，给我送来一箱顶花带刺的黄瓜让我尝尝。过去下去检查工作，我可能去过这个妇女的蔬菜大棚，也可能跟县领导说过多照顾照顾之类的话，这个我记不大清楚了，一年里我得说多少这样的话呀。

结果在政府大院门口，妇女给拦住了，保安问她干什么，她说清早刚摘的黄瓜，送来给劳市长尝尝鲜儿。保安哪能让她进呢？就对她讲，劳市长去省里开会了,你把东西拿回去吧。妇女说,我骑了两个多钟头自行车,哪能再驮回去?我就撂你这吧,大兄弟,回头等劳市长回来,麻烦大兄弟转给劳市长。

说来那天也巧,妇女刚走没一会儿,我就从开发区回来了,保安讲了黄瓜的事儿,我就让保安把箱子搬了出来。

这时我的秘书一脸警惕地问保安,开箱检查过了吗?保安说从上翻到下,除了黄瓜没发现可疑物。

秘书小心翼翼地打开箱子,一股蔬菜的清香味扑面而来,本不打算尝鲜儿的我,一下子给吊到了胃口,我猫腰拿起一根就要往嘴里送。一旁的秘书手疾眼快,一把抓住我手腕子,镇定地说,劳市长,这黄瓜来路不明,你千万不能吃,万一有毒……

我哭笑不得,这都什么嘛,这不是小题大做吗?一个菜农自己种的黄瓜,有个屁毒?可是秘书把我抓得太死了,我怎么甩也甩不开他的手,直到半截黄瓜掉地上摔碎,半截黄瓜捏烂在我手心里,秘书才放开手。

我这火就上来了,甩了甩手,猛踢了一脚那个箱子,箱子破了,黄瓜滚出来。我踩烂一根黄瓜说,她一个种黄瓜的,能是恐怖分子?

秘书虔诚地说,劳市长,你的生命是党和国家的财富,我们必须对你的人身安全负责,你再生气,我们也不会让你吃这没有安全保障的黄瓜。

这么防范群众,这么保护领导,这么尽职尽责,我这个一市之长,还有什么话好说?我心里翻腾着,无言地进了办公大楼。

水总,还是那句话,人在官场,身不由己。

黄瓜这件事儿,你说送黄瓜的妇女错了吗?保安错了吗?秘书错了吗?我错了吗?如果大家都没错,那怎么就弄成了这个奶奶样呢?不把群众当人民,不把沟通当感情,不把批评当爱护,这些个错的危害,沉积下去究竟会产生怎样的杀伤力?不敢深思呀,水总!

水依表情凝重,一言不发。

劳家奇一看水依心情沉重起来了,就挥舞着手说,不好意思,水总,我这有老劳卖瓜自卖自夸之嫌。

水依沉思着说,不是我杞人忧天,劳市长,官民对立,于国家于社会都是一种伤害。

劳家奇道，沉重了，水总，沉重了。我再给你爆个料，讲个不沉重的真事儿给你听听，让你轻松一下，讲完了咱们就去吃饭。

水依饶有兴趣地问，不会是你劳市长自爆什么绯闻吧？

劳家奇摆摆手，怪模怪样地说，我哪有那艳福呀水总，不过要爆的这个料，还真是一件绯闻，是昔日我们这里一个副秘书长的婚外艳情，现在副秘书长已经退二线准备养老了。

长话短说，副秘书长和他爱人在外面都有情人，事情是怎么败露的呢？说来就像是小说里的情节，现实再荒唐，怕也荒唐不到那个分儿上。夫妻俩都在外面租了欢喜房，不定期过去与情人幽会。

一天，二楼突然跑水淹了一楼，当时一楼没人，一楼的房子也租出去了。正在二楼上跟情人亲热的副秘书长一看处理不了水患，无奈只得紧急通知房东，让房东招呼一楼人家过来看看，一楼房东又紧急通知租房子的人。二十几分钟后，一个女人匆匆赶到……嘿嘿，水总，接下来发生的精彩场面，我就是不说，你也是知道的。

水依大笑道，两口子如此戏剧性见面，我还真猜不出是激动呢、尴尬呢、还是僵硬呢？

水依嘴上找乐子，心里却别是一番滋味，因为劳家奇爆的这个猛料，让他联想到了早年自己那些风流韵事，这要是讲出来比较一下，副秘书长这件偷情事，就显得黯然失色、没啥嚼头了，可惜不能讲给劳家奇听，他只能像以往一样，再次默默庆幸当时自己脑子转得快，花钱买下了平安，不然，早就人不人鬼不鬼了。不过话又得说回来，那件花事儿平息后水依挨的那两个大嘴巴子，让他到什么时候都不会有庆幸的心情。昔日那个同时跟三个男人有染的资料管理员，给三男中站出来的替罪羊领回家去当老婆后，本已怀孕的身子让新丈夫折腾得没轻没重，结果流产了，更不幸的是还落下了产后风，小命差点儿没搭上。一天，资料管理员在职工礼堂门口碰上了水依，一如仇人相见，咬牙切齿地瞪了水依几眼后，奔过来二话不说，抡圆了啪啪就是两个大嘴巴子，抽得水依脚底失根，左右踉跄，整张脸火辣辣地刺痛，两只眼睛里雾气缭绕，鲜血从鼻孔里缓慢地流出来……

劳家奇意识到水依正在想什么心事,就阴阳怪气地乐起来,之后像是感慨自己的人生,也像是在玩味别人的得失,拿捏着腔调说,女人的伎俩一旦被男人肉体支撑,倒下的男人就是她的战利品了;男人的欲望一旦被女人身体包容,倒下的女人就是他的棺材了。

水依故意装糊涂说,精辟,精辟啊,没想到劳市长还有这样深刻的人生体会,羡慕!

劳家奇呵呵一笑,没在水依的这句话上计较得失,脸色看上去有些疲惫。

水依再次张嘴时,就把话岔到了老水手俱乐部,他说等哪天劳家奇有闲工夫了,大家再去老水手俱乐部转转。

3

水依赶回北京时,已是下午五点多钟了。之前在高速公路上,他前后脚接到了京城里两家房地产开发商打来的电话。

今天来东升看地这件事儿,水依出来前,分别跟他们打过招呼,此举一来吊开发商胃口,垫高准入门槛,逼迫竞争者到时大方出手;二来给开发商提个醒,能不能拿到东升项目,这要看他们在打理细节上怎么出彩,如果利益返点力度不够,仨瓜俩枣地往外出手,水依会认为那是随便打发街上的叫花子,到头来怕是沾不上东升的边。

谁条件优厚,就跟谁合作,这是水依不变的合作理念。

刚才两个房地产开发商掐晚饭前这个钟点联系水依,莫不是急于想听到一些有利于自己开发的什么商业内幕信息,也不排除借事频繁交往一下,巩固合作基础。

商人奸诈,无利不交友,水依也不白给,前后都有算计。

然而不能同时一地见两家,水依就先定了一家今晚见面,另一家推到了明天晚上。

电话里约好了在唐皇会馆见面,开发商让水依直接过去,他现在也正往那里赶。

水依今晚约见的这个开发商,人称张总,他曾带张总去过老水手俱乐部。

京城里的路，可比东升难走多了，即便是现在像在东升那样有警车开道，怕也跑不起来。

走走停停，塞塞堵堵，水依赶到唐皇会馆时，时间已近七点。不过张总也是刚刚到，水依这才没怎么抱怨。

张总道，水总跑了一天，肯定腰酸腿乏，要不先洗个澡，按摩一下，解解乏再吃饭？

正合水依此时心意，他确实想洗洗捏捏，尤其是多年处于劳损状态的颈椎，非常渴望得到护理。

水依道，知我者，莫过张总。

此前水依两进这家会馆，一次是新疆局局长请客，再一次就是这个张总，两次他分别享受了这里的拼盘水疗、港式刮痧、足底保健、泰式按摩等服务，他对泰式按摩的手法尤为称道。

在洗浴这一项上，一个背上的活儿全套走下来，四千块钱打不住，什么砂盐、澳洲奶、柠檬露、香蕉液、芒果膏、草莓汁等，尽情往背上招呼吧，不喝酒的人还好，能闻到各种香气，能知觉搓澡师傅的推、拿、拍、搓、揉、捏、甩等一系列手法，几千块钱砸这儿也算物有所值，最冤大头的就是那些醉眼迷离的人，东倒西歪跌跌撞撞进来，给人扶到按摩床边，一指禅的力就足以把你弄上床，腿弯曲了给你整直溜，一百来斤这就全交出去了，说往背上来什么，就来什么，白开水说是琼浆玉液也没人知道，至于说搓澡师傅做活时偷不偷懒，那就得去梦里问个一二三了。

从桑拿房里出来，水依和张总大汗淋漓，身子都蒸红了。

舒服。张总道。

水依说，过瘾。

冲浴后，两人去搓背。

张总把手牌交给搓澡师傅。

搓澡师傅问，老板，上全套？

张总甩着头上的水说，行。

不必了，水依插话道，还得去做按摩呢。

尽管有人全套埋单，但水依还是觉得全套白花冤枉钱，他在背活儿上只要了砂盐和香蕉膏，其余全免。

水依对张总说，这里简单一些，省点儿时间去做按摩和吃饭。

张总一看水依的表情是认真的，就对搓澡师傅说，就照领导说的做，我也是砂盐和香蕉膏。

搓澡师傅并没有流露出任何不满情绪，乐呵呵承接。

迷迷糊糊中，背活儿就结束了，两人起来冲洗，然后被服务生领到三楼贵宾厅休息，等着做按摩。

服务生送来茶，问，请问两位老板，有熟人照顾吗？

张总挥手说，我随便。

水依喘口气，挺着肚子道，看看五号出没出钟？要是出钟了，你随便安排一个就行了。

水依运气不错，五号没有出钟，款款而来……

五号脸盘不是很俏丽，但身材绝对没挑，曲条弧度清晰，凸出部位格外性感。

五号见了水依，立刻秀出小鸟依人状贴上来，嗲声嗲气地道，哎哟，领导还记得小妹呀，小妹还以为领导早把五号忘了呢。

水依虽说满脸是笑，但手脚多少有些拘谨，这张总能看出来。

张总不把五号当外人的口气说，还不带领导过去？

做按摩的房间都是独立间，五号把水依领到了V6包房……

一个半小时后，水依与张总才坐到饭桌上。

没要酒，两人都喝苏打水。菜就几样，但很精细，都是这里的特色佳肴。

见面差不多有三个小时了，张总的舌头总算是碰到了东升的那块地。

水依拿着劲说，宝地一块。

张总笑笑道，不瞒水总说，前几天，我去东升看过那块地，确实让人心动。

张总悄悄去东升看过那块地，这个水依没有预料到。

水依一指张总，半真半假地说，我这头老驴，刚拉上磨转了没几圈，你张总就要大卸八块呀？

张总马上摆手说，水总别误会，千万不要误会，这里面没有过河拆桥的意思，那天从天津办事儿回来，路过东升，就顺便去看了看。我要是心里有鬼，还能跟你水总说实话？

水依似乎还有疑虑，问道，这么说，东升有人接应喽？

张总不以为然地说，东升能有多大呀，水总，照你说过的地形、地位、面积等相关信息，偌大一块地还不三转两转就找到了？

水依抿了一下嘴唇，哈哈笑道，玩笑，玩笑了，张总。

张总拍打着胸脯说，水总，你这玩笑，可是有诱发我犯心脏病的嫌疑呀！

水依就戏演戏，拿起苏打水说，不好意思，张总，我自罚一口总可以了吧？

两人说说笑笑，闲扯淡的话就放过去了。

话一入正题，张总就心神不定地说，到现在还不知道东升市到时在那块地上能优惠到什么程度，政府的协作文件和精神，就是咱们的效益啊，水总。他们让利多，咱们获利自然大，回头感谢劳市长也能把手敞开了。

水依一听张总这么讲，话也就往明处挑了，说，劳市长那里，你不必多操心，我们今天交流得不错。把开发资金准备足了，这是你张总要做扎实的事儿。

张总缓口气，夹了一片绿菜叶，放进嘴里嚼着说，水总，你部里已经决定选择东升了？

水依心里有数，明白张总这话往部里迂回是什么用意，他要看看自己有多大胜算。土地上的交易没有小交易，哪个开发商都是不见兔子不撒鹰，种树都种摇钱树，合作上有丁点儿风险，他们都会拿着放大镜去照看，就更别说面前摆着的这件事儿还是一件没有封口的事儿了。

水依想让张总吃下定心丸，于是语无破绽地说，不出意外的话，我想就是个时间上的事儿。还是说说那块地吧，张总。地你也看过了，你是行家，讲讲有什么问题吗？

张总干脆回话，很理想，很理想呀，水总。

张总这话虽利落，但水依觉得张总并没有把自己给他的定心丸咽下去，定心丸还在他喉咙那儿悬着。

水依为了稳固张总多疑的心，便想到了此行东升的收获，他打算让张总看看自己今天录的像，拍的片。然而就在他刚想开口时，又猛然意识到此举不妥，画蛇添足了，因为他想到了机子里的某些场面与画面，此时不宜让张总看见，开发商最忌讳看到那些场面，这会打击他们的开发信心。

水依只好摆出一副不辞辛苦的表情说，看来往下，我还得各方各面加大攻关力度呀，张总。

张总道，水总辛苦。话音未落，手机响了。

张总站起来，掏出一个信封随便往水依面前一放，说，不好意思，水总，我出去接个电话。

这就是潜规则，静音出货，人离现场，方便收取。

张总离开后，水依拿起信封，一捏就知道里面装的是一串钥匙，便展开信封，看写在上面的地址：嘉爵花园10号楼3单元801室。

水依当然知道嘉爵花园在哪里，它位于北京东南方向，夹在四环与五环之间，同时他也明白，有关这套房子的产权证件等相关东西，这会儿就摆放在801室内某一显眼的地方，这也是潜规则做法。

第 二 十 六 章

1

　　走出市人民医院大门，白石光展开胳膊，深呼吸透肺，医院里的气味熏得他难受。他放慢了步子，往停车场溜达。

　　迎面过来一个穿咖啡色风衣的中年男人，留着板寸，夹着手包，笑着叫了一声九条哥。

　　白石光一眼扫过去，记忆里似乎没有储藏这么一张瘦长脸，就随口嗯了一声，接着往前走。

　　中年男人转过身，摆摆手又说，九条哥您慢走。

　　白石光头也不回，抬手冲脑后挥了一下。

　　中年男人退两步，收住脸上的笑，转身走了。

　　白石光像刚才这样在大街上给陌生人喊九条哥，已经不是什么新鲜事儿了，一开始他不习惯，觉得帮派老大的味道太浓，后来叫多了渐渐就麻木了，可见他这会儿在东升某一领域，或是某一层面上的知名度已是今非昔比。

　　白石光今天到医院来不是看病，他是来探望一个住院的员工。昨天夜里，他们友帮公司与几家执法部门联手突击强拆南里巷时，与两户死扛着的居民发生了冲突，双方都动了手，他的一个员工被人从后面打了一棍子，当时就晕倒了，流了一地血。今天检查下来，说是无大碍，轻微脑震荡。白石光好言好语安慰一通受伤员工，留下五千块钱就出来了。

　　白石光上了车，插入钥匙刚要打火，鲁培明的电话就进来了。

　　你说你在哪？白石光觉得信号不大好，声音一劲儿往上提，什么？天津？

对对，天津。鲁培明说，儿子吃食堂，食物中毒了。

啊——现在怎么样了？白石光问，用我过去吗老兄？

鲁培明道，出院了，现在没事儿了。我这就去东升看你老弟。

白石光说，好好，带车过来的？

鲁培明说，我自己开车过来的。老弟，麻烦你先帮我订下能源大饭店。

白石光说，说什么哪，老兄。来了住哪儿还用你老兄操心？甭管那么多了，等会儿你进市后，给我电话就行了。

鲁培明说，那就辛苦老弟了，咱过一会儿见。

白石光道，好好，等你电话。

收好手机，白石光发动了车子，刚一起步，忽然想起晚上说好要跟郑然菲一起吃饭，就把车子停下来。

添乱！不知白石光这是在埋怨鲁培明还是说郑然菲，他又掏出手机联系郑然菲。

白石光告诉郑然菲，鲁培明在天津呢，这就往东升赶。

郑然菲虽说没见过鲁培明，但白石光跟她说过这个人，再就是有关鲁培明他公司整体搬迁这件事儿，她从潘左一、劳家奇，以及姐夫柴益发那里也听到过一些议论，尤其是劳市长，想成事儿的念头，稍不留神就从脑子里钻出来了。

郑然菲问，他来干什么？

白石光说，说是看看我，其实他心思还不是在搬迁和给自己找后路上，估计是要再见见温局长，跑跑北京什么的。

郑然菲道，他们迁到东升来的面，你分析一下到底有多大？

白石光说，这个我一时还讲不到点儿上，反正听鲁经理说，三地竞争激烈，最终往哪块地上落桩，还是一件吊胃口的事儿。

郑然菲停了一会儿说，他们不来咱们也有商机，这个你考虑过吗？

白石光笑道，他不来东升，我哪来的商机？

郑然菲也笑了，说，你只知道考虑自己眼皮子底下那点儿利益。

白石光说，嘿嘿，那你指教一下。

郑然菲说，那么大一个摊子挪动，总得有人拆拆卸卸、搬搬运运吧？这份粗活儿的利润，我往少上想，估计也得几百万。

白石光脑子一转，觉得她说得靠谱，如果把搬家的活儿揽过来，到手几百万应该问题不大。可问题是搬家的人手好说，但是搬家的车辆去哪里弄呢？总不能现去买吧？租赁也是很麻烦……

郑然菲说，行了，我知道你想什么呢，你不用琢磨了，咱得想办法把搬家这个活儿从鲁经理手上拿过来，然后做中间人转出去。

白石光说，我怎么还是纳不过闷儿来呢？

脑子多转几道弯，你就明白了。郑然菲道，搬迁的活儿如果能拿到手的话，咱就把这个活儿塞给城建局孟局长她小叔子，或者是到时你跟他合作也行，这回你不迷糊了吧？

白石光恍然大悟，原来这个女人把心思动到了孟局长小叔子那里。

孟局长在市里是那种上下左右都能逢源的女领导，平时跟郑然菲走得比较近。孟局长的小叔子养了一个运输公司，有几十台大车，白石光时常跟她小叔子合作。

白石光意识到了搬家是块肥肉，但他觉得鲁培明到时不会轻易把活儿给出来，像这种没多少技术含量，且见利又大的活儿，盯着的人肯定少不了。

白石光不大乐观地说，我跟姓鲁的关系，怕是还到不了手心手背的分儿上。再说他在那边的地头蛇关系，他还能不照顾？跟咱们合作这可是舍近求远的买卖呀！

郑然菲道，在当地关系取舍上，我想鲁经理早有权衡。现在哪里不是人一走茶就凉，空酒杯里无感情，考虑不到这一层既得利益，我也就不会往这个缝里插针了，我的九条哥！

白石光吸了一口凉气，举起只有四根指头的那只手看着，看到眼花时，他对郑然菲突然有种面目全非的恐惧感。

白石光情绪一走偏，郑然菲某一天在床上开导他的几句话，又字字清晰地响在了耳边：恶在心里，善在脸上，成大事者，莫不如此。

喂？郑然菲叫道。

白石光意识到不该走神，赶紧撒谎，刚挪了一下车，你说你说，听着呢。

郑然菲说，我记得你跟我说过，上次他来，你跟他提过我，有这个由头就够了石光，晚上我叫上孟局长，一起请姓鲁的吃个饭，有些话在酒桌上，我来跟他说，到时你见机行事就可以了。

白石光机械地说，好好，就按你说的办，等他到了我给你电话。

开车时注点儿意，别老是魂不在身上。郑然菲叮咛。

白石光道，好好，明白明白。

断掉电话，白石光脸色发白，像一个正在住院的病人，他身子往下一软，趴到了方向盘上，半天都没改变这个姿势。

歹毒莫过妇人心，算计莫过郑然菲……白石光嘟哝着抬起头，接着又似恼非恼地说，人不为己，天诛地灭！白石光，我操你大爷！

2

将近六点钟，鲁培明才赶到东升市。

在鲁培明眼里，新结识的这两个中年女人各有看点，郑然菲体态迷人，肤色细腻，气质矜持；孟局长五官受看，胸部丰满，尤其是她的两只眼睛出彩，风韵不俗。

孟局长早就把吃喝等事宜布置妥当了，从现在起谁都不能动车，统一坐她安排的别克公务车奔香池泡温泉。

香池在东升市管辖的六海县境内，从东升开车过去，别克悠着跑不过二十几分钟的车程。

白石光去过几次香池，知道那里的贵宾消费都是天价，摔一跤脑门子上磕出来的怕都是大金包。

鲁培明情绪不错，他没想到白石光能请来郑然菲和孟局长，他觉得这两个女人在东升地盘上，那可都是身价不菲呀，尤其是郑然菲。

鲁培明记得上次到东升，白石光在酒桌上讲自己的拆迁发展史时，两三次提到郑然菲，说她姐夫是谁谁谁，以及她自己都有哪些头衔，还说他们之间很熟，郑然菲在生意上没少关照他什么的。当时白石光的这些话，鲁培明一听就过去了，因为他认为白石光再能攀，似乎也攀不上像郑然菲这样有背景有势力的权贵女人，他不过就是欺负自己是外地人，随便拿一两个本市的权贵来吹吹牛，特别是拿女能人在自己面前得瑟得瑟，那样会很提气的。

然而，鲁培明今天一看，可不是那么回事，上次看走眼了，白石光道行不浅，还真不是那种冒泡的主儿，蔫不叽叽地就把东升市的两个重量级女人一左一右码放到了身边，而且他们相互间说话很随意，关系不熟到一定分儿上，彼此能这样往来吗？尤其是刚才见面时，孟局长那番话很上劲。

刚才见面时，大家走过礼节程序后，孟局长对鲁培明说，不好意思鲁经理，让我来解释，今晚我和郑会长原本打算给白经理庆贺一下，他刚刚摘得本年度市十大优秀青年民营企业家桂冠，可是白经理说有一个东北客人过来，一劲儿推我们的邀请，我就猜想白经理跟那个东北朋友的关系非同一般，不然白经理哪能不给我们姐俩面子呢？后来我说那是缘分，请你的东北客人一起坐坐，大家不就都方便了吗。鲁经理，您对我这个拼人安排没啥看法吧？当时鲁培明望着白石光说，我说兄弟，这么大个荣誉你也不跟我张扬张扬，得，今天我做东给我兄弟庆贺一下，请两位女士赏脸同贺。孟局长拿话拦了，鲁经理，你别怪我讲话直，你这么做分明是在欺负我们东升女人嘛，让你做东，那我们东升女人的脸面往哪儿搁呀？再说我们东升妇女，那也是坚决不答应的，我说鲁经理！鲁培明立马抱拳领错，口口声声说得罪得罪。

鲁培明想，人不可貌相，海水不可斗量，小看他白石光了，他已不是当初那个提礼来求活时的白石光了，他如今混出息了，在东升大小也成了一个人物，怪不得上次带他去见温朴，他总是牛哄哄地不把温朴放在眼里，看来小鸡不撒尿，各有各的道，原来白石光在市里有硬度。

去香池的路上，大家没怎么聊，东一句西一句，话题分散，也就是孟局长介绍香池，用的时间稍长一点儿。

很快就到了香池，已有领班似的人物在门口接孟局长了，直接把一行人带到了睡莲阁。

睡莲阁是一个封闭的院落，内外各有四个功能各异的温泉池。阁内设施齐备，有男女更衣间、休息厅、酒吧、按摩厅、棋牌室、茶房、客房、卫生间等。

孟局长说，鲁经理，白经理，我看咱们还是先泡温泉吧，我最近听一个老中医讲，吃过饭泡温泉不好。

鲁培明说，您安排，孟局长，您安排。

孟局长叫来服务员，吩咐过四十分钟吃饭。

鲁培明以前泡过温泉，但没泡过这么有特色的温泉，瞪着眼睛问孟局长，咱们待会儿就在这里吃饭吗？

孟局长说，他们送过来。

鲁培明嗯了两声。

白石光趁机下话铺路，说，等你们安装公司搬过来，这里咱就可以常来了，鲁经理。

鲁经理道，唉，一说这事儿我就头疼啊！

孟局长说，白经理，我和郑会长去换衣服了，你跟鲁经理也快着点儿。

白石光把鲁培明带进男更衣室，这里尽管没有服务员，但几个牌子的大中小号泳裤都准备好了，挑合适的换上就可以了。

鲁培明露出又白又大的肚子，白石光过来拍打着说，鲁经理，你这胎肚，比前阵子可是见长啊！

鲁培明笑嘻嘻地道，没办法，喝他妈凉白开都长肉，天生就一狗熊坯子。哎，我说，等会儿出去，咱四个一起泡呀？

白石光脱光了，边挑泳裤边说，你啥意思，鲁经理？

没没没，没啥意思。鲁培明也脱光了，使劲夹着两腿说，我是想说，就我这副狗熊样的身板，回头再把两位女领导吓着。

白石光尽管觉得他这句话有占两个女人便宜之嫌，心里不怎么舒服，但为了不让鲁培明看出什么破绽来，只好用无所谓的口气搭腔，咋的鲁经理，你以为要泡鸳鸯浴呀？

那样还不把我泡晕了？鲁培明笑道，我倒没啥白经理，我是怕两位女领导不习惯。

白石光穿好泳裤，扩着胸，一本正经地说，也是呀，人家女领导上下都有挡头，比咱俩遮得多，咱俩倒是应该不好意思。

鲁培明听得出白石光这话是在跟他逗闷子，就一副讨好的表情说，你就拿我当礼拜天过吧，白经理。

白石光说，低度玩笑，玩不醉。

咦？这东西做啥用？鲁培明指着几个小塑料袋子问。

白石光说，装手机用。

鲁培明取来手机装进去，说，这个人性化。

我说两位大经理，怎么比我们女人还磨蹭呀？外面传来孟局长的声音，我跟郑会长在外面泡人参池呢。

鲁培明和白石光披上浴巾来到了外面。

星夜下，人参池中的两个女人对面坐着，草地灯泛出的光晕，油脂一样涂在两个女人身上，她们的臂膀泛着幽光。

鲁培明一看人参池这会儿盛两个女人正好，自己和白石光要是再下去，似乎就不是那么回事儿了，便看着白石光。

白石光也意识到了人参池的容积问题，同时他还用眼角余光看到了两位女士哄笑他们的目光。

你们不冷呀？郑然菲扬头问。

鲁培明和白石光给郑然菲如此一提醒，不约而同地打起了寒战。

白石光扔下浴巾，猫腰进了离他最近的那个池子，鲁培明想下的池子自然是离他最近的那个空池子，可一看白石光从那边下了，就跐几步跟过去。

鲁培明一入池，就闻到了天麻味。这确实是一个天麻汤池。

水温很合适，夜空很遥远，四个人一时无话，看来都很享受。

后来还是郑然菲首先打破沉寂，她问鲁培明东北这会儿气温在多少度，东北酸菜到底怎么渍才算正宗，东北的二人转在他们那里盛不盛行。

鲁培明不憷闲话，有问必答。

扯过几嘟噜闲话后，四张嘴就开始活跃起来了，而且也不知哪张嘴从哪里拐的弯，话题一下子就钳住了安装公司搬迁的事情。

孟局长说，我们东升这座小城，空气新鲜，物价稳定，人杰地灵，离京津又近，适合安居，你鲁经理应该争取来东升安家。

鲁培明说，我何尝不想来呢？东升是我的首选，可是我心急又能管什么用呢？小媳妇怎么能当婆婆的家？

白石光说，实在不行，你就一转身，自己过来吧，鲁经理。

鲁培明底气不足地说，想归想，梦归梦，就怕到时温局长那里不好说话呀。

郑然菲插话进来，我们孟局长可是书记市长眼里的大红人，回头让孟局长从中给你周旋一下，你们温局长再跟我们书记市长平级，也不能低着头看我们书记市长吧？没听人说吗，政府永远是蓝天，企业到什么时候都是蓝天上的一朵白云，你说呢，鲁经理？

鲁培明把目光从郑然菲身上抽回来，往身上撩了一把水道，郑会长讲话诗意，透亮，佩服。我后半生这点儿事儿，如能借上孟局长和郑会长两臂之力，那我姓鲁的，这辈子就妥了。

孟局长说，你鲁经理是白经理的朋友，你这么说，不就是一家人说两家话了吗？如果有机会，又能搭把手的话，你这事儿我哪能不帮呢？是吧，白经理？

白石光接着说，鲁经理，一会儿你要是不好好敬孟局长几杯，那你可就说不过去了。

白石光显然是在拿哈气蒸馒头。其实他倒是觉得场面预热得差不多了，郑然菲应该把话题挑到主题上来，她不急着往正事儿上递话，莫不是又有了别的什么想法？由于吃不准郑然菲究竟在等什么，白石光自然不敢随便放言，唯恐哪句话说夹生了，打乱郑然菲的全盘考虑，因而只能小心配合，充其量伺机拿些溜边的话，给场面加加温。

直到服务员来提醒该用餐了，郑然菲也没有往正事儿上发力，白石光想，她一直攥在手里的那张牌，看来只能在酒桌上打出来了。

3

鲁培明大小也是个见过世面的局级干部，吃喝场上甭管规格高低，基本不眼生，像今天这样几道凉菜后走的黄金参，虽说是一道滋补硬菜，但他感觉一般，在东北纯正的野辽参他吃多了，且是各种做法都尝过，眼前的黄金参，不外乎就是小米粥里沉一只海参，海参的品相看着并不打眼，是不是野生的还很难说。

可是穿泳裤坐椅子，跟光着屁股坐椅子没多大区别，而且还跟穿三点式泳装的女人坐在一个餐桌上吃饭，鲁培明有些磨不开面子。这么个吃法毕竟还是头一次体验，不得要领，两只眼睛很受累，目光不管有意还是无意，只要往郑然菲和孟局长裸露出来的肉身上一落，啪啪就碎屑了，弄得他脸上心里都不得劲儿。再就是伺候餐局的服务员，这会儿也都清一色换成了年轻女性，个个穿着比桌上两个女人还要暴露的三点式泳装，这也让他分神乱心。

用过滋补的黄金参，孟局长开始张罗酒了。

这里的酒，品种齐全，移动酒车上有白酒、红酒、啤酒，进口的国产的，以及各种饮品。

这会儿四位眼前的小高脚盅里，装的都是五粮液，三四钱的量，适合一口走一个。

孟局长站起来说，诸位，用过黄金参，已知感情深。按东升的锣鼓令，我先敲两遍锣（提两杯酒的意思），过后郑会长打三遍鼓（提三杯酒的意思），至于说白经理到时吹不吹喇叭，那就看白经理跟鲁经理的交情深浅了。

等会儿令到吹喇叭，酒上就没有硬性限量了，可以自由发挥，一杯两杯可以，三两四两也行，能耐大的就往半斤八两上吹，曾有一县长吹喇叭，一连气吹掉了一斤半水井坊，把一个山西来对口交流的县长当场就喝休克了，弄到医院也没醒过来，命丧东升。

鲁培明正在三心二意，并没有把明显欺负外地人的东升本土酒令当回事儿，也搭他走南闯北，这地方特色的酒令，他听多了也听厌了，到头来听多听少都得入乡随俗，索性就当耳旁风了，他此时的注意力在眼睛上。

鲁培明努力修正目光停落的位置，他不想把目光落在孟局长坦荡的胸口上，可是他的目光不听他大脑摆弄，他越制止目光往那个地方落，目光偏偏就往那个地方跑，简直是邪门了，较劲较得他浑身发痒，头总是扭来扭去。

孟局长有感觉，但她允许鲁培明的目光在她身上占便宜，都这把年龄了还能让男人心乱，这应该是一件让人偷着乐的愉快事儿。

孟局长开口了，我呢，先小贺一下白经理摘得十大优秀青年民营企业家称号，其次为远道而来的新朋友鲁经理接风洗尘。我提个议，大家干了这杯开场的敲锣酒。

鲁培明刚要站起来，就觉得下面支支棱棱问题严重，意识到此时只要一站起来，就会出大丑。

男女穿泳裤泳装，坐在一个桌上喝酒，这太考验人的定力了，鲁培明这会儿站不是，坐也不是，弄得红脸发痒，心里叫苦不迭。

鲁培明的难堪，郑然菲看在眼里，明白在嘴上，她马上就给鲁培明搭了一个台阶下，她说，人入乡，心难随俗，鲁经理大概是担心站着喝不算数，怕孟局长落杯后再杀一个回马枪吧？嗯……既然这样，我看咱们还是坐下来喝，你说呢，孟局长？咱们东升人，总不能在家门口给客人压力吧。

鲁培明生怕孟局长不妥协，所以不等孟局长表态，就抢先道，谢谢郑会长，我姓鲁的以小人之心，度你们君子之腹了，惭愧！

孟局长一笑，坐下来，郑然菲和白石光也相继落座。

鲁培明一看过关了，虚火不往上顶了，下面的问题也正在逐步解决中。他松了一口气，为了找回一点儿脸面，更为答谢一下帮他解围的郑然菲，便拿出了东北人的豪侠劲儿，端起酒杯说，认错，鲁某自罚一个！说罢一口扫光杯中酒。

白石光拍着巴掌说，看见了吧，鲁经理是个明白人。

满上酒，鲁培明再次端起酒杯说，按我们那里的规矩，罚一感天，罚二谢地，天地合一，兄弟姐妹多福气。话音未落，又一口下了杯中酒。

孟局长飞了郑然菲一眼，显然是这样的开场酒，打乱了她的布局。

按正常步骤，喝过孟局长的敲锣酒，接下来要喝郑然菲的打鼓酒，再往下是孟郑二女合力张罗的锣鼓齐鸣酒，至少两杯，可是鲁培明这一杠子把场面搅乱了，搞得孟局长和郑然菲，眼睁睁都找不到敲锣打鼓的节奏了。

酒局如此高调开场，气氛哪能挑不上去，好酒量的鲁培明与酒量不错的孟局长，几杯酒就碰出了来一个、再来一个的痛快感觉，把白石光和郑然菲闪到一边当观光客。

白石光很想借机悄无声息地欣赏身着泳装的郑然菲，虽说郑然菲的身体构造他已经很熟悉了，但不动手脚，静静地品味她的体姿，似乎还从未有过。然而，心里掖着动荡事儿的白石光，这时无法做到静心欣赏郑然菲，他不住地用眼睛暗示她该提正事儿了，等到鲁培明喝直了眼，你跟他狗屁事儿也说不成了。

郑然菲并不把白石光的担心转变成自己的焦虑，她始终在观赏这一男一女嘻哈说笑，激情拼酒，似乎后面所有将要发生的一切，她都能十拿九稳地掌控住。

就在白石光心里一波三折的时候，孟局长的手机响了，喝得正高兴的鲁培明收住嘴，礼貌地放下酒杯。

孟局长接机，大声道，什么？你也在这里？谁跟你讲我在这里的？呵呵，我说呢。我东北来一朋友。嗯……好吧，那你就过来敬客人一杯酒吧。

郑然菲问，谁呀，孟局长？

孟局长放下手机说，我小叔子，这不快要到年底了吗，他在这里请客户呢。

白石光脑子里一闪，突然明白了，原来这两个精明的女人背着自己，拿冉顺水做圈来套鲁培明。进而一想，这个兜圈子引出冉顺水的主意，有可能是两人五五对半出的，或是四六开三七开，总之他就是觉得郑然菲在这件事上占主导的面更大一些，她比较擅长借风烧火、阴阳套用，或是拐弯抹角、移花接木什么的。

冉顺水就是孟局长那个搞运输的小叔子。

冉顺水很快就过来了，跟孟局长、郑然菲和白石光打过招呼后，目光就落到了鲁培明身上。

孟局长对冉顺水说，顺水，这位是能源系统东北安装公司的鲁经理，局级领导。又冲鲁培明道，鲁经理，我小叔子，冉顺水。

冉顺水主动与鲁培明握手，之后递上名片说，幸会幸会，鲁经理，请多关照。

鲁培明往自己身上一看，难为情地耸了一下肩头说，不好意思，我名片在包里呢。不过找我找白经理一样，我们是好哥们儿。

郑然菲瞅准时机，一指鲁培明手里的名片说，孟局长小叔子是搞运输的，鲁经理，事业做得挺大，跟白经理是拆运搭档。

白石光急忙往冉顺水脚下垫砖头，道，冉经理比我有实力，冉经理是大企业家。

冉顺水道，别别别，九条哥，你这么说不是让兄弟脸红吗？就我这豆腐渣脑子，还能榨出果汁来？

白石光说，生在金窝里，啥都不干也是个金娃娃；生在狗窝里，怎么在外忙活也是个刨食的，冉氏家族的实力，在东升那还有的说吗，冉经理？你随便拔根汗毛也比我腰粗呀。

冉顺水抱拳说，兄弟，承让承让。

两人一唱一和，无形中就都把对方抬起来了。

鲁培明认真看过名片说，冉经理，有兴趣搞跨地区运输的话，以后可以参与我们公司搬迁。

冉顺水一愣，像是没料到鲁培明会这么开口，极不自然地瞟了孟局长一眼。

其实，孟局长和郑然菲也没有想到鲁培明一张嘴，就把藏在她们心里的事儿兜底了，尤其是孟局长，刚才冉顺水看她时，她刚跟郑然菲交换了一个通气的眼神。

孟局长把持着情绪对冉顺水说，我说顺水，刚才你不是让鲁经理多多关照吗，现在鲁经理实打实地把关照送你眼前了，你还不赶快好好敬敬鲁经理？

一旁眼观六路、耳听八方的服务员，早把酒杯和酒准备好了。

冉顺水接过服务员献上的酒杯，两手端着说，鲁经理，给您添麻烦了，谢谢您的支持。跨地区运输的活儿，我们以前接过很多，都跑出经验来了，日后为鲁经理服务，我们公司保证安全、平稳、高效完成任务。

鲁培明放下名片，拿起酒杯，爽快地说，见外见外，冉经理，用你嫂子刚才的话说，咱是一家人不说两家话，等哪天我们公司搬迁的事儿一锤子定音，你就看我姓鲁的怎么兑现今天的承诺吧。白经理，你说我这人粗是粗了点儿，可话是不是说到哪做到哪？

白石光让鲁培明这么往事儿里一拉，有点儿措手不及，或者说是不适应，毕竟没绕什么圈子，姓鲁的就把话砸到了实处，来得有点儿快了，换句话说就是幸福来得太突然。

白石光的脑子迅速转弯，瞧瞧鲁培明，瞅瞅冉顺水，道，看来我只能是陪下这杯酒，才能给鲁经理证明清白仁义呀。来来两位，预祝你们未来合作愉快成功！

孟局长斜了郑然菲一眼，郑然菲回了一个疑惑的眼神，这无声的眼语是在说她们事前低估了鲁培明。

现在孟局长意识到，鲁培明其实很有城府，就冲他刚才借用自己那句话对付冉顺水来看，他早就猜测到了自己今天设的是鸿门宴，只是在冉顺水出现前，他暂时不知道交易什么事儿罢了。

同样，郑然菲也感觉到了鲁培明粗中有细，别看这个东北男人外表不起眼，腹中却晒着干货，玩儿似的就把你们帮我调入东升、我给你们运输活儿的交易顺理成章地完成了，路子清晰，结果自然。

尽管心里的诸多计谋没派上用场，不过郑然菲想这样直来直去也好，跟明白人办事儿，办明白了就是个清楚，省得拖泥带水兜圈子，各自取舍什么心里都明镜。

鲁培明笑呵呵地看着白石光说，吃水不忘挖井人，当然得算你一个了，白老弟。你是我们未来亲情合作的牵线搭桥人，你今后可是一肩挑两家，责任重大啊！

郑然菲一看鲁培明的表现越来越精彩，明白话净往别人猜疑的地方落，搞得大家也就没什么好藏着好掖着的了，于是她打算见好就收。

郑然菲右手起杯，左手提了提泳装吊带，哂笑道，慢慢慢，三位男士，这么高兴的事儿，凭什么不让我们分享呀，来来，带上我和孟局长，大家一起走一个！

鲁培明冲郑然菲笑笑道，这样吧，各位给我一个借花献佛的机会，让我提个酒。

孟局长和郑然菲对视了一下，郑然菲说，好好，鲁经理，这杯酒您提。

鲁培明说，感谢白老弟介绍我认识了孟局长、郑会长和冉经理，下来就是想再次祝贺白老弟当选年度十大优秀青年民营企业家，老弟这份儿荣誉，让我脸上都光彩四溢了。来来来，碰一下碰一下……

"叮叮当当"碰杯，干净利落清杯，说说笑笑落杯。

冉顺水招呼服务员给桌上所有空杯都满上。

郑然菲两腮上泛着粉红的酒晕，她让大家悠着点儿喝。

鲁培明脸上滴着汗珠，一劲儿赞叹孟局长好酒量。

孟局长笑容可掬，柔情似水地夸鲁经理做人义气，办事儿到位，喝酒实在。

白石光咳嗽了几声说，难得这么开心，等会儿再泡泡，消消酒劲接着喝。

冉顺水脸上的红，这会儿都蹿到了耳朵上，但言行不乱。毕竟有备而来，关照谁心里哪能没谱，就在他准备回敬鲁培明时，一阵零乱的脚步声由远而近，他只好暂停行动。

郑然菲目光往门口一瞥，便看见骨瘦如柴的六海县县委书记带着组织部长、交通局长等人呼呼啦啦涌进来，市里县里两拨人马会聚，你呼我叫，像是在乡下的赶集场上相遇，声音混杂。

书记满嘴酒气，忙着介绍跟他来的几个企业家；孟局长随后隆重推出鲁培明，一时间不论面孔生熟，只要一张嘴就有热乎话往来，睡莲阁里一下子就热闹开锅了。

书记对郑然菲说，嘿，巧了郑会长，前几天你姐姐过来，用的也是这个睡莲阁。

郑然菲不想在这里谈论姐姐，哼哼哈哈支走了书记。

孟局长也不知说了书记一句什么，逗得书记捧腹大笑。

乱哄哄中，郑然菲看似随意其实用心良苦，她非常隐蔽地把一条浴巾甩手搭在了白石光的肩膀上。

浴巾搭得很讲究，胸前长，背后短，且欲掉不掉，正在跟一个女企业家比比画画的白石光，似乎很投入，并没有意识到身上的这条浴巾是郑然菲甩过来的，但他瞬间就明白了，这条从背后搭过来的神秘浴巾刚好把他泳裤里那个正在指向十二点方位的东西给遮掩住了。

白石光出了一身虚汗！

第二十七章

1

一觉醒来，天已大亮，白石光揉着眼睛，第一反应是在东升的家里，可目光在屋子里转了几圈后，才意识到这里是香池，空气的湿度明显比东升家里大。

白石光下了床，伸着懒腰，从嘴里哈出一口气，再用鼻子及时吸回来，感觉哈气里的隔夜酒味还没有散尽。

昨晚散场后，白石光和鲁培明又喝了两次回笼酒，一次是在屋子里的吧台上，一次是提酒出去在温泉池里。当然这两次喝得都比较节制，并没有借着前面的酒底愣往舌头打挺上灌，但毕竟是连场酒，没醉也都喝到了头重脚轻、飘飘忽忽的分儿上，再就是两个大男人喝成这样后，特愿意交流人生经历，感慨往事。话到投机的时候，都恨不能掏心窝子给对方看，特别是白石光，当鲁培明开玩笑叫他九条哥时，他举着只有四根指头的那只手，自嘲人生有失必有得，有去必有来，后来讲到自己在拆迁上的恩恩怨怨时，嘴上简直就是没了把门的，其状也算是酒后吐真言吧，他把那件平时掖得很深的收拾钉子户四眼电霸的往事，从头至尾讲了出来，听得鲁培明十分着迷。

那时白石光已经成功贴上了郑然菲，在拆迁这条路上，大步子甩得带风带劲，并在郑然菲的暗力支撑下，帮政府和开发商搞定了几块地皮上刀枪不入、油盐不进的钉子户，拆迁业绩在圈内一下子就叫响了。传说中他最阴狠的一次活儿，便是那次不知使用了什么手段，就不见血腥不见伤痕地做掉了钢钉户四眼电霸。

四眼电霸姓陈，因戴眼镜与吃电力这碗饭，加之时常发发电老虎的威风，因而得名四眼电霸。在白石光出手前，官方与民间的拆迁队伍均在四眼电霸家碰了钉子，到白石光亮相时，那块地上仅剩下四眼电霸一家了，四眼电霸俨然成了远近闻名的抗拆迁钢钉户。

四眼电霸要的条件三天一改，五天一变，价钱个把星期一调整，弄得开发商抓耳挠腮，无计可施。

四眼电霸死扛是死扛，但很讲究策略，自己不在拆迁房子里住，而是雇佣了两个游手好闲的无业人员给他看家，每人每天的工钱是一百块钱。四眼电霸不缺钱，他在单位里当个不大不小的头目。四眼电霸的社交能力很强，需要时国内外的媒体记者他都能拉来，动不动就给你造点儿负面声势，就更别说招惹他了。有一回半夜里，他家遭土制汽油弹袭击，四眼电霸连夜从北京招来了六七个记者，其中还有两个港澳记者，急得市委宣传部管外事宣传工作的副部长睡眼惺忪地从家里跑出来，手忙脚乱地四下应酬协调，夜幕下展开紧急攻关扑火，结果收效甚微。事后，东升市一拆迁户深夜遭不明汽油弹袭击的报道，还是上了市委市政府不愿看到的几家报纸，据说新浪、搜狐等门户网站上，也相继挂上了与此事相关的文字与图片。这种借舆论影响力抗衡、造势、护家的做法，着实让政府为难、开发商头疼，不好放开手脚去突破底线做事。

白石光的友帮公司里，养了两条看家护院的德国黑背，一公一母，那天正在办公室里考虑如何拔四眼电霸这颗钢钉的白石光，站在窗前看见两条黑背屁股对着屁股配上了，禁不住乐了，乐着乐着，就来了灵感，寻到了解决四眼电霸的妙招！

无毒不丈夫！这话对白石光很起激励作用，他准备攻城拔寨，在细心研究过四眼电霸后，觉得这家伙身上惧妻的弱点，是自己正在寻找的突破口，他对自己将要实施的那个行动计划暗自叫好。

有关行动计划内容，具体讲就是挖一个陷阱，设一个圈套，外加一个演员。

陷阱是钱，圈套是房子，演员是女人。

行动之前，白石光与开发商反复演练操作环节与细节上的无缝衔接，一旦露出破绽后的应急对策，以及规避技术层面上有可能出现的问题等，处处往万无一失上使劲，力争把这次老大难的拆迁活儿，做成东升市里的一个样板拆迁工程，借机把友帮拆迁公司这块正在响亮中的招牌，再往东升市的高处挂一挂。

那天上午十点多钟，开发商给四眼电霸打电话，说是同意他的所有要求，补偿款和补偿房子，今天都可以到位，约他下午见面，办理打款交房等相关手续，并恳求对方此事不要声张，若是让其他搬迁户知道了，纷纷回来找后账，他们就不好处理了，建议他下午见面时最好不要带夫人，他自己来比较合适。当时四眼电霸在电话里说，先这么着吧，下午通话时再详细说。

强调四眼电霸自己来赴约，这是白石光出的主意，白石光进一步研究发现，四眼电霸不是一般的怕老婆，而是一个五星级的妻管严，这种人你越是不让他告诉老婆的事儿，他就跟喝了迷魂汤似的非得告诉老婆，尤其是这种家庭大事儿，四眼电霸没办法埋在舌头下，不说出来他恐怕会难受死。而传说中四眼电霸的老婆又是那种多疑敏感型的女人，也就是说，她一旦知道这事儿后，势必会想到开发商让她老公自己去，这里面肯定有鬼，或是阴谋什么的，没准还想害人呢，她坚决不会让老公自己去，死活得跟在四眼电霸的屁股后面。

白石光要的就是她现身，因为陷阱与圈套都是围绕她设计的，她是主角，她不来还有什么戏可唱？

果然如白石光所料，四眼电霸没有单独赴约，而是带来了他老婆。

四眼电霸的老婆个子矮小，五官紧凑，一看就是那种精明过头的女人。

开发商与四眼电霸约会的地点是建行小厅里。开发商问四眼电霸，钱是转账，还是马上提现，之后去看房子？房子是开发商的新建楼盘，正在销售中。

四眼电霸没拿出意见来，看着老婆的小脸等指示。老婆出于谨慎考虑，说转账提现都不急，还是先去看一下房子，之后再说钱的事。开发商眼见这一步步都正在按着白石光设计的路线往下走，心里踏实住了，但为了逼真，还得假装扯扯淡，说大家都忙，时间宝贵，不如现在就提了钱再去看房子，省得回头再跑冤枉路了。

开发商越是这么苦苦相劝，四眼电霸老婆的疑心就越重，更加坚持先看房子后拿钱，否则没得谈。开发商这才假装一脸悻悻地让步，同意先去看房子。

进了开发商这套三室两厅两卫的大房子,四眼电霸两口子就等于掉进了白石光事先挖好的陷阱,白石光等人正在房子里等他们呢。

把人骗到,开发商完成了自己的任务,闪退了。

白石光直来直去地问四眼电霸,到底签不签合同?四眼电霸与老婆尽管恐慌,但毕竟还没有吃到苦头,脖子还挺得起来,哪能人家一吓唬就尿裤子?四眼电霸说不答应他们的条件,甭想签一个字!

白石光不再废话,招呼人把夫妻俩背靠背捆绑起来。四眼电霸说白石光非法拘禁,老婆说她会报警,还会召开媒体记者新闻发布会,揭露黑拆迁的内幕!

白石光根本不听他们说什么,拍了几下巴掌,隔壁房间的门应声打开,一条高大的德国黑背犬给人牵过来,吐出来的舌头能有鞋垫那么长,吓得两口子直发抖。白石光说这是一条正处在发情期里的母德国黑背。接下来又拍了几下巴掌,另一房间的门打开,同样给人牵出一条高大的德国黑背犬,红嘟嘟的长舌头,哈拉哈拉地吐着,看着比先前出来的母黑背威猛,不停地往母黑背那儿蹿,拽他的人不得不使劲往后倒。母黑背见了公黑背也是热情洋溢,试着往前蹿了几次。四眼电霸两口子抖成了一团。白石光说,这是一条公德国黑背,今天请你俩来免费观摩一场好戏。说完,用手示意两个牵犬人往一起靠拢……

四眼电霸和他老婆身子筛糠,哪个还敢看呀,都使劲往下低头。

白石光冷冷地说,看吧,没事儿,我不是说过了吗,免费观摩。

这时四眼电霸用右脚后跟,连磕了几下老婆的脚后跟,老婆往回扭扭头,四眼电霸低声说,他们是畜生,要不就签了吧。老婆小声道,不能就这么便宜了他们,看他们还有什么新鲜的?白石光溜了他俩一眼,并不阻止他俩耳语。

直到两条犬结束交配,腿都站麻了的四眼电霸和他老婆也没吐口签字。他们不知白石光又要玩什么鬼花样,缄默不语。

白石光再次拍巴掌,一个小伙子从另一个客厅里走出来,从兜里掏出一条毛巾,递给牵母黑背的人,那人就用接过来的毛巾,在母黑背屁股上反复蘸了几遍,然后把这条毛巾再还给小伙子。

白石光说，四眼，这要是把你老婆扒光了，用那条毛巾往她那个地方抹几下，你说男黑背会不会喜欢你老婆呢？噢，对了，忘了一件事儿，等会儿我们的男黑背喜欢你老婆时，咱们录上几段像，送你们留个纪念，你高兴不，四眼？然后再做个教学片，拿网上交流交流，我琢磨着到时点击量会刷刷刷地往上冲啊。白石光啊字刚落音，就有人拿出了微型摄像机，打开盖子，镜头找好角度后，冲白石光说，可以了，九条哥！

白石光冷脸嗯了一声说，什么九条哥，没规矩。当着这些文明人的面你得叫我白经理。那人连忙改口叫白经理。

四眼电霸的老婆不用再看白石光了，光听他说就魂不附体了，咧着嘴呜呜呜放声痛哭，要不是她这会儿跟四眼电霸捆在一起，她早就一头栽倒了。

四眼电霸彻底没电了，抵抗精神基本崩溃，鼻涕眼泪同时往下流，颤颤巍巍地说，白石光你灭绝人性……

白石光慢条斯理地道，离你说的那种程度，好像还差半步。

四眼电霸老婆尿了裤子都不知道，只顾骂四眼电霸王八蛋，小男人，舍命不舍财……

四眼电霸说松开吧……

白石光攥紧两个拳头，举过头顶，挥舞着狂笑！

听到白石光这通阴森森笑声的人无不毛骨悚然，两条德国黑背犬也给吓毛了，不停地吼叫！

2

白石光敲鲁培明的房门，里面没回应，又敲了几下，忽听外面传来声音，是石光老弟吗？我在外面泡池子呢！

白石光出来，走到池子边，操着手说，行呀，老兄。这一大早的就出来泡了，小心空腹泡晕了你。

鲁培明往身上扬着水说，舒服，你还不下来泡泡？哎，对了，两位女领导还没起吧？

白石光说，你以为自己起早了呀，老兄？人家女领导半夜就走了。

鲁培明大惊小怪地说，啥啥？半夜走了？撇下咱俩回东升了？

白石光望着池水，一脸哀思道，去马一屯乡了，潘书记的老父亲去世了。

你是说你们市委书记潘、潘什么来着？

潘左一。

对对对，潘左一，怪里怪气的一个名字。

是啊，谁的名字都比我这名字强。白石光说，白石光，我总是听人叫我白死光，丧气呀！

鲁培明笑笑，问道，你是不是也要去送潘书记他老爹呀？

白石光说，你老兄是老江湖老官场了，你说这时候我该不该去呢？

鲁培明腾地站起来，弄得池水荡漾。

大概是在凌晨三点多钟，那时白石光躺下还不到一个钟头，郑然菲就来敲门，当时白石光的心一下子就悠起来了，还以为她想怎么着呢，可是开门一看，郑然菲身上穿戴整齐，便问怎么回事儿，郑然菲说刚接到姐夫打来的电话，讲潘书记的老父亲过世了，她和孟局长这就往潘书记的老家马一屯乡赶。

白石光问，那我不去合适吗？

郑然菲想想说，你跟他的交情没多深，去也行，不去也说得过去。不过呢，传说他要去省城任职，人在这个去留关口，往往敏感，比较在乎别人对他家事的反应。不过官场风云莫测，万一他走不成呢？嗨，即使走不成，跟你也没多大关系，你又不是公务员，去不去你自己看着办吧，去了不过就是数点儿钱、搭点儿时间的事儿。

去的话，我放多少合适？白石光问。

郑然菲说，两万、五万，我看都可以。身上没那么多现金吧？我现在也没有那么多。这样好了，明天司机来接你时，你让司机装两个白信封，一个里面两万，一个里面五万，到时看情况往外掏就是了。

白石光点点头，刚想温存一下，就听见孟局长的脚步声，吓得他赶紧站直了。

孟局长过来说，白经理，事发突然，回头你跟鲁经理解释一下，没什么闪失我们下午就能回市里，晚上咱们还可以聚。

白石光道，孟局长，我可能也得去马一屯乡，不过得等到天亮以后了。

孟局长说，噢……那鲁经理你怎么安排？

白石光道，这我再跟他商量，到时电话联系你。

郑然菲打着哈欠说，咱们走吧，孟局长。车在外面等着呢。

3

鲁培明听白石光说完，脸色阴灰灰的。

白石光瞧着他问，你今天有什么安排吗？是不是还打算再见见温朴呀？

鲁培明身子往下滑着，让水淹到了脖子根才说，这次来还真不想见他，地对空，或是空对地，暂时没啥意义。

白石光蹲下来，歪着脑袋看鲁培明。

鲁培明失望地说，原本想让你今天陪我去北京见个人，可是现在你有事儿了，只能泡汤。

白石光哼了一声问，见什么人？

鲁培明道，上次来我跟你提过，就是我们部办公厅，那个姓丛的副厅长，丛德成。

噢——白石光嘟着嘴，点了一下头。

鲁培明说，这趟丧事，你得奔，你们东升官场商场的人，都会在那个马一什么屯汇集。

白石光道，我在想你怎么办？

鲁培明说，什么我怎么办？我又不是小孩，难道还怕被人拐卖了不成？哎，对了，不行我就跟你去吧。

白石光说，什么喜事儿呀跟我去，到时别染一身晦气，回头去北京办事儿，万一办不明白了，再来怪罪我，我可担待不起，现在你老兄的事儿，可都是顶天的大事儿！

鲁培明道，你别瞎逗了。嗯……你去了不会待在那儿吧？

白石光说，我有病呀，在那儿待着？办完事儿就回来呗。

鲁培明道，那你回来时，是不是还要路过这儿呀？

白石光眼里一亮说，哎，对呀，你就在这儿等我不就全有了吗！

鲁培明起劲儿往身上撩水，歪着头说，我就是这个意思。

白石光说，那你就好好地在这里享受吧，老兄。

鲁培明坐下去，展开两条胳膊，口气悠闲道，不好意思，让老弟单独辛苦了。

白石光甩着两手说，命苦怪不着政府。我的车可能快到了，我去准备一下，你自己照顾自己吧，有事儿随时电我。

鲁培明问，今天还是随便吃随便喝吧？

白石光说，吃喝玩乐睡，猪肉炖粉条，你就可劲造吧，老兄！

第二十八章

1

马一屯乡是东升市最南面的一个乡,地上地下都缺资源,是个靠农业吃饭的贫困乡,经济一直上不去,但财政上年年都能得到市里的特殊关照。

马一屯乡乡长潘光玉,是东升市委书记潘左一的大弟弟。

潘老爷子常年住在潘光玉家,他老伴十几年前得肝癌,死在了北京的医院里。

潘老爷子不喜欢城里生活,说呼吸不到庄稼地的味儿,汽车里冒出来的烟气呛死人,到处都是水泥石板子,人接不着地气,哪能不折寿?现在潘老爷子倒下了,倒在了他的出生地——贫瘠的地气十足的马一屯乡。

潘左一在老爷子的丧事上,不搞什么家族民主协商,大事儿小事儿全由他的嘴一刀切,切哪儿算哪儿,切啥样算啥样,旁人的嘴连边儿都靠不上。

潘左一考虑到自己与弟弟官家的身份,明面上大张旗鼓地操办丧事,无疑是往违规违纪上撞,到时万一在省城和市里弄出什么风波,那可就不好收拾了。眼下自己正在往省城活动,前景看好,这时如果不低调办事,就等于自己跟自己过不去,自己给自己下绊子,一旦摔倒在去省城的半道上,可就只能落下一个鸡飞蛋打的结局。

大面上从简操办老爷子的丧事,无非也就是不披麻戴孝,不搭灵棚,不收花圈,不请戏班子,不设乡村流水筵席,偶尔有花圈花篮送过来,潘家安排专人即刻送到不远处的农机站后院存放,家门口一个花圈、花篮也不摆放，让人从表面上看不出潘家正在操办丧事。至于说关起门来可以进行的一些风俗人情项目，按乡俗该怎么进行还是可以进行的，你像随份子这事儿，就不是大面上露给众人眼的事儿。

花圈可以集中处理，但各路来奔丧的车辆，就不好集中看管了。平时还显宽松的马一屯乡，这会儿让涌进来的车辆把大街小巷搞得一下子拥挤起来，乡里几个主要路口和路段上，都安排了交警或是民警疏导交通，提示车辆尽量在远离潘家的地方停放，免得到时再转出来找地方停车。

潘光玉家虽说是平房，但房间不少，大小拢起来超过十间，而且是独门独院。

郑然菲和孟局长早来一步，两人本打算献出四只闲手来，替潘书记家张罗张罗事儿，可来了一看，根本插不上手，乡里的大小干部，跑马灯似的里外穿梭，甚至还有人因分不上具体活儿，等在僻静地方抱怨运气不好呢，而少数拿不到活儿但心眼活泛的乡里干部则另辟蹊径，把郑然菲和孟局长等市里来的各部门领导，统统当成潘家的接待任务主动去完成。

潘光玉的小女儿看出来郑然菲和孟局长闲得难受，便领她俩出去了，说带她俩去剪纸娘家转转，看看丧花什么的剪得怎么样了。

郑然菲听说去剪纸娘家，心里顿时就不觉得压抑。她知道剪纸娘，那年联谊会搞活动，剪纸娘给请来现场蒙眼表演，剪了一幅闹春图，当时看得郑然菲眼都直了。

剪纸娘姓刘，传说从五六岁时就开始学剪纸，十岁左右能剪各种动物，到出嫁时，一剪能剪出龙凤呈祥图和十二生肖图，十里八乡闻名，等到人过三十，她的剪纸手艺可谓出神入化，经常蒙眼表演剪纸，名气已不是方圆百里的事了，与民间文化搭边的大小巡展她年年参加，民间剪纸大赛屡拿金奖，传奇事迹上过中央电视台和《人民日报》，尤其是那年她剪的微型百虎图，参加世界民俗文化遗产例展，在许多国家引起轰动，备受赞扬，获联合国教科文组织颁发的民间文化贡献奖，声誉响遍世界各地，外电外媒纷纷报道，时常有外国人来找剪纸娘切磋学艺。

剪纸娘是这块贫穷地界上的老富婆，她的剪纸不用出门卖，专门有人上门来收，或是提出要求预定。据说前些年她的一幅连剪三十朵玫瑰图在韩国卖到了三十万人民币，乡里的敬老院就是剪纸娘出资兴建的。

潘家小女儿口气神秘地说，郑阿姨孟阿姨，剪纸娘娘正在给我爷爷剪轮回图。

郑然菲好奇地问，轮回图是什么意思？

潘家小女儿的表情更神秘了，道，听说是我们这里的一个民间传说，也可能是一个别的什么地方的民间故事，反正是要祈祷我爷爷再回来。

孟局长问，你相信？

潘家小女儿点点头，然后展开两臂，比量着说，听说要剪二十多米长呢。

郑然菲打量着小女孩，想说什么但是没开口。

路上，郑然菲与孟局长不停地与刚从东升等地赶来的熟人打招呼。

孟局长问郑然菲，刚才坐车上招手那人是李贵和吧？听说他在北海做口岸贸易呢。

郑然菲道，可能是吧，我也没看清楚。

孟局长说，市里开"两会"，人也没这么全呀！

潘家小女儿插话道，比过年还热闹！

溜溜达达，潘家小女儿就把郑然菲和孟局长领到了剪纸娘家。

剪纸娘家也是平房，独门独院，只是房间没有潘光玉家的多。

潘家小女儿一脸骄傲，把郑然菲和孟局长当多大领导似的介绍给剪纸娘。剪纸娘盘腿坐在土炕上，戴着老花镜，腰虽说佝偻，脸上皱褶横生，但神色不糠。

剪纸娘家人搬来椅子，招呼郑然菲和孟局长坐。

郑然菲提起那年联谊会搞活动的事儿，剪纸娘好记忆，居然还记得，拉着郑然菲的手说，那次的闹春图没剪好，半道上折了一剪子，惭愧！

郑然菲哪里明白折了一剪子是什么意思，她甚至都想不起来那幅闹春图是什么样子的了。

郑然菲道，您谦虚了老人家，您是名家呀！

剪纸娘正了一下老花镜问，来送潘老头呀？

孟局长打岔道，听说你在给他剪轮回图，我们来看看。

剪纸娘说，还没倒出空来剪呢，手上这个活儿是新加坡人订的，一组尽孝图，赶了一星期了。

剪纸娘娘，你为什么还剪红纸？你难道不知道我爷爷去世了吗？潘家小女儿拉着小脸，气咻咻地问。

剪纸娘和颜悦色道，想当年，毛主席和周总理去世时，我也没停过剪纸呀。

我爸是潘光玉！

那你爸的哥哥是谁呀？剪纸娘问。

潘家小女儿仰起头，得意地说，说出来吓你一跳，东升市委书记潘左一！

剪纸娘嘟着嘴道，哟哟哟，小人儿，你差一点儿就把剪纸娘娘吓背过气了。笑笑又道，你不知道吧，有一次在省府，你大大见我，比你现在的小模样不知客气多少倍，不信你家去，去问问你大大。

那我不管！潘家小女儿红着小脸说，反正我妈说了，你这几天里不能剪红纸。剪纸娘娘，我实话告诉你，我来，就是我妈让我来的，看看你干什么呢，看我回去不告诉我妈，你不给我爷爷剪轮回图不说，还剪大红纸，你是害我爷爷，故意不让我爷爷轮回！

听到这里，郑然菲和孟局长几乎傻眼了，她们没料到小姑娘带她们到这里来，竟然是这样的用意，这不是活活让这个小孩子给耍了吗？

年幼长身，礼数当贵。剪纸娘语重心长地说，官家言行，不可欺民。世间凡事，循先来后到，公平顺天地，霸道伤万物！

潘家小女儿听不进去，还是一脸蛮横地说，我听不懂，我回家让我爸拆你们家房，断你们家路，封你们家车，罚你们家款！

剪纸娘惋惜道，门风混沌，亮天迷道，你个小人儿，言语不当，心气不古，日后如何大家闺秀？

孟局长看不下去了，带着一股气对潘家小女儿说，你这么点儿个孩子，怎么能用这种口气跟老奶奶说话？

潘家小女儿扭过脸，瞪着孟局长上下打量，半天才一腔委屈地说，阿姨你不帮我说话，我回去告我爸爸。说完甩着手，扭搭扭搭往外走。

郑然菲也觉得这孩子的言行没有礼数，目中无人，把自己当成什么了？一方土皇帝的千金？有心劝说几句，可是人家一甩手走了，她无奈地叹口气。

剪纸娘的家人，不知谁冲着门呸了一口。

剪纸娘摘下老花镜，淡淡一笑道，唉，小人儿心薄，兜点儿事儿就漏，不怪她，怪我没事先把话跟小人儿说透亮。这两位女干部，我们当地有个习俗，要叫你们讲，怕是要说成封建迷信了，就是老人命过八十折，可轮回。轮回仪式，分大轮仪式和小轮仪式，小户人家做小仪，富贵官家做大仪。大仪内容分三洗五叠六轮回，程序繁杂，劳手累心，那个轮回图，是六轮回里的招魂符。老辈人都晓得，轮回图不能在白天剪，见日光则不灵验，须等到天落黑才能走剪，可惜现今的人，大都不识这风俗里的老章旧规……

这时有家人打断剪纸娘的话，委婉提醒她来潘家做丧事的人都很忙，不要耽误人家时间。

剪纸娘冲郑然菲和孟局长歉意一笑，不再多言了。

2

白石光就像一条训练有素的猎犬，进了马一屯乡居然没有打听路，指挥司机七拐八绕就摸到了潘家。

这时的潘家，屋里屋外哪都是人，早来的人已经有打道回府的了。

白石光跟这个握握手，跟那个聊几句，从院门外到院门里，他少说跟十几个官员或是商人过了话。后来，一个乡干部模样的人把白石光引到了靠南边的平房。

潘家老爷子的遗像挂在这里。

白石光在一个老者的喊声中，完成了三鞠躬，退出来，拐进旁边的房子。

这是一个里外套间，里间门上挂着白单子，里面不停地传出刷刷刷的声音。门前摆了一张长条木桌子，桌子上放着白信封和签字笔，白信封有大有小，这都是给那些没带信封的出份子的人准备的。

东升地界上的红白喜事，讲究藏份子钱，就是红事用红包，白事用白信封，至于说钱数，你可以写上，不写也行，主家会清点的。

随份子的人都在排队，白石光站到了队尾，他前面至少有六七个人，人人手里捏着一个白信封。白石光拿目光一扫那些白信封，感觉都是普通的白信封，没有大号特大号的。

排在前面的市水务局局长，回头冲白石光点了一下头，白石光抬了一下手。

白石光带来了两个信封，一个两万，一个五万。

交了份子钱就走人，所以队列移动很快，几口烟的工夫，白石光就给顶到了长条木桌子前，他在最后一刻，掏出了那个装有两万块钱的白信封。

长条木桌子后面坐着两个中年男人，皮肤粗糙，都有牙锈，再看打扮，一般乡干部的着装。

两个男人不论哪个收了白信封，都是转手递到内屋。

内屋里就比较忙了，两男两女一共四人，一对男女负责一台验钞机。

这四人的工作虽说单调，一遍遍重复数钱，但责任重大，马虎不得。他们的工作流程大致如下：把信封里的钱倒出来，墩整齐，码放到验钞机上过数，如果信封上事先写好钱数，而点出来的钞票也正是这个数，那只需把钞票再装回信封，用订书机咔嗒封死，完事儿；如果信封上没写钱数，就需要把点出来的钱数写到信封上，用订书机咔嗒封死，搞定；遇到信封上写了钱数，但最终与验钞机点出来的数字不相符的，就必须二次上验钞机清点，假如二次认定有误，收钱人会在信封钱数后面标注一下，多给用加号，加号后写多给的钱数，少给用减号，减号后是少给的钱数，之后也同样用订书机咔嗒封死，齐活。

地上放着两个特大的柳条筐，盛装那些咔嗒封死后的白信封。

从平房里出来，白石光内急，两眼四下寻找厕所。

院子里，大小权贵和商人老板们三五一堆、四六一伙地聊着，在这个丧事平台上，人们进行的话题大多与丧事无关。

白石光在看到厕所的同时也发现了站在树下的郑然菲，正在跟市农行的女行长说话，便犯犹豫了，又想过去打招呼，又想去厕所，就在他摇摆不定时，潘光玉从侧面捅了他一下。

一看是潘光玉，白石光说，潘乡长。

潘光玉问，还没见我哥吧？

白石光道，我这就去见潘书记。

潘光玉用嘴努了一下说，他在那间房子里，正在跟能源总局的伍书记说话呢。

白石光本能地问道，他们温局长来了吗？

潘光玉说，刚才听伍书记讲，温局长陪大领导下去视察了，没在东升。

潘光玉刚说完，匆匆过来一个男人，小声跟他说，潘乡长，张根富来了。

潘光玉一脸糊涂地问，张根富？什么张根富？哪个张根富？

男人道，哎呀，潘乡长。还能有哪个张根富，就是咱乡那个老访奴张根富呀！

潘光玉把脸沉下来说，什么张根富不张根富的，你绕什么绕？你直接跟我提老访奴，我不就知道是谁了吗？真是的，说话都说不利索！

男人谦卑地说，对不起，潘乡长。您别生气，您看……

潘光玉不耐烦地说，这事儿怎么处理，还用我指点你脑门？

男人再次谦卑地说，对不起，潘乡长。我们会处理，会处理，您忙别的事儿吧。

白石光又往郑然菲那边瞟了一眼。

就在男人准备往外走时，院门口混乱了，多张嘴在吵吵嚷嚷，飞扬的尘土飘进院子，白石光伸着脖子往外看。

我冤枉——我冤枉！

老访奴，你这是干什么？快起来快起来，再怎么着你也不能这样吧？咱乡里风俗讲闹喜不闹丧，你怎么越活越没数了呀你！

我的冤比山高——我的冤比海深——我没有给国家抹黑，我也没有给乡政府丢人，你们凭什么抓我关我，还不让我去北京？你们还我老婆，还我老婆……

老访奴，起来，再不识相，真抓你走了！

别跟他废话，赶快把他拖走，先拖到车上再说。

敢跑到这里闹，吃豹子胆了莫非？

放开我……东升市皇上在里面,我要找皇上告状。我冤枉啊,我冤枉了十几年呀……

越来越沙哑的喊冤声,显然不在院门口了。

渐渐,院门外不像刚才那么嘈杂了,飘浮在空中的尘土往下沉落,人们又开始正常进出。

我的冤……声音微弱,又是戛然而止。

白石光不用亲眼看,心里也有数,喊冤的那张嘴,这是让人给堵上或是捂住了。

潘光玉的手机响了,他躲到一旁去接听。

白石光收回散落在院门口的目光。尽管他不知道刚才院门外喊冤的人是谁,有什么冤情,但他现在对这种撕扯场面、对这种跪求事实或是真相的人,已经不怎么当回事儿了,甚至是麻木不仁。弱肉强食的拆迁现实,早就把他的人生观扭麻花了,信仰涂鸦了,倒是刚刚听到的老访奴这个叫法,让他略微觉得有点儿新鲜感,原来老上访户也能像房奴、车奴、卡奴、药奴、会奴、性奴一样贴上奴的标签,这汉字的变化可是了不得,什么词儿都能给你造出来,说不准哪天人们会把九条哥换成拆哥、拆奴来喊叫。

白石光激灵了一下,意识到当务之急不是站在这里玩感觉,而是要马上去厕所处理内急。

第二十九章

1

丛德成正在看《高管视野》，这是一本时政性很强的月刊，撰文者大多是那些良心未泯、学术态度端正的专家、学者、教授，或是各行各业的精英名流，这些人有见地，有心胸，有智慧，有社会责任感和民族使命意识，针对政治、经济、文化、金融、教育、民生等社会问题署名发表见解，一些文章观点犀利，剖析深刻，令人回味。

丛德成喝了一口茶水，想接着往下看，但觉得眼睛酸疼，就放下杂志，闭着眼睛养精蓄锐。

别看丛德成有闲情看《高管视野》，其实他今天并没有这么清闲，这会儿他心里正鼓包呢。东北安装公司整体搬迁市场调研报告已进入冲刺阶段，报告在倾向性方面，与他初期的预想差距很大，落脚东升的自然因素与必然因素浸透字里行间，水依后来提供的影像资料和东升市政府战略开发优惠政策精编细则中的图片资料，他已经单独汇编到了一张光盘上，文字报告也让副组长拿出去排版印制，他现在正等着报告样本回来呢。

丛德成明白，这个报告一旦公布出去，副部长照应的山东局和部长助理打理的江苏局，必然会被报告掀起的浪涛推到预备席上去，三足鼎立的格局自此打破，水依苦心经营的东升将独占鳌头。

对于这样一种侧重，明眼人一眼即可看穿。丛德成本人也并非心口归一，但他现在没有能力左右自己不去这样完成调研报告，水依出手阴毒，拿人点穴，老水手俱乐部里的越轨事，往小处说让丛德成被动，往大里讲他吃不了得兜着走。

人在官场，命运一旦被阴谋，其思想、灵魂、感情、意志什么的就全都大撒把交出去了，犹如坐上一辆他人控制的过山车，看着宽敞、风光、气派，但没有调整车速的自由，至于说刹车的权力那就更甭想了，何时停下来操纵者说了算。

　　丛德成坐在这样一辆过山车上，已感头晕目眩！

　　没后悔药可吃，既然倾向性目标已经锁定，那就得全力以赴为这个目标的实现去计谋，这不是对错的事儿，而是别无选择。

　　做到了这一步，丛德成略感有些美中不足，假如在这个弃二保一的调研报告之外，再附上一份来自东北安装公司民意取向之类的书面材料，那么这份报告的分量，无形中就加上去了，这一盆稀泥和得就更像那么回事儿了，遮人耳目的同时，也为自己找到了说辞上的替罪羊，而且这替罪羊还不是一只，而是一个群体。

　　丛德成能掂量出轻重，所谓民愿，汇集到部里来，容易弄出众人拾柴火焰高的假象，拿这个假象罩着，日后自己在副部长和部长助理那里，以及更大的官场上论说东北安装公司落脚点这件事儿时，好歹也算有了一块挡箭牌，管这块牌薄厚呢，有总比没有强，万一到时刺来的矛是个钝头矛，那自己不就轻而易举地护住身体了吗？

　　丛德成唉声叹气，有心给鲁培明打个电话，临时抱一抱佛脚，暗示他马上出手合作一下，弄个全体职工公决去东升之类的文稿电传过来，可是又觉得这事儿不大好办。拐弯抹角吧，可能讲不清楚；直来直去吧，这嘴有些难张。想想在过去的日子里，每每见到姓鲁的都不给他一个舒服脸看，打电话就更不把他当同级领导对待了，说教训就来几句带刺的，说挤兑就往墙角顶一顶，这会儿用人家了，冷不丁来个三百六十度大转弯，这舌头到底能不能别过那股习惯劲呢？

　　丛德成苦思冥想后觉得，按说问题不应该很大，他鲁培明在自己这里折损点儿面子不能算是丢人，这么讲是因为他非常想去东升，他为了实现落户东升的心愿，就算忍着也不会与自己计较什么，计较的成本往往都是很昂贵的，这个账上的得失，场面上的人不难算出来，鲁培明在这一点上的功课也不会差。

　　解开心里疙瘩，丛德成心态回归到正常路数上来，他甚至觉得到时点拨鲁培明，就看这话怎么往里递了，说巧妙点儿，兴许还能演变成帮忙落好的义气举动呢。

对呀，丛德成突然信心倍增，帮他忙，话就往帮他忙上捅，帮他忙过程中让他配合一下，他还有什么好说的呢？

丛德成的愁眉头打开了，在手机上检索鲁培明电话时，脑子里也在组织贴近帮忙的词句。

接下来发生的事，用一个巧字来形容似乎就不大贴切了，简直就是上帝之手完成的！

就在丛德成调出鲁培明的电话准备联系时，他的手机铃声响起来了。

丛德成低头一看来电显示报出的人名，身上腾地紧了一下，双唇分开，呼吸的样子像缺氧，冷飕飕觉得这事儿邪乎了，鬼插手了，怎么会是自己正要联系的鲁培明呢？这种巧合的概率还不得几十万分之一啊？

丛厅长，鲁培明说，正忙着吧？不打扰您工作吧？

丛德成一改过去的腔调，带着玩笑口吻道，鲁经理这是因为什么想起我来了？

丛厅长，你这又是拿我这葱头脑袋，当保龄球打了一个心情大满贯呀！鲁培明嬉笑几声，语气大大咧咧，依旧像过去通话那样，为讨这些京官开心，那是能拿自己开涮就开涮，决不吝啬人格脸面。

丛德成明白，鲁培明要是没什么事儿，他是不会给自己打电话的。

但丛德成就是不往正题上靠，接着打哈哈，怎么着啊，鲁经理。不会是晚上亲自飞过来请我吃饭吧？

鲁培明在电话那边啊了一声，振得丛德成的耳朵眼里灌满回音，不得不把手机往外移一移。

鲁培明说，这你都能猜到呀，丛厅长？我说领导，你这第六感觉也太神了吧？我打这个电话，还真就是想晚上请您吃饭啊，丛厅长！

怎么，你又悄悄进京了？

我现在东升，如果您晚上有空，我这就赶过去，丛厅长。

丛德成刚想满口答应，却又意识到这时不能喜出望外，得适度矜持一下，得让对方明白请丛厅长吃一顿饭，其实是一件很让丛厅长为难的事情，丛厅长任何时候都是个大忙人，一旦应承下来，那无疑是给了天大的面子。

丛德成这才像以往那样，拿起劲，打官腔问，你这也算是不速之客了，有什么事吗，鲁经理？

鲁培明道，丛厅长，我知道你应酬多，厅里事缠身，可还是想跟您汇报一下工作。

丛德成说，瞧瞧，又扯了不是？谁跟谁汇报工作呀？咱俩站着一样高，坐着一样矮，不都是副厅吗，鲁经理？

鲁培明也够机灵，立马改口叫道，丛组长，汇报工作是其一，这其二嘛……就是好长时间没跟丛组长坐坐了，我得找找被领导小组组长关怀一下的感觉，您说我这个要求还算正确吧？

丛德成一看电话里说得差不多了，再游戏下去也没多少新鲜内容了，应该进行下一个小插曲了。

丛德成让鲁培明过半小时再来电话，看看他能不能把晚上约好的场推掉。

鲁培明不知丛德成这边是在虚晃一枪，一听有商量，自然感激涕零，一劲儿谢谢丛组长。

收线后丛德成的脑子并没有休息，他在琢磨一件事儿，那就是鲁培明怎么会突然出现在东升呢？难道说，他跟温朴有了什么窃窃私语的话题？非常时期一切皆有可能。可是按套路出牌的话，他们之间一旦有了秘密交易，常识上讲鲁培明是不会主动把自己从东升暴露出来的，因为秘密的核心就是神不知鬼不觉。

丛德成又换角度揣测，那会是因为别的什么事儿？别的又能有什么事儿？没听说东升有什么相关会议，更没听说那里有他们安装公司的什么施工项目，所以说，他鲁培明为公事赴东升的理由几乎为零！

没有私下活动，鲁培明大老远从东北跑到温朴管控的一亩三分地上干啥？他们究竟会有什么私下交易？温朴到底能给他什么好处？丛德成的脑子又转到了这件事儿的起点上。

丛德成看了一眼手表，合计着晚上鲁培明来去哪里吃饭，脑子过了几家饭店都无法定格，最后他想到了西域风情，那里的牛羊肉是特色，清水羊头、吊羊肚、熏羊蹄、手扒羊肉，特别值得一提的是大串烤肉，一根带木柄的大铁钎子上，穿六块提前腌制好的羊肉，烤出来香味地道。天冷了，应该用一些牛羊肉，吃美了比赴一场三五万的大宴不差享受的感觉。

在吃饭前考虑花钱多少这个事儿，这对搞领导接待出身的丛德成来说可是不多见的，看来他是真对鲁培明上心了，或者说是对将要进行的合作寄予厚望！

可是……丛德成又想起了西域风情里曾经发生的一起人命案，这或多或少动摇了他去西域风情的念头。

那是很早的事儿了。一个在逃多年的通缉犯，某一天中午正在西域风情里喝烧酒，吃羊肉串，结果就给人认了出来。报警后便衣警察来拿人，反侦察意识极强的通缉犯在便衣警察刚进门时，就发觉不对头，操起两把大铁钎子，抄道往后厨跑，便衣警察紧追。毕竟人生地不熟，通缉犯在一个员工出入的小门前被便衣警察合围了。便衣警察让通缉犯放下手里的凶器，通缉犯不合作，便衣警察举枪逼上来，通缉犯一看脱身无望，就冲过来，便衣警察开枪自卫，但没击中要害，错过制伏良机，一便衣警察被玩命扑上来的通缉犯猛一铁钎子刺穿心脏，当场殉职，又添血债的通缉犯被乱枪击毙……

唉，哪能老发生那种血腥事件？再说出事儿后，他也带着几个新疆朋友又去过一次，不都平平安安的吗？

咦？刚打开心结的丛德成，突然意识到了一个自身问题，就是事后去的那一次，怎么没有像今天这样，在去之前想到那里曾发生过命案呢？为什么今天会突然想到，难道说这是不祥之兆吗？

呸！丛德成否定了自己歪七斜八的想法，自己扯自己的淡，纯属闲着没事儿找活儿干。

晚上还就去西域风情吃羊肉啦！丛德成对着窗户说，像是正在跟窗户较劲。

2

接过丛德成的电话，鲁培明脸上有种掩饰不住的喜悦，搓着手在原地转圈，像是在什么事上捞到了外快。

　　这个电话值得鲁培明高兴一阵子，晚上北京见面的时间、地点，刚才丛德成在电话里都说明白了。

　　鲁培明没想到丛德成这么给面子，那会儿丛德成让他等半小时再联系，他基本对晚上的饭局不抱多大盼头了，他那时认为丛德成之所以不当时推开，多少是给自己留了面子，所以才会拿半小时来周旋一下，半小时不过就是个让人下台的幌子。

　　一般来说，有才智的人，比平庸的人更在乎虚荣。

　　鲁培明沾沾自喜地说，没想到丛厅长答应了，我再喝几口茶就往北京赶了，石光。

　　白石光摆弄着茶杯说，穷也穷了，富也富了，现在就差你跟领导的感情入库了。

　　鲁培明捏着鼻头，瓮声瓮气地问，此话怎讲？

　　白石光张开双臂，做了一个拥抱的动作说，机会，这个机会你千万要抓住，我说老兄！

　　鲁培明逗闷子说，我还以为你要拥抱这间大办公室呢！

　　此时，他俩落脚说话的地方，是白石光的办公室。

　　一早去马一屯乡奔丧的白石光，随了份子钱后，见了潘书记一面，说了几句宽解人心的客套话。潘书记拍打着他的肩头，说他优秀青年民营企业家的风采越来越足了，下来让宣传部再做做文章，找适当机会再往省里和全国推推，东升需要这样的青年带头人。之后他又见了郑然菲，她让他没事儿先走人，她得留下来照应照应。这样他就没在乡下耽误时间，匆匆回到香池接鲁培明，然后赶到东升吃午饭。

　　按鲁培明的打算，如果丛德成不愿意见他，他今天就往秦皇岛赶了，在老岳父家过一夜，转天起早回东北。

　　鲁培明说，石光，下午你公司里不是没什么事儿吗？要不，你陪我去一趟北京吧！

　　有关去北京做什么，鲁培明在从香池回来的路上，掐头去尾地跟白石光念叨了一下，大意就是去走动走动，碰碰运气什么的。

　　白石光看着他说，怎么，胆小呀你？

鲁培明道，倒不是胆小，就是这心里没谱。

白石光说，问一句不该问的话，老兄，你这次去，是不是还打算拿板砖拍人家丛厅长？

鲁培明挠着头说，还没到那一步，就是想从他那里探听一下虚实。

其实，鲁培明就是去送礼的，但不是像上次送温朴那样，把五万块钱藏到十根野辽参下面，事后让白石光好一顿奚落。这次他给丛德成准备的是两根生肖纪念金条，一根四万多块钱。

白石光心里有数，这年头，哪有拜佛不烧香的，但嘴上还得糊涂。他说，这种事儿，我去就不附和游戏规则了，两个人的事儿，就得两个人面对面，多一个都碍眼。

鲁培明说，咱哥俩，还有什么碍眼不碍眼的？

白石光道，碍眼不碍眼，这你得问问你们的丛大厅长。停停，又说，事前投资是感情，事后投资是交易，我把话就说到这里了，老兄，往下我就不再讲什么了，去了你自己照顾好自己吧。

鲁培明逗乐道，听老弟这口气，老兄我好像是去赴刑场呀，有去无回呀！

白石光笑着站起来，绕到办公桌后面，撅屁股打开保险柜，从里面拿出一张卡，走过来递给鲁培明说，这是北京豪家购物中心的一张消费卡，里面有五万块钱，你拿着，见到丛厅长后，你随机应变吧，老兄。

鲁培明也站了起来，愣呵呵地看着白石光，嘴里一时没了动静。

白石光催促道，接着呀，不过一张五万的卡，你老兄至于这样吗？

白石光这么出手，也不是瞎大方，刚才说给鲁培明听的事前投资是感情、事后投资是交易这句话，其实也是一句敲打他自己的话。东北搬迁的活儿，就在那儿撂着呢，白石光的这张卡，就是冲着未来搬迁去的。

鲁培明接过卡说，这实在是不好意思，老弟。

白石光道，要说不好意思，应该是老弟我不好意思，上次那十根野辽参一万一根,就算老弟我五千一根收购了,这下你老兄就好意思了吧？

鲁培明忙说，你说什么哪，这是两码事儿。

白石光背过手说，玩笑。那十根参原封未动，不如这样，哪天我把参送给孟局长，就说是你老兄的一点儿心意。

白石光这里里外外的用意，鲁培明自然也全都有感觉，他不再与白石光争执了，说，我今晚住北京，明天赶回来请请郑会长和孟局长，人家这么抬举我，我不答谢一下就白出来混了，也让你老弟跟着折面子。

　　白石光说，这倒没必要，你还是专心去忙你的事儿吧。

　　鲁培明争嘴道，就这么定了老弟，暂定明天晚上吧，回头你帮我张罗个地方，咱们随时电话联系。

　　白石光见推辞不掉，说，这样也好，一来加深印象，二来有些没说到位的话，到时也可以再说说。就明天晚上吧，明天中午我先请两位女士坐坐，帮你预热一下晚上的场子，顺便再把那十根参送给孟局长。

　　鲁培明为难地说，光送孟局长不送郑会长，这个不合适吧？

　　白石光无所谓地说，放心，这点儿事儿我还处理不好？差不多了吧，老兄，该动身了，北京的路，可不像东升的路，早走心里踏实。

　　鲁培明掏出车钥匙，在手里掂着说，老弟够意思，老兄心里不搅浑水。不论我去北京是白跑腿，还是捡几粒芝麻回来，这都不影响咱哥俩的交往，老弟放心就是了。再就是明天晚上的事儿，还请老弟费心帮老兄请请两位女领导，务必得请到。

　　白石光说，老兄做东，那就得叫个场，老弟怎么能使半成劲，当然全力以赴攻关！人走天涯，随时拿起放下，到时北京不亮没关系，咱给他来个东升满堂喝彩。像你老兄这样的人才，到哪里还不都是香饽饽！

　　鲁培明有感而发，这人生，不外乎三活：青年活物质，中年活忙碌，老年活怀旧。好了老弟，我该出发了。

　　白石光问，用送你出城不？

　　鲁培明边往门口走边说，出不去我就回你这里了，好好，你不用出来了，老弟，我认路。

　　白石光嘱咐道，遇到难事找警察，别自己死扛着。

　　鲁培明回头挤了白石光一眼，迈出门说，等哪天老兄我走投无路了，就来给九条哥打工，怎么还不能混碗饭吃？就凭我这块头，扒房子拆墙之类的苦力活儿，还是干得动的。

　　屋外天色晴朗，感觉不到有风，但是干冷干冷，像是又有寒流从什么地方过来了。

白石光跟上来说，九条哥也是你这种有身份的人叫的？扒房子拆墙也是你老兄干的活儿？那我还不一头往南墙上撞死！

鲁培明摇着车钥匙说，人在屋檐下，不得不低头，到什么时候说什么话嘛。哎，我说老弟，你这院子里太空了，怎么不栽一些树呀？

白石光环顾一下说，这里不是我的地，临时用用的事儿。明年吧，明年我在开发区里弄块地，盖个像样的办公楼，到时想种什么树种什么树，想栽什么花栽什么花。

鲁培明一脸暧昧地说，那你最好多种梧桐树，多招金凤凰！

鲁培明的车停在院子北头，白石光一阵阴笑后，招呼那两条不知歇在何处的德国黑背，让它们出来送送领导。

3

鲁培明走后，白石光找出上次没看完的光碟接着看。拆迁是他的业务，他看这样的碟也算是务正业了。

他凭着记忆快进，反复两次操作，就找到了续接点。

画面给出的是几排盖在某泄洪区里的平房，画外音说，根据《中华人民共和国水务法》，这些违章建筑属于⋯⋯

手机铃声打断了画外音，白石光拿起手机一看是助理打来的，腾地站起来，接机往门口走。

白石光的助理这会儿应该在七横福县的兴泔乡，那里有一个项目——农产品物流基地，同时还有一个配套的新农村示范工程，就是把被迫放弃宅基地的农民，软硬兼施都集中到乡政府统一兴建的两层连体小楼上去，简称"上楼工程"。

这个上楼示范工程，惹得绝大多数赌气的农民是敢怒不敢言，三三两两扎堆抱怨，话题离不开烧天然气、用自来水、集中处理垃圾、像城里小区一样统一管理物业、有偿服务，将来这一系列从未触及过的开支，让农民们伤脑筋，算不过账来，但都清楚不管怎么着，以后的生活成本将会大幅度提高，政府说是给一定的补助，但这一定补助的具体细节很抽象，到底一定到什么程度，不透明。农民派代表去问，政府负责解答的人哼哼呀呀，含糊其辞，弄得农民兄弟心凉半截。再就是突然由平房到楼房，这祖祖辈辈留下来的平房生活习性，左邻右舍走动模式等，哪能说改变一下子就全都改变了呢？还有鸡鸭猫狗猪等家禽怎么喂养？总之农民们说，往后呀，甭管日子穷富，怕是让人折腾得都不会过了！

兴泔乡的拆迁工程不小，利润丰厚，白石光公司上去了一多半人。

助理说，白经理，现在就剩下一户了，你上次见过，就是那个大板牙家。

白石光已经得上了职业病，不论什么时候，不论面对面还是在电话里，只要一谈拆迁，他的神情马上就会冷漠下来，就像这会儿屋外的天气。

白石光问，他又有什么幺蛾子？

助理说，他现在松口不咬补偿了，改成把他二儿子提前释放。

白石光问，怎么回事儿？说明白点儿。

助理说，非法传销，判了四年，还有一年零几天才能到期。

白石光转了转脑子，又问，东家什么意思？

助理说，转身了。

东家和转身，皆是拆迁行话，东家指雇主，转身是指政府不管这事了，说白了就是接下来怎么打发钉子户，拆迁公司自己看着办。

白石光冷笑道，既然这样，那还给我打什么电话？该怎么干，你就领大家怎么干不就完了？

助理吞吐道，白经理，那……

白石光口气急了，有屁放。

助理说，咱有两个弟兄犯浑，把人家二儿子媳妇……给……给办了。

白石光狠狠踢了一脚门，脸上杀气腾腾。

白、白、白经理……助理磕巴了。

白石光喘出一口粗气，压住火问，有证据吗？

助理赶紧回话，他们倒是没留下什么证据，不然，平这事儿还真就费劲了，白经理。

白石光两片嘴唇抿在一起，腮帮子上的肌肉颤动着。

助理说，白经理，你看要不要给他们一点儿钱，补偿补偿。

白石光以不容商量的语气说，一分不给，今夜铲！

助理道，明白，白经理！铲干净了，我给你信。

白石光啪一声合上手机盖。

白石光重新坐到沙发椅上，两眼虽说对着电脑屏幕，但屏幕上的画面，并没有清晰地进入他的眼里，不过就是一团模糊的彩色影子。

这时门外有人叩门，接着传来唯唯诺诺的说话声，白经理，您在吗？外面有您快递。

白石光脑子里杂乱，冲门口大声说，你收了，不就完了！

唯唯诺诺的声音又传进来，不让，说是得您亲自，还要看身份证。

烦死！白石光起身往门口走去。

接收到的快递包裹里，装的是一个紫色的首饰盒，白石光打开一看，里面放着一件玉兔生肖挂件，跟郑然菲在那次慈善拍卖会上捐献的玉兔生肖挂件几乎一样。

白石光的混乱脑子刹那间被眼前这个玉兔占满了。他小心地取出玉兔，仔细看过后，确认这个玉兔就是郑然菲捐出的那个玉兔，那次慈善拍卖会开拍前，他用心看过生肖玉兔挂件，毕竟他与郑然菲之间有着非同寻常的关系，睹物也醉心。

惊喜过后，白石光就觉得不对劲了，这是谁干的呢？直接寄公司里来了，这是知根知底呀。

白石光看投寄地址，写的是：北京市海淀区檠鲼路40号耸尔立国际贸易大厦B座17层卡胍偕商贸有限公司。联络电话留的是一个座机号，投递人猛克灄。

檠鲼（什么什么）路？卡胍偕（什么什么）？猛克灄（什么），这些个歪七扭八，压根儿就没见过的字是地址？是公司名？是人名？白石光意识到这些可能都是瞎编的假信息，自己无疑是收到了一封匿名快递。

白石光越想心里越发紧，甚至已经有了几分胆怯。他拿起玉兔又看了一阵子，再次肯定了先前的判断，这个玉兔挂件，百分之百就是郑然菲的那个玉兔挂件！

白石光三思后，操起桌子上的座机，拨打投寄人的北京座机号，结果这个号是空号。

妈的！现在白石光确认这个来自北京的快递就是一个匿名快递。

这是谁干的？什么用意呢？

白石光越想心里越没底，而且脑子里塞满了拍卖会上那个神秘女人的身影，心跳越抑制越快，身上还不住地发冷，像是突然间就得上了感冒。

白石光又熬了一两分钟，他决定马上给郑然菲打电话，看看她那里有没有什么线索，或是其他意外情况。

接上线后，白石光说刚刚收到一个神秘的快递，并把对方的地址、单位、姓名、电话念了一遍（不认识的字还用什么什么来代替），最后说那个北京座机号他打了，是个空号。

郑然菲显然很在意这件事情，不然她不会沉吟半天不吱声。

白石光自言自语道，谁干的呢？

郑然菲这才开口，不管是谁干的，不管是什么意图，有一点很明白，就是这个人对咱俩现在的关系十分清楚。

白石光心里忽忽悠悠，感想杂乱，不知说什么好，就叹了一口气。

郑然菲问，除了玉兔，没有信和纸条什么的？

白石光道，没有。

郑然菲说，嗯……你现在没事儿吧？

白石光道，鲁经理已经去了北京，没事儿了。

郑然菲果断地说，那咱们这就回家，你把东西带上。

白石光道，好，我马上出发。

郑然菲吟了一声又说，你顺路去趟水产市场，捎几只圆脐河蟹回来，再随便买几样青菜，晚上咱在家里吃。

白石光道，没问题。

郑然菲说，那好吧，我这就往回走，路上你开车慢着点儿。

白石光心里一波三折，他不得不承认郑然菲比自己有底气，而且还能沉住气，乱心的时候人家还能想到晚上吃什么，还能一如既往提醒自己开车小心点儿。看来一个人要想修行到坐怀不乱，外加拿得起放得下这个火候，三年五载这点儿时间，怕是不够用。

乱心不乱事，乱事不乱心。

白石光隐隐约约记得，这话好像是从郑然菲嘴里出来的。

第三十章

1

想开的人生与错位的现实之间,裹挟着磨损人心的恩怨。遗忘的感动或是冲动,在某个夜深人静时,似乎还可以用泪水还原。纠结的人性,不能粉饰命运的坎坷痕迹,眼睛总是停泊在苦难现场,独立求证人生沧桑!

候好趴在床上,瞅着笔记本电脑上的这段话,感觉挺像那么回事儿。

这段话是他刚刚一气呵成敲出来的,并非捕风捉影,当算有感而发。

住院对候好来说,确实是一件浪费体能空耗精神的事情,他为了不虚度时光,每天坚持挖掘内心,打扫灵魂,清理思想,感叹人生,咀嚼往事,展望未来,并把这些都写成住院杂感存放在电脑里,有时三言两语,有时长篇大论,尤其是写秘书心得,他总是感慨多多。部分整理出来的心得,他发到了网上。

不过,候好的住院杂感就要写到头了,他后天就要出院了,回想着那些前来探望自己的人,候好眼前闪过一张又一张脸,其中有两张脸的定格时间相对长一些,一张是温朴的脸,另一张是古经理的面孔。

这两个人能来医院,确实让候好没有想到。

温朴是在候好出事后第二天下午来的,由沈来仁陪着。

那天,尽管温朴没待一会儿,关怀话语也很节制,但候好还是感动得不行,几次开口都语无伦次,甚至还有过面红耳赤的瞬间。最离奇的是等温朴走后,不知哪根神经的作用,他居然把几近走火入魔的蚂蚁问题放下了,打算今后不再拿蚂蚁做温朴的文章了。

异想天开,候好意识到其实自己很操蛋,一直在犯一个低级的小儿科错误,就是拿着渺小开伟大的玩笑,拿着梦境当现实人生的旅游胜地!

现实是利益的、关系的、照应的、暧昧的,这从自己住院上就能说明一切,先是因为姐姐是这里的护士长,自己破格住进了双人病房,等温朴来看过后,自己又转到了处级干部病房,住上了单间,这一次次环境变更,不是阴错阳差,不是金钱直接推动,而是人情与权力的微妙作用。

古经理是在几天后的一个晚上来的,当时候好也在玩电脑,在某论坛上跟一个网名叫"爱你得寸进尺"的人打架,一见古经理来了,脸色顿时有些发愁。

古经理说,你这是怎么弄的呀,候科长?我今天下午才听说。

候好推开电脑说,不好意思,让古经理当回事儿了。

古经理道,丢啥不丢面子,扔啥不扔朋友,我哪能不来呢?

候好想下床,但每一个动作都显吃力。

古经理过来扶着他的肩头道,免免,免了候科长,你就在床上待着吧,我又不是外人,咱犯不着客套。

候好苦笑道,那你请坐,古经理。

古经理坐下说,怎么着候科长,我听说狗鸡鸡差点儿没报废了?有那么严重吗?

候好脸色反感,没好气地说,咱那大楼里的人,除了会造谣之外还会干啥?

古经理拔直腰板,竖起大拇指,往上挑着说,这话赶劲,到位呀,兄弟。一听就知道是从水深火热里泡出来烤出来的受难者!

候好说,谢谢!

古经理道,这怎么就谢谢了呢,候科长?什么花呀粉的,俗,这个你收下,一点儿心意,候科长。

古经理把一个信封放到了床边上。

候好望着古经理说,古经理,咱平时不过这个,你还是收回去吧。

古经理说,平时是平时,现在是平时吗?同是天涯沦落人,何必误解再误解?再说我现在已经卸下包袱,改过自新,准备重新做人了,你候科长要是在这个节骨眼上嫌弃我,那可就是你候科长的心不宽敞了。

候好问,找你谈过话了?

古经理道，谈过了，党内警告处分，发配到右江项目经理部任专务经理，配合项目经理工作，括弧，正处级待遇不变，过一两天就去赴任了，候科长。

右江项目经理部在山东，那里正在建一条成品油管道。专务经理没多大实权，基本上就是一个听喝的角色。

候好觉得单就小金库的事儿，古经理走到这一步，就算是躲过了狗屎，这要是换成一般人，不整你一个上吐下泻，也得让你吃净地上的狗屎。然而古经理神通广大，大家都知道出事儿后，他古经理上下没少打点，替他求情的嘴，北京东升都有，现在他跟自己诉苦，不过是散散心的事儿，有些人得了便宜就是要出来卖乖，这个没办法。

古经理说，人怕出名猪怕壮，就更别说整天牛哄哄、到处招摇的我了，刀来了不砍我砍谁？我现在算是明白了什么叫墙倒众人推，还有利益面前是兄弟、灾难面前是陌生人的说法了。见死不救的人，比我更阴谋啊，候科长！

候好心里空荡，觉得此时怎么开口都不好接他的话，他这个样子有点儿光脚的不怕穿鞋的，一个劲儿拿狠话拍自己。

古经理抿了一下嘴唇说，咱这是关起门来说，候科长。你说咱局里哪家二级单位没有小金库？不过就是个库存量多与少嘛，可偏偏就把我收拾了，你说我还能有狗屁的脾气？这就叫服也得服，不服也得服，服到罪有应得还得服！

候好长出一口气说，你就少发点儿牢骚吧，古经理，你的乌纱帽不是还戴在头上吗？

古经理摸了一下脑袋说，是是是，候科长说得对，局领导要是不开恩，不讲情面，一棍子把我打死，我头上这顶乌纱帽，怕是要戴到张三李四王二麻子头上去了。知足，我知足了。

候好本想开口说话，哪知一个闪失，哈欠就打出来了。

古经理看了一眼手表说，哟，不早了，候科长，我得走了，不打扰了，你好好休息，好好养着吧。

候好确实感到有些累了，尤其是肩头，酸溜溜地往下沉。

候好说，不好意思，古经理，那我就不下去送了。

古经理道，不客气啦，候科长。

候好溜了一眼床边上那个信封，依然有心让古经理拿回去，但这时的嘴却是不好张了。

人在背运时送出的东西，其意义远远超出了东西本身。再就是走背字的人都多疑，有时一个眼神也能把他们的脸划破。

古经理走到门口回头说，候科长，等你哪天去右江，别忘了接见一下老兄。

候好摇着头说，看来这一次只是伤到了你古经理的皮毛，这是要伤到你骨头上，你就不这么逗我玩了。

古经理举起右手道，我改我改，我这是又他妈的犯了牛哄哄的老毛病了。好了候科长，你多保重，狗鸡鸡好，才是真的好！

候好扑哧乐出了声。

古经理回手关上病房门。

瞧着古经理没影了，候好猛然意识到，人倒霉时，尤其是领导干部，这时才有点儿像个人。

其实，候好的这种内心感受，同样也适用于古经理，试想他要还是呼风唤雨时的那个古经理，那他今天还能来医院看一个科级秘书吗？那会儿在来医院的路上，古经理还亲自反思了一下自己夜探候好的举动因何而产生。显然不是因提升、巴结、讨好、还愿、代劳、弄景儿、走过场等才这样做，就算自己再怎么走下坡路，也没必要去攀附候好，他现在就是一个与自己命运毫不相干的小科长。可是，下午刚在机关大楼里听说他住院了，自己本能地就决定晚上去医院看看候好，念头来得极其自然，没有添加任何利益色素。

古经理明白了一个从前被自己忽视的道理：失望的人，总会找不幸的人来表达自己残缺的善心，掩饰自己对丢失东西的所谓不在乎，进而满足落难者在精神上对人格的乞讨！换个角度讲，就是用扯淡的态度，面对操蛋的人生！

2

已是初冬时节，天空像是刚刚出土，色调乌突突，寒风卷起地上的杂物。

候好趴在病房的窗台上，发现远处一棵秃树上竟然有一个喜鹊窝。他想住了这么多天，怎么没早发现这个喜鹊窝呢？他心里一阵狂跳，昔日那惨痛的一幕，犹如刚刚发生，让他不寒而栗。此时他下体的伤口虽说已经愈合，明天上午就可以离开医院，但他精神的创伤还在发炎，这让他对医院里的这个没招他也没惹他的喜鹊窝充满敌意，阴冷的目光，无声地撞击着喜鹊窝。

像是有什么鬼力在支撑着他，候好现在越发跟窗外树上的喜鹊窝过不去了，怎么看都觉得这个喜鹊窝碍眼、堵心，喜鹊窝已经成了他的不祥之物。

心思一收缩，候好就联想到自家窗前那个差点儿毁了他的喜鹊窝，腿裆那儿抽搐了几下。

狗日的喜鹊窝，王八蛋的喜鹊窝，害人的喜鹊窝，看老子明天回去怎么收拾你，非把你捅下来不可！候好有些神经质地想，上次捅喜鹊窝出事儿，问题多半是出在了工具上，两样材质的东西捆绑在一起，稍不牢固就会错位、打滑，上次要是能有一根顺手的竹竿子，说什么也不会弄成疑似性功能丧失的惨样，吓得老婆哭哭啼啼，以为以后要守活寡了，还有姐姐，虽说忙前跑后，但她咋咋呼呼，总是忙不到点子上。

病房门开了，候好离开窗台，转身一看进来两个人，走在前面的是爱人，后面那个中等个头、理一头板寸、稍显发福的中年男人候好眼生，从未见过。

爱人脸色惊虚虚，眼神不敢往候好身上落，候好一看就明白这是出了什么事儿，便盯着中年男人问爱人，这位先生是……

爱人咬了一下嘴唇说，这位是……米星集团梅总经理。

梅总经理微笑着点点头，候好也下意识地点点头。

东升市里的人，怕是没谁不知道米星集团是做粮油加工和儿童营养食品生意的，国内外都有稳定的销售市场，企业知名度很高，是东升的特大纳税户。至于说候好，就更熟悉这家民营企业了。米星总部大楼内的办公设施国内一流，已全部现代化数字远程办公，楼外的绿化地别出心裁，采用田园式生态绿化，打造出了一个人与自然和谐相处的小环境，其环保理念在国内部分地区得到推广。候好曾陪外地来的领导两次去米星集团总部参观，但一次也没有见到这位梅总经理，那两次都是董事长出面接待的。

爱人回头冲梅总经理说，梅总，这就是我丈夫候好。

候好不知到底发生了什么，只能再次冲梅总经理点头，并试探性地说，我曾两次去你们米星总部参观，梅总。

梅总经理对候好曾两次去过他们总部参观似乎不感兴趣，他递过来一张名片，开门见山地说，候先生，是这么回事儿，我是为那枚金钻戒来的。

候好的脑袋像是给球从后面闷了，嘭的一下子涨大了，惊愕与怨恨混杂的目光甩了爱人一脸。

爱人承受着候好无声的责怨，低着头说，我去典当，结果梅总经理就来了，他是这枚钻戒的失主，人家有证据。不过我跟他详细说了这枚钻戒是怎么来的，他要跟你核实一下，你照实说就是了，候好。梅总说他要回购这枚钻戒。

爱人所言，在梅总经理听来应该是很适度的，如果爱人在话里提到喜鹊窝什么的，这就有暗示候好串通一气的嫌疑了，接下来只要候好的陈述能与爱人在典当行里说的话对上，那梅总经理也就没什么好怀疑的了。

3

如爱人讲的那样，这场意外确实是发生在典当行里。

前几天，爱人做了一个梦，梦里一个算卦大师对她说，她家收有不义之财，如不尽早处置，必生毁宅之祸。爱人尽管不信这个梦，却是驱赶不走这个梦，一想起来就惶恐不安，后来一想候好就要出院了，还是及早把钻戒处理算了，毕竟是不义之财，搁家里总是一块心病，于是她就去了福越典当行。

行里收货的人是一个老者。

老者拿过钻戒，戴上专业放大镜，反复查看，半天也不说一句话，等得爱人心里没着没落，生怕鉴定结果是假货，那样的话候好的罪可就算是白遭了。

老者把钻戒递给爱人，说，这是一枚上品钻戒，他不好估价，得找资料参考一下，让爱人稍等。

爱人悬着的心放下来了，只要不是假货，等几分钟没关系。

工夫不大，老者就出来了，手里拿着几本破烂的杂志，坐下来，慢条斯理地翻着，过了很久才问，敢问女士，这枚钻戒……

爱人又心跳过速了，想了想说，祖传的。

老者又慢腾腾地翻着手里的杂志，目光偶尔在某一页面上停留下来。爱人盯着老者的脸，心直往嗓子眼蹿。

爱人在这个慢性子老者面前，耐心消磨得差不多了，脑袋顶到了铁栅栏上问，先生你们到底能出多少钱？

老者头也不抬地说，好东西，自然卖好价。

爱人一琢磨他的话，这话不等于什么也没回答吗？就又问，您好歹也得先报个价呀。

老者笑笑道，收货出货，都在一个慎字上，还请女士容我细鉴，这对彼此都有益。

爱人从来没在当铺里做过交易，对这个行当的规矩，可以说是两眼一抹黑，现在也只能是人家怎么说，她怎么做了，急也没有用。

老者的眼睛始终不离杂志，偶尔就钻戒的成色、重量等跟爱人沟通几句，如此磨磨蹭蹭一直到梅总经理上气不接下气地出现在柜台前。老者才抬起头来对爱人说，这位梅先生，便是你手里那枚钻戒的失主，请女士跟梅先生沟通吧。不好意思，多有得罪，还望见谅。

爱人像是当头挨了一棒子，她意识到这是让人算计了，掉进了死老头子挖的陷阱里。她十分后悔，刚才死老头子那样出工不出力，显然是在拖延时间搞鬼把戏，自己怎么就一点儿危险意识也没有呢？然而面对现实她清醒了，那就是此时即便把肠子悔青了也无济于事，当下最要紧的是不能心乱，必须沉住气伺机脱身。

爱人打量着一直也在打量她的梅先生，毫不示弱地说，笑话，什么失主？少来！你们当我是猴儿呀，随便让你们耍着玩？你们打错了算盘！好好好，退一万步讲，就算你是失主，那我来问你，你说这钻戒是你的，请问你有什么证据能证明这枚钻戒是你的？拿出来有的说，拿不出来的话，就请你把路让开，我们各走半边，就当是谁也没见过谁，少找麻烦！

两位，有话请坐下慢慢说。老者在柜台里说，同时做了一个往那边沙发上请的手势。

梅先生依然沉默，像是他这个人对沉默格外着迷。

爱人瞧瞧老者，再瞅瞅所谓的梅先生，紧张中夹带着威胁大声道，我报警！

梅先生终于张嘴说话了，我也要报警呢。

爱人嘲讽道，好呀，你报吧，那我省事儿了。

梅先生打开手包。

爱人见他掏出一张折叠了几层的旧报纸，从最内层拿出一张白纸递给爱人说，这上面有铅笔拓样，请你与手中钻戒上的铭文对比一下，看看是不是"嗟哒唪啶"这四个字？还有这四个字是不是从这枚钻戒上拓下来的？

钻戒上的那四个字，爱人与候好用放大镜研究过，读音也都校正了，只是不知其中含意。现在这个梅先生不仅读出了那四个一般人眼生的怪字，还带来了那四个字的拓样，看来事情比较复杂。

爱人将信将疑地接过来，换了几个角度对比，结果几个角度比对下来，拓样与实物严丝合缝，爱人蒙了，感觉自己正在做白日梦。

梅先生打开报纸，指着上面的一条招领启事说，请你再看看这个。

爱人接过报纸。这是一张今年三月份的市日报，那则招领启事有文字，有遗失的金钻戒图片，以及铭文拓样，爱人的两条腿刹那间就软了，身子晃起来。

酬金也是真的！梅先生提醒。

爱人没细看文字，等她看完启事全文，她把直勾勾地目光移到了梅先生脸上。

梅先生在招领启事中承诺，遗失的金钻戒，市值虽说在十几万人民币，但对他来说这枚钻戒有着特殊的纪念意义，如钻戒能完璧归赵，届时他将付二十万人民币酬谢！

在接下来的交流中，梅先生对他的钻戒在喜鹊窝里这一细节感到万分疑惑，加之听爱人说她丈夫候好走火入魔，为了再次撞大运，捅家门口喜鹊窝时，差点儿没摔残废了，人到这会儿还没有出院，于是很想见见还在住院的候好。

爱人尽管心里没底，不知到时候好会怎样面对梅先生，但她还是想让梅先生去医院，只有那样才能证明自己所说的话都是实话。

爱人试探性地问，那这枚钻戒，是你拿还是我拿？

梅先生很大度地说，你拿！

爱人道，万一我拿跑了呢？

梅先生笑了，而后说，门外就两辆车，一辆奔驰，一辆小QQ，我不大相信小QQ能把奔驰耍了。

梅先生一语双关，爱人不再多嘴了，这足以让她领教了梅先生的细心与观察能力。

临走前，梅先生告诉爱人，市里几家典当行，以及其他有可能交易金钻的场所，他早就打过招呼了，而且都留了拓样。

爱人很佩服地看了一眼梅先生。

梅先生从包里拿出两捆百元大钞，递进柜台，对老者说，谢谢吕老，改日再来讨教。

爱人眼睛识数，那两捆就是两万块，这个数让脸上一阵阵发烧，先行几步来到了门口。

4

一个小护士推门进来，四处看看，抽抽鼻子，什么也没说就退出了病房。

爱人悄声道，怕你们抽烟。

这时候好已经把捡到钻戒的全部过程，原汁原味地陈述了一遍。

梅总经理喜形于色，连声说，传奇，传奇，这简直就是一个传奇故事，太精彩了，写出来拍电影肯定好看！

候好笑着说，更传奇的是，还能物归原主！

现在候好与梅总经理俨然是朋友了，两人都陶醉在那个离奇的喜鹊窝里。

梅总经理问候好，你玩博吗，候秘书？我回去后就写一篇文章发博客上去，肯定有意思。

爱人也早就坦然了，此时此刻那个传奇的喜鹊窝也感染了她，她一指候好说，梅总，他也有博客。

梅总经理的手机响了，他掏出来看了看，但是没接听。

候好与爱人对视了一下。

梅总经理看着他俩说，一诺千金，即刻兑现。二十万，是转账，还是提现？两位考虑一下。

候好的脸，腾地涨红了，蠕动着嘴，半天说不出话来，焦急地看着爱人。

爱人这会儿也是热血沸腾，但心里没有候好那么乱，她现在还知道嘴长在哪里，也明白夜长梦多指的是什么，她控制着幸福的情绪说，梅总，方便的话，我们想要现金。

梅总笑道，没什么不方便，只是提现的话，你们得跟我去银行。

爱人望着候好，这回希望他拿个主意。

候好哪能让煮熟的鸭子飞了，他恨不能长翅膀飞到银行去拿钱，他说，没问题梅总。

梅总经理道，那好，现在我们就可以走了。

候好穿衣服，梅总经理去卫生间解手，爱人拉了一下候好的袖口，低声问，你不跟大夫护士说一声呀？

候好的心思早不在医院里了，他一甩袖子说，说个屁！

爱人抓住候好的右手，在手背上狠狠掐了一下，候好疼得直咧嘴，但又不敢拿话敲打爱人，因为梅总经理这时已经推开了卫生间的门。

第三十一章

1

下了高速公路，鲁培明在车载导航仪的精准引导下，提前半小时到达西域风情大饭店，顺利找到丛德成预订的库尔勒厅。

说是大饭店，其实没那么大，楼两层高，一楼散座，二楼包间。

库尔勒厅也仅仅就是个房间名，鲁培明环顾下来，似乎找不到库尔勒的影子。包间正面墙壁上，一幅展示西部风情的水墨国画，张幅巨大，靠近了怕是一眼都装不进来。画面色韵和笔力，怎么看怎么欠火候，整体构图上也有毛病，要命的败笔处就在于气势丢魂，此画不知出自何人之手。

鲁培明吸了一下鼻子，浓重的腥臊味就涌进到了体内。他龇着牙花子想，丛德成啥意思，干吗非要选择这里？又不是让他掏自己的腰包请客。

鲁培明倒也不是想摆多大的排场，他只是觉得在这种地方请丛德成，撑不住面子，有点儿寒酸，今晚不说去金碧辉煌的参鲍翅海鲜馆挥霍吧，好歹也得去一个环境幽雅的地方意思意思，差啥也不差一顿像样的酒席嘛！

鲁培明有心换地方，可又一想不能盲目，万一丛德成真是得意这一口，且又不把自己当外人，那人家选这里，似乎也没啥不对的，自己不明不白瞎折腾，当中横插一腿，岂不是弄巧成拙，砸了锅不说，到头来还卖不到一块废铁，干捞一个二百五的荣誉称号。

算了，等会儿姓丛的来了再说吧，现在要紧的是去撒泡尿，松快松快。

解手回来，鲁培明问服务员都有什么茶，服务员说这里只有砖茶，鲁培明一听这是没选择了，就要了一壶砖茶。

　　鲁培明掏出手机，给白石光发了一条平安到达的信息。

　　鲁培明安静下来，一边喝茶，一边想着心事，不知不觉就把一壶砖茶喝光了，喊服务员续水时，丛德成笑呵呵地进来了，鲁培明的屁股立马离开椅子，赶上前与丛德成握手。

　　丛德成说，不好意思，鲁经理，让你久等了。

　　鲁培明道，没没，丛厅长，我也是刚到。

　　丛德成望着茶壶说，刚到这儿，就干掉了一壶砖茶，鲁经理不会是打沙漠里来的吧？

　　鲁培明笑着，双手合十，揖让丛德成上座。

　　丛德成说，好好好，我坐这里，今天我请鲁大经理。

　　鲁培明一听这话，立刻用见领导矮三分的口气说，丛厅长，您看您看，您这不是鼓励我走下坡路吗？让您请客，我这下坡路可就走不到头了，这哪能行呢？我哪能不求上进呢，丛厅长？今天都是我的事儿。

　　丛德成一挥手说，算了吧，鲁经理，等哪天去天上人间，你再做东吧，这里还是我来吧。

　　鲁培明一听丛德成的舌头这是在卷事儿，就没死乞白赖地争执，原来人家今天玩的是放长线钓大鱼，花小钱开大心。

　　不过鲁培明一想这样也好，花钱是早晚的事儿，钱花不出去，事儿哪能有戏，所以说早点儿把该花的钱花出去，事情就有可能早出眉目，人家要是跟你吃窝头咸菜，之后去洗八块钱的澡堂子，那你就什么都不要想了，扭身回家哄孩子玩去吧。

　　鲁培明搓着手说，好好，丛厅长，这里我就不与您争了，等会儿这里完事儿了，我请您去天上人间坐坐。

　　丛德成摆着手说，打住吧，鲁经理。没听人说吗，去天上人间，必下人间地狱，那鬼地方还是免了吧，那不是你我该去的地方，鲁经理，大不了酒后，咱们再去喝喝茶，泡泡脚。

　　鲁培明对这些京官嘴上的真真假假、虚虚实实哪能没有感觉，这些人说往东你就往东扭脖子，那你嫩了，不拿东南西北当方位了，这些人说往东的时候，其实是在声东击西逗你玩，想了解真谛，那你得好好观察这些人说往东的时候，这些人的眼神是朝南、冲北，还是瞟西。

鲁培明自觉心领神会，但嘴上大大咧咧说，先喝酒，后潇洒，天上人间算个啥？人间地狱又咋的？您说是吧，丛厅长？

丛德成岔开这个话题问，自己开的车？

鲁培明一拍脑门说，糟糕，在北京我可是不敢酒驾呀，丛厅长。搂进去，还得让您受累往外捞我。

丛德成笑道，放心喝吧，鲁经理。我们办公厅别的不方便，随时招呼几个司机还是没问题的。我都安排好了，到时我的司机会拉一个专业司机过来开你的车。

鲁培明乐着说，好啊，丛厅长，原来你早就打了埋伏，这么着我就可以陪您好好喝几杯了，丛厅长。

丛德成瞧着兴奋的鲁培明说，另外，你住的地方，我也安排好了，咱们部公寓大厦的部级套。说完打开手包，拿出一张房卡，抬手递给鲁培明。

鲁培明没敢伸手，瞪着房卡，眼神有些发紧。

虽说过去鲁培明没住过部公寓大厦里的部级套，但他听人讲部级套里的豪华程度，不亚于外面五星级大酒店里的总统套。

鲁培明不能不感到震惊，他没想到丛德成会拿这样的规格招待自己，过去他可是从来不拿自己这个京外的副局级当官看，就更别说细心伺候你了，那是八竿子打不着的事儿，可今天他这是怎么了？吃错了药，心情好，还是有什么猫腻要玩儿？

丛德成见鲁培明的眼神还在恍惚，就看了一眼手里的房卡，口气故意拿不准地说，怎么，我拿错房卡了？DV666，没有呀，鲁经理，这张卡，就是部级套的房卡呀！

鲁培明哪受得了他这么一本正经地恶搞，一把抢过房卡，欣赏着说，行了，丛厅长。您就饶了我这个乡下来的大老粗吧。部级套呀，开了这次洋荤，回东北万一不会活了，你们部领导可得负责，哪怕把我弄过来看公寓大厦的大门呢！

丛德成眨着眼，话赶话道，看大门是个省心省力的好差事，估计轮

287

不到你。你鲁经理得去其他地方高就。

　　脸上嘻嘻哈哈，但心里一直保持警惕的鲁培明此时就更加警惕了，生怕漏过丛德成的什么暗示或指点。现在他提到了其他地方，其他地方的意思还不好解读吗？无非就是说东北安装公司的根，已经被部里挖出来了，而且移到哪里去重栽，好像也有了定论。

　　凭感觉，鲁培明认为自己的落脚地不会是东升，而是山东或是江苏。这从今天的高规格下榻上可见一斑，北京官员安抚民心的意味出来了。

　　酒菜还没上桌，开场锣疑似还没敲响，就什么都破灭了，鲁培明心里荒凉，欲哭无泪。

　　丛德成看出了鲁培明的情绪波动，但没有猜测到他内心里已经对东升绝望了。

　　丛德成说，都说前人栽树后人乘凉，可有时自己栽树也是为了自己乘凉，我说鲁经理。

　　还在失望中的鲁培明一听这话，眼睛里就又走动了活气，盯着丛德成的脸不松目光。

　　丛德成觉得别扭，叫了一声鲁经理。

　　鲁培明愣呵呵地道，丛厅长。

　　丛德成说，鲁经理，我的意思是现在几股势力争得还是难解难分，你的公司最终落到哪里，仍然还是个谜。

　　鲁培明脑子里咔嚓一响，醒过来了，原来是虚惊一场，一切都还没有尘埃落定呢。

　　鲁培明嘘声道，丛厅长，我这次来见您，就是想知道我究竟能不能去东升？还请丛厅长多多指教。

　　丛德成说，我刚才不是说了吗，鲁经理。有时自己栽树也是为了自己乘凉。

　　鲁培明点头道，意思领会了，丛厅长。只是我平时远离京城，信息闭塞，脑子也不够灵光，一时不知该往哪儿栽树，栽什么样的树。丛厅长，您辛苦，给指点一下。

　　丛德成一看原本属于自己的迫切需求，现在已经移花接木转变成了鲁培明的急切渴求，心情自然好得不行，他想接下来只要再花点儿时间，把操作细节跟他交代清楚就可以了。

丛德成把房卡重重拍到鲁培明手背上,哈哈笑道,去麦当劳、肯德基和星巴克谈工作,还得叫一杯饮料吧?你看看咱俩,桌子上一干二净,有我这么请客的吗?服务员——

服务员就在门口候着呢,应声而进。

2

水磨大豆腐、西域大拌菜、野沙葱蘸酱、白水羊头、铁钎子烤肉串、红焖牛蹄筋。

三凉三热,六道菜上齐了,盘大量足,摆了一桌子,两个男人的胃想要装下这些东西,恐怕得使劲挣一挣!

酒是丛德成带来的存货,两瓶特供部领导使用的茅台酒。

此时一瓶茅台就要见底了,两人嘴上走着风不吹雨不淋的休闲话。

正事不是没过嘴,正事早在喝头几杯陈年茅台酒时,就给两条舌头挑出了段落大意和中心思想。丛德成表示在安装公司搬迁这个事儿上,愿意帮鲁培明一把,他让鲁培明抓住时机,自己给自己使劲儿加油,尽快弄一个类似全民公决之类的书面请愿书给他,现在只有利用各种手段往东升加码,东北安装公司落脚东升的希望才会越来越大。

鲁培明觉得丛德成这一招支得挺巧妙,虽说是一根软钉子,但力度掌握好了,还是能够钉到硬木上,便满口应下,说晚上就跟家里人联系,一两天内就能搞出一份全体职工强烈要求去往东升的联名请愿书。丛德成一看悬空的事儿落地了,接下来的事儿就是吃吃喝喝。

鲁培明拿起一串铁钎子烤肉递给丛德成。

丛德成接过来问,你吃这味道怎么样呀,鲁经理?

鲁培明啊了一声说,好好,味道够地道,丛厅长。

刚才鲁培明的脑子开小差了,他在琢磨什么时候往外送金条,还有要不要再搭上白石光给的那张五万元购物卡。

丛德成的脸红上来了,但说话不绊舌头,毕竟是干办公厅的人,平时都在酒上迎来送往了,所以说酒量也是他们工作考核中的常规项目,没点儿酒量干接待工作,那苦头可就吃大了。

人逢喜事精神爽,这话用在鲁培明身上比较贴切,今天这酒他虽说没有敞开了喝,但喝到现在也是比丛德成多出好几杯,但他没怎么上脸,仅仅是两只眼睛里多盘了几圈血丝。

丛德成端起酒杯说,来来,鲁经理,干了这杯,咱再把那瓶打开。不瞒你说,鲁经理,这货真价实的茅台酒,是我私存下来的原厂货,喝一瓶少一瓶,以后怕是喝不到这么纯的茅台喽!

碰杯干杯,空杯落桌后,鲁培明把第二瓶茅台打开了。

确实是难得的陈年好酒,飘散的香气都能让人感觉出酒液的黏稠。

丛德成用餐巾纸擦了擦嘴问,鲁经理,这次来,没打算见见水总?

鲁培明一边倒酒一边说,说实话,没那个打算,丛厅长。

丛德成把用过的餐巾纸揉搓成一团,放到一边说,见见就见见,见见也没什么不好。

始终保持戒备的鲁培明,就又拿不准丛德成这话里的意思了,沉吟着没开口。

丛德成做了一个鲁培明不知何意的手势说,在这件事儿上,你们是同船人,听听他的看法,当然了,他得肯说他的看法,我想没什么不好的,鲁经理。

鲁培明转着眼珠,有一搭无一搭地说,看看时间再说吧,丛厅长。就算万一碰上水总,水总万一问起今晚我去哪了,我想我会告诉他,我去北京军区看我一个战友了。

丛德成接话说,以后找个机会,跟军人们玩玩,听说他们进山里,枪玩真的,手榴弹玩真的,打猎拿机关枪突突。

鲁培明道,丛厅长,回头带你去找空军,咱飞天上玩去。

丛德成说,好,你这话我记住了,鲁经理!

鲁培明意识到自己让丛德成放心了,这个话题得掐断,再说下去有可能呛水。于是就想避实就虚,再说说闲话,而且这闲话还得让丛德成感兴趣,不然这气氛就干燥了。

鲁培明没费心劲,就从记忆里揪出来一个话题,他问丛德成,部物资装备局周局长是不是被上纲了(上纲指被"双规"的领导干部结束"双规"后移送司法部门走入狱程序）。

丛德成脸色不悦，说，前几天被上纲了。这几天，部机关里小道消息楼上楼下乱传，乌鸦嘴、棒子嘴、大妈嘴说什么的都有，我个人认为判周局长十年八年怕是跑不了的事儿。

鲁培明悻悻道，我跟周局长挺熟的，平时还真没看出来他是一个八爪敛财狂，快上千万了吧？

丛德成说，还有说一千多万的呢。

鲁培明道，人心隔肚皮，外表真是看不出呀，丛厅长！

丛德成从铁钎子上撕下一块羊肉，嚼了几口说，周局长是个与其他贪官不同的贪官，据讲他每贪一笔，都要拿出百分之一去做公益事业或是慈善活动。鲁经理，你说说，周局长这是一种什么心态呢？

鲁培明揪着眉头道，搞不懂，这个真搞不懂。

丛德成说，人性，超常理的复杂人性。

鲁培明道，我真的搞不懂，这在我们东北也是个议论焦点，大家都在猜测他为什么要那样。给自己留后路，畸形心理悠恿？可是他当初要是能想到今天这个下场，那他当初又何必去搂财呢？贪了一大堆，只吐出一小口，能找回什么好？

丛德成道，官道上翻身落马，再怎么爬也是王八！

鲁培明笑一下说，不过周局长这人，我认为就是个让人不好琢磨的人，不知道丛厅长有没有这种感觉。我讲件事儿给你听吧，丛厅长。有一次，周局长去沈阳开会，开完会后我去接他到公司检查工作。那天本打算吃了晚饭就离开沈阳，谁知半道上又给他同学拉去洗浴了，一直折腾到半夜，我问周局长还走不走，周局长说时间不够用了，得走。那就连夜赶路吧。出城前，在一个十字路口等绿灯时，侧面非机动车道上，站着一个像我们一样等绿灯过马路的女孩。在路灯照射下，女孩上上下下的漂亮就都出来了。这时，周局长用下巴朝那女孩扬了扬，说，"鸡！"我当时愣了，不明白周局长怎么就看出来那女孩是"鸡"。女孩并没有穿奇装异服，头发也没有染色，看上去很自然，而且这深更半夜还守交通规则，少见呀！等车子开动后，我忍不住夸周局长好眼力，一眼就能看出"鸡"来，这功夫一般人还真没有，便向他讨教眼力秘诀。你猜猜周局长当时是怎么说的，丛厅长？你要是能猜到，剩下的茅台，我姓鲁的扫光它！

丛德成用手里的铁钎子敲打着酒瓶说，这么好的茅台，我哪能让你独喝，我不上你当，鲁经理！

鲁培明嘿嘿一笑道，真的，丛厅长，我保证你死活猜不到，这么讲不是怀疑你智商不够，恰恰相反，在这个事儿上，智商越高的人，就越搞不定这个赌！你听着，丛厅长，周局长当时很认真地说出两个字：漂亮！跟你这么说吧，丛厅长，听完后，我差点儿没喷了。如此一个厅局级领导，还是北京的厅局级，啥场面没见过？啥鸟人没接触过？可他居然会用这样的雷人标准去判断，这是什么路数嘛，震颤，我晕死！

丛德成思考着说，也许周局长大智若愚，故意逗你们玩呢。

鲁培明口气较真地说，他当时不是开玩笑，完全是一加一等于二，丛厅长。后来在路上，我们还进一步探讨了，周局长就是那样的思维，"鸡"——漂亮；漂亮——"鸡！"

鲁培明讲得绘声绘色，时而还能还原出一些现场感来，丛德成越回味，就越忍不住，嘴角咧着咧着，便放声大笑起来。

趁丛德成嘴上没话这点儿工夫，鲁培明抓紧时间往嘴里填羊头肉、牛蹄筋和羊肉串，塞得嘴里鼓鼓囊囊，咀嚼时，他这张嘴就犹如一架高效运转的微型碎肉机。

鲁培明嘴里忙着，眼睛也没闲着，见丛德成笑够了，马上递过去一串烤肉。

丛德成往外推着说，行了行了，鲁经理，再吃就下不去了。

鲁培明不收手，往前顶着说，就一串就一串，丛厅长，怎么也得把这串吃了。

丛德成看着盘子说，那好，我吃了这串，剩下那两串，可就全归你了鲁经理。

鲁培明道，好好，丛厅长，归我归我。说完拿起一串，刚要下嘴，手机响了，不得不放下。

什么？你大声点儿，再说一遍！鲁培明噌地站起来，脸色刹那间由红转白。

丛德成看着脸色突变的鲁培明，意识到了这个电话的严重性。

几点的事儿？鲁培明大声问。

肯定是出了什么大事儿，丛德成感到头皮发麻。

鲁培明的胖身子抖动着，看得丛德成直眼晕。

还等我干屁，一帮浑蛋！鲁培明突然举起手机，猛地摔下去。

啪——手机破碎，残骸飞溅。

惊骇中的丛德成，可能是想站起来，然而他的身子刚起到一半就失去了平衡，整个人往后一仰，连椅子带人翻了过去，扬起的一只脚踢到了桌子边，震得一只小碟跳起来又落下去。

鲁培明一看这情形，知道自己失态了，急忙冲过来说，不好意思，丛厅长，我不是冲你发火，我的油库爆炸了！

丛德成并没有大惊小怪，面无表情地看着鲁培明。

咦？丛厅长……鲁培明目光僵住了。

倒在地上的丛德成，两条腿还搭在椅子上，脸上像是换了一层皮，酒色与血色褪尽，抽搐的肌肉惨白。他一动不动，像是神经系统出了问题。在他右眼眶下，滴里当啷挂着一粒球状物，颇像一枚挤烂的葡萄。

鲁培明凑过来，撅着屁股，凝视着那一粒烂葡萄似的悬挂物说，你义眼呀，丛厅长？

丛德成突然感觉到空间变狭窄了，变崎岖了，饭桌残缺不全，就连眼前的大活人鲁培明也走了样，他平时的身材比例，好像不是现在这个样子，整个人的高度与宽度失真，没有清晰度，聚焦点紊乱。

丛德成在惊恐万状中，肯定了自己的视觉定位功能出现了严重偏差，尤其是右眼，似乎停止了正常工作。但他这会儿还没有感觉到撕裂的疼痛，只是觉得撕撕拉拉摩擦的右眼里，装满了上下翻滚的黑色液体。继而感到眼底痉挛，眼圈涨麻，眼睑跳动，像是这只右眼里，正在生成或是消失着什么。

跟真的一样，我帮你塞进去。鲁培明不管三七二十一，用右手捏住悬挂在丛德成眼眶上的眼珠子，直接往破眼眶里塞。

丛德成躲避，鲁培明没能把眼珠子塞进去。

现在丛德成彻底明白自己的右眼出了什么问题，一股极具冲击力的粉碎性恐惧感铺天盖地而来，把他痉挛的心揉搓成了粉末。

鲁培明并不知道丛德成正在承受怎样的打击，他还在好奇中怀疑手里的眼珠子，他觉得假眼球不大可能这么湿润软滑，便皱着眉头，细细打量着眼珠子，禁不住惊叫，真家伙！话音落地时，从他手里脱落的眼珠子也掉到了地上，吧唧一声，就像一团口香糖黏在了地上。

大惊失色的鲁培明一抬眼，便看见正有几股鲜红的血液从丛德成的破眼眶里流出来，开始很慢，流也细，后来就流快了，几股变成了一股往外奔涌。

刚才还没什么疼痛感的丛德成，现在五官扭曲，全身痉挛，两片嘴唇突突地撞击着，想说什么，但没能张开嘴。

鲁培明转眼间就给丛德成的惨相吓傻了。

丛德成撕心裂肺般呻吟着，试了几次才从地上爬起来，一手捂着伤眼，一手在空中胡乱挥舞，活像个跳大神的。

鲁培明不再有任何侥幸心理了，他现在清醒了，他知道丛德成的右眼珠子完蛋了，他让自己意外弄成了独眼龙，自己这是闯下了塌天大祸！

直到疯狂的丛德成操起桌上一把铁钎子，直冲鲁培明心脏刺来时，鲁培明才有了安危意识，但这意识来晚了，已经孤立无援，不能协调他的身子动作，他的身子注定躲闪不开这一把还穿着两块烤肉的铁钎子。

鲁培明眼前一黑，本能地喊了一嗓子。

丛德成手中的铁钎子确实是刺中了鲁培明的心脏，但让人意想不到的是，扎到鲁培明身上的铁钎子刚一吃上劲，就咔嚓断成了几节，其中一节反弹回来，噗扎进了丛德成血淋呼啦的右腮帮。

丛德成一咬牙，拔出铁钎子，再看他的脸，就像一个血葫芦，狰狞得面目全非，灵与肉的混合绞痛，在他漆黑的右眼里撕扯着，那里简直就成了一个吞噬他生命的小黑洞！

鲁培明本能地低下头，看了看被铁钎子扎过的地方，隐隐有点儿痛感。

丛德成握着铁钎子木柄，看样子还想扎。

鲁培明一看他要穷凶极恶，抬腿绕到了桌子的另一边。

你、你……想扎死我？鲁培明指着手握铁钎子木柄的丛德成，战战兢兢地说。

西域风情的新型烤肉铁钎子，救了鲁培明一命。

自从西域风情出过烤肉的铁钎子被通缉犯当成凶器，要了便衣警察的人命案后，原有的铁钎子就被迫停止使用，改换成了一种生铁与其他材料混合制成的专用钎子，这种钎子的特点是有硬度、脆度，穿肉没问题，甚至比从前的铁钎子还好使，只是不能刺也不能扎了，也就是说这种新型铁钎子再也不能当凶器使用了，一旦刺、扎的力度达到一定程度，钎子就会咔吧折断。

丛德成号叫，傻逼，打120——

鲁培明猛一哆嗦，冲着门口喊道，傻逼，打120——

丛德成手一松，铁钎子木柄当啷落地，与此同时双腿一软，再次瘫倒在地上。

慌乱中，鲁培明一脚把丛德成掉在地上的眼珠子踩得稀巴烂。

直到现在，鲁培明也想不明白，摔碎的手机残片，怎么就能把丛德成的右眼致残。歪打正着似乎说不过去，就算是锋利的刀片，甭管怎么使用，也不大可能一下子就把人的眼珠子剜出来。这确实是个让人费解的细节，尽管医生说，意外没有什么可能不可能，意外引发了什么就是什么！

第三十二章

1

部冬季安全生产大检查紧急动员电视电话工作会议开到这会儿已经接近尾声了。

这里是会议的主会场，部远程电视会议报告厅，京外各局级单位设分会场。

会议主题不打哈哈，会场里没有杂音，这时一声咳嗽都能惊动所有人。

主持会议的部长正在归纳会议要点，脸色像霜打了似的难看。也是，开这样的会，搁谁也轻松不起来，血的教训不是三言两语就能吸取的。

此时，温朴就坐在会议的主会场。按说他应该在东升主持自己的分会场，但他与另外几家邻近北京单位的一把手不知为什么都给部里召集到了北京的主会场。

东北安装公司油库爆炸，死亡三人，受伤七人，其中两人伤势严重。爆炸原因初步查明：系不法分子纵火所至。

尽管外部因素是这次油库爆炸的主要原因，但也反映出油库在日常管理上仍有不可掩饰的漏洞，安全防范措施形同虚设，导致外来盗油的不法分子有机可乘。幸运的是那些人做贼心虚，在偷盗过程中失手，不然，失去警惕的油库值班人员很有可能一无所知。盗贼是一伙亡命徒，失手后与值班人员及随后赶到的公司保安发生了激烈冲突，双方使用了棍棒和管制刀具……

这次安装公司油库爆炸，已定性为特大安全责任事故，震惊了部里的上上下下。一位半月前才退到二线的副部长，已经带领相关人员赶赴东北安装公司调查油库爆炸事件，沟通地方司法部门，协助处理相关后事。

这时的会议视频画面定格在了东北安装公司，温朴看见坐在前排中心位置上的鲁培明垂头丧气，头发凌乱，手里不停地转动圆珠笔，真的是如坐针毡。

部长对着麦克风说，鲁经理，请你给大家谈谈你对这场特大安全责任事故的认识和感受。

温朴的心揪了一下，因为他发现委靡不振的鲁培明让部长突然间一点名，身子猛一激灵，抬起憔悴的脸，坐端正了，喉咙那儿滚动了一下，语气诚恳地说，我对不起部领导和广大职工对我的信任，安全生产是一个企业的头等大事，没有安全，就没有效益保障，尤其是生产企业，到什么时候都不能对安全工作三心二意，粗心大意，放松警惕，要时刻提高安全防范意识，还有风险化解能力，否则一旦出事，后果不堪设想。我们油库爆炸，就是血淋淋的例子。作为公司经理，法人代表，我愿对这次惨痛的教训负责！

部长道，我这人不怕家丑外扬，几大媒体和网站都报道了爆炸一事，那是我们在爆炸后的第一时间里，及时向媒体朋友们通报了情况。我在这里问你鲁经理，伤亡数字，截至会前，有什么新变化吗？

鲁经理哽咽道，报告部长，截至目前，死亡数字没变，受伤人数也没变，只是有一名轻伤转成了重伤，现在重伤三名，分别在两家医院救治。

部长叹口气，停了许久说，护理好轻伤员，全力抢救重伤员，人是我们企业的第一财富！

鲁培明带着哭腔道，请部长放心，我们会不遗余力救治轻伤员，抢救重伤员。我对不起领导和职工，我向你们道歉！

鲁培明站起来，深深鞠了一躬。

温朴觉得鲁培明这一躬鞠得不对劲，身子好像失去了重心，整个人往左偏……还不等温朴想明白鲁培明的身体出了什么问题，鲁培明就一头栽到了会议桌上，脑袋在桌面上砸出咚的一声，会场里的人都听到了……

部长侧了一下脸，用右手搓一把额头，随后使左手示意画面闪过东北安装公司。

从出事到现在，说鲁培明脱去了一层皮，那是轻的，他从北京赶回东北后就没怎么合眼。

那晚，在北京西域风情里出的乱子再大，毕竟也只是丛德成个人肉体上的痛苦，但东北安装公司油库爆炸，这可就是一件牵动上下的恶性安全事故，搁谁头上都是一响雷，不劈你两半也得震倒你，灭顶之灾呀！当时吓掉半个魂的鲁培明，磕磕巴巴地对痛不欲生的丛德成说，等会儿120一来，我就不陪着去医院了，我得连夜往家奔，回去晚了天怕是要塌下来。这时的丛德成只是肉身吃苦，情绪基本稳定下来了。

丛德成说，你喝成这样了，还想出城？

鲁培明的鲁莽劲儿上来了，天不怕地不怕的口气说，闯关，闯不过去，活该死在北京！

丛德成咬牙切齿地说，你丫死在北京活该，可是我他妈的得跟着你倒霉，你懂不懂？傻逼！

对此粗口，鲁培明没有开口还击，他只是瞪了丛德成一眼。

丛德成口气缓和了一下说，你不能说你在北京，出事时你在秦皇岛岳父家，一定要记住，在秦皇岛，这样对你我都好！等一会儿我从外面找一哥们儿把你送回东北。

鲁培明梗着脖子，想了半天说，送我到东升就行了，那里有朋友接应。

丛德成窝着身子说，只要不坏事儿，你掂量着办吧，怎么都行，我他妈都这样了，还乱操什么心！

鲁培明的样子不再低三下四了，他像是受够了丛德成对他的戏耍与苛刻。委屈的闸门一打开，他脑子里首先回放的是昔日在洼地洪水里被丛德成用避孕套羞辱的场面……

鲁培明凑上前，几乎跟丛德成脸贴脸了，轻声道，你真行呀，丛厅长，都乱成这样了，你还能这么细心安排，周密考虑。我看现在就是把你下面的东西剁下来，你也照样首先想到头顶上的乌纱帽能不能给大风刮跑了。

丛德成抽搐着说，浑蛋，我这都是为了你好！

鲁培明嘿嘿笑道，为我好，就是为了保你自己平安，我懂！

丛德成恶狠狠地说，靠，刚才怎么没一钎子捅死你丫的！

鲁培明身子颤抖，指着丛德成鼻子尖道，你他妈真是个舍命不舍官位、舍情不舍发财梦的独眼龙！

丛德成说，我他妈的看错了人！

鲁培明道，以后不会了，以后你再看人，一目了然。

你、你、你……丛德成气得直筛糠，说不出话了，用手捂住失去了眼珠子的右眼。

2

开这种带着血腥味的安全生产会议，任何人进会议室时是什么表情，出来时几乎还是那种表情，顶多再罩上一层疲倦的色彩。

温朴还好，岁数占了优势，一场会熬下来，还不至于哈欠连天，或是体力透支，不像二线上那些七老八十的领导，散会后不是腰直不起来了，就是心慌走不动道了。

再就是开这种压抑的会议，人们彼此打招呼的方式也很讲究，就算是久不见面，或是意外重逢什么的，你都不能嘻嘻哈哈，大声问话接话，这种场合讲究的是无声胜有声，需要近距离接触，就是彼此拍打一下肩头，捅一捅肚皮，握握手，或是拿眼神挑挑对方，非要出声的话，那就只能脚跟脚出去，在会议室外找个合适的地方，愿意怎么说就怎么说，但凡有点儿素质的人，都能做到这些。当然了，这不过是官场上约定俗成的规矩，并非是一刀切的死规定，若是个权重资深的人物，在会前或是会后完全可以旁若无人，不出会场就唧唧喳喳，说说笑笑，爱谁谁谁，这就是牛气人物出彩放亮的噱头，随时玩谱、摆架、拿派！

会后温朴跟苏南有事儿说，但他们没有在走廊里找地方说，他们的事不是三言两语的话题，温朴得去苏南办公室，坐下来慢慢说。

开会前，苏南就把话撂在了温朴耳朵边，让他会后到办公室来。

迈进苏南办公室，温朴感觉自己的身心不由自主就倒回了做苏南秘书的那些岁月里。尽管这间办公室不是苏南在位时用的那间宽敞的套间办公室，办公桌似乎也比原来那个小了几圈，但这些都挡不住他对做秘书岁月的亲情重温。

其实，苏南退居二线后使用的这间办公室，温朴已来过多次，每次给他的感觉都是环境可以改变，人却没办法改变，他面对的依然是记忆深处的那个苏南，只要在苏南面前，他就永远是他的那个贴身秘书。

今天温朴最到位的秘书感觉，就是问过老部长好后，眼光直落到苏南那个用了多年的真空玻璃水杯上。过去，不论苏南去开会还是开会回来，温朴总要先留意苏南的水杯，这个习惯一直坚持到他离开苏南。

温朴像过去做秘书时一样，走过去拿起水杯，去饮水机那儿给杯子里添了水，回来把杯子轻轻放到原处，退到一边候着，目光不是全部投放到苏南脸上，而是适度加减，因为，只有如此细心拿捏出来的目光，才有可能是那种让领导觉得舒适的目光。做秘书就得这样有板有眼，你要是站在那儿死盯着领导，领导心里会不得劲儿，但目光要是一点儿也顾及不到领导，那也是犯了目空一切的大忌，领导心里照样会不自在。至于说这个火候的尺度怎么把握，这得根据领导的修养、性情、脾气，以及当时的环境、氛围、领导身体健康状况等客观因素来决定，没有耐心和敏锐嗅觉是无法获得应变感觉的。温朴当初练就这一应变功夫，那也是没少花心血，他是在反复实践与调整中，逐步找到了无障碍伺候苏南的和谐感觉。

温朴做秘书的智商确实出众，他当初混迹在一般秘书堆里时，就已经有了赶超其他秘书的心得，那便是无论领导把你当成导盲犬还是看家狗，你都不能因食物好坏，或是工作强度超负荷而迷失了一条狗的本性。狗与人在本质上的最大区别，就在于，优秀的狗再优秀也还是一只狗，浑蛋的人再浑蛋也还是一个人。优秀的狗若是遇上了浑蛋的主人，优秀的狗依然要向浑蛋的主人摇尾巴讨好乞食。换句话讲，越是跟进领导的秘书，越要像一个残缺的太监，让领导从根上对你放心，尤其是伺候多疑的领导，你最好想办法让自己透明，也就是说让领导一眼就能看穿你的阳痿是真的阳痿，别让领导猜测你总是藏着勃起的欲望。你的秘密越多，领导的安全感就越少，如果你再神秘几次，领导就有可能忐忑，等到了领导处处提防自己秘书的时候，那这个秘书就是干得累吐血了，怕也很难获得晋升的机会，到头来不外乎就是一个被领导当成垃圾打扫出去的下场!

苏南示意温朴坐下来,笑道,你都主持一方工作了,还让你来伺候,真是过意不去呀,温局长。

温朴并没有坐下来,秘书的感觉支配他这时只能站着跟领导讲话,他毕恭毕敬道,苏部长,到什么时候,您都是我的老领导啊,我为您做什么都是应该的。苏部长,您别叫我温局长,您还是喊我小温吧。

苏南拿过水杯道,唉,人就是这样,潮起潮落,现在你让我叫你小温,我倒是能叫出口,可是叫了我心里不得劲儿,你在成长,我在衰老,你在前进,我在倒退,找不到从前的那种感觉喽!

温朴能理解老领导的这种感受,三十年河东三十年河西,指的不就是这样的沧桑之变吗?

温朴怕苏南情绪低落,就找关心问,您身体还好吧,苏部长?春节前,我来接您去东升做一个全面体检,新上了好几台先进仪器,什么骨密度、肌纤维等都能做了。

苏南点着头,等温朴歇嘴后,指着沙发说,坐下吧,小温。如今来我这里的人都是坐着说话,你要是站着,我倒是有可能不会说话了。

温朴只好坐下来。

苏南说,我知道,我就是什么也不讲,你也明白我今天找你说什么事儿。

温朴笑道,陪您聊聊天。

苏南嘟着嘴说,瞧瞧,教会徒弟饿死师傅,开始跟师傅耍滑头了。

温朴放松下来,笑着没搭话。

苏南放下水杯,双手握到一起说,知道你忙,我就不耽误你太多时间,画龙点睛地说吧。东北安装公司油库一爆炸,搬迁工作步伐必须加快,因为部长感到压力很大。开会前部长找我交换过意见,我把我的想法如实交换出去了。小温呀,我知道你不像那两家,背后都在东北安装公司搬迁上压了赌注。你的心态是在天子脚下,多一事不如少一事,打理好现有十几万人的摊子就不错了,以稳求进,不做贪多嚼不烂的事儿。可是,现在部长脚下有沟有坎了,他得迈过去,而且还要平安迈过去,这关系到整个……好了好了,严重性我就不跟你啰唆了,这个你会比我有认识的。

温朴见苏南投来了目光，就把脸稍稍往下低了低，这样一来会让苏南的目光舒服。

苏南接着说，小温呀，我想要指出的是，就现在的形势分析，落地接收单位一把手的综合素质，你应该说是最让部领导放心的那个，接下来必须严肃考虑的就是搬迁成本这个问题，从地理位置上说，安装公司离你那里最近，这个经济账一算下来，你们东升无疑就是比较理想的搬迁安置地了。最后要强调的是地方政府土地支持问题，这个水总已经多次跟部长汇报过，我也知道其中一些细节，情况还算尽如人意吧，起码比那两家有操作上的把握。

温朴不哼也不哈，静静聆听，间或有节奏地点着头。

苏南咂了一下嘴，再次看着温朴这张日趋成熟的脸说，从部长那方面讲，他对搬迁事宜，其实早做过全面考虑，而且是一直不动声色地在心里权衡着，从不在任何场合流露个人观点，以静制动。可以讲，部长对丛德成的工作效率，以及……唉，算了，现在丛德成眼睛受伤了，估计一段时间内是上不了班了，我就不提他了。总之，部长会很快安排一个得力的人选接手丛德成的工作。新组长到位后的工作目标，就是平稳抵达你们东升。小温呀，我今天最想跟你交实底的就是想提醒你，我与部长交流的那些想法也好，建议也罢，跟部长心里盘算的基本吻合！

苏南在此停顿，点了一下头。

温朴跟着点头。

苏南语重心长地道，你跟我那么多年，应该能体会到一点，就是一个单位的主要领导在工作中打不开局面，或是遭遇困难时所想到的人，都是领导信得过的人，有能力创造未来的人！

温朴一开始猜到了苏南要跟自己说东北安装公司搬迁的事情，但没有想到苏南会说得这么深，把扣着的牌都翻开，一竿子捅到底了，让他没有寸把的余地可以回旋。

苏部长……温朴这一声叫的口气，完全又回到了他做秘书时的状态，谨慎，谦卑，理智。

而这时的苏南呢，像是要配合温朴重返昔日的感觉，禁不住也让自己的精神与做派倒退回过去的岁月，演戏一样在身份上相互托举。

苏南起身，走过来。

温朴稍一愣，就站了起来。

苏南在温朴面前转着圈子，过去在处理或是思考某些问题时，苏南就好这样在温朴面前转圈子。

苏南收住脚步，背对温朴，面朝窗户说，实事求是讲，万把人大挪动，到时你那里要乱哄一阵子，说不定也会出些意想不到的麻烦，这个事先要做好充分的心理准备，多搞一些有针对性的应急预案。再就是水总那里，到时也可能出点儿情况，这个部长都预想到了，部长讲他到时会给你一些政策，也会在关键的原则问题上站出来支持你。

温朴的心落地了。部长是一家之长，如早知道能够得到部长的信任与支持，那自己就有可能在东北安装公司搬迁的事情上有所作为，整天躲躲闪闪、窝窝藏藏也是非常耗费心血的事儿。

苏南拍拍温朴的肩膀说，我呢，虽说二线了，但到时可能会临时担任一个职务，比如，搬迁协调领导小组组长，或是总指挥什么的，挂职后直接对部长负责。一句话，我身上这点儿余热，看来是要全部放到你们东升去发挥了。

温朴点头说，有您坐镇，我心里就踏实了苏部长。

苏南转过身说，你晚上肯定有事儿吧？

温朴还没考虑晚上回不回东升，现在苏南这么一问，他卡壳了。

苏南笑道，你有什么事儿，我不打探，反正我晚上不请你吃饭，我小孙子回来了，我得把我自己奉献给他。小温呀，我意思是想说你今晚别回东升了，明天我安排一个时间，你跟部长当面聊聊，有些事情或是问题，部长想当面跟你交流交流。

温朴控制着呼吸节奏，双手合在一起，俯身说，我听您安排，苏部长。

苏南又开始踱步了，说道，最后跟你说点儿题外话吧，其实，我不说你也明白，但是我还得跟你说，就因为你曾经做过我的贴身秘书。小温呀，企业不是哪一个人的，作为一个企业的最高领导者和决策人，什么时候都要把企业的利益放在首位，一把手是最有机会创造历史和改写现实的人，你应该珍惜这样的机会。权力博弈，没有输赢，只有得到与

303

失去。高尚的人满足精神，享受自由；贪婪的人满足欲望，追求私利！其实人生就是个一走一过，到头来哪个也带不走一草一木，却是有可能留下一个让人念想的名字。人生求荣还是取辱，说开了这是一个人的信仰问题，而不是能力问题。

温朴听得身上的血液开始有规则地流淌，此刻，他真正体会到了久违的首长秘书的感觉。先前的种种感受，虽说也是回归到了秘书上，但远没有这会儿的感受真实，透心，刻骨。刚才他在听苏南讲话的过程中，情绪会根据气氛自如波动，顺畅时有那么一点儿起伏，希望中有那么一点儿紧张，感知后有那么一点儿扩张，仿佛一切都在不确定中释放着诱惑人心的气息，渴望人前显贵的命运若隐若现，甚至这时的痛苦也能承载幸福的梦想！

对此时的温朴来说，找到昔日做秘书的某些感觉是技巧，入醉才是他的快乐！

3

温朴从苏南办公室出来时，天色已晚，为了避开熟人，他没有坐电梯下楼，而是匆匆忙忙走安全通道下楼。

手机响了，温朴这时还有两层就到一楼了。

温朴掏出手机一看，来电号码是水依的，心说这又是给他盯上了，故意拖延了几秒钟接听。

水依问，温局长，还在跟苏部长谈话哪？

温朴并不吃惊，在部机关大楼里，水依的鼻子、眼睛和耳朵，要比一般人的敏锐多了。

温朴停下来说，水总有什么吩咐吗？

水依道，你老弟进城了，当老兄的关心一下嘛。

温朴问，水总不会是打算请我这个乡下人吃饭吧？

水依说，首长秘书回来了，我哪能不想请呢，只怕是加塞儿也轮不到我呀，温局长。

温朴笑道，水总，您再这么抬举我小温，我可真就找不到回东升的路了。

这要不是刚见过苏南，知道东北安装公司搬迁这件事已基本上有了部领导内部定论，再就是明天被安排见部长，想必温朴也不会有这份闲情跟水依玩语言游戏。

温朴拎得清，明白在未来若干个日子里，自己少不了跟水依打交道，所以从现在起就得调整心态对付他，不能老是往外躲闪了，在大局已定的情况下，适当主动就有可能争取到更多的主动。自从去过老水手俱乐部后，自己明里暗里冷落他，那是为了告诉他自己没做亏心事不怕鬼敲门，自己那天在老水手俱乐部里，一没上二胡，二没摸二胡，用不着怕他什么，他那双老手还摆布不了自己！

水依哈哈笑了几声说，我今晚就不打扰你了，温局长。我打这个电话是想约你明天一起去医院看看丛厅长，不知温局长明天有没有时间。

温朴没料到水依会有这种安排。不过温朴提醒自己，不论怎么说，都应该抽时间去医院看看丛德成，到现在还不知道他是怎么弄成那个样子的，来部里后光听说他右眼珠子报废了，再往深处打听细节，七嘴八舌说什么的都有，甚至还有人讲是丛德成跟情敌火拼闹的。

温朴说，水总，明天有点儿事儿，但时间不是我安排。这样吧，水总，明天我一有时间，马上跟您联系，您看这样行吗？

水依道，好好，温局长，没关系，明天看你时间安排吧，你要是实在脱不开身，我就自己去，慰问品算咱俩的。

温朴说，这哪好意思，水总。明天我争取跟您一块儿去医院。水总，丛厅长到底是怎么回事儿？

水依道，大概是这么回事儿，他跟一个同学在西域风情吃饭，席间他的手机突然爆炸，右眼珠被飞溅的手机残片不知怎么的就掏出来了，差不多就是这么回事儿，温局长。

温朴说，这也太赶寸劲儿了吧？丛厅长怎么这么倒霉？

水依说，他确实够倒霉的，而且掉出来的眼珠子还给他踩烂糊了，他今后只能安一个假眼珠子了，多别扭啊，你说呢？

温朴长叹一声。

水依道，那好吧，温局长。先到这儿，明天我等你电话。

温朴说，好好，水总。咱们明天见！

出了机关大楼，温朴就看见了冲他招手的司机。

坐上车没走出几分钟，温朴收到了朱团团发来的信息：你在哪？

温朴下午过来时，给朱团团发了一条信息，告诉她他正在来京开会的路上，问她晚上有安排没有，没有就一起吃个饭。当时朱团团回复说，等你来了再定吧，你敢保证晚上没活动？我现在在昌平，争取下午往回走。结果还真是让朱团团言中了。会前，苏南一说会后找他有事儿，他马上意识到晚上请朱团团吃饭的事儿可能要泡汤，跟苏南说完事儿，谁知道后面还会有什么事儿？这是在北京不是在东升，让你听喝的人多了。于是，他在进会场前又给朱团团发了一条信息，说东升有事儿，会后得赶回去。

现在朱团团的短信追过来了，温朴想该怎么回复她呢？

在路上，你在哪里？

朱团团回复：还在昌平呢。

温朴问：有事？

朱团团回复：你说呢。

温朴答复：我明天再过来。

朱团团回复：好吧，那就不发了，保重。

这时温朴像是有第六感，疑惑朱团团这会儿没在昌平，她进城了，而且就在自己正往回赶的家里。

温朴攥着手机，越想越是这么回事儿，于是他冷静地对司机说，往回走，咱们去办事处！

温朴的第六感确实灵验，朱团团确实从昌平回来了，而且确实是在他的家里。

此时的朱团团，心里堵得慌，很难受，她刚才给温朴发第一条短信时，情绪还不是这样，心里充满见他的冲动，可是收到温朴的回复后，她似乎有些神思错乱，或者是晕头转向，见温朴的冲动一下子削劲了，稀里糊涂地就改变了主意，并撒谎说自己还在昌平呢。

为什么？你为什么错乱？为什么不说实话？

朱团团心里明明知道自己的反常，都是给晚报上的一则消息搞出来的，但她就是拧不过脑子里的一股邪劲，偏偏要大声问自己几句。

三个问号的余音还未散尽，朱团团像丢了魂似的来到卧室，拿起那会儿扔在床上的晚报，目光再次落到那些让她伤心的文字上。

晚报是朱团团在楼下的书报亭里买的，社会新闻版上有一条很血腥的消息，先前她看了之后，顿觉心碎。

消息报道说，一个叫敏尚都的男催乳师，日前被一正在哺乳期里的女人用尖刀捅死。讲到杀人动机，消息披露，这个哺乳期里的女人产后奶水下不来，找敏尚都做过三次催乳后，奶水量激增，婴儿由没奶吃到吃不完。然而一天中午，孩子吃奶时，意外被充溢的奶水呛死……

朱团团两眼湿润，感觉到两个乳房不舒服，像是那里的水分正在蒸发！

<完>